KB122129

김유신의 머리일까?

김유신의 머리일까?

차무진 지음

끄^{Clema}
레마

경주 서악리와 시내 일대

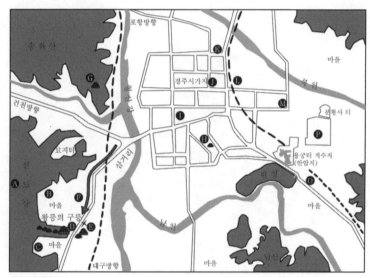

A : 성모사   B : 유곡채
C : 봉우당   D : 무열왕릉
E : 각간묘   F : 서악서원
G : 언덕의 무덤   H : 미추왕릉
I : 금관총 발굴지   J : 총독부 경주박물관
K : 경주경찰서   L : 공사 중인 경주역
M : 욕심 많은 바보   O : 겐지가 추측한 황룡사 터
P : 소우가 발굴 중인 황룡사 터
✗ : 미라가 발견된 위치   ➡ : 장승이 이동한 경로

유곡채의 구조

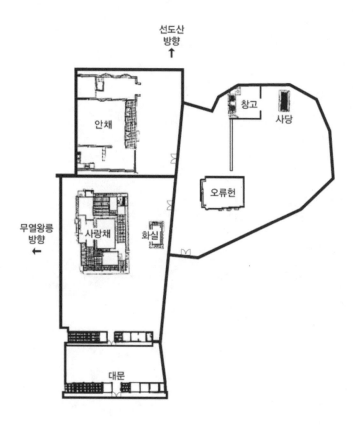

차 례

프롤로그

2000년 5월, 경주

1

한 여자가 급하게 방문을 열고 뛰어 들어오자 방안에 있던 여학생
세 명이 소리를 지르며 구석으로 붙었다.

"청주, 청주 좀 사와라!"

50대 초반으로 보이는 그 여자는 마치 태권도라도 하듯 다리를 넓게
벌리고 구부정하게 서 있었다. 브이넥 골프 티 속에 브래지어를 하지
않은 가슴은 그녀가 흐느적거릴 때마다 출렁이고 있었다. 폭이 넓은
바짓단에는 진흙바닥을 걷다 온 것처럼 온통 흙투성이였다.

"빨리! 빨리! 빨리!"

그녀의 재촉에 학생들은 놀라며 움찔거릴 뿐 좀처럼 몸을 가누지 못
했다. 그도 그럴 것이 그녀의 얼굴은 검보*한 패왕처럼 붉다 못해 감파

---

* 검보(臉譜): 중국 경극의 화장 분장

란 분홍빛을 띠었고 산발한 채 간드러지게 날리는 머리카락은 무서우리만치 새하얗다. 그것은 회색이 섞인 은은한 백발이 아니라 바비 인형처럼 플라스틱 윤기가 나는 그런 흰색이었다. 부챗살처럼 올올히 서 있는 머리카락은 책받침을 정수리에 댄 듯 하늘로 올랐다가 다시 공작새 수컷이 깃털을 접듯 그렇게 어깨에 내려오길 반복했다.

여학생들은 눈치를 보며 주섬주섬 지갑을 챙겼다.

"꼭 청주여야 해!"

그 여인은 몹시 목이 마른 듯 긴 혀를 쭉 뺀 채 헐떡이며 소리를 질렀다. 그리고 습관적으로 왼쪽 눈을 비비며 뱀처럼 미끈거리는 혀를 할딱였다.

콜라병보다 조금 더 큰 청주 다섯 병을 사들고 여관으로 온 여학생들은 방문 앞에서 그 장면을 보고 차마 들어가지 못했다. 벽 사방에는 온통 끔찍하고 흉한 그림들로 가득했기 때문이었다. 학생들의 열 댓 개의 가방들은 모두 열려 있었고, 가방 속 내용물들은 모조리 방바닥에 쏟아져 나와 있었다.

"립스틱만 모조리 빼가셨어!"

김 교수는 팬티만 입은 채 방 한 가운데에 널브러져 있었다. 한쪽 팔을 옆으로 쭉 폈고 다른 한 손은 얼굴에 대고 있었다. 드러난 풍만한 가슴은 중력에 이끌려 겨드랑이 사이로 넓게 퍼졌다. 그녀는 방의 한쪽 구석으로 턱을 돌리고 있었다. 한 손으로 왼쪽 눈을 가리고 있었으나 오른쪽 눈은 부릅뜬 채였다. 눈동자는 초점이 없었다.

그녀는 혼자 뭔가를 중얼거리고 있었다.

"산토리니, 하이델베르크, 브뤼셀, 류블랴나, 몬타나……."

자세히 들어보니 도시 이름들 같았다. 저쪽을 노려보는 눈동자와 침

거품이 고인 입은 한 얼굴에서 따로 노는 듯했다.

"현장에 알릴까?"

"미연 언니가 방에 있을 거야. 가서 데리고 와."

셋 중 제일 키가 큰 학생이 심각하게 명령했고 튀어나온 입술 속으로 치아 교정기를 한 학생이 복도로 나갔다.

"교, 교수님. 청주 사왔어요."

"다비드, 라바엘로, 엘 그레코, 히에로니무스 보슈, 루소……."

지명 비슷한 이름들을 내뱉던 교수는 여학생이 중간에 말을 끊자 이번엔 화가 이름을 둘러댔다. 간혹 주문 같은 것들을 섞기도 했는데 그럴 때마다 바쁘게 오른쪽 눈과 목을 만졌다. 화가의 이름을 부를 때는 눈을 누르다가 주문을 읽을 때는 자신의 목을 눌렀다.

여학생이 조교로 보이는 여자를 데리고 왔다.

"어머나, 세상에!"

조교는 방에 들어오자마자 담요를 채서 김 교수의 몸을 덮고 그녀의 머리를 일으켰다. 그러나 김 교수는 휙 하고 다시 머리를 바닥에 댔다.

"박 교수님 모셔와! 현장에 계실 거야!"

조교의 자지러지는 소리에 세 명의 여학생들이 밖으로 도망가려 할 때, 김 교수가 웅얼거림을 멈추고 번쩍 고개를 쳐들었다.

"청주는? 사왔나?"

다급했지만 경상도 사투리가 섞인 좋은 목소리다. 학생 하나가 비닐봉지에 든 청주를 내밀자 김 교수는 벌떡 일어나더니 담요를 치우며 양반다리를 하고 앉았다.

그 순간 방안에 있던 네 명의 학생들은 심장이 멎을 뻔했다. 김 교수의 속옷이 마치 와인에 젖은 수건처럼 피로 흥건히 젖어 있었기 때문이다. 예순 일곱의 김 교수가 이런 모습으로 하혈을 하는 것을 어떻게 믿을 수 있을 것인가.

김 교수는 목이 타는 듯 청주를 들이켰다. 방안에는 시큼한 술 냄새가 퍼졌다. 꿀꺽거리는 소리와 병 속에서 물 압력이 물컹거리며 흔들리는 소리가 났다. 입술로 넘어가던 청주 한줄기가 새어나와 목 아래로 흘러내리다가 가슴골로 퍼져갔다. 여전히 한 손으로 왼쪽 눈을 감싸고 있는 채다. 누르다가 비비다가 긁다가, 한 행동이 끝나면 곧바로 이어지는 다른 행동은 마치 풀빵을 굽는 숙련자의 손놀림처럼 질서정연했다. 그 손만은 다른 인격이 움직이고 있는 것 같았다. 누르다가 비비다가 긁다가 다시 누르다가……그러면서도 가끔은 눈 안에 마치 커다란 돌멩이라도 들어가 있는 것처럼 이마를 찌푸리며 불편해하기도 했다.

청주 한 병을 순식간에 다 들이키자 한숨을 크게 쉰 김 교수는 입으로 다른 병을 땄다. 하지만 그런 표정은 미친 것처럼 보이지는 않았다. 마치 쓴 약을 넘기는 암환자의 얼굴처럼 진지하면서도 무서운 얼굴이었다.

꿀꺽, 꿀꺽.

꿀렁거리며 술 넘어가는 소리와 함께 여학생들의 넋 나간 숨소리만이 방안에 울려 퍼지고 있었다.

두 번째 병을 또 비우자 이번엔 얼굴이 하얗게 변했다. 마치 포르말린에 담겨 오래 묵은 표본용 시체 같았다. 그녀는 세 번째 병을 따면서 이렇게 중얼거렸다.

"비로자나불총귀진언 오호지리 바라지리 리제미제기사 은제니바라타니 옴 불나지리익 오공사진사타해 바사달마사타해 아라바좌나 원각승좌도진나 사공사진사타해 나무향아사……."

그러다가 다시 술을 빨아들였다. 길쭉한 주둥이에서 찰랑거리는 투명한 액체가 전부 목구멍으로 빨려 들어가려 하기 직전, 잠시 숨을 쉬기 위해 입을 뗐을 뿐이었다.

꿀꺽, 꿀꺽.

"하—"

김 교수는 새 병째 청주를 모두 마신 후 크게 한번 숨을 쉬었다. 그리고 굵은 남자 목소리로 한마디를 내뱉었다.

"내일 중으로 내 제사를 지내라. 소박하면 족하다. 옷 태우고 머리카락도 잘라라."

2

"참, 아니다. 김 교수님은 신평동으로 가시는 것 같던데."

"신평동? 여근곡 있는 쪽?"

"응, 오전에 부산성(富山城)에 가신다고 했는데……."

이들의 대화를 들은 수현은 다시 난감해졌다.

"여기 계시는 건 확실하죠?"

"네, 금방 오실 거예요. 아님 숙소에서 기다리실래요? 우리도 지금 들어가는 길인데."

"그냥 여기서 기다리죠."

"주차장 앞에 큰 묘가 두 개 보일 거예요. 그곳이 현장이에요."

"그 무덤들을 파는 건가요?"

"이미 정비된 봉분들을 팔 순 없죠. 그 앞에서 뭔가가 나왔어요."

"그럼 거기서 구경이나 하며 기다릴게요."

수현의 말에 학생이 웃으며 고개를 끄덕였다.

두 명의 여학생들은 들고 있던 장갑으로 옷에 묻은 먼지를 털며 골목 너머로 사라졌다. 저 골목을 지나면 화령대학교 발굴단이 묵고 있는 동산여관이 있었다. 돌아선 수현은 휴대전화 액정을 열어 문자 메시지를 다시 보았다.

내려오거든 바로 학교로 오너라. 시간이 없다.
엄마가.

수현은 더운 한숨을 내쉬었다.

도대체 어머니는 언제까지 이 숨바꼭질을 할 참인가? 시계바늘은 오후 7시를 가리키고 있었지만 해는 여전히 지평선에서 한참을 떨어져 있었다. 무척 더운 날씨다. 땀에 젖은 면 티셔츠가 스티커처럼 등에 달라붙었다. 다리를 감고 있는 카고 바지도 시체마냥 무겁게 축 처졌다.

그가 새벽 일찍 서울역에서 새마을호를 타고 대구에 도착한 시간은 오전 10시. 곧바로 화령대학교로 갔지만 연구실을 지키던 조교는 김 교수가 발굴현장으로 떠났다고 말해주었다. 다시 경산역에서 출발하는 무궁화호 열차를 타고 경주에 도착한 수현은 그들이 묵고 있다는 동산여관을 찾는 데 적지 않는 시간을 허비해야 했다.

수현의 어머니 김 교수는 화령대학교 민속박물관장이었다. 1933년생이니 이미 정년을 넘긴 나이였지만 여전히 학부강의를 맡고 있었다(재작년까지는 두 개를 맡았다가 작년부터 한 개를 줄였다).

고령임에도 불구하고 김 교수가 왕성하게 활동하는 이유는 일단 외모에서도 짐작이 되었다. 그것은 누구나 신기하게 생각하는 부분이기도 한데 그녀는 생물학적 외모가 남달랐다. 60대 후반의 몸이었지만 아직도 생리를 했다. 돋보기를 쓰지도 않았고 걸음걸이는 빨랐다. 피부는 40대처럼 탄력이 감돌았고 허리도 길었다. 그것은 신체조직이 전혀 늙지 않았다는 것을 의미했다.

특히 긴 머릿결은 유난히 하얀 백발이었다. 마치 사철 내내 하얀 눈 모자를 쓴 것 같았다. 그래서 햇살이 반짝일 때마다 머릿결에 고이는 윤기는 소름이 끼칠 정도였다.

김 교수는 타인의 운명을 미리 알 수 있었다. 그것이 그녀의 젊음을 헤치는 유일한 적일지도 몰랐다.

15년 전 가을, 오키나와로 빠져나가던 태풍 브랜다가 동해로 방향을 바꾸리란 것도 이미 알고 있었다. 결국 브랜다는 세계에서 가장 오래 살았다는 울릉도 향나무를 쪼갰고 남편이 탄 헬기를 동해바다 저편으로 밀어 넣었다. 남편이 죽은 1985년도는 신벌(神罰)이 나는 해였다. 신벌은 인간이 신성(神聖)을 거역했을 때 재해 같은 것들로 일어났다. 신벌은 지역을 막론하고 어느 시대에나 있었다. 노아시대의 홍수와 일본의 관동대지진도 신벌의 한 가지였다.

그랬다. 그녀는 무당이었다.

자신에게 무기가 있다는 것을 처음 알게 된 것은 미국에서 박사논문을 준비하던 밤이었다. 열흘 넘게 이어진 시험에 지쳐 책상에서 졸고 있을 때 낯선 남자가 나타났다고 한다. 남자는 젖은 코트에 흰 플로럴 셔츠와 더러운 갈색 구두를 신고 있었다. 인상은 좋은 편이었고 얼굴에 살집이 많았다. 특이하다면 오른쪽 눈에 세로로 길게 난 흉터가 있었는데 칼에 베인 상처 같았고 몹시 흉했다.

그는 자신을 화가라고 했고 그녀의 아버지이자 큰아버지라고 소개했다. 아버지이기도 하고 큰아버지이기도 하다는 그 남자는 그녀의 손을 잡고 높은 절벽으로 올라갔다. 그곳은 가짓빛 석양이 막 지려하고 있었다. 절벽 꼭대기에는 낡은 판잣집이 있었다. 집은 시원했다. 그는 그녀 앞에서 바지를 벗었다. 볼품없는 바지 속으로 통통하고 차진 뱃살과 작은 성기가 드러났다. 그가 그녀의 옷을 벗겼을 때 그녀는 왠지 그 손길을 거부할 수 없었다. 그렇게 실오라기 하나 걸치지 않은 그녀의 몸을 보며 그 남자는 아주 조금이었지만 슬픈 표정을 지었다.

꿈에서 깬 김 교수는 왈칵 눈물을 쏟았다. 낯모르는 큰아버지와 나눈 섹스가 망측하기도 했지만 더 난감한 것은 북받치는 슬픔 때문이었다. 자꾸 누군가가 자신의 가슴을 뒤로, 뒤로 보내려는 것 같았다. 그것은 불안한 장소에서 느끼는 오르가슴과 비슷했다.

이튿날, 차를 몰고 샌디에이고 칼리지에서 100마일 떨어진 그랜드캐니언으로 갔다. 무턱대고 협곡을 오르자 신기하게도 꿈에서 본 그 절벽이 나왔다. 낡은 집도 그대로 있었다. 그녀는 그 집에 들어가 밤이 샐 때까지 자다가 나왔다. 다음날 일어나보니 머리카락이 15센티미터나 자라 있었다. 이튿날 다시 8센티미터가 줄어들었다. 이후에도 길어졌다 짧아졌다 하던 머리카락은 일주일째 되던 날 새하얗게 세어버렸다. 그 뒤부터 김 교수는 세상 돌아가는 일을 미리 알 수 있었다.

한국에 돌아온 이후에도 종종 귀신들과 어울렸다. 놀기에는 주로 합수머리*가 좋았다. 수업이 없는 날마다 차를 몰고 김포로 갔다. 머리가 긴 조선시대 총각귀신을 만나기 위해서였다. 임진강의 물줄기가 만나는 지류를 거슬러 강 한가운데로 배를 타고 다가가면 그 총각귀신은 물소리를 내며 나타나 그녀를 공중으로 띄우고 놀았다.

대학에서 본격적인 강의를 하던 시절부터는 전국을 돌며 귀신들의 기를 받았다. 귀신들과 자신의 전공인 민속학에 대해서도 논했다. 삼사백 년 전에 죽은 귀신들을 부려 그들이 살던 시대의 풍속을 조사해보려는 시도는 꽤 쏠쏠한 성과를 얻을 수 있었다. 몸을 주면 늙은 귀신들은 흔쾌히 연구에 필요한 조력자로 나섰다. 그녀는 민간전설, 속신, 산육

---

* 두 강줄기가 만나 Y자 형태를 이루는 곳

속', 산신제, 천도, 농업기술, 매장 등 전공에 필요한 모든 민속자료를 그들에게서 얻었다. 귀신들은 그녀의 전생에 대해서도 말해주었다. 그녀에게는 아비가 두 명이었노라고 했다.

무당들은 신을 받으라 했다. 하지만 휘둘리지 않을 자신이 있었다. 30년 동안 간헐적으로 무병을 앓았지만 그때마다 인문학을 파고들며 가까스로 무기(巫氣)를 억눌렀다. 몇 차례 무꾸리를 하기도 했으나 결코 신을 받지 않았다. 그리고 뻗쳐오르는 신명(神命)을 겨우 의지대로 제어할 수 있게 되었을 때, 남편을 잃었다.

젊은 나이에 사랑하는 사람들이 당하는 인생사를 미리 안다는 것은 너무도 가혹한 일이었다.

3

무열왕릉 매표소 앞에 있는 작은 도로를 지나니 큰 봉분 두 개가 보였다. 오른쪽 봉분이 조금 작았다. 토층을 구별하기 위하여 별도로 토량을 쌓아놓은 곳에는 '서악 (신)16호분 1관'이라고 적힌 하얀 플라스틱 팻말이 박혀 있었다.

"김인문의 무덤이라……."

도로 중간에 쳐놓은 임시 바리케이드가 관람객을 샛길로 유도했고, 발굴단은 김인문 묘 앞에서 분주하게 움직이고 있었다. 수현이 다가가자 마침 발굴 천막이 일제히 환해졌다. 누군가 간이 발전기를 돌린 것 같았다.

그때 천막 밖으로 사람들이 우르르 몰려나왔다. 사방에서 작업하던

---

* 산육속(産育俗): 아기를 낳고 기를 때의 금기사항

사람들도 한곳으로 뛰어갔다. 그들은 일제히 김인문의 봉분이라는 큰 무덤 앞 5미터 정도 지점을 내려다보고 있었다. 궁금증이 인 수현은 카메라를 둘러메고 그리로 뛰어갔다.

"관 옆에서 가방이 나왔대."

"웬 가방?"

여학생들이 수군거렸다.

거기에는 넓고 깊숙한 구덩이가 있었다. 그들은 구덩이 속에서 흙이 잔뜩 묻은 거무튀튀한 가죽가방을 막 들어 올리는 중이었다. 입이 큰 왕진가방이었다. 학생들은 중성지를 깔고 그 가방을 내려놓았다.

수현도 그들 사이에 끼어들어 구덩이를 내려다보았다. 안에서는 학생 두 명이 흙을 열심히 걷어내는 중이었다. 바닥에는 직사각형의 큰 돌판이 박혀 있었는데 그 돌판은 석곽이었다. 회칠한 석곽은 길이가 약 2.5미터, 폭이 1.5미터쯤 되어 보였고 형태가 완연했다. 높이는 흙에 묻혀 알 수가 없었다. 한동안 한 겹씩 흙을 떠내는 소리와 삽을 꽂는 소리 외에는 아무 소리도 들리지 않았다. 빠짝 마른 토층은 의외로 카스텔라처럼 부드럽게 잘려 나갔다. 흙을 모두 걷어내자 무척 옹글어 보이는 네모난 장방형 석판이 구덩이 속에서 전체 모습을 드러냈다. 역시 관을 보호하기 위해 겉에 둘러놓은 석곽이었다.

"횡구식(橫口式) 석곽입니다. 경사각은 37도, 천정부가 바닥보다 넓고 사면(斜面)이 짧습니다. 6세기부터 신라와 가야에서 볼 수 있는 가형(家形) 석곽이 맞습니다."

한 학생이 위쪽에 대고 큰 소리로 말했다.

"재질은?"

"화강암입니다."

"올려 보낸 가방은 어디에 있었나?"

"석곽에서 1.2미터 옆 지점입니다."

"일단, 천정석(天井石)을 들어내라."

현장을 지휘하는 책임교수인 듯 보이는 노인이 명령했다.

기중기로 석곽의 덮개를 열자 누군가 발전기에 케이블을 연결하여 서치라이트를 켰다. 주위는 대낮처럼 환해졌다. 석곽 안에는 예상했던 대로 관이 들어 있었다. 돌로 된 관이다. 그런데 아래쪽에서 다시 외쳤다.

"석관 속에 나무관이 또 들어 있습니다!"

"음…… . 석관의 길이부터 재라."

노교수가 명령했다.

"길이 194.5, 폭 53, 높이 76센티미터!"

"그건 당 척(唐尺)도 아니고 신라 척도 아닌 미묘한 수치군."

"석관의 뚜껑이 3분의 2 이상이 없습니다."

"뚜껑이 없다니?"

"석관 속에 들어 있는 목관은 붉은색 옻칠을 한 오동나무입니다. 빗물 때문인지 상당히 젖어 있습니다."

"석관의 뚜껑 상태부터 제대로 얘기해봐!"

노교수가 역정을 내자 아래에서 다시 보고했다.

"석관 뚜껑이 깨져 반만 덮여 있습니다. 나머지 반은 찾을 수가 없습니다."

"깨진 조각이 없다니? 그럼 애초에 관을 묻을 때부터 깨진 뚜껑을 덮은 거란 말인가?"

노교수는 직접 석관을 살펴보려고 구덩이로 내려갔다. 석관의 뚜껑은 관의 3분의 1 지점에서 사선으로 깨어져 세로면 반 이상이 없었다. 깨어진 면 사이로 젖어있는 목관이 보였다. 어쩌면 반 토막짜리 관 뚜껑을 덮어 놓은 것일지도 모른다.

"이상한 일이군. 어찌 석관의 뚜껑이 반만 덮여 있을꼬?"

그는 한참 동안 고개를 갸우뚱거리더니 위에 대고 소리쳤다.

"아직 김 교수는 연락이 없나? 누가 전화라도 한번 해봐!"

수현은 퍼뜩 정신이 들었다. 도대체 어머니는 어디에 있는 것일까? 갑자기 원인 모를 불안감이 찾아왔다. 뭔가 중요한 것을 발견한 때에 발굴책임자인 어머니가 자리를 비웠다는 것이 걱정되었다.

학생들은 석관 뚜껑의 길이를 잰 후 석곽의 덮개와 마찬가지로 깨진 석관 뚜껑을 위로 올려 보냈다. 이윽고 목관도 올려졌다. 목관은 석관 속에 들어갈 수 있도록 딱 맞게 짠 것 같았다. 목질 아랫부분은 습기로 인해 물렁물렁하게 부식되었고 모서리의 각 면에는 쇠못이 아니라 은은한 붉은 구리못이 고정되어 있었다. 겉에는 썩은 천 조각이 군데군데 덜렁거리며 붙어있었다.

기중기가 목관을 평지에 내려놓았다. 석곽, 석관, 나무관이 순서대로 들어앉은 저 관은 마치 겹겹이 숨겨둔 마트료시카* 같았다.

"제(祭)부터 지내자."

노교수가 신호를 보냈다. 학생들은 즉시 관 앞에 상을 펴고 흰 전지를 깐 다음 붉게 옻칠한 목제기들을 놓았다. 상 위에 찹쌀 한 봉지와 북어, 밤, 곶감, 소금을 올렸다. 그것은 화실 한구석에나 있을 법한 먼지 쌓인 정물화 소품들 같았다.

노교수는 향을 피우고 잔을 친 뒤 절을 한 번 했다. 그리고 안주머니에서 종이를 꺼내 알아들을 수 없는 축문을 읽었다. 독축하는 동안 학생들은 고개를 숙인 채 서 있거나 무릎을 꿇고 절을 했다. 격식없이 각자가 느낀 대로 망자의 잠을 깨운 무례를 성의껏 비는 듯했다. 다들 익숙

---

* 마트료시카(Матрёшка): 러시아의 목각인형. 몸체 속에 작은 몸체가 여러 겹 들어 있다.

한 몸짓이었다. 독축이 끝나자 처음에 술을 친 학생이 술병을 들고 관 주위를 돌며 술을 뿌리고 다시 두 번 첨잔했다.

"김 군, 이제 관을 열거라."

두 학생이 장도리 뒤끝으로 구리못을 빼냈다.

그때 노란 가로등이 비치는 무열왕릉 쪽에서 약한 돌바람이 일었다. 그걸 신호로 바람과 약하게 떨리는 가로등 빛을 제외하고는 모든 움직임이 일순 정지했다. 안개 같은 연기가 어둠 속에 조용히 내려앉았다. 사람들은 김인문 묘와 김양 묘가 자신들을 내려다보고 있는 줄 몰랐고, 등 뒤 소나무 숲 너머로 무열왕릉과 선도산이 노려보고 있는 줄 몰랐다.

다시 시간이 흘렀다.

사람들이 움직였다.

강한 서치라이트 불빛은 김인문 묘를 제외하고, 주변 모든 것을 칠흑으로 바꿔놓았다. 소나무 숲이 우거진 무열왕릉과 그 뒤 네 기의 커다란 봉분들은 무섭도록 검게 보였다.

마치 목을 잃고 서성거리는 무사들처럼.

—끼이익!

관이 열렸다.

1장

37대 혜공왕 때였다.

혜공왕 15년(779년) 4월 어느 날 밤, 갑자기 회오리바람이 불더니 김유신의 무덤에서 한 무리의 군사가 땅을 박차고 올라왔다. 늠름한 장군 차림을 하고 준마에 올라앉은 사람과 그 종자로 보이는, 역시 갑옷을 입고 병장기를 갖춘 40명의 군사들이 회오리바람을 가르고 허공을 구르며 달려가더니 죽현릉에 이르자 미추왕의 무덤 속으로 순식간에 들어가버렸다.

그들이 죽현릉으로 들어가고 난 뒤 능 안에서 웅숭깊은 울음소리가 울리는 듯한, 또는 뭔가 호소하는 듯한 말소리가 들려왔다.

"소신, 살아서는 평생 나라를 위하여 역사의 한 시대를 도왔고, 환란에서 구제하였으며, 분단된 반도를 통일로 일구어내었습니다. 그런데 지난 경술년 신의 자손들이 죄 없이 가혹한 죽임을 당하였습니다. 이것은 지금의 임금과 신하가 신의 공훈을 생각하지 아니한 것이 아니고 무엇입니까? 이제 소신 차라리 이곳을 떠나 멀리 다른 곳으로 옮겨가고자 합니다. 대왕께서는 이를 허하여 주소서."

미추왕에게 이 말을 하는 장군은 김유신의 혼령이었다.

이에 왕이 대답하였다.

"경이 과인과 더불어 이 나라를 지키지 아니하면 백성들은 대체 누구를 의지한다는 말이오? 경은 이전처럼 남아서 힘을 다하여주시오."

김유신의 혼령이 세 번 청하였으나 왕은 세 번 모두 들어주지 아니하였다. 그러자 회오리바람이 잠잠해졌다.

　　　　　　　　　　　　『삼국유사』〔기이편 1〕〈미추왕과 죽엽군〉

경주박물관: 카와이 소우

1

검은 시트로앵에 오른 카와이 소우는 손수건을 꺼내 안경을 닦았다.

"서악동으로 가세."

"서원 쪽입니까? 각간묘 쪽입니까?"

운전사가 동그란 뒷거울로 소우를 바라봤다. 소우는 대답하지 않았다. 운전사가 천천히 차를 움직였다.

오후가 되자 빗방울이 더 굵어졌다. 대기 중에서 살얼음처럼 녹다가 다시 어는 서리비다. 계절은 이미 초겨울에 접어들었는데도 경주 지방에는 일주일째 비가 내리고 있었다. 소우는 몸을 감싸는 한기 때문에 기분이 좋지 않았다. 그는 간사이 지방의 포근한 겨울과 사뭇 다른 대륙의 추위에 잘 적응하지 못했다. 뒷좌석의 바닥은 온통 진흙으로 질척거렸다. 그는 고개를 숙이고 군화 바닥에 묻은 흙을 볼펜으로 긁어냈다. 흙이 볼펜에 엉겨 붙어 잘 떨어지지 않았다. 윗도리 주머니에 넣어둔 담배 개비들이 바닥에 툭툭 떨어졌다. 그러나 그는 개의치 않고 손목을 신경질적으로 움직이기 바빴다.

서천교를 지난 시트로엥이 무겁게 왼쪽 진흙길을 돌자 안개를 품은 선도산이 드러났다. 천도(天桃)가 주렁주렁 매달린 가지의 형국이라는 선도산은 고대 신라 때부터 경주 오악(五岳)* 중 하나였다. 그 가지들 중 가장 동쪽으로 뻗치며 마지막 복숭아를 안은 지점에는 완만하게 구릉을 이루는 곳이 있는데, 이 터를 신라인들은 서악이라 불렀다.

"내가 그쪽으로 간다는 통보는 하지 않았겠지?"

핸들을 왼쪽으로 돌리던 운전사는 어깨를 한번 으쓱하며 뒷거울로 소우의 표정을 살폈다.

"이 시간에 그 마을 주변에는 아무도 돌아다니는 사람이 없습니다요."

봉우마을은 바로 서악 터에 자리 잡은 마을이다. 사람들은 이 마을을 흔히 '왕릉의 계곡'이라 불렀는데, 이는 민가 한가운데에 거대한 신라왕들의 무덤 일곱 기가 일렬로 늘어서 있기 때문이었다. 그 중 다섯 번째 봉분이 바로 유명한 무열왕릉이었다.

"김인문의 비석이라……."

혼자 말하던 소우는 왼쪽 눈언저리가 심하게 떨리자 손수건을 꺼내 코로 가져갔다.

카와이 소우는 왕릉 발굴의 전문가였다. 1894년생으로, 1912년 동경제국대학교에 입학하고 7년 뒤 교토대학 사학부 조수를 거쳐 조선으로 건너왔다. 경성제국대학 교수로 재임하던 중 총독부 문화재관리청으로 발령대기를 받았고, 한 해를 대기한 후 소화(昭和) 7년**인 올 여름에 총독부 박물관 경주분관의 보존 관장으로 임명되었다. 소우는 덜커덕

---

* 경주 오악: 토함산, 선도산, 소금강산, 남산, 단석산
  신라 오악: 토함산, 계룡산, 지리산, 태백산, 팔공산
** 소화(昭和; 쇼와) 7년은 1932년

거리는 차 안에서 담배에 불을 붙였다. 비 비린내가 담배 향에 섞여 비릿한 누룩 내를 냈다.

그는 폐부 깊숙이 연기를 빨아들이며 생각에 잠겼다. 유키오와 겐노스케가 서악서원의 누문(樓門) 공사 상황을 확인하기 위해 들렀을 때만 해도 자신들이 발견한 것이 이렇게 큰 파장을 불러올 줄 예상치 못했을 것이다. 서악서원은 경주 부윤 이정이라는 사람이 신라장군 김유신의 위패를 모시기 위해 봉우마을 안에 세운 사당이었다. 하지만 조선의 유생들은 성리학을 섬기지 않은 자가 사당을 가지고 있는 것이 불편했던지 이 건물에 설총과 최치원의 위패를 함께 봉안해버렸다. 결국 이 서원은 무신(武神)이 아닌 학신(學神)을 위한 사당이 되어버린 채 고루한 세월을 보내고 있었다.

그곳에서 삼국시대 신라의 장군이자 무열왕 김춘추의 둘째 아들인 김인문의 석비(石碑)가 출토된 것이 석 달 전의 일이었다.

경주박물관 소속 일본인 고적 연구원들이 서원으로 들어서자 불을 쬐며 서성거리던 조선인 인부들은 그제야 어기적거리며 장비를 챙기기 시작했다. 그들은 매번 그랬듯 태업으로 일관하며 진도를 맞추지 않았다. 두 시간에 한 번씩 실시하는 인원 파악도 하지 않았고 사흘 전 관청에서 지급한 장비도 회수하지 않았다. 그것은 서원의 발굴을 원치 않는 조선인들의 미약한 농성이기도 했다.

두 연구원은 인부들이 지펴놓은 불 가로 갔다. 그때 누문설계를 담당하던 유키오의 눈에 이상한 것이 들어왔다.

"잠깐, 이 돌을 어디서 찾아낸 것이오?"

그는 측량도를 끼운 화판을 던져버린 채 돌 위에 쌓여 있던 장작더미를 밀어내고 불을 껐다. 돌은 인공적으로 깎아 만든 듯 평평했고 색도 연했다. 그냥 들판에서 굴러다니는 돌덩이가 아니었다. 자세히 보니 화강암에는 몇 개의 글자가 희미하게 새겨져 있었다. 유키오는 사태의 심각성을 깨닫고 인부들에게 소리를 질렀다.

"이 금석문을 어디서 가져왔냐니까!"

조선인 현장 책임자는 누문 서쪽 모서리 부근에서 파냈다고 했다. 유키오는 누문 모서리로 달려가 삽을 들고 직접 그 땅을 파기 시작했다. 뒤따라온 겐노스케도 급하게 거들었다. 인부들도 영문을 모른 채 따라서 땅을 팠다. 반경을 넓히자 화강암 돌덩이의 나머지 조각들이 더 나왔다.

확인할 수 있는 글자는 총 26행, 자경(字徑)은 2.3센티미터.

며칠 후, 소우는 그것을 탁본으로 떠서 경성으로 보냈다.

경성에서 내려온 대규모 조사반들은 그 돌이 신라 태종무열왕의 둘째 아들인 김인문 장군의 비석 중 일부라는 결론을 내렸다. 비석에 새겨진 '조문흥대왕(祖文興大王)', '태종대왕탄미기공(太宗大王歎美其功)', '공위부대총관(公爲副大摠管)' 등의 글귀가 『삼국사기』〈김인문〉조에 기록된 내용과 유사했기 때문이다.

2

"현장 보존은 누가 맡고 있나?"

"유키오 주임입니다."

차에서 내린 소우는 몇 걸음 못 가서 걸음을 멈췄다. 군화 바닥에 붙은 진흙덩어리 때문에 기분이 몹시 상했다.

"이 빌어먹을 놈의 나라는 맑은 날에도 진흙투성이던데, 비 오는 날은 정말이지 끔찍스럽군."

진흙을 돌부리에 긁어내며 소우는 혀를 끌끌 찼다. 들고 있던 책보자기는 이미 흥건히 젖었다. 조선땅은 차로와 인도에 구분이 없었다. 총독부에서 도로와 상수도를 제일 먼저 닦은 이유도 거기에 있었다. 어느 길이든 가장자리엔 해자처럼 하수구가 파여 있는데 비가 오면 물이 금세 넘쳐나고 말았다. 여름에는 더했다. 비가 개면 고인 물에서 냄새가 진동했다.

걸어서 마을 어귀를 넘어가니 울창한 소나무 숲이 나왔다. 좁은 길을 따라 숲을 지나자 이윽고 커다란 무덤들이 나타났다. 마을 한가운데에 섬처럼 우뚝 솟은 커다란 무덤들, 그것이 봉우마을의 특징이었다.

대지는 검게 가라앉고 마을에서는 밥 짓는 냄새가 시큼한 겨울비에 섞여 이곳까지 올라왔다. 숲 속에서는 웅웅 쇠를 깎는 소리가 바람 소리에 섞여 울렸다.

"장비와 갱목들은?"

"아직 천막을 걷지 않은 상태라서 안에 넣어두었습니다."

운전사가 뒤에서 헉헉거리며 대답했다. 검게 변한 하늘에서 기어이 장대비를 뿌리기 시작했다. 소우는 못마땅한 듯 하늘을 올려다보았다.

'나도 멍청하군. 이런 날 조선인들이 일할 리가 없지.'

이미 후회해도 소용없었다.

두 사람은 이윽고 각간묘 앞에 다다랐다. 각간묘라 불리는 봉분은 무열왕릉에서 길 하나 건너 50미터 정도 떨어진 구릉에 있었다. 봉분 옆 허물어진 가옥의 지붕에서 시끄러운 빗소리가 울렸다. 과거 기우소(祈雨所)*로 쓰던 당집이다. 뚝 뚝, 똑딱 똑딱. 빗소리는 방망이질 같은 리듬을 탔다. 비가 오자 추위와 함께 원인 모를 이상한 기운이 두 사람을 감쌌다. 공간이 주는 살기.

─윙, 끼리릭.

---

* 비가 내리기를 기원하는 신당

─윙, 끼리릭.

빗소리와 함께 어디선가에서 윙윙거리는 쇳소리가 귓속을 뚫고 목 깊숙한 곳으로 파고들었다. 꼭 귀신의 울음소리 같았다.

"도대체 저 소린 뭔가? 이곳에 올 때마다 저 소리 때문에 기분이 안 좋단 말이야."

올라갈수록 진흙 때문에 걷기가 힘들었다. 어귀에 이르니 멀리 개 짖는 소리가 들렸다. 비리고 헐거운 짖음이다. 하지만 그 소리라도 들리지 않았다면 땅에서 내뿜는 강한 음기로 발조차 제대로 디디기 힘들었을 것이다.

"안 되겠다. 다시 돌아가세."

뒤를 따르던 운전사는 기다렸다는 듯이 뒤돌아 내려가기 시작했다. 두 사람은 질퍽거리는 길을 어기적거리며 내려갔다. 강풍 때문에 우산살이 휘어졌다. 사람은 자신의 의지대로 몸을 움직이지 못하면 불안함을 느낀다. 이날 소우가 그랬다. 소우는 점점 장화바닥에 달라붙는 진흙이 무거워지자 마음이 불편해졌다.

─윙, 끼리릭.

─윙, 끼리릭.

덜 질척이는 곳을 살피며 한참 동안 땅만 보던 소우는 멀리서 들리는 희미한 소리에 화들짝 고개를 들었다. 순간, 그는 머리를 한 대 맞은 느낌이었다. 앞서 가던 운전사가 보이지 않았기 때문이다. 사방을 돌아보아도 보이는 것은 컴컴한 산길뿐이었다.

"사카구치! 어디에 있나?"

운전사가 비추던 손전등 불빛도 보이지 않았다. 멀리 구릉 아래 마을에서 새어나오는 불빛만이 희미하게 보일 뿐이었다. 비는 점점 더 무섭게 퍼부어댔다.

소우는 황급히 방향을 틀어 내려오던 길을 다시 올라갔다. 제길, 이 친구가 언제부터 없어진 거지? 소우는 불안감으로 가슴이 쿵쾅거렸다. 비틀거리며 각간묘까지 이어지는 야트막한 언덕길을 따라 다시 올라갔지만 아무도 없었다.

그는 천천히 각간묘 앞으로 다가갔다. 그러자 웅웅거리는 소리가 더 크게 들렸다. 안경을 타고 흘러내린 빗물 때문에 시야가 뿌옇게 흐렸다. 그때 봉분 바로 앞에서 밝은 빛이 보였다. 바닥에 떨어진 사카구치의 손전등이었다.

그 순간 갑자기 주위의 소나무 수십 그루가 마치 접신을 하듯 일제히 몸서리를 쳤다. 소우가 몇 발짝 더 다가서자 하늘에서 번개가 번쩍였다.

아주 짧은 순간, 주위가 환해졌다.

"맙소사!"

그 앞에는 땅이 꺼지면서 드러난 커다란 구덩이가 있었다.

천이백 년 전의 공기

1

밀가루 냄새가 올라왔다.

아래층에 세든 만두가게는 천장에 낮은 합판을 덧대어 가(假) 공간을 만들고 반죽을 숙성시키는 창고로 쓰고 있었다. 그래서 위층을 사용하는 신문사에는 늘 이런 냄새가 가득했다.

배가 고파진 성시원은 고구마를 반쪽 갈라 입에 넣고 이리저리 굴려 식혔다. 조선언론위원회에서 자금을 지원받아 〈경주도민일보〉를 꾸려가는 그는 키가 작은 사내였다. 아직 결혼을 하지 않은 총각이었지만 빠진 머리를 감추기 위해 늘 중절모를 쓰고 다녔고 볼록한 배를 어쩌지 못해 바지에 멜빵을 멨다.

너저분한 책상 위에는 껍질이 반쯤 까진 고구마 두 개가 〈대한매일신보〉 위에 올려 있었다. 갑자기 뭔가가 떠오른 그는 손을 쪽쪽 빨더니 고구마를 한쪽으로 치우고 〈대한매일신보〉를 펼쳤다.

"음……."

거기에는 경주박물관 책임자인 카와이 소우의 사진과 함께 장문의 기사가 실려 있었다. 자신이 직접 경성에 송고한 기사였다. 그는 주머니에서 담배를 꺼내 냄새를 한번 맡은 후 오른쪽 귀에 꽂고 가위로 조심스럽게 신문을 오렸다. 직사각형으로 오린 기사조각을 파일첩 한곳에 잘 붙인 후 만족스러운 듯 쳐다보았다. 그리곤 그 파일첩을 뒤로 몇 장 넘기다가 어느 한 면에서 시선을 멈추었다.

"아무리 봐도 이상하단 말이지."

그 면에는 클립에 끼워둔 넉 장의 사진이 있었다.

첫 번째 사진은 커다란 어느 봉분 앞에 드러난 큰 구덩이를 찍은 것이었다. 경사면에는 부드러운 검은색 개토가 흐르고 가장자리에는 나무뿌리와 큰 돌이 흙 사이사이에 박혀 있었다. 어떻게 보면 땅이 꺼진 것 같기도 했다.

두 번째 사진은 무너진 흙에 반쯤 묻힌 석실이었다.

'석실이라⋯⋯. 그럼 석실묘라는 얘긴데.'

세 번째는 흙이 제거되고 천장이 무너진 석실 속 화강암 석곽을 찍었다. 돌판 네 개가 땅에 박혀 있고 그 위로 덮개처럼 석판 하나가 어렴풋이 보였다. 사진 아랫부분에 깨알 같은 글씨로 메모가 있었다.

석실용 석곽은 길이가 3.5미터에 높이가 1.5미터. 석관은 길이 2미터, 높이 80센티미터쯤. 매우 아담한 귤 무덤.

횡혈식 석실분이라면 돌로 네 벽을 쌓고 그 위에 돌을 얹어 커다란 방을 만든 다음 앞쪽에 입구를 내는 것이 특징이다. 하지만 이 사진 속의 무덤에는 입구가 없었다. 그냥 밀폐된 석곽 속에 석관이 들어 있는 모습이다. 성시원이 네 번째 사진을 넘길 때는 이맛살을 찌푸렸다. 그리고 사진을 손가락으로 톡톡 쳤다.

"에이, 씨……. 하필 이런 때에 카메라가……. 박영래, 이 새끼."

네 번째 사진은 노출이 약해 이미지의 반이 검게 타버렸다. 그나마 보이는 이미지도 상이 제대로 맺히지 않아 뿌옇게 흐렸다. 성시원은 서랍에서 돋보기를 꺼내 그 사진을 유심히 살폈다.

그것은 관 속을 찍은 사진이었다.

2

성시원과 그의 조수 박영래가 사건 장소로 간 시각은 동이 튼 직후였다. 서악리 하늘은 새벽까지 폭우가 퍼부었다고는 상상할 수 없을 만큼 선명했다. 무열왕릉에서 50미터 쯤 건너에 자리한 각간묘와 김양 묘 앞에는 경찰과 박물관 직원들이 흰 줄을 치고 접근을 막고 있었다.

각간묘 5미터 앞에 큰 구덩이가 드러나 있었고 인부들이 구덩이 주위로 천막을 올리고 있었다. 한쪽에서는 탁자를 펴고 흰 종이에 흙을 분류하여 나누어 담는 작업이 진행 중이었다.

'각간묘의 터가 꺼졌다…….'

성시원은 오늘자 석간에 실은 제목을 생각하며 각간묘를 쳐다보았다. 그는 이 무덤을 볼 때마다 묘했다. 힘없이 축 처져 세월을 무료하게 보내는 여느 왕릉들과 달리 덮은 흙을 꽉 움켜쥔 모습이 생기가 돌았다.

두 사람이 흰 줄을 넘어가려 하자 일본 경찰이 막아섰다. 성시원이 기자 신분증을 내밀었지만 지키고 있던 순사는 완강히 고개를 저었다.

성시원은 일전에 받아 둔 유키오의 명함까지 내밀었으나 순사는 오히려 그들을 밖으로 밀어냈다. 필시 유키오에게 어떤 지시를 받은 것이 틀림없었다. 성시원은 떨떠름한 표정을 짓더니 이윽고 벨트를 풀었다. 그리고 가죽 안쪽 면의 비밀 주머니에서 위조해 둔 정무총감의 명함을 들이밀었다. 놀란 순사는 황급히 줄을 열어주었다.

'아, 저 새끼, 조선 놈인 거 같은데 말이야.'

성시원은 줄을 넘으며 그 순사를 흘겨보았다.

소우관장의 운전사와 함께 내려앉았다는 구덩이는 땅이 꺼진 것처럼 보이기도 했고 흙이 무너진 것처럼 보이기도 했다. 구덩이 한가운데에는 네모난 석곽이 삐딱하게 묻혀 있었다. 지반이 내려앉으면서 석곽도 불안정하게 위치가 바뀐 것 같았다. 석곽의 덮개는 흙에 밀려 열린 상태였고 그 안으로 흙이 가득 들어찼다. 성시원은 비가 오기 전까지 평평한 지형이었을 지면이 순식간에 저 깊이로 내려앉았다고 생각하니 등골이 오싹했다.

"아이고, 지겹던 비가 이제야 그쳤군요."

성시원은 모자를 벗고 유키오에게 다가갔다. 유키오는 30대 초반으로 일전에 김인문 비석이 발견되었다던 서악서원을 발굴하는 박물관의 실책임자였다. 팔자 눈썹에 약간 매부리코를 가졌으며 키가 크고 골격이 단단했다.

"벌써 그쪽까지 연락이 닿았나요?"

"뭐, 다 그런 것 아닙니까? 하하!"

"또 우리 연구원을 포섭한 모양이군요."

유키오가 너털거렸다.

"근데, 저 구덩이가 각간묘의 내부입니까?"

"각간묘의 내부라고 하기엔……. 보시다시피 각간묘의 봉분과 구덩이 사이엔 거리가 좀 있어서."

"봉분도 없는 맨땅에서 어떻게 관이 나옵니까?"

"글쎄요. 평탄화된 다른 봉분이었을 수도 있고⋯⋯."

성시원은 그 말에 한동안 구덩이를 응시했다.

"그럼 전혀 다른 무덤이란 말입니까? 각간묘와 몇 미터도 안 되는 이런 곳에 또 봉분이 있을 리가?"

"뭐, 같은 시대가 아니면 가능합니다."

유키오의 입에서 입김이 났다.

"지반이 뒤틀리면서 각간묘 내부의 관이 땅 속에서 앞쪽으로 이동한 것 같은데?"

"뭐, 그럴 수도 있겠고."

유키오는 성시원의 말을 대충 넘겨들었다. 성시원은 구덩이를 내려다보았다. 저 석곽 안에는 관이 들어 있을 것이다.

"저걸 파내면 각간묘가 누구의 무덤인지 알아낼 수 있겠군요?"

한두 마디 친절하게 받아주던 유키오는 금세 귀찮은 기색을 드러내고 입을 닫았다.

그때, 구덩이에서 석곽 속의 흙을 걷어내던 인부가 외쳤다.

"속에 관이 있습니다요!"

그러자 유키오가 쏜살같이 구덩이로 뛰어내렸다. 구덩이 안에서는 장화가 발목까지 푹 빠졌다. 인부들이 한 뼘이 넘는 두께의 석곽 천장판을 힘겹게 걷어내고 석곽 속에 들어찬 흙을 퍼내니, 길이 2미터쯤 되는 석관이 보였다. 관은 화강암으로 짠 것으로, 옆면의 상단에는 심엽형* 장식이 조각되어 있었다.

"임라계 회칠 기술이야. 아무래도 신라 중기의 관인 것 같은데."

유키오가 중얼거렸다.

인부들이 칼과 삽으로 석관의 뚜껑에 틈을 내려고 했지만 관은 어떠

---

* 새싹 문양

한 미생물도 침투를 용납하지 않겠다는 듯 굳게 닫혀 있었다. 유키오는 흰 장갑을 낀 손으로 구덩이 위쪽의 누군가에게 손짓을 했다. 고적학회 완장을 찬 인부 두 명이 쇠로 된 정을 들고 허겁지겁 내려갔다.

"아니, 그걸 깨뜨릴 작정이오?"

위에서 성시원이 외쳤다.

"어쩔 수 없는 일 아니오."

유키오가 아래에서 받아쳤다.

인부들은 석관과 뚜껑 사이 틈을 정으로 조금씩 깨뜨리기 시작했다. 석관 윗면이 길게 빗금을 가르고 반으로 깨졌다. 그 틈으로 공기가 빠른 속도로 스며들어갔다. 뚜껑이 열리자 곰팡내 나는 흙냄새가 바람을 타고 위로 올라왔다.

"뭔가 있다!"

성시원은 침을 꿀꺽 삼켰다.

순간, 각간묘와 주변 사람들 사이로 연한 돌풍이 지나갔다. 그 바람에 주변에 흩어있던 너저분한 지푸라기들이 잠시 땅에서 떨어졌다.

"커, 커헉!"

그런데 석관 내부를 들여다보던 일본인 인부 한 명이 눈을 감싸며 뒤로 넘어갔다.

"우, 우읍!"

또 다른 한 명이 목을 움켜쥔 채 쓰러졌다. 놀랍게도 그 인부는 목이 풍선처럼 부풀어 오르고 있었다. 유키오가 처음 쓰러진 인부를 뒤집어 보니 그는 이미 눈이 튀어나온 채 죽었다. 지켜보던 순사 두 명이 줄을 넘어 달려와 구덩이로 내려갔다.

"안 돼, 안 돼. 내려오지 마!"

유키오는 순사와 인부들을 모두 구덩이 밖으로 내몰았다. 인부들은 장비를 버리고 너, 나 할 것 없이 도망치듯 미끄러지며 구덩이 밖으로 뛰어나갔다. 구덩이 주변은 순식간에 아수라장이 되었다.

박영래는 그 사이 석관 속을 몇 장 찍었다.

소화 7년, 오사카: 법민

1

오사카의 하늘은 검었다.

이틀 전부터 낮게 깔린 구름이 수상하다 싶더니 새벽부터 비가 내렸다. 오사카 남쪽바다에서 일어난 저기압이 때 이른 겨울장마를 몰고 온 것이다. 바깥은 연일 내리는 비 때문에 습도가 매우 높았지만 방 안은 사막처럼 건조했다.

법민이 기름등의 뚜껑을 열고 등유를 따랐다. 양말을 벗어 보송보송한 발바닥을 비비니 감촉이 좋았다. 창으로는 오사카의 화려한 네온이 한눈에 들어왔다.

황군은 용산에 집결한 지 3개월 만에 심양(瀋陽)의 만철선로(滿鐵線路)를 폭파했고, 급기야 만주에 황제를 등극시켰다. 일본은 조선과 만주를 먹는 것으로 일단 대륙 진출의 발판을 마련한 것 같았다. 장제스와 마오의 중국이 다시 결집되는 분위기로 가고 있으니 그들은 만주라도 장악하지 않으면 안 되었을 것이다. 이제 몇 년 안에 아시아 전쟁은 본격적으로 시작될 것이다. 조선에서는 이미 이런 풍문이 돌고 있었다. 곧 조선인 징집이 시작되리란 예측은 크게 어렵지 않았다. 법민이 징집을 피하기 위해 오사카 6제국대학의 입학 허가서를 받고 일본으로 건너온 것은 올해 2월이었다.

"지루한 오후야."

목소리에 놀라 돌아보니 바닥에서 한 사내의 머리가 불쑥 올라왔다.

그는 아래층에 연결된 사다리를 타고 다락방 다다미 아래에서 목만 내민 채 법민을 보며 웃고 있었다. 마치 방바닥에 머리통 하나가 데구루루 구르다 멈춘 것 같았다.

"고향 생각이라도 하는 것인가?"

"올라오지 않고?"

법민이 그를 보며 웃었다.

겐지는 동양인으로는 드물게 코가 컸다. 미남에다 머리숱이 풍성했고, 특히 웃을 때 보이는 옆으로 갈라지는 강건한 하관이 얼굴 전체를 꼭 붙들어 매는 듯 보여 아메리카 인디언 같았다.

"저녁은?"

겐지는 법민의 말을 못 들은 척 벌러덩 누웠다. 그의 입에서 시큼한 단내가 난다.

"옷을 보니 젖지 않았군."

"점심때부터 자넬 기다리다 툇마루에서 그만 잠이 들어버렸네. 일어나보니 이 시간이지, 뭔가?"

"히로요 아줌마가 깨우지 않았고?"

겐지는 벨트를 풀고 밖으로 삐져나온 상의를 바지 속으로 집어넣으며 피식 웃었다. 그가 걸친 하얀색 실크 상의는 부잣집 귀족들이나 입는 비싼 옷이었다. 그러고 보니 겐지는 지난 달 우메다 거리에서 구입한 포우의 단편집에 나오는 뒤팽의 삽화와 꼭 닮았다.

6제국대학 의학부 동기인 고지마 겐지는 법민보다 세 살이 많은 1902년생이었다. 황족과 귀족의 자제들만 다닌다는 학습원 출신이었고 육사를 다니다 중퇴했다는 말이 있었다.

겐지는 벗어놓은 교복 안주머니에서 누런 봉지에 싸인 조선 강정을 내밀었다.

"쓰루하시쵸(鶴橋)에 갔다가 자네 생각이 나서 사 왔네."

그는 밤마다 이렇게 법민을 찾아왔다. 일본 교자를 사가지고 오기도 했고 향이 좋은 가센(佳撰)*을 데워 오기도 했다. 처음에 법민은 느글거리며 접근하는 겐지의 태도가 마음에 들지 않았지만 찾아오는 것이 일상이 되자 이제는 오히려 그를 기다리게 되었다.

"무슨 생각을 그렇게 하고 있나? 잃어버린 조국을 되찾을 생각?"

이 친구 또 이런 말을 한다. 겐지에게 단점이 있다면 바로 상대의 감정을 고려하지 않고 농담을 한다는 것이다. 그는 종종 법민이 사색에 젖어 있거나 기분이 좋아 보이면 얌체 같은 질투를 느끼곤 했다. 언젠가 법민이 이점에 대해 따졌을 때 그는 사랑받고 싶어하는 애정 결핍자의 졸렬한 모습이라고 스스로도 말한 적이 있었다.

"내가 누누이 말하지 않았나. 조선은 독립이 가능해. 내가 경성에서 한량 노릇을 할 때 경성의 지맥을 유심히 관찰했다고! 남산의 지세는 외부 권력을 오래 머금지 못할 걸세."

법민은 피식 웃음이 나왔다.

겐지는 학습원을 마치고 부친의 뜻에 따라 육사에 진학하려 했으나 그만두고, 갑자기 조선으로 건너가 1년간 방탕한 생활을 했다고 한다.

---

* 일본 술. 사케

그러다 결국 일본 육사에 들어가긴 했지만 부친의 뜻을 어기며 자퇴를 하고 오사카 의대에 진학해버렸다.

"이보게, 법민. 난 자네가 정치적이 되었으면 좋겠어. 내가 자네라면 아나키스트가 되든가, 마적 흉내라도 냈을 거네. 그도 저도 아니면 경성 한복판에서 할복이라도 했거나……."

경성 한복판이라는 말에 법민은 창으로 다시 눈길을 돌렸다. 골목 사이로 비루먹은 개들이 비를 맞으며 돌아다녔다. 거리감이 느껴지는 몇 분이 흘렀다. 겐지는 아무렇지도 않은 듯 뻐딱하게 벽에 기댔다. 그 때 우르릉 쾅쾅 우렛소리가 천지를 진동했다. 겐지의 발그림자가 벽을 타고 까닥거렸다.

"조롱하는 게 아닐세. 만약 내가 조선인이라면……."

"그만하지."

법민이 눈길도 돌리지 않고 강한 어조로 말허리를 잘랐다.

어디선가 바람을 타고 능소화 냄새가 났다. 그 향은 비 비린내와 섞이며 묘하게 싱그러웠다. 후드득후드득. 장단을 치듯 떨어지는 빗소리에 초겨울 저녁이 구슬프게 저물고 있었다.

"자네, 전쟁이 무섭지?"

후드득, 처마에 고인 물이 떨어졌다.

"무서울 게야. 조선에서 징집을 피하기 위해 이곳에 왔을 텐데 여기서 다시 징집 당하면 억울하겠지."

겐지는 마치 법민에게 약 올리듯 발가락을 꼼지락댔다.

"이 놈의 전쟁."

"이 놈의 전쟁."

겐지는 창을 내다보고 있는 법민의 등 뒤에서 욱욱 하는 바람소리를 섞으며 쓸데없는 괴성을 질렀다.

요즘 일본 언론과 학생들은 천황의 아시아 진출 정책이 제국의 번영과 동아시아의 진보를 위한 최선의 정책이며, 그 와중에 일어나는 지엽적인 반발은 필요악일 수밖에 없다는 '황군화교육'에 적극 동조하는 분위기였다. 서양에 밀리지 않으려면 아시아를 개도하는 역할을 할 나라는 일본밖에 없다는 주장이다. 그러나 겐지는 황군의 무장과 아시아 진출이 옳지 못하다고 생각했다. 그는 그것이 오로지 '천황제'라는 권력 체제를 유지하고 지배층과 귀족의 정치적 야욕을 채우는 수단일 뿐이라고 여겼다.

겐지의 집안은 대대로 대신을 역임한 귀족 명문가이고 요리토모(源賴朝)* 막부 정권 때에는 몇몇 영웅도 배출했다. 그의 아버지 고지마 노기 후작은 러일전쟁을 승리로 이끈 주역이자 온 국민의 추앙을 받는 인물이었다. 고지마 노기에게는 무사 가문의 명예가 그 무엇보다도 중요했다. 그는 군인들을 엄격히 훈도했고 전투에서는 항상 이겼다.

그런 인물에게 자식이란 쌓아놓은 명예를 잇는 수단일 뿐이었다. 가문의 명예란 세월이 흐르면 사라지는 법이어서 자식들은 각자 자신의 대에서 기억할 명예를 반드시 만들어야 한다. 만주 완구루에서 겐지의 형 류타의 부대가 전멸했을 때 고지마 노기는 입원한 아들 앞에 단도와 헝겊을 건넸고, 류타는 할복했다.

겐지가 그런 아버지를 어떻게 생각하는지 알 수는 없지만 그의 행동을 볼 때 분명 아버지의 영향이 부정적인 결과를 초래한 것만은 틀림없었다. 비합리적인 낙천성, 형용할 수 없는 느긋한 인상은 그가 아버지에게 품고 있는 증오와 전혀 관계가 없다고 볼 수 없었다. 아버지와 반대로 사는 것, 그게 바로 그가 추구하는 인생의 목표처럼 보였다.

---

* 일본에서 최초로 독립된 무가 정권을 세운 가마쿠라 바쿠후의 쇼군. 1192년 쇼군에 올랐다. 이 요리토모가 세운 바쿠후라는 제도는 약 700년 동안 이어졌다.

"곧 큰 전쟁이 시작될 텐데, 어쩔 생각인가?"

자정이 지나자 빗줄기가 점차 굵어지고 바람도 더 세차게 몰아쳤다. 법민은 덜컹거리는 창문을 닫았다. 갑자기 세상이 보기 싫었다.

"자네, 전쟁이 무섭지?"

겐지의 말과 함께 후드득, 처마에 고인 물이 떨어졌다.

"다시 조선으로 돌아갈 생각은 없나, 법민?"

"……."

"조선에서 징집을 피해 이곳 오사카로 왔겠지만, 여기 있어봐야 또 다른 징집을 면치 못하네. 학적부에 등재된 학생부터 우선 징집 대상으로 검토 중이라는 소문이 돌고 있어."

겐지가 진지한 어조로 말을 이었다.

"외국인이든 내국인이든 모조리 검토 대상일세. 나는 뭐 당연하고, 자네도 별수 없을 거야. 이런 시국에는 자네 같은 조선인도 일본인과 똑같지."

법민은 고개를 숙이고 다다미 바닥을 손바닥으로 꾹꾹 눌렀다. 겐지는 차분한 눈길로 법민을 보았다.

"난 조선으로 가네."

겐지의 말에 법민의 눈이 커졌다. 그가 경성에서 본토로 돌아온 지 2년이 채 되지 않았기 때문이다.

"조선으로 가면 무슨 방편이 생기나?"

겐지는 대답 대신 책 사이에서 뭔가를 꺼내 법민 앞으로 던졌다. 흰 봉투였다. 봉투 겉면에는 조선총독부의 직인이 찍혀 있었고, '조선고적 연구회'라고 인쇄된 발신인 란에는 남자의 이름이 적혀 있었다.

"고지마 유키오?"

"조선총독부 박물관 조수로 일하는 친구야. 유키오는 경주에서 신라

시대의 고적을 발굴하고 있네."

겐지는 목이 마른지 손으로 목을 감싸고 있다가 주전자에서 물을 따라 한 모금을 달게 마셨다.

"내가 사관학교 3학년 때 〈유럽식 탄소측정에 관한 연대기 분석법〉이란 논문을 쓴 적이 있었네. 그걸 이해했던 사람이 지질담당 미시마 교수와 내 사촌 유키오뿐이었지. 당시 유키오는 동경대 진학을 앞두고 있었는데 고고학을 전공하고 싶어했네. 내가 탄소 측정법을 고고학에 적용하면 유물의 생성연대를 알아내는 데 효과적일 것이라고 말해주니 그가 아주 흥미를 보인 적이 있었어. 그래서인지 이 친구가 올 초부터 계속 이런 편지를 보내고 있네. 나를 조선으로 초대하고 싶다는 거야."

법민은 편지를 훑어내렸다.

"카와이…… 소우?"

"……"

"그가 누군가? 자네 사촌은 자네가 이 사람을 도와주길 바란다고 써놓았군."

"경주박물관 보존 관장이야. 유키오는 그 사람 밑에서 고적분과 연구조수로 일하고 있네."

"총독부 인사겠구만."

"그 사람, 고적조사 전문가로 일본에서도 꽤 정평이 나 있지. 나랑은 오사카에서 기원절 축제 때 만난 적이 있어. 무척이나 까다롭고 신경질적인 남자더군. 제국의 동아시아 확장 정책을 지지하는 열성 왕당파이기도 하고. 별명이 '혼자 사는 수달'이야."

"수달?"

"발음 때문이지. 카와이 소우(川井 草)*라는 발음이 카와우소(かわうう

---

* 강가의 풀이라는 의미

そ)*와 비슷해서 그렇게 부르나 보더군. 원래 카와우소는 갓파**의 변종인 수달요괴야. 그래서 학계에서는 그를 '사학계의 요괴'라고도 하지."

젠지는 호탕하게 설명했다.

"그러니까 유키오는 자네더러 자신들이 발굴한 조선 고적들의 연대를 탄소측정법으로 조사해달라는 거군?"

법민이 짐작한 바를 내뱉었다.

"맞았어. 경주는 자네 고향이 아닌가? 어때, 나랑 함께 조선으로 가지 않겠나? 재미있을 것 같은데."

법민은 조선으로 다시 돌아가고 싶다는 생각을 또 하고야 말았다. 귀국하고 싶은 생각은 예전부터 간수에 떠오르는 두부처럼 마음에 둥둥 떠다니고 있었지만 그럴 때마다 몇 가지 자신 없는 걱정이 스치고 지나갔었다.

"조선총독부에서 경주 고적을 전부 발굴할 계획이라던가?"

"글쎄, 그게 식민정책의 일환인 것 같은데. 아, 미안, 미안……. 뭐, 아시아 지역 공동개발 정책이라고 부르자고."

법민은 애써 자신의 비위를 맞추려는 젠지가 딱해 보이기도 했다.

"추밀원***에 자네 추천서까지 요구하겠네. 황실의 보증으로 나랑 조선으로 건너가는 거야. 전쟁을 싫어하는 우리 같은 사람들은 숨는 게 상책이지."

그로부터 열흘 뒤, 학교는 문을 닫았다.

---

* 수달(かわ-うそ)을 일본말로 발음하면 '카와우소'이다.
** 갓파(河童): 일본의 강가에 사는 요괴. 알 수 없는 말을 하며 사람들을 현혹시키고 인간에게 접골술을 가르쳤다고 한다.
*** 일왕의 정무상 최고 자문기구

봉우마을의 두 가문

1

새벽부터 서낭당 앞에는 남정네 대여섯 명이 모여 한숨을 쉬고 있었다.

"희한하네. 누가 저랬지?"

"장승이 발이 달렸나?"

"마을에 귀신이 도는 거제."

"재앙님이 오신다꼬 장승들이 먼저 알려주는 거라 카던데."

붉은 도깨비 형상을 한 봉우마을의 장승들은 남녀를 조각한 여느 장승과 생김새가 달랐다. 누런 이끼가 군데군데 피어오른 해양 소나무 기둥 위로 새겨진 날카로운 코와 이마는 신라의 조각선이 살아 있는 수각(秀刻)이었다. 이 장승들은 수백 년 동안 서천교 입구에서 마을의 진입로를 지켜왔다.

그런데 몇 달 전부터 장승들이 마을 안쪽으로 움직이고 있었다. 점점 이동하고 있다고 해야 옳은 말이다. 원래 이 장승들은 지금 위치에서

500미터 앞 서천교 삼거리 초입에 있어야 했다. 보름 전 여섯 걸음을 움직이더니 오늘 또 20미터를 더 마을 쪽으로 이동해 이제는 마을 앞 서낭당까지 다가왔다. 누구의 짓인지 알 수 없었다. 장승이 박혔던 자리마다 깊은 구멍이 그대로 드러나 있었다. 하지만 누구도 장승을 뽑아 제자리로 옮기려 들지 않았다.

"그럼, 밤마다 귀신들이 장승을 가지고 노는 기가? 장승님도 겁을 집어먹은 기가?"

"일본 놈들이 각간묘를 파헤치니 재앙님이 오신 거제."

"지 자리로 갖다 놓아야 하는 거 아닐까?"

"아서라. 마, 고약하게 간섭했다간 똥구멍이 막혀 죽을 게 분명하다."

2

장승이 박혀 있는 옆 도로를 따라 서쪽으로 1km쯤 들어가면 봉우마을 초입이 나왔다. 마을은 선도산의 勿(물) 자형 산줄기가 형산강을 서남방으로 감고 대지를 역수(逆水)로 안은 지형이었다. 역수의 지형은 예로부터 돈이 많이 난다고 했다. 그도 그럴 것이 과거에는 마을 앞으로 흐르는 형산강의 수량이 많아 포항 쪽에서 물류를 실은 배들이 자주 드나들었다. 이제는 물이 말라 배가 다니지 않게 되었지만 역수의 지기는 틀리지 않았다. 관에서 마을을 지나는 산업도로를 내면서 다시 상권이 발달한 경주역과 가까워졌기 때문이다. 과연 좋은 일이었을까? 선도산 아래 봉우마을은 예로부터 타지인들이 함부로 들어올 수 없는 신성지였지만 이제는 누구나 쉽게 지나치는 마을이 되었다.

이 마을에는 대표적 문한가(文翰家)가 두 곳이 있다. 봉우당(鳳宇堂)과 유곡채(酉谷寨)였다.

봉우당은 김해김씨(金海金氏) 소유의 고택을 부르는 말이다. 이들은 신라 태대각간 김유신의 후손들로 고대 금관가야의 왕족이라는 혈통에 자부심이 있었다. 남명 조식의 학통을 이어받아 조선 중기까지는 벼슬 길에 오르기보다는 지방의 서원 등에서 강학하며 도학의 길을 걸었다. 그러다 영조대왕 때 실시된 남인 우대 정책으로 다시 정계에 복귀한 뒤 지체 높은 벼슬가문으로서 선도산 일대에 큰 세력을 유지했다. 이들 은 무열왕릉 서쪽에 터를 잡고 천년 동안 각간묘의 제사를 주관하며 마을을 지켜오고 있었다.

최근 봉우당의 가세가 기운 것은 봉우당의 당주 김산정이 독립자금 을 지원하기 위해 무리하게 광산사업에 뛰어들었다가 진 천만 원의 부 채 때문이었다.

유곡채는 무열왕릉에서 동쪽 기슭에 자리하고 있었다. 경주김씨(慶州 金氏)의 신라 진지왕계 후손들로, 태종무열왕의 둘째 아들이자 문무왕 의 친동생인 신라 장군 김인문의 직계 현손이었다. 그들은 무열왕릉의 배향권을 가지고 있었다. 고려 태조는 신라가 망한 뒤에도 신라왕족의 경주 지역 통치를 허용했다. 그래서 이들은 고려시대에도 영락을 누렸 으며, 조선 중기에는 서인 계열의 명문가로 자리 잡았다. 유곡채의 경주 김씨들은 노론의 거두 김익손을 중심으로 네 명의 정승과 다섯 명의 판서를 배출하는 등 명실 공히 사대부가로 명맥을 이어갔다. 무열왕릉 에 제사를 주관하는 유곡채 사람들은 봉우당 사람들과 더불어 마을의 양대 세력을 형성하고 있었다.

유곡채의 당주이자 김법민의 아버지 김치록은 조선의 대표적인 친일 관료였다. 그의 친일 행위는 순전히 그의 의지에 따른 선택이었다. 봉우 당처럼 몰락하지 않고 유곡채를 지켜야 한다는 병적인 강박관념이 출

세욕을 강하게 자극한 것 같았다. 김치록은 중추원 참위 당시 출자했던 조선은행 채권과 몇몇 유한회사의 지분을 고가에 매각할 수 있는 기회를 잡아 그 돈을 쥐고 미련 없이 낙향했다.

김치록은 여느 친일계 인사와 다른 점이 있었다. 경성 시절에도 그는 조선인들에게 박하게 굴지 않았다. 2년 전 수해 때도 마을에 많은 금전을 내놓았고 평소에도 어려운 사람들에게 아낌없이 베풀었다. 이런 처세 때문에 그가 비록 친일 인사지만 사람들에게 두터운 신망을 얻고 있었다. 김치록에겐 적(敵)이 없었다. 봉우당 사람들을 제외하고는.

고택 유곡채

1

미리 열차편으로 짐과 책들을 부친 겐지와 법민은 손가방만 하나씩 들고 있었다.

돌담길을 따라 대문 앞에 서니 오래된 네모난 돌이 보였다. 말을 타고 내릴 때 발을 디디기 위한 하마석(下馬石)이었다. 다이묘 가문 중에도 하마석을 두는 가옥은 적었다. 겐지는 유곡채가 무척 단정해 보였다. 이가 맞지 않는 엇갈림 속에서도 규격을 갖추었다. 지붕들은 허전하면서 수려하고 떠 있으면서 눌렀다. 화단에 핀 남천, 불두화, 산수국도, 햇볕을 오래 잡아두는 장독들도 시원한 겨울 공기를 즐기는 데 여념이 없었다.

"집 안에 가시나무를 많이 심어놓았군. 저런 담장 뒤로는 상록수를 심어놓아도 아름다울 텐데."

"조선에서는 집 안에 상록수를 심지 않는다네."

"그런가?"

"사시사철 푸른 상록수를 심는다면 계절의 변화에 무감각해지겠지."

통문을 지나니 안채가 나왔다. 안채 마당에는 큰 수양매와 청매가 꼿꼿하게 자라고 있고 그 아래로는 피나무를 깎아 만든 절구가 보였다.

"서쪽에 있는 오류헌에 자네가 묵을 거처를 마련해두라고 해놓았네. 거긴 뒤뜰이 있어 지내기에 좋을 거야. 예전에 이우* 공께서 며칠 묵으셨던 방이지."

"그런데, 아무도 없나?"

겐지가 장갑을 벗으며 조심스럽게 두리번거렸다. 그러고 보니 부리는 사람들이 보이지 않았다. 법민은 행랑채의 큰 마당으로 나가보았다. 볏짚에 싸인 장독들 옆으로 들어올 때는 보이지 않던 고용인들이 모여 있었다.

"아, 서방님. 언제 오셨습니까?"

샤론이 먼저 법민을 알아보자 나머지 세 고용인도 뒤돌아보며 허리를 숙였다.

샤론은 마흔 살 정도의 경성사람이었다. 자동차회사에서 경리로 일하다가 미두도박 때문에 많은 빚을 지고 숨어 지내던 차에 김치록과 사적인 거래를 하고 도박 빚을 갚았다. 그 인연으로 그는 김치록이 낙향을 결심했을 때 함께 유곡채로 내려와 집사로서 충실한 손발 노릇을 하고 있었다. 그의 이름이 왜 샤론인지 아는 사람은 없었다. 그가 판금협회 사람들을 따라 미국에 갔을 때 미국인이 그에게 '사람'이라고 발음한 것이 그의 이름이 되었다는 소문이 있었다. 결혼을 한 번 했다는 말이 돌았으나 자식이 있는지 없는지 아무도 몰랐다. 그는 유곡채에서

---

* 고종의 다섯째 아들인 의친왕의 차남. 조선 황실에서 배일(排日) 정신이 가장 크고 독립의식이 강한 황족으로 알려졌다. 1945년 히로시마에서 원자탄에 피폭되어 세상을 떠났다.

떨어진 가옥에 따로 살고 있었다.

"역으로 미처 사람을 보내지 못했습니다."

"다들 어디 가셨는가?"

샤론이 슬금슬금 눈치를 본다.

"뭔가?"

"큰서방님이 사라져서 다들 찾고 있었습니다."

"형님이?"

"예, 새벽까지 열이 높아 아침에 탕약을 드시고 별채에서 주무셨는데 조반을 들고 다시 갔더니 안 계셨습니다."

"또 낫이나 칼이 없어졌는가?"

다급해진 법민의 질문에 샤론은 난처한 듯 고용인들을 흘겨보다 다시 말을 더듬거렸다.

"그, 그게…… 아, 뭐 하는 거야? 빨리 서방님 가방을 받지 않고……."

샤론은 옆에 서 있는 애먼 고용인들에게 눈치를 주었다. 그는 법민을 똑바로 보지 못하고 시선을 다른 데로 두려 했다.

"그런데 혼자 오셨습니까?"

그제서야 법민은 겐지가 옆에 없다는 것을 알았다. 주위를 두리번거리던 법민은 중문을 지나 화단이 있는 오류헌 앞마당으로 들어갔다.

겐지는 그곳에 서 있었다.

"이보게, 언제부터 여기 와 있었…… 헉……!"

법민은 그 자리에 굳어버렸다.

마루에 웬 사람이 거꾸로 매달려 있었다. 매달린 남자는 두 눈을 부릅 뜬 채 문둥이의 형상을 하고 겐지를 노려보고 있었다. 오른쪽 눈에는 길게 얽은 칼자국이 있다. 그의 발목에 묶인 밧줄이 처마의 쐐기목에 둘러진 것을 보니 아마도 밧줄을 걸고 기와지붕에서 뛰어내린 것 같았다. 축 쳐진 몸이 줄에 매달린 채 천천히 돌아갔다. 다행히도 주춧돌에 머리를 부딪치지는 않아 보였다. 늘어뜨린 손등이 바닥을 쓸었다.

"형님!"

법민이 소리 지르자, 겐지도 그제야 꿈에서 깬 듯 턱을 들고 재빨리 자살자에게 뛰어갔다. 겐지가 코트 안주머니에서 작은 칼을 꺼내 톱질하듯 줄을 끊었고, 두 사람은 남자를 내렸다.

"빨리 얼음 좀! 더운물도 가져오고!"

뒤늦게 달려온 샤론과 고용인 몇 명이 서둘러 남자를 오류헌의 안방으로 옮겼다. 겐지는 물뱀처럼 축 처진 남자의 몸 위로 올라타 격렬하게 가슴을 마사지했다. 그리고 다시 가슴에 귀를 대어보았다. 반응이 없었다. 겐지는 자세를 다르게 하여 가슴 위로 두 손을 모아놓고 가슴뼈가 부서질 만큼 세게 눌렀다. 법민은 검게 변한 남자의 발가락을 지압했다.

"벌써 청색증이 왔어. 더 세게 문질러!"

겐지의 거친 움직임에 남자의 다리가 이리저리 제멋대로 흔들렸다. 샤론이 떠 온 대야물이 튀어 겐지의 옷은 이미 흠뻑 젖었다.

이윽고 남자의 가슴이 한 번 크게 부풀어오르더니 쉭 하고 바람 빠지는 소리가 났다.

"여기 청심환을……."

어디서 구해온 것인지 샤론이 기름종이에 싼 검은 환을 내밀었다.

"저리 치워. 지금 청심환을 먹이면 오히려 혈압이 올라가!"

법민은 남자의 허리끈을 풀고 바지를 허벅지까지 내렸다. 쭈글쭈글한 성기가 드러났다. 겐지는 고환 밑 회음부에 얼음을 들이붓고는 늘어진 남자의 양쪽 어깨를 심하게 내리쳤다. 그러자 목에서 그르렁 가래 끓는 소리가 울리더니 다시 혈색이 돌아오기 시작했다.

2

저녁이 되자 고용인들은 고택의 석등에 일일이 불을 밝혔다.

겐지와 법민은 옷을 갈아입고 밥상을 받았다. 겐지는 감색 유카타*를 입었고 법민은 학처럼 고운 비단 두루마기를 걸쳤다.

한 여인이 술병과 잔을 받치고 들어왔다. 그 여인을 본 겐지는 눈을 크게 떴다. 이 여자 어디서 본 듯한데……. 어디서 봤을까?

겐지는 어디선가 느꼈던 강렬하고 익숙한 느낌에 머리가 멍했다.

그렇다.

쟌느 에퓨테른느.

바로 유럽 미술잡지에서 본 모딜리아니 그림 속의 여자다.

"어머니께서 인사는 내일 받으시겠다고 하시네요."

성숙하면서도 맑은 목소리다. 어찌 들으면 아이가 혀 짧은 소리로 앵앵거리는 것 같기도 했다. 이 여인은 단추를 목까지 채운 블라우스에 검고 긴 치마를 입었다. 때문에 키가 더 커 보였다. 꼭 다문 입 때문에 볼이 살짝 부풀어 얼굴선은 갸름한 달걀형을 그렸고, 술병을 내려놓을 때 드러난 긴 목과 등은 가냘팠다.

'저렇게 긴 목은 처음 보는군. 대륙의 미인은 역시 달라.'

"형수님, 이쪽은 고지마 겐지, 제 동기입니다."

"민지영입니다."

그녀는 겐지에게 빠르게 인사하고 서둘러 그윽한 눈길을 법민에게 돌렸다.

---

* 일본인이 쉴 때 입는 가운처럼 생긴 옷

"기뻐요. 도련님이 오셔서 이제 집안 분위기가 좀 밝아지겠어요."

법민은 더 이상 아무 말도 하지 않았다. 그저 날아다니는 모기를 쫓듯 지영의 눈과 코와 입술을 훑었다. 그는 자신의 형수를 몹시 냉랭하게 대하는 얼굴이었다. 세 사람은 상을 가운데에 놓고 어색하게 서 있었다. 분위기를 감지한 지영이 서둘러 입을 열었다.

"상은 마루에 내놓으시면 됩니다."

밥상에는 된장을 풀어 끓인 맑은 아욱국과 나물과 전이 차려져 있었다. 따로내온 소반에는 초맥*으로 빚은 교동법주가 목이 긴 술병에 담긴 채 은은하게 향을 냈다.

"자네 형이 화가인지 몰랐군."

식사를 물리자 먼저 입을 연 것은 겐지였다.

"그분은 어릴 때 조선미술전람회에 입선하여 순종께 직접 치하를 받을 만큼 영특했다네."

"낮엔 왜 그 같은 행동을……."

"집안의 큰 고통이지."

"종종 있는 일인가?"

"자살시도는 자주 있는 일이네. 두려운 것은 예측하지 못할 행동이지. 새벽녘에 얼굴에 물감을 잔뜩 바른 채 칼을 물고 안채로 들어가 형수의 방을 훔쳐보다 사람들을 크게 놀라게 한 적도 있었네. 그렇다고 완전히 미치광이가 된 것처럼 보이진 않아. 몇 달 정신요양소에 보내 치료를 받게 했더니 곧 멀쩡한 사람으로 돌아왔다네. 그런데 집으로 오면 또 저런 증세를 보이고……. 오늘 보니 그때보다 증상이 더 심해진 것 같아."

---

* 초맥(焦麥): 초맥아(焦麥芽)라고도 한다. 발아시킨 보리를 가마에 넣고 볶은 것.

"해리성 장애*?"

"비슷해. 불안증에 대인기피도 심해." 술기운이 돌자 법민이 콧등을 한번 찡그렸다.

"물 맑은 곳으로 요양하게 하는 건?"

"이곳만큼 물 맑은 곳이 있을까? 이 오류헌은 형님이 병이 심해지기 전까지 머무르던 곳이네. 지금은 별당채에 있는 화실에 침대를 들이고 혼자 기거하고 계시지."

"그런 환자 때문에 가족이 위험해질 수 있으니까 하는 말이네. 자네 형수가 고생이 많겠군."

"그럴 거야. 형수는 형이 경성에서 지낼 때 만난 여자야. 형이 가르치던 학교의 학생이었지. '황해도 호랑이'라고 부르던 민우범 장군의 딸이라네……."

법민은 처음으로 집안의 흉사를 털어놓았다. 술기운 탓일까? 그보다는 타향에서 돌아왔다는 안도감 때문에 무너지고 싶었던 것일지도 모른다. 함부로 들려줄 수 없는 집안 이야기가 한꺼번에 터져나왔다.

"그런데 자넨 형수를 대하는 얼굴이 왜 그런가?"

겐지는 묻고 싶었던 질문을 꺼냈다.

"……."

"마치 못 볼 것을 봤다는 표정으로 그녀를 쳐다보더군."

법민은 아무런 말이 없었다. 겐지는 그의 얼굴에 잡힌 주름이 미세하게 떨리는 것을 보았다.

'이 친구, 어지간히 자기 집이 싫나 보군. 일본에서도 침울하긴 했지

---

* 흔히 다중인격이라고 부르고, 해리성 정체감 장애(dissociative identity disorder)라고도 한다. 한 사람이 둘 또는 세 개 이상의 전혀 다른 인격이나 정체감을 동시에 가지고 있는 상태를 말한다.

만 이렇게 다른 얼굴이 될 줄이야. 누구에게든 감추고 싶은 혈(血)의 사정은 있겠지.'

들마의 밤이 깊어가고 있었다.

겐지는 축음기를 꺼냈다. 턴테이블과 컵이 쉽게 분리되는 베르리나 식 미니 원반 축음기다. 진공관을 덮은 앤티크 나무 표면에는 '윌리엄 체스'라는 금속 상표가 붙어 있었다. 이 영국제 축음기는 형 류타의 유품이었다. 끌끌거리며 헛돌던 축음기가 잠잠해지더니 곧 〈안단테 콘 모토(andante con moto)〉가 흘러나왔다. 겐지는 팔베개를 한 채, 긴 침목에 기대어 음악을 들으며 푸른 창호지에 드리운 매화나무 그림자를 감상했다.

류타가 생각났다. 그가 죽던 날, 병실 구석 축음기에서 헛돌고 있던 음반이 바로 이것이었다. 류타는 이 음악을 들으면서 인생의 마지막을 치열하게 맞았겠지. 눈을 감았다. 첼로와 바이올린의 선율이 낮게 흐르며 피아노를 이끌어낸다. 슬프고도 맑은 선율이 단조롭게 흘렀다. 점점 취기가 오르고 심장에 피가 돌면서 온몸이 저릿했다. 죽음의 그림자가 드리우는 듯 으스스 한기가 돌았다.

"겐지, 넌 우울할 때 어떻게 하니?"

"우울할 땐 생각을 멈춰."

그 질문에 처음에는 별 생각 없이 그렇게 말했다. 류타는 겐지의 대답에 연하게 웃었지만 슬픈 빛이 어렸다. 어쩌면 그는 전쟁터에 나갈 때부터 죽음을 기다렸을 것이다. 모두 아버지 때문이다. 고지마 가문은 반드시 전승(全勝)을 해야만 했다. 어린 겐지도 어렴풋이 그것을 느꼈다.

"겐지, 이리로 와봐."

류타는 겐지를 조용히 무릎에 앉혔다.

"나가면 오래 있다 오는 거야?"

"아무래도 그렇게 되겠지."

"전쟁이 중국 본토까지 확산된다던데, 그럼 거기로 가는 거야?"

"만주로 갈 거야."

"아버지가 형을 잘 돌봐주실 거야."

류타는 쓴웃음만 지을 뿐 대꾸를 하지 않았다.

"겐지, 저기 축음기 보이지?"

장지문 맞은편에 놓인 작은 탁자에는 그가 런던에서 가지고 온 축음기가 있었다.

"바늘을 다시 올려놓고 와."

피아노 트리오가 흘렀다. 한참 눈을 감고 음악을 듣던 그는 눈을 크게 뜨고 말했다.

"이제 저것을 너한테 줄게. 내가 돌아오더라도 저 축음기는 네 거다, 알겠지?"

류타가 죽자 겐지는 아무것도 가진 게 없는 사람이 되어버린 느낌이었다. 사라진 형이 아버지만큼이나 미웠다.

술기운이 몽롱하게 온몸을 휘감았다. 연잎주 때문인지 이상하게 두통이 심했다. 겐지는 낮에 벌어졌던 희한한 일과 처음 보는 법민의 무서울 정도로 굳은 얼굴, 지영의 가느다란 허리와 죽은 류타를 생각했다. 내일 일찍 유키오를 만나야겠다고 생각했다.

매화나무 가지가 밤바람에 흔들렸다.

살아 있는 머리: 소독실

1

"다소 충격적일 텐데, 겐지 님은 입회를 할 수 있습니다만……."

복도 끝에서 지하로 내려가는 계단 앞에 이르자 유키오가 뒤를 돌아 법민을 쳐다보았다.

"괜찮아. 이 친구도 문부성에서 발령한 고적조사 임명장이 있네."

겐지가 말하자 유키오는 덤덤한 표정을 지으며 법민에게 말했다.

"그러면 참의대감께는 여기서 본 일을 일절 말하지 말아주십시오."

유키오는 법민의 참관을 허락하고 빠른 걸음으로 콘크리트로 된 지하 계단을 앞서 내려갔다.

"기사에는 나가지 않았지만, 한 명이 죽고 한 명은 실어증에 걸렸습니다."

계단을 내려가면서 유키오가 말했다. 고지마 유키오는 동년배인 고지마 겐지에게 꼬박꼬박 존댓말을 썼다.

"정말 인부들의 말대로 발굴당시 시신이 눈을 떴다는 건가?"

"저도 그 자리에 있었지만, 글쎄요. 미라에 놀라 정신착란을 일으킨 것이 아닌가 생각됩니다."

지하로 내려가니 음산한 한기와 함께 매캐한 곰팡내가 코를 찔렀다. 유키오가 회중전등을 켜자 불빛 속으로 길게 복도가 드러났다. 그는 다섯 번째 방에서 멈춰 섰다. 205호라고 적힌 나무판에 한자로 '소독실'이라고 쓰여 있었다.

방에 들어서는 순간 역겨운 곰팡내와 물이끼 썩는 비린내가 끼쳤다. 법민은 손수건으로 코를 막았다. 벽 삼면에는 나무로 틀을 짠 5단짜리 유리선반을 천장까지 높게 세워 두었다. 선반 위에는 깨진 그릇이 담긴 바구니들이 잔뜩 쌓여 있고, 맞은편 선반에는 돌부처의 머리와 녹슨 철제 부장품들이 엉켜 있었다.

"겨울에는 습도가 낮아 그나마 견딜 만합니다."

유키오는 익숙한 모양이었다.

방 가운데에 놓인 길고 큰 나무탁자에는 벽에서 탁자까지 수도관이 연결되어 있었다. 탁자에서 유물을 세척할 수 있도록 개조한 것 같았다. 소독실은 크레졸 냄새 대신 곰팡냄새가 풍길 뿐 여느 병원의 해부실과 다를 것이 없었다. 유키오는 탁자서랍에서 장갑을 꺼내 두 사람에게 내밀었다.

"장갑을 끼십시오."

유키오는 안주머니에서 마스크를 꺼내 귀에 걸었다. 겐지와 법민은 장갑을 낀 손으로 손수건을 들고 입을 막았다.

"이곳은 예전에 지방 관아의 석빙고가 있던 자립니다. 한여름에도 기온이 영하를 유지할 만큼 서늘하지요."

유키오는 정면의 철제금고로 걸어갔다. 보통 관청에서 볼 수 있는 한 자짜리 캐비닛인데, 한약방에서 약재를 넣어두는 6단각처럼 되어 있었다. 상자마다 이름표와 둥근 손잡이가 붙어 있고 손잡이를 돌리면 상자가 당겨지는 구조였다. 그는 이름표가 없는 가운데 서랍의 손잡이를 크게 돌렸다. 서랍은 생각보다 서서히 열렸다. 합금강으로 제작된 것 같았다. 그가 두 손으로 손잡이를 마지막까지 힘껍게 당기자 서랍이 딸깍, 하는 소리와 함께 홈에 걸렸다.

"좀 도와주십시오."

유키오가 뒤를 돌아보자 겐지가 다가갔다.

서랍 속에서 금속 상자를 꺼내자 몇 개의 튜브로 이어진 또 하나의 상자가 더 딸려 나왔다. 유키오가 큰 상자를 들었고 겐지는 전선으로 연결된 작은 상자를 받쳐들었다. 그때 손이 미끄러지며 겐지가 상자를 바닥에 떨어뜨릴 뻔했다.

"조심해주십시오."

겐지와 유키오는 두 상자를 방 가운데에 있는 실험탁자에 조심스럽게 내려놓았다. 전선으로 연결된 두 개의 상자는 냉동기였다. 큰 상자는 높이 40센티미터, 폭 30센티미터의 유골함 같은 크기로 가운데 모서리에는 거북 모양의 자물쇠가 달려 있었다. 뒷면에는 세 개의 가는 검은색 튜브가 작은 상자와 이어져 있었다. 유키오는 빠른 동작으로 탁자서랍에서 긴 헝겊을 꺼내 상자 옆에 깔았다. 그는 상자 뚜껑에 붙은 계수기의 수치를 신중하게 확인했다.

"경성제국대학교에서 가지고 온 장비이지요. 일본에도 몇 개 없는 진공 처리 기계입니다. 이 튜브를 통해서 큰 상자에 진공 상태와 냉각 상태의 저온 환경이 지속적으로 유지됩니다."

유키오가 거북 모양의 놋 장식에 열쇠를 넣고 돌리자 뚜껑이 열리며 큰 바람이 빠지는 둔탁한 소리가 났다. 겐지와 법민은 본능적으로 뒤로 물러나며 동시에 작은 비명을 질렀다.

"오, 맙소사!"

2

믿기지 않았지만 그것은 로쿠온지*의 샤리덴이 금빛인 것만큼이나 분명한 사실이었다.

상자 안에 담긴 것은 노인의 머리 미라였다. 그러나 일반적인 미라의 모습이 아니었다. 바로 어제 죽은 사람 같았다. 피부와 눈썹과 수염이 온전했고 아직도 피가 돌고 있는 듯 입술의 주름까지 선명했다. 정교하게 만든 인형 같았다. 흰 수염은 턱 밑 목울대까지 차분하게 흘러내렸고 군데군데 검은 수염칼도 그대로 남아 있었다. 바람맞고 서리지는 얼음지대의 족장 같은 주름은 깊었고 살아 있었을 때는 더 길었을 저 수염은 잘려서 목울대까지만 뻗어 있었다. 하얗게 센 눈썹도 한 올 한 올 결대로 깨끗했다.

"이게 각간묘 앞 석관 안에 있었다는 미라인가? 믿을 수 없군."

겐지가 조심스럽게 말했다.

"7세기경에 죽은 사람으로 추정되는데 피하조직에는 여전히 습기가 남아 있습니다."

충격과 혼란스러움을 추스른 겐지는 미라를 자세히 보기 위해 가까이 다가갔다. 겐지의 얼굴과 미라가 나란히 보이자 미라는 더욱 살아 있는 사람처럼 보였다.

"여길 보십시오. 좌우대칭이 정확합니다."

구레나룻은 함부로 난 잔수염 없이 정결했고 조금도 흐트러짐이 없

---

* 로쿠온지(鹿苑寺): 교토의 금각사가 있는 사찰. 금각 누각을 샤리덴(舍利殿, 사리전)이라 부른다.

었다. 젊었을 때에는 무척 잘생겼을 얼굴이다. 무방비 상태에서 순식간에 목이 날아간 것인지 얼굴 표정이 생생했다.

유키오가 장갑을 낀 두 손으로 미라를 조심스럽게 상자에서 꺼내어 헝겊 위에 내려놓았다.

"조금도 썩지 않았군. 냄새도 나지 않아."

겐지가 말했다.

"비누화가 진행된 것입니다."

"성스럽다고 해야 할지, 초자연적이라고 해야 할지……."

"몸 없이 이 두부(頭部)만 발견된 겁니까?"

법민이 물었다.

"그렇습니다. 만약 몸은 썩고 어떤 조건 때문에 머리만 남았다면 관속에서 옷이나 허리띠 같은 의복 부장품이 함께 나와야 하는데 그런 것은 없었습니다."

"그럼 목이 잘린 채 묻혔다는 얘긴가?"

"아직은 뭐라 말할 단계가 아니에요. 매장 당시에는 온전한 시신이었으나 사후에 부관되어 목이 잘린 것일 수도 있고, 우리의 추측대로 머리만 관에 넣어 묻은 것일 수도 있습니다."

"다른 부장품은?"

"금제 칼 한 자루와 옥이 달린 사슴뿔 장식의 금관이 나왔습니다."

"왕인가요?"

유키오는 고개를 저었다.

"꼭 왕이라고 할 수는 없어요. 사슴뿔 장식을 한 금관은 왕뿐만 아니라 귀족들의 무덤에서도 출토된 사례가 있으니까."

"칼은 상태가 어떻습니까?" 법민이 물었다.

"세 고리형 칼로 상당히 긴 칼입니다. 주로 왕들이 차고 다니는 의전

용 칼입니다. 부식 상태가 아주 심했는데, 특이한 것은 칼에 북두칠성의 옥 장식이 새겨져 있었습니다. 나는 아직까지 일본이나 조선에서 북두칠성이 새겨진 칼이 출토된 것을 본 적이 없습니다."

"또 다른 점은?"

유키오는 대답 대신 미라의 한쪽 머리 부분을 가리켰다.

"관모가 있었습니다. 처음에는 틀림없이 머리에 씌웠을 텐데 오랜 세월 다 삭아내린 거지요. 무늬는 변형 용무늬가 입각된 것으로 근래 출토된 적이 없는 장식입니다. 관은 나중에 보여드리겠습니다."

"범상치 않은 사람임에 틀림없군."

"아마도……."

유키오는 마스크를 벗으면서 겐지의 말에 동의했다.

겐지는 턱을 만지면서 심각한 표정을 지었다. 그리고 손으로 냉동기 뚜껑을 톡톡 두드렸다.

"자네의 개인적인 생각은 어떤가, 유키오?"

"뭐가요?"

"이 미라가 어떻게 죽었는지……."

"솔직히 모르겠습니다. 간단하게나마 분석해 보니 석곽은 삼국시대의 것이 분명하고 왕관과 칼, 귀걸이 조각은 석곽보다 훨씬 이전에 제작된 것입니다. 양식은 경상도 중부에서 볼 수 있는 형태입니다."

"그렇다면 시신과 부장품의 연대가 다르다?"

"네, 이리로 오시지요. 발견된 금관을 보여 드리겠습니다."

법민은 시선을 다시 미라에게 돌렸다. 무상함이 밀려왔다. 경외감이라 해도 좋다. 먼 시간의 파도가 스쳐 지나는 듯했다. 수억 명의 사람들이 미라와 그들 사이에서 죽고 태어났다. 미라의 주인이 진정 보고 싶었던 미래가 이 겨울인지 알 수는 없지만 그는 확실히 먼 미래에 와 있었다. 법민은 입술이 바짝 타들어갔다. 그는 이런 생각을 하며 잠든 듯 감고 있는 미라의 눈을 멍하니 바라보고 있었다.

그때였다.

감고 있던 미라가 천천히 눈을 떴다. 그리고 마치 자신을 두고 하는 말을 모두 들었다는 듯 세 사람을 똑바로 올려다보았다. 미라는 눈동자를 빠르게 굴리다가 무서우리만치 저주에 찬 눈동자로 법민에게 시선을 고정시켰다.

"으악!"

비명소리에 놀란 겐지가 휘청거리는 법민의 안색을 살폈다. 법민은 누군가의 부축을 받지 않으면 안 될 얼굴빛을 띠고 있었다.

"왜 그러나?"

"저, 저길 봐……. 시……시체가 눈을 떴어."

겐지와 유키오가 탁자 쪽으로 시선을 돌렸다. 탁자의 미라는 평온하게 눈을 감은 모습, 외부와 단절된 그대로였다.

"자네가 헛것을 본 거야."

3

"소우 관장은 언제쯤 만날 수 있을까?"

"급할 거 없으니 천천히 만나시지요."

유키오는 어두운 복도를 지나 박물관 별관으로 연결된 길을 앞장서 걸었다. 일본식 정원을 흉내 낸 잔디에는 목이 잘린 돌부처와 칼을 찬 무인상(武人像)들이 여기저기 놓여 있었다. 본래의 자리를 떠나 이곳에 모인 이 무인들은 차가운 바람을 맞으면서도 그 당당함을 잃지 않고 있었다.

법민이 두통을 호소했기 때문에 박물관을 나온 두 사람은 좀 걷기로 했다. 겨울바람이 시원하게 불어와 콧속을 상큼하게 뚫어주었다. 멀리서 짚단 타는 냄새가 바람을 타고 논둑까지 흘러왔다. 꽁지가 긴 까치가 논 사이로 폴짝거리다 쌓아놓은 건초 그늘 쪽으로 숨었다. 두 사람은 박물관을 벗어나 경주 시가지까지 미루나무 길을 걸었다.

"비누화라……. 흔치 않은 현상인데. 칼과 금관이 녹이 슬어 부식되다시피 했다는데 미라는 저렇게 깨끗하다니. 귀신이 곡할 노릇이군."

겐지는 담배를 입에 물었다.

"심장이 멈추면 몇 분 안에 조직이 다 죽는다네. 그때부터 내장에서는 박테리아가 번식하지."

겐지는 해부학에 대한 이해가 높았다. 감각적으로 사물을 받아들이는 것에 익숙한 법민은 일상적으로 논리적인 분석을 해대는 겐지를 왠지 자신과는 다른 사람이라고 느껴왔다. 겐지는 두 손을 자신의 배에 갖다 대며 말했다.

"먼저 복부가 가스로 부풀어 올라. 자네가 가장 많이 먹고 배를 내밀 때의 3배쯤 될까? 여기서부터 부패가 시작되는 것인데 가스가 찬 배가 터지게 되고 얼마 안가 뼈와 살이 분리되기 시작하는 거야. 인간은 죽은 지 한 달 정도 되면 살이 거의 썩어 없어져."

"그렇다면 목을 벤 뒤에 머리만 석관에 묻은 것이군. 매장된 후 누군가가 다시 무덤을 파헤쳐서 시신의 목을 벴다면 머리도 이미 어느 정도는 썩은 상태여야 이치에 맞는 게 아닌가?"

법민이 물었다.

"그렇지. 분명히 목이 잘려 죽은 시신을 그대로 묻은 것이 틀림없네. 그런데 자네 나라의 역사서에는 경주에서 목이 잘린 인물을 묘사한 기록은 없는가?"

"잘은 모르겠지만 저런 식으로 목만 매장했다고 표현된 기록은 본 적이 없는 것 같네."

"꼬아서 다른 식으로 기록한 것은?"

"다른 식이라니?"

"그러니까 나는 자네가 아는 기록들이 은유나 참위적인 내용을 글자 그대로 받아들이고 있는 것이 아닌가를 묻는 거야."

기분 탓일까? 법민은 자신의 질문을 제때 따라올 수 없겠느냐는 듯 묻는 겐지의 질문에 묘한 반발심이 생겼다.

"『삼국사기』나 『삼국유사』에는 은유적 표현이 다소 포함되어 있지만 『일본서기』만큼 추상적이지는 않다네."

그 말에 겐지는 빙그레 웃었다. 그는 법민의 이런 투정을 1년이나 받아주었다. 겐지는 언젠가 법민을 한번 골려주고 싶었다.

"칼에 옥 장식이 있었다고 했지?"

"북두칠성 옥 장식이라고 했었지."

법민은 여전히 시큰둥했다.

"음……. 보통 비누화는 부패 과정에서 여러 조건이 교묘하게 맞아야 만 일어날 수 있는 현상이야. 탄소와 질소가 적정한 비율로 융합되어야 하고, 밀폐된 외부의 공기도 서늘한 냉각 상태를 지속적으로 유지되어 야만 하네. 그런 상태에서 몸에서 나오는 지방이 피부 속에서 충분히 숙성되어야 비로소 밀랍으로 변하는 거지. 그러나 그런 조건이 형성되 기란 쉽지 않네. 지극히 드문 경우야. 그것도 천 년 넘은 시신이……."

겐지는 담배를 깊게 빨아들인 다음 계속 말을 이었다.

"시신이 깨끗하다는 것은 영혼이 편안하지 않다는 거야. 풍수적으로 봤을 때 죽은 육신은 빨리 흙으로 변하는 것이 좋거든. 뼈가 좋은 흙을 만나는 것이 가장 이상적인 사후의 안식이지. 7세기 이전 삼국시대에는 풍수사상이 일반화되지 않았으니 그런 걸 알았을 리 만무했겠지만, 아까 본 것처럼 저렇게 시신이 썩지 않고 온전하다는 것은 묘를 쓴 땅이 좋지 않았다는 거야. 아마 그 직계 후손들이 가만있지 않을걸."

멀리 들판 뒤로 병풍처럼 길게 늘어선 선도산이 보였다. 단풍나무는 아직 붉은색 단풍잎을 달고 있었다. 가을이 지나고 눈도 한 번 내렸는데 아직 떨어지지 않은 빨간 단풍이라니. 선도산 쪽 하늘도 붉은색이었다.

"그런데 정말 미라가 눈을 뜬 것을 보았나?"

"그 얘긴 그만하세."

법민은 진저리를 치며 어깨를 움츠렸다.

"재미난 얘기 하나 해줄까? 120년 전쯤 프랑스에서는 많은 사형수들이 단두대에 올라 목이 잘려나갔다네. 한 해에 3만 5천 명 이상이나 목이 잘려나갔으니……. 그 시절은 한참 계몽기라서 몇 명의 의사들이 다양한 실험을 했지. 그중 하나가 인간은 목이 잘리면 얼마 만에 의식이 끊어질까 하는 것이었네. 그때는 과학적인 장비가 없던 터라 실제로 확인하는 실험이 있었어. 콩코드 광장에서는 하루에도 잘리는 목이 수십 구였으니 재료는 얼마든지 풍부했지."

그는 또 다시 담배를 한 모금 길게 빤 뒤 훅 내뿜었다.

법민은 자신의 말을 사사로운 농담으로 받아치는 겐지가 못마땅해서 먼저 앞으로 가버렸다. 겐지는 뒤에서 하던 얘기를 계속 내뱉었다.

"그들은 목이 떨어지자마자 이름을 불러보기로 했다네. 물론 사형수에게는 적당한 사례를 했겠지. 당신이 죽으면 가족들의 생계는 얼마간 지원해줄 테니 목이 잘릴 때 만약 이름을 부르는 소리가 들리면 눈을 떠서 반응해 달라고 말이야. 의사가 단두대 옆에서 대기하고 있다가 사형수가 처형되자마자 막 잘린 목을 집어 들고 그 사형수 이름을 아주

큰 소리로 불렀지. 그랬더니 반쯤 감았던 눈을 번쩍 뜨고 의사를 바라보
더라는 거야. 그리고 다시 눈을 스르르 반쯤 감았다네. 그러자 의사가
다시 이름을 크게 불렀어. 잘린 머리는 다시 눈을 뜨고 똑바로 의사와
눈을 마주치며 반응을 했다는군. 몇 초 동안 그런 상태로 앞을 쳐다보
가 눈을 감았다고 하네. 물론 그 이후로는 어떠한 반응도 하지 않았
고……. 9초 이상 지나면 뇌에는 산소가 더 이상 공급되지 않았을 테니
까. 몇 차례 그런 실험을 계속했는데 이렇게 반응하는 머리가 꽤 나왔다
는 거야. 자네가 본 머리는 9초가 아니라 천 년의 시간이 흐른 것일 텐
데, 눈을 떴다니……. 하하하!"

법민이 뒤돌았다.

"내 눈을 따라 움직이는, 초점이 분명한 눈동자였어."

"자네가 피곤해서 그래."

겐지가 무시하듯 히죽거렸다. 그 모습에 법민의 얼굴이 또 다시 붉게
번졌다.

"그만하지."

하늘에서는 막걸리처럼 탁한 구름이 밀려오고 있었다. 그 구름들을
골똘히 쳐다보던 법민은 예언하듯 중얼거렸다.

"인부둘이 본 것이 맞는 것 같아. 아무래도 느낌이 이상해."

겐지는 담배연기를 내뿜으며 별것 아니라는 듯 하늘을 올려다봤다.

"인부들이 쓰러진 것은 날씨도 추운데다 밀봉된 관에서 좋지 않은
냄새가 혈류를 자극해서 일어난 일이야. 단순한 쇼크사일 것이네. 이른
새벽부터 일했을 테니까."

"그렇게 함부로 말해서는 안 돼. 각간묘는 예전부터 영험한 능이라고
알려져 왔네."

법민의 말이 끝나기가 무섭게 겐지의 눈알이 희번덕 돌아갔다.

겐지가 입에 거품을 물며 목을 쥐어뜯었다. 순식간에 끈적끈적한 침과 함께 혀가 입 밖으로 늘어졌다. 그는 더 이상 소리를 내지 못했다. 몇 번 휘청거리다 두 무릎이 꺾이면서 어깨가 바닥에 닿았다. 놀란 법민이 겐지를 부축했으나 몸부림치는 겐지의 힘에 눌려 같이 뒹굴었다. 얼마나 경련이 심했던지 겐지의 정강이뼈가 꺾이면서 왼쪽 구두가 벗겨졌다. 겐지의 숨이 끊어지려 하고 있었다.

"겐지! 겐지! 오, 맙소사!"

법민이 소리치며 겐지의 뺨을 때렸다.

붉다 못해 흙빛으로 변하는 그의 얼굴이 점점 쪼그라들었다. 턱에서 경련이 두 번 일어났다. 겐지는 더 이상 입김을 내뿜지 않았다. 법민은 믿을 수 없었다.

미라의 저주인가? 인부들이 보인 것과 같은 현상이 틀림없다. 그 모습을 본 까마귀 몇 마리가 전신주 위로 날아들었다. 갑자기 하늘이 탁해졌다. 거리엔 인적도 없고 차도 끊겼다. 법민은 마을을 향해 미친 듯이 소리를 질렀다. 그러나 길게 늘어진 미루나무 사이에서는 황량한 바람만이 불어왔다.

그때 겐지가 다시 일어났다. 그리고 아무렇지도 않게 옷을 털었다.

"어허, 그렇게 소리를 지른다고 죽은 사람이 살아나나? 기도 폐쇄가 일어났을 때는 상복부를 압박해야 한다고 배우지 않았나?"

놀란 법민이 고개를 돌렸다.

"이쯤이면 나도 의대를 가지 말고 노가쿠 배우를 했어야 하는데. 쓰보우치 박사*의 연극 수업이라도 들어둘 걸 그랬나?"

겐지는 콧물과 먼지가 범벅이 된 법민의 주먹을 맞고 다시 쓰러졌다.

---

* 쓰보우치 쇼요(坪內逍遙): 1909년경 문예 활동을 하며 일본 현대 연극의 기초를 세운 사람

4

민지영은 물과 율란*을 받친 쟁반을 들고 싸목싸목 걸었다. 지영이 움직일 때마다 긴 치맛자락이 먼지를 쓸었다. 안에서 문이 열리자 시큼한 테레빈유 냄새와 함께 어둠이 달려들었다.

그녀가 화실에 들어서자 남자는 다시 어둠 속으로 사라졌다. 그녀는 어둠에 눈이 익을 때까지 잠시 기다렸다. 화실은 여덟 평 남짓한 긴 직사각형 공간으로, 별당을 개조하여 시멘트로 지은 건물이었다. 벽면마다 천장과 맞닿은 작은 광창에서 약한 빛이 흘러들었지만 사물을 구분하기에는 턱없이 모자랐다. 방 한가운데에 놓인 작은 난로에서는 더운 기운이 올라왔다. 삼단서랍 위에는 먼지가 쌓인 화병과 기름 램프, 기름 종지, 나무 화구가 있고, 그 옆 보조 탁자 위에는 적다만 편지지와 말라가는 잉크병이 보였다.

그녀는 들고 있던 쟁반을 테이블에 내려놓고 천장에서 대롱거리는 전구를 돌렸다. 먼지가 고인 볼록한 전구의 몸에 지영의 지문이 선명하게 찍혔다. 시각은 후각과 연결된 것일까? 불이 들어오자 역겨운 냄새가 훅 끼쳤다. 모서리에서는 한기와 습기가 만든 곰팡냄새가, 한가운데 난로에서는 열기와 먼지가 만든 퀴퀴한 냄새가 올라왔다. 그것이 물감 냄새와 섞여 코를 더 자극했다.

남자는 등을 돌리고 작업 중인 그림 앞에 다시 앉았다. 흰 셔츠는 심하게 구겨져 있고 등에는 엉킨 머리카락들이 붙어 있었다.

"벗지."

---

* 밤과 꿀로 만든 한과

남자가 고개를 반쯤 돌리며 말했다. 그러자 이마 아래 눈썹부터 오른쪽 광대뼈까지 세로로 얽은 긴 흉터가 누런 전구 빛에 어려 선명하게 보였다. 성민의 얼굴은 동생 법민보다 더 둥글고 살이 많을 뿐, 두 형제는 무척 닮아 있었다.

지영은 가만히 그를 쳐다보다 체념한 듯 고개를 돌렸다. 그리고 하얀 블라우스의 단추를 풀었다. 긴 목까지 올라온 상의가 스르르 바닥에 떨어졌다. 커다란 가슴을 감싸고 있던 하얀 브래지어가 낫낫하게 드러났다. 하얀 등에 난 무수한 작은 솜털이 목까지 보송보송했다. 목에 자란 솜털들은 흘러내린 짧은 머리칼과 마구 섞였다. 말아 올린 머리에서 빠져나온 머리칼이 긴 목에서 하늘거렸다.

그녀는 브래지어를 풀었다. 살이 출렁였다. 처진 큰 가슴이다. 숨을 쉴 때마다 큰 가슴은 미세하게 흔들렸다. 만지는 대로 물컹거릴 것 같았다. 분홍색 작은 유두는 공기를 만나는 순간 살짝 경직되었지만 곧 차분하게 혈액이 돌았다. 그것은 마치 젤라틴처럼 탄력을 받아 작게 흔들리다가 중력의 힘에 서서히 정지하는 것 같았다.

왼쪽 허리에 달린 치마 단추 두 개를 풀었다. 치마가 바닥으로 툭 떨어졌다. 불빛에 드러난 몸맨두리는 관능적이었다. 상체가 작고 하체가 긴 몸이다. 평소 허리가 길어 보인 것은 치마 특유의 봉제선 때문이었다. 유달리 허리가 잘록하고 골반과 치골은 통통했다. 판판한 아랫배 밑으로 숱이 없는 체모 때문에 살이 더 오른 것처럼 보였다.

"머리는 풀지 마."

지영이 머리핀을 빼려고 하자 성민이 말했다.

지영은 오른쪽 다리를 왼쪽 허벅지 뒤로 포개며 다소곳이 섰다. 이제 그녀에게서 인위적인 것이라고는 핀으로 둥글게 만 머리카락뿐이다.

살 냄새를 맡은 어둠이 몰려와 그녀의 배와 허벅지를 마구 애무했다.

흐릿한 전등불빛도 뒤질세라 가슴에 내려앉아 목과 겨드랑이를 가지고 놀았다. 살덩이에 어둠과 빛이 어우러지면서 서서히 양감이 드러났다.

"저쪽, 침대 가까이……."

지영은 침대 끝에 기대앉아 흰 담요로 앞을 가렸다. 담요를 쥐고 있는 오른손을 목 언저리까지 올렸다. 그 때문에 넓고 풍만한 가슴은 반쯤 가려졌지만 두 다리 사이의 검은 음모가 다시 훤히 드러났다.

달그락달그락. 양철통에 붓 씻는 소리가 들렸다. 성민의 손놀림이 빨라졌다. 멍한 눈동자는 어느새 날카로운 눈이 되었다. 그 눈동자는 지금 이 순간 방안의 빛과 색과 관능미가 만들어내는 지영의 모습을 놓치지 않으려 애썼다. 성민은 물감을 개어 붓을 찍고 캔버스에 선을 그으려다 잠시 멈칫했다. 그리고 그는 한참 그녀를 쳐다보았다.

큰 화폭에서 붓이 움직였다. 선이 시작되고 면이 지워졌다. 거친 물감 덩어리가 발리고 다시 세밀하게 면이 만들어졌다. 화가는 백악질 화포(畵布)를 손으로 긁기도 하고 헝겊으로 닦기도 했다.

얼마쯤 흘렀을까.

그녀의 몸을 휘감고 돌던 오후 햇살이 어느새 어둠으로 바뀌었다. 전등의 불빛이 깜박였다. 성민은 힘이 다했는지 기름이 닳은 기계처럼 붓을 내리고 고개를 떨어뜨렸다.

그림 속에는 한 여인이 눈을 내리깔고 앉아 있었다. 터치가 강하고 선이 거칠어 형태가 분명하지 않았다. 언뜻 보면 야수를 그린 것 같았다.

예전에도 성민은 지영의 몸을 자주 그렸다. 그림을 그리는 순간만큼은 여느 사람과 다르지 않았다. 그가 안정을 찾는 유일한 방법은 그림을 그리는 것이다. 그래서 지영은 그가 그림을 그릴 수 있도록 세심하게 신경 썼다.

순종임금의 국장으로 온 나라가 어수선했던 그때, 그들은 만났다. 성민은 지영의 미술과 교사였다. 열정적으로 그림을 그리던 사람, 학생들의 그림에 친절하게 코멘트를 달아주던 사람, 언제나 자리를 내어줄 것 같던 사람. 그녀는 그가 좋았다.

지영은 성민과 아현동 성현교회 뒷길을 걸으며 예술과 삶에 대해 이야기하는 것이 좋았다. 그는 기품 있고 싱그러운 사람이었다. 지영은 무엇보다 성민의 허름한 옷차림이 가난해 보여서 좋았다. 부양해야 할 가족을 줄줄이 달고 사는 자신과 처지가 비슷해 보였다. 하지만 알고 보니 그는 조선 정계의 실력자 가문의 장남이었다. 조선 문화계가 주목하는 신인이자 사교계 여성들이 눈독 들이는 인물. 그런 남자는 찰가난에 찌든 자신과 어울리는 사람이 아니다. 그래서 그녀는 애써 성민을 밀어냈다. 상처받지 않기, 그것이 그녀가 세상을 버텨내는 방법이었다.

두 동생을 외가로 보내고 대대로 살아온 집을 내주던 날, 그녀는 더이상 살아갈 자신이 없었다. 모아둔 약을 삼키기 전, 그녀는 전보 한 통을 받았다. 홀로 찾아간 교실에서 성민은 조용히 그녀를 기다리고 있었다.

"이걸로 집을 다시 살릴 수 있지 않을까?"

성민은 조용히 봉투를 내밀었다. 봉투 속에는 조선 돈 2만 원과 가는 금반지가 들어 있었다. 그의 따뜻한 미소를 늘 볼 수만 있다면 그녀는 그 어떠한 것도 참아낼 수 있을 것만 같았다. 그날 햇살이 비치는 교실에서 지영은 삵은 감 냄새가 나는 성민의 조끼에 얼굴을 묻고 한없이 울었다.

'불쌍한 사람.'

지영은 단추를 잠그며 성민을 보았다. 그는 마치 잠이 든 것처럼 고개를 떨어뜨리고 있었다. 지영은 조용히 문을 열고 밖으로 나갔다.

딸각.

밖에서 자물쇠 채우는 소리가 들렸다.

조선총독부 경주박물관: 소우의 이야기

1

소우는 실눈을 찌푸리다 동그란 안경을 밀어올렸다.

소우 생각에 두 사람은 친구로서 그다지 어울리지 않아 보였다. 한 쪽은 지나치게 밝았고, 다른 한 쪽은 지나치게 어두웠다.

갈색 자라목 스웨터와 회색 캐시미어 바지 차림을 한 고지마 겐지는 당당해보였다. 이마 아래로 세련되게 내려앉은 긴 머리카락은 억세게 굵었다. 소우는 이 사내가 강한 집념과 유쾌한 낙천을 동시에 소유하고 있을 거라고 생각했다.

소우는 인중에 난 짧은 콧수염을 긁으며 그 옆으로 시선을 옮겼다. 수수한 옷차림을 한 채 다소곳이 서 있는 유곡채의 둘째 아들은 차가운 진흙에서 막 나온 사람처럼 우울한 걱정이 가득했다. 겁을 안은 두 눈동자는 소우나 겐지가 말을 주고받을 때마다 이리저리 옮기며 두 사람을 번갈아 힐끔거렸다. 소우는 이런 조선인들을 제일 경멸했다. 낮은 계급의 조선인들은 무거운 일이라도 하지만, 이런 종류의 인간들은 그저 결

76

핵이나 걸려 있을 뿐 전혀 쓸데가 없었다. 소우는 정색을 하고 다시 겐지와 인사를 나누었다.

"나와는 일전에 '백제왕 신사'에서 만난 적이 있지요?"

"히라카타*에서 뵈었습니다."

"부친께서는 이번에 출마 의향이 없으시던가요?"

"글쎄요, 혈맹단 사건 때문에 위상이 많이 추락했으니 아마 다시 정치 일선에 나서지 않으시겠지요."

"오호, 마치 남처럼 얘기하는군요."

그 말에 겐지는 건조한 웃음을 보였다.

관장은 시선을 법민에게로 돌렸다.

"당신은 급하게 본토로 유학을 떠났다던데, 다시 돌아온 모양이군요?"

"학교가 폐쇄되었습니다."

"본토의 학교가 폐쇄될 지경이라면 식민지에서는 더 다닐 학교가 없을 텐데."

이 사내는 징집을 피해 도망갔다가 다시 징집을 피해 돌아온 자신을 우회적으로 힐난하고 있었다. 법민은 식민지라는 단어를 능숙하게 사용하는 소우를 빤히 쳐다보았다. 얇은 입술과 반듯하게 솟아오른 작고 오뚝한 콧날은 그의 까다로운 성격을 말해주는 것 같았다. 봉우당은 지금 이 사내의 서악서원 발굴 정책에 반대하기 위해 마을 사람들을 필사적으로 설득하고 있었다.

소우도 피하지 않고 법민을 노려보았다.

머쓱해진 법민은 벽으로 시선을 흩어버렸다. 이 방은 사방이 온통 흰색 페인트로 칠해져 있었다. 정면에 히로히토 일왕의 사진과 우가키

---

* 히라카타(枚方): 오사카에 있는 도시 이름

총독의 사진이 나란히 걸려 있고 그 왼쪽으로는 발굴 때 찍은 서악동의 무열왕릉 전경이 나무 액자에 걸려 있었다. 책상 위에는 『동경박물관 오구라 컬렉션 도록집』이 펼쳐져 있었다. 펼쳐진 면에는 금관총에서 출토된 금제수식(金製垂飾), 금제도장식구(金製刀裝飾具), 청령옥(蜻蛉玉)이 보였다.

"난 탄소 연대 조사의 필요성에 대해 의문이 드오. 솔직히 유키오가 당신을 추천했을 때도 별로 내키지 않았소. 나는 화학 전문가보다는 고고학 전문가를 더 원합니다."

그의 직설적인 말에 겐지가 쓴웃음을 지었다.

"화학자든 고고학자든 고대 유물의 연대를 밝혀내기란 쉬운 일이 아니지요."

"나나 유키오가 왜 당신 같은 화학 전공자까지 동원해 가면서 이 서악서원 발굴작업에 집착하는지 이유를 아시오?"

소우는 왼쪽 눈을 찌푸리며 두 사람을 쳐다보았다. 두 사람은 가만히 있었다. 그는 보란 듯 주머니에서 담배를 꺼내 탁자 위에 올려놓았다.

"긴 이야기를 해야 할 때는 담배가 필요하지."

2

"나는 일곱 개의 행성을 가지고 있소."

소우는 커피잔을 입에 대고 한 모금 마시더니 손수건으로 마신 자국을 깨끗이 닦아냈다. 그런 후 벽에 걸린 일렬로 늘어진 고분들의 사진을 손으로 가리켰다.

"나의 행성들이란 서악동 봉우마을에 있는 일곱 기의 무덤을 말하오.

모두 대형 능으로 위쪽부터 1호, 2호, 3호, 4호, 5호가 이어져 있고 길 건너 50미터 정도 떨어진 지점에 6호와 7호가 있소."

그는 사진 한 장을 탁자에 던졌다. 그것은 커다란 봉분을 뒤로한 거북 모양의 석물을 찍은 사진이었다.

"그 중 5호 봉분만이 묻혀있는 시신이 누군지 밝혀졌지."

"귀부*가 있는 능을 말씀하시는 거지요?"

겐지가 물었다.

"그렇소. 그 봉분의 주인은 신라의 무열왕 김춘추요."

"나머지 고분들은 아직 누구의 무덤인지 모르는 건가요?"

"저 무열왕릉 위편에 있는 1호, 2호, 3호, 4호 고분들도 분명 김춘추 가계의 인물들일 것이오. 왜냐하면 형태가 모두 왕릉임에 분명하고, 조선의 김정희도 자신의 문집 『진흥왕릉고』에서 신라 진흥, 진지, 문성, 헌앙왕릉이라고 추정했소."

"그럼 6, 7호분은요?"

소우는 커피잔을 다시 내오게 했다. 그리고 차가 나와야 얘기를 계속할 수 있다는 듯 입을 다물었다. 잔이 나오는 동안 세 사람은 아무 말도 하지 않았다. 10분 정도가 지나고 긴 장화를 신은 남자가 새 잔을 가지고 들어왔다. 그제야 소우는 자세를 고쳐 앉으며 깍지를 끼었다.

"나는 어떤 무덤의 주인을 찾고 있소. 그 무덤은 바로 저 무열왕릉과 밀접한 관계가 있소."

소우는 다시 정확한 손짓으로 무열왕릉 고분군의 액자를 가리켰다.

"무열왕릉에서 50미터 떨어진 길 건너에 두 기의 묘가 더 있소. 방금

---

* 귀부(龜趺): 비석을 받치는 받침돌로, 흔히 거북 모양을 하고 있다. 귀부 위에 비신(碑身; 비석)을 세운다. 통일신라 이전까지는 땅에 바로 비를 세웠으나 당나라 석비의 영향을 받으면서 귀부를 받치기 시작했다. 현존하는 귀부 중 가장 오래된 것은 661년에 세운 신라 태종무열왕릉비(국보 제25호)의 귀부이다.

당신이 물었던 6, 7호분이오. 사람들은 이중 작은 봉분을 김양 묘라 하고 큰 봉분을 각간묘라고 부르오. 내가 관심을 가지는 것은 바로 각간묘인데, 이 각간묘에도 역시 비신이 없는 거북 형태의 귀부가 남아 있소."

소우는 다시 손수건을 코로 가져갔다. 그러면서 법민을 보았다.

"아마 당신은 잘 알고 있겠지요?"

법민이 대답하지 않자 겐지가 돌아봤다.

"각간묘 앞에도 비신이 없는 귀부가 있나?"

겐지가 묻자 법민은 그제야 고개를 끄덕였다.

무열왕릉과 각간묘 앞에는 각각 커다란 거북 석물이 있었다. 둘 다 피장자의 업적을 새긴 비는 사라진 채 그 비를 받치던 거북 석물만 남아 있었다. 무열왕릉의 거북 석물은 무열왕의 이름이 새겨진 이수*가 남아있었지만 각간묘에는 오직 거북 석물만이 남아 있어 피장자의 정보를 알 수 없었다. 잡초더미가 울창한 넓은 구릉에서 바람을 맞으며 외롭게 능을 수호하고 있는 거북 돌은 금방이라도 덥석 물 것 같은 기세로 하늘을 향해 대가리를 높이 쳐들고 있었다. 누가 등에 올라타기라도 한다면 거북은 당장이라도 산으로 기어갈 것 같았다.

"그러면 서악리 봉우마을 고분에는 비석을 가진 무덤이 두 개가 있다는 얘기군요. 무열왕릉과 각간묘."

"그렇소. 나의 의문은 그 각간묘의 주인이 누구일까 하는 것이오. 그냥 비석도 아니고 무열왕릉과 대등한 귀부를 받치고 비석을 세울 정도라면 상당한 거물급이었을 텐데."

소우는 담배에 불을 붙여 한 모금 깊게 빨고는 경직된 안면근육을

---

* 이수(螭首): 비신 위에 장식한 머릿돌. 보통 맨 아래에 거북 모양의 석물(귀부),
그 위로 죽은 이의 업적을 새긴 비를 세우고, 그 비신 위에 이수를 얹어놓는다.
이수에는 용의 형상 등을 조각하여 장식한다.

풀기 위해 입을 크게 벌렸다.

"학계에서는 각간묘의 주인을 누구라고 봅니까?"

겐지의 질문에 소우는 잠시 기다려보라는 듯 손짓을 했다.

"그것보다 김법민 씨, 당신이 한번 대답해 보시오. 당신네 마을 사람들은 각간묘를 누구의 묘라고 생각하고 있소?"

소우가 법민을 바라보며 물었다.

"각간묘는 김유신 장군의 무덤입니다."

각간묘의 주인

1

"각간묘는 분명 '각간'의 벼슬을 가진 자의 무덤이오."

"그렇겠지요."

소우는 겐지의 대답에 되새기듯 다시 말을 받았다.

"그렇겠지……."

한동안 뚜렷한 침묵이 흘렀다.

"김법민 씨 말처럼 마을 사람들은 각간묘가 김유신의 무덤으로 알고 있는지 모르겠지만 조선 정부나 일본 총독부는 생각이 다르오."

그 말에 법민이 급하게 끼어들었다.

"조정은 반세기 동안 그 '언덕의 무덤'에 김유신 장군의 제사를 지내 왔으나 봉우당과 마을 사람들은 천년 넘게 각간묘에서 김유신 장군의 제사를 모셔 왔습니다."

"언덕의 무덤이라……. 조선인들은 충효동의 무덤을 그렇게 부르나 보군. 그렇다면 당신은 이 땅에 김유신의 무덤이 몇 개나 된다고 생각하시오?"

법민은 생각지도 못한 질문에 대답을 할 수 없었다.

"김유신의 봉분으로 추정되는 무덤이 강원도에만 해도 열두 개나 있소. 조선인들은 이 땅에 김유신의 무덤을 숱하게 만들거나 허물거나 했소. 하긴 충효동의 십이지 신상 호석이 둘린 '서악 23호분'도 아주 유력한 무덤이긴 하지."

"그럼 관장님은 김유신의 무덤이 바로 각간묘라고 생각하시는 건가요?"

겐지의 질문에 소우는 몸을 일으키고 창가로 다가갔다. 그렇게 간단하게 말할 일이 아니라는 태도다.

1928년, 일본 사학계는 각간묘의 피장자를 태종무열왕의 둘째 아들이자 문무왕의 동생인 김인문이라고 공식적으로 발표했다. 그러나 4년 뒤 충격적인 주장이 나왔다. 1932년 조선발굴총회에서 경성대학 인문부 학장인 도쿠다 센조와 카와이 소우 현 경주박물관장이 서악리의 각간묘가 김유신의 무덤이라고 주장하며 1928년의 발표를 정면으로 반박한 것이다.

다음은 〈2차 경성 고적 보전 포럼〉 관계철에 실린 도쿠다 센조의 보고서 내용이다.

『삼국사기』 〔44권 열전〕 〈김양〉 조에 보면

'김양이 죽고 그 묘를 김유신과 같이 배향하고 태종무열왕 열(列)에 장사 지냈다.'

라는 구절이 있다.

이 구절은, 김양의 무덤은 김유신과 같은 자리에 같은 방식으로 무열왕릉이 있는 곳에 장사지냈다는 뜻이다. 김양은 9세기에 활동한 사람으로 무열왕과 김유신 시대의 사람이 아니다.

나는 또 다른 논거를 제시하고자 한다.

『삼국사기』〈김유신〉 조에 보면 김유신의 무덤 앞에는 큰 비가 있다고 기록되어 있는데 지금 총독부가 김유신의 무덤이라고 의심하는 모든 무덤에서 그만한 비석을 세운 흔적이 전혀 발견되지 않고 있다. 그리고 김인문의 무덤에 큰 비석을 세웠다는 기록도 없다. 하지만 각간묘에는 큰 비석을 받치던 귀부가 아직도 남아 있다.

각간묘는 7세기로 추정되는 왕릉급 원형 봉토분이다. 무열왕릉에서 볼 수 있듯이 7세기경의 큰 비석이 정교한 귀부에 받쳐져 있었다는 것은 그 피장자의 신분과 치적이 상당함을 보여주는 증거가 된다.

무열왕과 대등한 비석을 가질 수 있는 자, 김유신 외에는 없다.

"신라에서 '태대각간(太大角干)'이라는 칭호를 받은 인물은 두 명이었소. 바로 김유신과 김인문이오. 이 두 명은 생존 당시 왕보다 더 강력한 힘을 가진 인물이었지."

"김인문?"

"그렇소. 김인문은 무열왕 김춘추의 둘째 아들이자 문무왕의 동생이지."

많은 신라의 왕들이 죽어서 경주 곳곳에 봉분들을 남겼지만 서악동의 무열왕릉이나 각간묘처럼 화려하고 큰 귀부와 비석을 가지고 있진 못했다. 각간묘가 특출하게 화려한 비석을 가지고 있다는 것은 그 인물

---

* 각간이라는 말은 고대신라의 최고 벼슬 이름이다. 신라에는 17관제가 있었는데 각간은 그 중 최고 직책 이벌찬을 일컫는다. 그러나 신라인들은 김유신이나 김인문 같은 인물에게 각간을 더 높여 대각간이라는 벼슬을 달아주었고 거기에 또 태(太)를 붙여서 숭배했다. 소우는 두 명이라고 했지만 삼국사기에는 효소왕 때 국선인 부례랑의 아버지 대현(大玄)에게도 태대각간에 제수했다는 기록이 있다.

의 신분이 여느 왕보다 귀한 인물이었다는 것을 나타내는 강한 증거물이 되었다.

"무열왕을 제외하고 경주에서 발견된 왕릉 그 어디에도 귀부 받침에 치적이 올라간 비석은 없었소. 아무리 왕일지라도 그런 비석을 세우지 못했다는 말이오."

"그렇다면 각간묘가 김유신이나 김인문, 둘 중 하나의 무덤이라는 말인가요?"

"나는 김유신의 무덤으로 보고 있고, 총독부 사학계는 김인문의 무덤으로 보고 있소."

"일본인들끼리의 논란인가요?"

"일본인들끼리의 싸움이지."

겐지와 소우는 의미심장한 말을 주고받았다.

"김유신이 어디에 묻혀 있을까? 이 문제를 조선인들은 그 동안 아무도 의심하지 않았소."

"의심할 이유가 없었으니까요."

법민이 조용히 대꾸했다.

"이것 하나는 바로 알아두시오. 당신들은 당신들의 조상이 기록한 문서도 제대로 해석하지 못하는 민족이오."

소우는 얼굴을 찌푸리며 콧수염을 긁었다. 버릇이었다. 그럴 때마다 입술은 아래로 길게 쳐졌다. 또 다른 그의 버릇은 자주 어금니를 딱딱 마주치는 것이었는데, 그 행동은 무언가를 참아내는 것 같기도 했고 자기를 과시하는 것 같기도 했다. 소우가 조금씩 감정을 드러내기 시작하자 겐지가 중간에서 말을 돌렸다.

"김유신과 김인문의 무덤 위치를 기록한 글이 어딘가에 남아 있을 텐데요?"

"이 나라에 그런 기록이 명확하게 존재했다면 애초에 문제될 것이 없었지."

소우는 허리를 숙여 들고 있던 손수건으로 무릎까지 올라오는 가죽 장화를 닦았다. 그런 후 그 손수건을 던져 버리고 윗도리에서 새 수건을 꺼냈다. 그는 여지없이 수건을 코에 가져갔다.

"현재까지 두 인물의 무덤이 어디인지는 아무도 모르오. 모두 추정일 뿐이지. 다행히 당신의 조상들은 『삼국사기』와 『삼국유사』 두 권의 책에서 김유신의 무덤 위치를 언급했소."

"그럼 위치를 추정할 수 있겠군요."

"『삼국유사』에는 '능은 모지사 북쪽의 동향한 봉우리에 장사 지냈다.'란 표현이 전부고, 『삼국사기』에는 '문무왕이 그를 금산원(金山原)에 장사 지내고 유사*한테 명하여 아주 커다란 비를 세웠다'라는 구절이 전부요."

"오, 김유신의 무덤 앞에도 큰 비석을 세웠군요."

"그렇소."

소우는 훅훅 숨을 몰아쉬었다. 그럴 때마다 손수건을 코로 가져갔다.

"그렇다면 금산원은 어디인가요?"

"영경사가 있던 지역이라고 했소."

"영경사는 어디인가요?"

"영경사가 어디에 세워진 절인지 아직 확인되지 않지만, 『삼국사기』 〈신라본기〉에 무열왕릉이 영경사 북쪽에 위치한다고 기록된 걸 보면 '영경사 북쪽'은 명백하게 지금의 서악동 구릉을 말하오."

"좀 어렵네요."

겐지가 웃었다.

---

* 관리

"정리하면 김유신의 무덤은 금산원에 있었고 금산원은 영경사가 있던 곳이고, 무열왕릉은 영경사 북쪽에 있다고 했으니 김유신의 무덤은 무열왕릉과 가까운 곳에 있다는 결론이 나오지요. 또 기록대로라면 김유신의 무덤 앞에는 분명 큰 비가 있었소. 과거 조선 조정이 김유신의 봉분으로 여기고 제사를 지내던 '십이지 호석을 두른 언덕의 무덤' 주변에는 큰 비석이 세워진 흔적이 전혀 없소. 따라서 대충 조합해도 이 모든 조건을 가지고 있는 봉분은 각간묘밖에 없다는 말이오. 지금 각간묘 앞에 놓인 거북 석물은 문무왕이 세워줬다는, 김유신의 비를 받치던 것이 분명하오."

"그렇다면 총독부는 왜 각간묘를 김인문의 무덤으로 발표했습니까?"

소우는 겐지의 말에 신경질적으로 미간을 찌푸렸다.

"『삼국유사』에 기록된 '모지사 북쪽'이란 표현 때문이지. 그 지명에 대해 학자들마다 주장이 다르기 때문이오. 우리도 『삼국사기』에 기록된 '금산원'과 『삼국유사』에 기록된 '모지사 북쪽'이 동일한 지역인지를 밝혀내려 했지만 아직 그러지 못했소. 이 논란은 거기서부터 발생한 거요."

"『삼국유사』의 기록이 신빙성이 있습니까? 『삼국사기』의 기록이 신빙성이 있습니까?"

겐지가 계속 물었다.

"『삼국사기』를 쓴 김부식은 김인문의 직계 후손이오. 아무래도 후손의 기록에 더 신빙성이 있어 보이거든. 직계 후손이 조상의 무덤을 모를 리가 있겠소?"

소우는 책상 위에서 보자기로 싼 책 묶음을 들고 왔다. 책보자기에서는 오래된 기름 냄새가 났다.

"자, 그럼 이 논란에 김인문이 왜 언급되었는지 설명하겠소."

소우가 담배를 새로 꺼내 입에 물자 겐지가 철제 라이터로 불을 붙여주고 공손히 재떨이를 소우 앞으로 밀어주었다. 결벽증이 있어 보이는 이 남자는 아이러니하게도 줄담배를 피워댔다.

"『삼국사기』에는 김인문이 694년 당나라에서 사망하고 그 유해를 신라로 보내 서울 서쪽 언덕[西原]에 장사지냈다고 기록되어 있소."

"공교롭게 김인문도 서악에 묻혔군요."

소우는 그 말을 무시하고 보자기를 풀었다.

"우리는 무열왕릉에서 동쪽으로 300미터 떨어진 서악서원의 뜰 앞에서 김인문의 비석을 찾아냈소."

고서들 위로 누런 종이 파일이 보였다. 파일에는 열 장의 비석 사진과 함께 서류가 들어 있었다. 소우는 사진 몇 장을 골라 겐지 앞으로 내밀었다. 부서진 화강암 조각과 함께 3~4미터 깊이로 묻힌, 돌덩어리 같은 비석을 찍은 사진이다.

"사진 속 비석은 두 동강이 나 있군요. 글자는 판독이 가능합니까?"

"절반 이상은 알아보기가 힘드오. 확인되는 글은 26행 420자 정도요. **조문흥대왕지기기신다(祖文興大王知機其神多)***라는 글자와 **공위부대총관(公爲副大摠管)**이라는 글자가 겨우 읽히오. 그 글자 때문에 그 석비가 김인문의 것이라고 알 수 있는 거요."

"조문흥대왕(祖文興大王)?"

"바로 용춘**을 말하오."

"용춘?"

---

* '(비석 주인의) 할아버지인 문흥대왕은 사물의 이치를 미리 예측함이 귀신과 같이 밝은 분이다'라는 뜻

** 『삼국사기』에는 용춘이 신라 진지왕의 아들이자 무열왕 김춘추의 아버지라고 기술되어 있다. 654년, 용춘의 아들인 김춘추가 즉위하자 아버지인 용춘을 문흥대왕으로 추증했다고 한다. 용춘을 할아버지로 부를 수 있는 사람은 김춘추의 아들인 문무왕과 김인문 외에는 없다.

"문무왕과 김인문의 할아버지지. 무열왕의 아버지이고."

"그렇다면 이 비석은 김인문의 것이 분명하군요."

"아마도."

"아마도?"

"우린 비석 조각을 모두 찾지 못했소. 저 조문흥대왕지기기신다(祖文興大王知機其神多)란 글귀가 어떤 문맥인지 알려면 모든 조각을 찾아내야 하오. 하지만 분명 김인문의 묘는 서악서원이 세워지기 전 그 자리에 있었을 거요. 무열왕릉 남쪽의 각간묘는 김유신의 무덤이고, 무열왕릉 동쪽의 서악서원은 김인문의 무덤자리였단 말이오. 그래서 나와 유키오는 서악서원을 파헤쳐 김인문 무덤의 흔적을 찾아내기 위해 공사를 하고 있는 것이오."

"경성의 학자들은 왜 관장님의 주장을 거부하죠? 마을 사람들도 각간묘를 김유신의 무덤으로 알고 있는데……."

"빌어먹을 경성의 학자들은 우리가 서악서원에서 발견한 그 비석 조각들을 자꾸 각간묘와 연결시키려 했소."

"왜죠?"

"그들의 주장은 두 가지였소. 하나는 그 조각들이 김인문의 것이 맞되, 각간묘 앞에 세워졌던 비석이라고 주장하오. 각간묘의 비석이 어떤 이유로 인해 서악서원으로 옮겼을 거라더군. 또 다른 주장은 그 비석에 적힌 내용이 김인문이 아니라 김유신의 행적이라는 거요."

"비석 조각의 내용이 그들의 주장대로 김유신의 것일 가능성은 전혀 없습니까?"

소우는 콧방귀를 뀌며 턱을 쳐들고 힐난조로 계속 말을 이었다.

"물론 서원에서 발견된 조각에 적힌 글씨가 모두 훼손되고 일부분만 해석된 것은 사실이오. 또 김유신이나 김인문 모두 부대총관을 역임했

고 장산군주를 지냈고, 태대각간에 임명된 자들이오. 하지만 그 비석에
는 진지왕 가계(家系)*의 내용이 적혀 있소. 조문흥대왕(祖文興大王)이라
는 글자가 김유신에게 어울린다고 생각하오?"

"하긴 그렇군요."

겐지가 동의했다.

"그들이 가장 두려워하는 건 자신들의 연구가 뒤집히는 것이오. 그들
은 충효동 언덕의 십이지 신상 호석이 둘린 봉분을 김유신의 무덤으로
두고 싶었겠지. 1896년에 언덕의 십이지 호석의 능을 처음 보고한 미시
마 고타로 교수의 제자들이 지금 학계를 주름잡고 있으니. 그…… 뭐랄
까……."

"학통?"

"그렇소, 학통. 그들은 실증보다 그것이 더 우선이지. 자신들이 1928
년에 각간묘를 김인문의 무덤이라 발표했는데 우리가 덜컥 서악서원에
서 그의 비문을 발견해버렸어. 그러니 그들은 자신들의 주장을 거둬들
이지 않고 이치를 맞추기 위해서는 온갖 억지를 부릴 수밖에 없는 거
지."

겐지가 어떤 말을 하려 했으나 소우는 들을 생각이 없다는 듯 손을

---

* 신라의 정복 군주 진흥왕에게는 동륜과 사륜이라는 두 아들이 있었다. 동륜
이 형이고 사륜이 동생이다. 하지만 왕위를 이어가야 할 장자 동륜은 나이 스
물에 아들 백정을 남긴 채 죽었다. 진흥왕이 죽자 후계 문제가 대두되었는데
신라의 귀족들은 진흥왕의 손자인 백정과 사륜을 두고 왕을 정해야 했다. 신
라는 적자상속이 원칙이었기에 동륜이 낳은 백정이 왕이 되는 것이 마땅했으
나 귀족들은 삼촌인 사륜태자를 왕으로 추대했다. 이가 바로 진지왕이다. 그
러나 진지왕은 여색에 빠져 정사를 돌보지 않았고 4년 만에 왕위에서 축출되었
다. 용춘은 바로 이 진지왕의 아들이었고 김춘추는 진지왕의 손자이다. 진지왕
을 폐위한 귀족들은 적통인 백정을 왕위에 올리는데 이가 바로 진평왕이다. 따
라서 진지왕은 진평왕의 숙부이며 용춘은 진평왕과 사촌지간인 셈이다. 진지
왕이 폐위되지 않았다면 왕이 될 수 있었던 인물이 바로 용춘이었으며 이것이
진지왕, 용춘, 김춘추 가계의 운명이었다.

내저으며 말했다.

"어렵게 생각할 것 없소. 답은 간단하오. 그 비석은 김인문의 것이고 그 비석이 발견된 자리에 김인문의 봉분이 있었을 것이오. 각간묘와는 전혀 다른 별개의 문제로 접근해야 하오. 그리고 또 한 가지! 얼마 전 우리는 엄청난 것을 발굴했소."

"미라 얘기군요?"

겐지는 기다리던 말이 나왔다는 듯 얼굴을 폈다.

"당신들이 본 미라는 김유신이오."

소우는 조용히 안경을 세우며 겐지를 노려보았다.

얼마동안 세 사람은 아무 말도 하지 않았다.

1분쯤 정적이 흘렀을까…….

바람결에 창틀이 덜컹거렸다.

한동안 조용하던 법민이 드디어 참고 있던 말을 내뱉었다.

"실례지만, 지금부터는 그 호칭을 유신공이라고 바꿔주시겠습니까?"

유곡채 오류헌: 유키오

1

성민의 기이한 행동을 처음 발견한 사람은 샤론이었다. 인상 좋던 큰서방님의 오른쪽 얼굴 흉터는 그때 생긴 것이었다.

그 일은 새벽에 있어났다.

샤론은 전날, 벌초에 사용할 낫과 팽이를 행랑 마당 한쪽에 모두 모아두고 다음날 새벽 일찍 마당으로 나갔다고 했다. 아직 아무도 나오지 않았는지 마당은 조용했다. 동쪽하늘이 열리며 쏟아진 햇살이 낫과 팽이에 내린 서리를 서서히 말리고 있었다. 샤론은 늘어지게 하품을 하며 사랑으로 이어지는 마당으로 발을 디뎠을 때 앞에서 시퍼런 인기척을 느꼈다. 누군가 쪼그리고 앉아 자신을 쳐다보고 있었기 때문이다.

"서…… 서방님?"

성민은 고라니같이 순한 얼굴로 낫을 혀로 핥고 있었다. 전날 점심때까지만 해도 안채 마님과 웃으며 산책하는 것을 보았던 참이라 새벽에 행랑 마당으로 나와 들킨 듯 앉아 있는 모습은 그가 알던 큰서방님이

92

아니었다. 성민은 한동안 샤론을 올려다보더니 이내 고개를 숙이고 낫으로 종이를 베기 시작했다.

샤론이 다가가 성민과 눈높이를 맞추었다.

"새벽부터 여긴 왜 나와 계셔요?"

순간, 성민은 들고 있던 낫으로 자신의 오른쪽 얼굴을 그었다. 붉은 선이 이마에서부터 광대뼈까지 생기더니 이내 시뻘건 피가 얼굴을 덮었다.

"우어어어어어!"

그런 후 샤론을 덮쳤다.

"헉! 서, 서방님……."

올라탄 성민은 그의 목을 조르기 시작했다. 샤론의 얼굴에 성민의 붉은 피가 뚝뚝 떨어졌다. 기도가 막힌 샤론의 얼굴이 점점 붉게 변했다. 샤론은 중문을 열고 동석이와 철범이가 달려오는 것을 보고서야 의식을 잃었다.

작년 첫서리가 내리던 날이었다.

샤론은 1년 전의 일을 생각하며 주머니에서 귀마개를 꺼냈다.

"참, 무서운 양반이야."

입김이 술술 나오는 초겨울 밤이었다. 사당과 광이 나란히 붙은 건물 위로 뜬 보름달이 유난히 밝았다. 유곡채에는 광이 두 곳에 있었다. 술과 곡식을 두는 쌀광은 안채에 있었고, 농기구와 잡기들을 두는 광은 오류헌 뒤뜰의 경주김씨 김유묵(金留默)을 모시는 사당 옆에 있었다. 이 사당은 원래 집안의 부리*를 모시던 건물이었다.

그는 오류헌 마당을 지나며 창을 보았다. 일본에서 온 손님이 누굴

---

* 집안에서 모시는 역대 조상의 귀신

초대한 것인지 섬돌에는 낮은 가죽단화가 한 켤레 더 놓여 있었다. 겐지가 침실로 사용하는 방에서 갑창을 열면 가을에는 채마 같은 국화밭이 보이고 사당과 광은 그 너머로 보인다.

'아직 돌아가지 않았나 보군.'

그는 오류헌 앞마당을 돌아 뒷마당 쪽으로 걸어갔다. 광문이 제대로 잠겨 있는지 다시 확인하고 숙소로 돌아갈 참이었다. 땅이 꽁꽁 얼었고 신발바닥도 딱딱하게 얼었다. 두꺼운 양말을 신었어도 발바닥으로 이 모든 걸 느낄 수 있었다. 샤론은 넓은 어깨를 움츠리며 걸었다. 그는 유곡채에서 가장 키가 컸다.

"어이구, 춥다."

샤론은 주머니에서 담배쌈지를 꺼내 잎담배를 만 뒤 불을 붙였다. 알싸한 담배 향이 겨울 공기와 함께 코를 자극했다. 그는 고개를 들고 검푸른 밤하늘을 한번 올려다봤다.

2

푸른 어둠 사이로 붉은 횃불이 긴 창끝에서 너울너울 춤을 추며 타고 있었다. 그런 불창들은 한 두 개가 아니었다. 둥근 울타리를 이루듯 원을 그리며 수십여 개의 창이 땅에 박혀 있었다. 끽끽 땅을 긁는 소리도 났고 철렁철렁 쇠갑이 부딪는 소리도 났다.

선도산의 서쪽 하늘에서 북십자성이 막 사라졌다. 예불이 시작되었는지 정상의 성모사에서는 목탁소리가 들린다. 그러자 조용히 웅크리고 있던 귀신들이 일제히 일어나 신라의 언덕을 향해 소리를 질렀다.

─웅!

—웅!

웅웅거리는 소리가 사방으로 울려 퍼졌다. 무사들이 박혀 있던 창을 조용히 뽑아들었다. 그들은 춤을 추었다. 웅웅거리는 소리에 장단을 맞추는 것 같았다. 푸른 비단옷을 입은 사내들은 소매를 늘어뜨려 두 주먹을 감춘 채 어깨를 대각선으로 비껴가며 흔들었다. 내딛는 걸음마다 깊은 발자국이 파였다. 그들은 일렬로 횡을 지어 앞으로 나아갔다. 맨 앞에 서 춤을 선동하는 귀신은 머리에 큰 뿔을 달았다. 그의 팔뚝에서는 황동 팔찌가 번쩍였다. 뒤따라오는 사내들은 그의 춤을 이어받았다. 의식을 치르는 그들의 동작은 흐트러짐이 없었다. 그들은 곧 정상을 오를 참인 것 같았다. 밤이 깊을수록 이 산에는 영기(靈氣)가 넘쳐흘렀다.

얼마쯤 시간이 흘렀을까.

그들 중 몇 명이 그 자리에서 땅을 팠다. 판 구덩이에서 아직 썩지 않은 사람의 시체가 나왔다. 그러나 속은 부패했는지 가슴과 배가 팽팽하게 부풀어 올랐다. 한 무사가 시체의 배에 낫을 쑤셔 넣었다. 시체의 늑골 사이로 피부가 파이더니 낫이 쉽게 들어갔다. 무사는 그 틈으로 손을 넣고 시체의 가슴팍을 휘젓더니 무언가를 꺼냈다. 심장이었다. 그때 춤을 추던 무사들과 창을 들고 있던 무사들이 소리를 질렀다. 마치 자칼의 소리, 악마의 소리 같았다. 환호성은 바람을 타고 천지를 진동했다. 무사들은 시체의 피를 입에 바른 뒤 구덩이에 시체를 던져버리고 시체에 불을 질렀다. 순식간에 불이 오르더니 흙이 검게 변했다.

그리고 의식이 끝났다.

그때, 인간의 냄새가 났다. 바위 뒤에서 낯선 소리가 들렸다. 맨 앞에 선 사내가 오른손을 번쩍 들어 대열을 멈추게 했다. 모두 동작을 일순 멈추었다. 누구에게도 들키지 말았어야 했다. 이들은 그저 지금의 옛 신라땅을 보기 위해 움직였을 뿐이다.

마른 벚나무 뒤에서 한 여자가 숨어 있었다. 그녀는 줄곧 그들을 지켜
보다가 행렬이 멈추자 허둥지둥 어둠 속으로 사라져버렸다.

사내는 조용히 손을 내리고 그녀가 사라진 쪽을 뚫어지게 보았다.
멀리 보이는 신라 벌판에는 외국인들이 만들어놓은 건물들에 불빛이
고여 있었다. 신시가지다. 어느새 웅웅거리는 소리가 그쳤다.

예불을 마쳤는지 성모사의 목탁소리도 멈추었다.

3

"러시아 문학이라……."

겐지는 미소를 띤 채 책 한 권을 꺼내 넘겼다. 투르게네프의 『루딘』
이었다. 책장 상단에도 두꺼운 책들이 빼곡했는데 모두 러시아 문집이
었다. 고골과 레르몬토프도 있었다. 하단에는 꽤 많은 인문서와 역사서
가 있었다. 삼성당에서 양장으로 출간한 초기 합판본 『삼국사기』와 『삼
국유사』가 있고, 총독부에서 금서로 지정한 유근의 『신정동국역사』와
양계초의 『민족경쟁론』도 있었다. 『고사기』나 『일본서기』, 『만엽집』
같은 일본 역사책도 보였다.

겐지는 두 겹으로 닫힌 장롱을 반쯤 열었다. 안에는 깨끗하게 다린
흰색 셔츠와 바지가 줄지어 걸려 있었다. 모두 성민이 입던 옷가지로
법민이 자신을 위해 비치해둔 것이었다. 겐지는 그 옷들을 보며 미소를
지었다.

유키오는 소파에 앉아 있었다.

"오늘은 여기서 자고 가게."

"아닙니다."

"왜? 현장에 야간작업이 있나?"

"아마 지금쯤이면 끝났을 겁니다. 이따가 그리로 가봐야 합니다."

"다음엔 나도 참관이나 해볼까?"

박물관에서 소우 관장을 만나고 온 후 겐지는 유키오를 유곡채로 불렀다. 축음기에서 흐르는 쿠프랭의 〈클라브생〉 음률이 판돌아가는 소리와 섞여 정감 있게 들렸다.

"매번 느끼지만 조선의 가옥은 너무 넓어서 사람이 살고 있으면서도 어찌 보면 빈집 같기도 해. 이런 공간미는 어디에서도 찾아보기 힘들 거야."

"요즘은 여기서도 일본식 집을 많이 짓습니다."

유키오는 등을 구부리고 호족반에 놓인 국화차를 홀짝였다.

"그런데…… 관장님과의 면담은 어땠습니까?"

"그는 나를 별로 신뢰하지 않는 것 같아. 과학자는 사학자가 아니라는 신념 같은 것이 있더군."

"겐지 님께서 성과를 내면 달라지실 겁니다."

"그나저나 김유신의 미라라……. 믿기 힘든 일이야."

겐지는 유키오에게 차를 한 잔 더 따라주었다.

"그 미라가 각간묘에 묻혔던 미라인지 아닌지를 밝혀내는 것은 아주 중요한 일입니다. 그걸 겐지 님이 밝혀주셔야 합니다. 사실 각간묘를 발굴해보면 제일 정확하게 알 수 있습니다만, 조선 정부나 이 지방의 민심이 그렇게 호락호락하지 않아서…… 아무리 총독부라도 그것은 쉬운 일이 아닙니다."

"경주에 지진이 발생한 적이 있었나?"

유키오는 찻잔을 내려놓으며 고개를 끄덕였다.

"무슨 생각을 하고 계신지 짐작이 갑니다. 지진으로 인하여 지각이 이동하면 땅속에 있던 석실이 이동할 수 있겠지요. 일본과 달리 조선은 지진에 안전한 걸로 인식되고 있는데 사실 그렇지 않습니다. 기록에도 이 나라에 지진이 발생한 흔적을 여기저기서 볼 수 있었습니다."

유키오는 가방에서 두꺼운 책을 꺼내 책장 사이에서 종이를 꺼냈다. 거기에는 깨알 같은 글씨가 난잡하게 적혀 있었다.

"『고려사』와 『고려사절요』를 보면 특히 제주와 경상도 남부 지방에 유독 지진이 심했다고 나옵니다. 고려 현종 때인 1012년 3월, 12월, 또 그 이듬해는 2월에도 지진이 발생했습니다. 1025년에도 영남의 열 개 현에서 지진이 발생했다고 나오는데 여기에는 아마 경주도 포함되었을 겁니다. 『삼국사기』에도 기록이 있습니다. 〈무열왕〉 조를 보면 '**토함산이 불타더니 3년 만에 꺼지고 홍륜사 문이 저절로 무너진다**'라는 표현이 있습니다. 이것도 지진을 표현한 것이죠."

겐지는 들으면서 왼손 바닥으로 오른 손등을 비비며 마사지 했다. 그럴 때마다 나가기* 소매가 출렁거렸다. 그 소매 사이로 굵고 단단한 팔뚝이 슬쩍슬쩍 비쳤다.

"토함산은 불국사 쪽인가?"

"예."

"토함산에 지진이 일어난 흔적을 나타낸 기록이 있나?"

"없습니다. 하지만 경주 지방은 태평양 연안의 활성단층 영역에 속합니다. 화산 활동이 가능한 지대에 포함되지요."

"기록만으로도 이 지방은 도시혈 현상이 일어날 소지는 충분하군."

"각간묘 앞에 다른 묘가 있었을 가능성도 있습니다. 미라가 나온 구덩이는 각간묘에서 몇 미터 떨어진 지점에서 드러났으니까요."

겐지는 유키오의 말을 듣다 말고 문득 생각난 게 있는 듯 방 한쪽으로

---

* 일본인들이 속옷과 겉옷 사이에 입는 옷

갔다. 움직일 때마다 히카마* 자락이 서걱거렸다. 그는 늘어진 히카마를 뒤로 젖히고 허리를 숙여 각게수리**에서 무엇인가 꺼내 들고 왔다.

"긴 이야기에는 이것이 필요하겠지."

작은 담배 상자였다. 유키오가 상자를 열자 커피색 궐련이 가지런히 들어 있었다.

"오, 마쿠로치. 이거 반갑군요. 경성에 가지 않고서야 여기서 어찌 이런 담배를 구할 수 있겠습니까? 조선의 아사히 담배는 너무 독해서……."

유키오의 얼굴이 어린아이처럼 밝아졌다.

"관 속에는 머리 미라와 몇 가지 부장품만 있었다고 했지?"

"네. 미라와 칼 한 자루, 그리고 왕관이 전부입니다."

"그럼 몸과 나머지 장식들은 도굴 당했다는 얘긴데, 도굴되었다면 금관과 칼은 왜 그대로 두었을까? 머리만 온전하게 남겨둔 채 말일세."

"몇 가지 추론이 가능합니다."

"추론?"

"네, 첫째로 묘를 정상적으로 쓴 경우입니다. 이 경우에 중요한 포인트가 있는데 바로 시신을 겨울철에 묻었다고 가정해야 합니다. 그리고 시신에 원한을 품은 자가 곧바로 그 묘를 파서 목을 벤 뒤 몸을 훼손시켰다면 그 설명이 가능합니다."

"김유신은 언제 사망했나?"

"서기 673년 7월 1일입니다."

"음……, 여름이군."

"그래서 첫째는 논외입니다. 둘째는 머리만 매장한 경우입니다. 이것

---

* 기모노에 입는 바지
** 조선 후기에 유행한 나무로 짠 금고

이 가장 가능성이 높습니다."

"참수된 죄인의 머리?"

"그렇지요. 모반에 의해 참수된 왕이나 신하의 머리일 가능성이 있습니다. 그러기엔 이번에 발견된 미라가 너무 노령이란 것이 걸리지만 역적죄는 나이와 관계가 없으니……. 그런데 이거 한 대 피워볼까요?"

유키오는 아까부터 담배를 맛보고 싶은 눈치였다. 겐지는 빙긋이 웃으면서 성냥을 건네주었다. 유키오는 눈을 감고 연기를 천천히 천장으로 내뿜었다. 마치 하얀 영혼이 그의 입에서 나와 하늘로 올라가는 것 같았다.

"전쟁터에서 목이 잘린 아군의 머리를 돌려받아 후하게 장사지낸 거라면?"

"그럴 가능성도 있습니다. 반란이 아닌 경우겠지요."

유키오는 고개를 돌려 연기를 내뿜었다. 겐지는 김유신의 사망 기록을 물었다.

"『삼국사기』〈김유신 열전〉에는 **'가을 7월 1일, 유신이 자기 집 침실에서 죽으니 향년 79세였다'** 라고 되어 있습니다."

붉은 달이 새겨진 하오리** 를 입고 8폭 병풍 앞에 단정히 정좌한 겐지의 눈빛은 진지했다.

"그럼 미라는 김유신은 아니겠군."

"너무 김유신에게만 초점을 맞추지 마십시오. 김유신의 머리라는 가설은 뒤에 다시 논하기로 하지요."

---

* 〈김유신 열전〉에는 문무왕이 김유신의 부음을 듣고 장사에 쓰라고 채색 비단 1천 필과 조 2천 석을 부의로 보내고 군악의 고취수 1백 명을 보냈다고 한다. 그리고 무덤을 금산원에 장사하고 큰 비석을 세워서 공명을 기록하게 한 뒤 마을을 지정하여 무덤을 지키게 했다고 기록되어 있다.
** 일본인들이 입는 짧은 겉옷

"좋아. 세 번째 추론은 뭔가?"

"세 번째는 조금 구체적인 것인데, 발견된 머리가 김유신이 아니라 김인문일 가능성입니다."

"소우는 각간묘가 김인문의 봉분이 아니라던데?"

"서악동은 무열왕 김춘추 자손들의 무덤이 모여 있는 곳입니다. 따라서 각간묘의 주인은 무열왕의 아들인 김인문일 수 있습니다. 기록을 봐도 김인문은 서악리에 묻혔다고 나오거든요."

"하지만 자네와 소우는 지금 서악서원에서 김인문의 무덤을 찾고 있지 않은가?"

"네, 제가 서원 발굴 실무 책임자이지요. 하지만 사학계의 주장대로 서원의 비석은 김유신의 것이고 각간묘는 김인문의 무덤일 가능성을 완전히 배제하지는 말아야 합니다. 비록 조문흥대왕이란 문장이 써 있다고 해도 비석들을 모두 모아서 해석해보지 않는 한 어떤 내용인지는 판단하기 힘듭니다. 김인문과 김유신은 역임한 관직이 비슷하니까요."

"김인문이라……."

겐지는 이곳에서 그 이름을 처음 들었다. 그가 알고 있는 고대의 조선인은 몇 명에 불과했다. 신사(神社)에 봉안된 백제인들을 제외하면 고구려의 캐쉰*과 신라명신** 정도가 유명했다. 일본에는 지금도 이들을 추종하는 세력이 많았다. 일본 교토 동북쪽 히에이 산의 엔랴쿠지(延曆寺) 북쪽 '요가와 중당'에 있는 적산궁은 신라명신 장보고의 사당이었다.

"그가 김유신만큼이나 대단한 사람이었나?"

김유신은 조선에서 이순신과 함께 신장(神將)으로 불린다고 했다.

"형인 문무왕이 위기의식을 느낄 만큼 정치적인 장악력이 막강했던

* 연개소문
** 신라명신(新羅名神): 장보고

인물입니다.”

“정치력이 뛰어난 인물?”

“그렇습니다. 사실 문무왕은 즉위 초부터 정치적으로 입지가 약했던 것으로 보입니다. 『삼국유사』 신유년, 문무가 즉위하던 해의 기록에는 ‘사비 남쪽 바다에서 여자 시체가 나왔는데 키가 일흔세 자, 발 길이가 여섯 자, 음부 길이가 석 자나 되었다’고 나옵니다. 왕이 즉위하던 해에 바다에서 시체가 떴다는 내용을 기술해놨으니 그해에 뭔가 정변의 위험이 있었을 것입니다. 어쩌면 신라인들은 문무가 아니라 동생 김인문이 왕이 되길 원했을지도 모르지요.”

겐지는 호기심이 가득한 얼굴을 하고 자리에 비스듬히 누웠다. 겐지는 선반에 약과도 있으니 가져가 먹으라고 손짓했다. 유키오는 정중히 거절하며 가지고 온 서류를 뒤적거렸다.

* 『삼국유사』 [기이편 2] 〈문무왕〉 조의 내용. 신유년은 661년이다.

기록은 기록일 뿐이다

1

"하지만 그 미라가 김인문이 아닐 가능성은 굉장히 높습니다. 김인문은 694년 4월에 당에서 사망했고 그 시신은 이듬해 10월에 신라로 옮겼습니다. 사망한 지 1년이 지나 매장되었던 것인데, 과연 그동안 시신이 온전했을까요?"

김인문은 중년 이후의 일생을 당나라에서 살았다. 당에서 사망한 뒤그의 시신을 신라로 옮겨 695년 10월 신라 서쪽에 장사 지냈다고 한다. 그를 신라왕으로 봉하려 한 당 고종은 그의 죽음을 몹시도 슬퍼했다고한다.

겐지는 골똘히 생각했다.

"일단 거기까지는 잘 알겠네. 그럼 아까 자네가 얘기하려던 그 추론은 뭔가? 김유신 말이야."

"네?"

유키오는 겐지의 질문을 이해하지 못했다.

"어떤 근거로 각간묘를 김유신의 무덤이라고 보는지 설명해보라는 거야."

"일단 귀부가 있기 때문입니다. 『삼국사기』에 따르자면 김유신의 무덤 앞에는 반드시 커다란 비석이 있어야 합니다."

겨울밤은 자정을 훌쩍 넘기고 있었다. 마쿠로치 꽁초가 재떨이에 수북하게 쌓여갔다.

"김유신의 증조부는 고대 경상도 서부 지방을 다스리던 가락국 왕이었습니다. 가락이 신라에 병합되지 않았으면 그는 왕이 되었을 인물입니다."

"에도 시대 다이묘가 막부에 흡수된 것과 비슷하겠군."

"신라 왕가에서 내물왕계 핏줄인 성골은 654년 진덕여왕을 마지막으로 끝나버렸습니다. 성골끼리만 왕위를 잇고자 하는 고대의 의지가 끊긴 것이지요.* 순수 성골씨족이 씨가 마르자 성골과 가장 가까운 인물이 바로 성골 반, 귀족 반인 진지왕의 후손 김춘추였습니다. 이 사람이 무열왕이지요. 서악의 큰 무덤을 가진 주인입니다. 7세기 무열왕 이후의 신라는 문무왕과 신무왕 등 김춘추의 후손들이 정권을 잡으면서 황금의 나라라고 불렸습니다."

"헤이안 시대 같은 건가?"

---

* 진지왕을 밀어내고 왕이 된 성골 진평왕에게는 아들이 없었고 단지 딸만 셋 있었다. 덕만, 천명, 선화이다. 632년 진평왕이 죽자, 왕위를 덕만이 이었고 그녀가 바로 선덕여왕이다. 선덕여왕이 즉위하고 16년이 흐른 뒤, 여자가 왕이 되는 것에 불만을 품은 비담이 경주 시가지에서 쿠데타를 일으켰다. 김유신과 김춘추는 그 난을 진압하면서 실권을 잡게 된다. 이 정변 중에 선덕이 죽고, 이어 진평왕의 친아우인 국반갈문왕의 딸 진덕여왕이 등극했으나 이후 신라왕가에서는 성골끼리 결혼해서 낳은 남자가 없었다. 대신들은 어쩔 수 없이 진골을 추대해야 했다. 진덕여왕 다음의 왕위를 이을 사람은 성골에 가장 가까운 진골이어야 했는데 그가 바로 진평왕에게 폐위된 진지왕의 손자인 김춘추였다. 춘추는 김유신의 지원으로 등극하자마자 왕이 되지 못했던 불행한 아버지 용춘을 위해 문흥대왕이라는 시호를 바쳤다.

104

"……좀 다릅니다만, 문화의 중흥기임에는 틀림없습니다."

겐지는 유키오의 말을 듣는 사이사이 손바닥끼리 딱딱 부딪쳐서 눈에 갖다 대었다. 그것은 고지마 가문에 내려오는 전통적인 지압법이었다.

2

짐꾼은 연방 어깨를 들썩였다. 낮 동안 그렇게 맑던 하늘은 어두워지자 구름이 잔뜩 일었다. 희미한 달무리를 보니 비가 올 모양이다. 오늘 밤 이 혼례함을 화천까지 날라주려면 어쩔 수 없이 무덤이 있는 구릉길로 가야 했다. 거기가 지름길이다. 그는 엉금엉금 소나무가 우거진 좁은 길로 들어섰다. 무명천을 두 번 감아 함에 돌려 어깨에 메니 자연히 허리가 꺾였다. 한잔 걸친 막걸리 때문인지 장딴지에 힘이 잘 들어가지 않았다. 나설 때보다 짐이 더 무겁게 느껴졌다.

"씨, 괜히 주막에 들렀다."

벌써 축시가 지났다. 세상은 고요했다. 무열왕릉 옆 옹기종기 모인 집들도 이미 불이 꺼졌고 멀리 전봇대 불빛만이 한두 점 보였다. 스멀스멀 언덕 중간에서 안개가 피어올랐다.

'벌써 왕들이 돌아다닐 시간인가?'

서둘러야 했다. 이 길을 걷는 자는 눈을 감고 걸음만 옮기라 했다. 구덩이 근처에 일본인들이 쳐 놓은 천막이 바람에 펄럭였다. 고개를 돌려 슬쩍 구덩이를 보았다. 아까부터 그 주위에 하얀 불이 맴돌고 있었다. 하얀 꼬리가 길게 늘어진 것이 마치 연기 같기도 하고 도깨비불 같기도 했다. 그것을 본 짐꾼은 가슴이 덜컥 내려앉았다. 돌아가더라도 이 길을 택하지 말걸 하는 생각이 들었다.

그때였다.

저쪽에서 동전이 짤그락거리는 소리가 들렸다. 동전 소리 같기도 하고 장신구가 부딪쳐 나는 소리 같기도 했다. 짐꾼은 무명천을 꼭 움켜쥔 채 소리가 나는 쪽을 슬쩍 보았다. 놀랍게도 각간묘의 봉분 위로 수많은 사람들이 서 있었다. 그들은 모두 옛날 복장을 하고 창과 칼을 들었다. 이렇게 많은 사람들이 횃불도 없이 어둠 속에 모여 있다는 것이 이상했다. 그들은 큰 투구를 썼고 창과 큰 깃발을 들었다.

이 밤에 제사를 지낼 리는 없는데?

아—

한참 그쪽을 바라보던 짐꾼은 이치에 맞지 않은 무언가를 보자 다리를 허우적거리다 주저앉았다. 바람이 불지 않는데도 그들이 들고 있는 깃발이 펄럭이고 있었기 때문이었다.

봉분 아래 파헤쳐진 구덩이 앞에 한 남자가 서 있었다. 그는 투구는 쓰지 않았고 검은 갑주에 넓은 어깨 보호구를 차고 화려한 목가리개를 하고 있었다. 치마같이 길게 늘어진 갑옷에는 주렁주렁 장신구가 달려 있었다. 한눈에 보아도 봉분 위에 서 있는 고대 무사들의 우두머리임을 알 수 있었다. 그가 구덩이를 바라보며 천천히 한 바퀴 돌았다. 그럴 때마다 구덩이에서 올라오는 푸른빛에 그의 흉갑이 번쩍거렸다.

그는 돌던 걸음을 멈추고 한참 구덩이를 내려다보았다.

어깨를 움츠리고 두 손으로 얼굴을 감쌌다. 몹시 괴로워하고 있었다. 흐느끼듯 어깨가 떨렸다. 그러자 하늘에서는 그의 분노에 반응하는 구름이 일었고 바람이 회오리쳤다. 땅속에서는 웅웅 하는 소리가 사납게 울렸다. 소나무와 풀이 바람에 쓰러지고 돌이 굴렀다. 천막이 마구 펄럭이다 날아가 버렸다. 눈을 뜰 수 없을 만큼 세찬 바람이 몰아쳤다. 짐꾼은 그 자리에 엎드렸다.

얼마나 시간이 흘렀을까. 바람이 잠잠해졌다.

다시 추위가 등을 타고 온몸으로 퍼졌다. 고개를 들어 보니 아무도
없었다.

3

"김유신은 무열왕 김춘추의 아들 문무왕한테 살해되었습니다."

겐지는 깜짝 놀라며 상체를 당겼다.

곧 머쓱해진 겐지는 그 김에 담배를 집으며 계속 애기하라는 손짓을
보냈다.

"당시 신라는 두 개의 세력이 있었습니다. 당을 싫어하는 김유신의
군벌세력과 친당 성향의 김인문을 지지하는 대다수 중앙 귀족이지요.
가운데에 낀 문무왕은 고심합니다. 원래 그는 민족주의자였습니다. 왕
이 되니 점령국의 역할을 하는 당에 간섭받고 싶지 않았겠지요. 그러나
김유신과 함께 반당의 행보를 이어가자니 당을 추종하는 왕족과 귀족
의 세력이 만만치 않았습니다. 결국 세월이 흐를수록 문무도 아버지
무열왕처럼 당에 조공을 바치며 자리보전을 하지 않을 수 없었을 겁니
다. 그렇게 시간이 흐르는 동안, 서슬 퍼런 실력자 김유신은 당과 마찰
하며 하나하나 문제를 일으킵니다. 문무는 집권 초, 당을 경계해달라며
실어준 김유신의 힘이 너무 커지자 일단 그의 힘부터 줄여야 했습니다.
마침 그때 김유신이 죽습니다."

유키오는 여기서 말을 끊고 다 식은 국화차로 입술을 적신 뒤 잔을 호족
반에 내려놓았다. 창밖 매화가지가 지나가는 바람에 후르르 떨었다.

"안정된 정국을 원한 친당 성향의 귀족들은 자주적 성향의 김유신과

통일전쟁에 참여했던 가야계 군벌세력을 숙청하려 했던 것입니다. 그것을 김유신은 본능적으로 알았을 겁니다. 그들은 정치집단이라기보다 무사집단이었을 테니까요. 그리고 경주시가지에서 친당파와 반당파 간의 전투가 대낮부터 벌어지게 됩니다."

"결과는?"

"가야계의 참패였고 김유신은 숙청되었습니다."

"단정 짓는 근거가 있나?"

"역사는 이긴 자의 기록입니다."

"그러니까 김유신이 살해된 근거를 대보라는 거야. 김유신은 자택에서 조용히 사망했다고 나와 있다던데……."

"직접적인 문장은 없습니다. 모두 우회적으로 묘사해놓았으니까요."

유키오는 접힌 종이를 펴서 어느 한 문장을 찾았다.

"이것은 『삼국사기』의 〈김유신 열전〉입니다."

함형(咸亨)* 4년, 문무대왕 13년이다.

그해 봄에 요사스런 별이 나타나고 지진이 발생하자 대왕이 이를 걱정하였다. 유신이 말하였다.

"오늘의 변괴는 모든 액(厄)이 소신에게 있는 것이지 국가의 재앙이 아닙니다."

대왕이 말하였다.

"그렇다면 이는 과인에게 큰 걱정거리요."

왕은 기도하여 재액을 물리치도록 유사에게 명하였다.

"자, 이 장면은 문무왕 13년에 벌어진 일을 기록한 내용입니다. 요사

---

* 함형(咸亨)은 당나라 제3대 고종의 연호이다. 고종은 670~674년까지 이 연호를 사용했다. 함형 4년은 문무왕 즉위 13년, 서기 673년이다.

스런 별이 나타나고 지진이 발생하자 문무왕이 걱정을 합니다. 그러자 난데없이 김유신이 모든 죄는 자신한테 있다고 하는군요. 이게 무슨 상황일까요? 이 부분은 경주 시가지에서 수많은 군사가 충돌하자 수장인 김유신이 문무왕을 만나 독대를 하는 장면 같습니다. 그저 요사스런 별이 나타나고 지진이 발생했다는 자연현상을 적어놨지만 이 문장은 반란을 묘사한 참위적인 내용을 기록한 것입니다."

여름 6월에 난데없이 군복을 입고 병장기를 든 수십 군사가 울면서 유신의 집에서 나오더니 사라졌다. 유신은 이를 듣고 말했다.
"이는 필시 나를 보호하던 음병이 내 복이 다한 것을 보았기 때문에 가는 것이다. 내 죽음이 멀지 않았도다"

"소우 관장님은 이 부분에 대해서만은 저의 해석에 동의하지 않고 있지만 이 글귀는 6월에 김유신 집에서 수하들이 모조리 제거되었다는 것을 의미합니다. 이 구절은 아마 반란에 실패하고 도망친 수하들이 김유신 집에 숨어 있다가 체포하러 온 왕의 군대에게 끌려가는 모습을 기록한 것일 겁니다. 김유신은 자신이 곧 죽을 거라고 예언합니다. 쿠데타가 실패했기 때문에 숙청당할 것을 알고 있었던 거죠. 그다음 줄에 김유신의 죽음이 나옵니다."

그 뒤 열흘쯤 지나서 유신이 병들어 자리에 눕게 되자, 왕이 직접 행차하였다. 유신이 왕을 보고 말하였다.
"모든 힘을 다하여 대왕을 모시려 하였으나 소신의 몸에 병이 들어 이렇게 되었으니 오늘 이후로 다시는 용안을 뵈옵지 못하겠습니다."
대왕이 울면서 말하였다.
"과인에게 경이 있음은 마치 물고기에게 물이 있는 것과 같소. 만일 피하지 못할 일이 생긴다면 백성들과 사직은 어떻게 하리오?"
유신이 말하였다.
"신이 보건대, 예부터 대통을 잇는 임금들이 처음에는 잘못하는 일이
없지만, 유종의 미를 거두는 경우는 드물었습니다. 그래서 여러 대의
공적이 하루아침에 무너지니 통탄스럽습니다.
왕께서 〔…〕 소인배를 멀리하고 군자를 가까이 하여 화란(禍亂)이 일어나
지 않고 나라의 기틀이 무궁하다면 저는 죽어도 여한이 없습니다."

"이 문장은 김유신의 손발을 모조리 제거한 뒤 태연스럽게 문병을
온 문무왕한테 김유신이 마지막으로 말하고 있는 듯한 장면입니다. 겉
보기에는 노신과 군왕의 평화로운 대화 같지만, 김유신은 다시 얼굴을
볼 수 없다는 수수께끼 같은 말을 남깁니다. 그는 나이 일흔에도 노구를
이끌고 말에 올라 전쟁터를 누빈 사람입니다. 단지 몸이 아파서 왕을
영영 볼 수 없겠다고 했을까요? 이 장면은 혹시 문무왕이 김유신의 집에
문병을 온 게 아니라 김유신이 문무왕 앞에 끌려왔던 것은 아닐까요?"
"아…… 유키오. 그러면 유신공이 문무왕 앞에 끌려와 참수되기 직전
의 장면을 『삼국사기』가 기록하고 있다는 것인가?"
"그렇습니다. 김부식은 자신의 선조에 대한 최후를 차마 비참하게 묘
사하지 못했을 겁니다."
"이중적인 방법을 쓴 거군."

가을 7월 1일, 유신이 자기 집 침실에서 죽으니 향년 79세였다.
대왕이 부음을 듣고 매우 애통하게 생각하여 비단 1천 필과 조 2천 석
을 보내고 고취수 1백 명을 보내주어 금산원에 장사하게 하였다. 유사
에게 명하여 큰 비를 세워서 그의 공명을 기리게 하였으며, 민호를 두어
그의 무덤을 지키게 하였다.

"6월에 쿠데타가 일어나고 한 달 뒤인 7월에 김유신이 죽습니다. 제 생각에 유신은 673년 음력 6월과 7월 사이에 참수된 것 같습니다. 『삼국 사기』에는 자기 집에서 죽었다는 표현이 강하게 남아 있는데, 이것이 가장 수상한 대목입니다. 굳이 이런 것까지 기록할 필요가 있을까요? 김춘추나 김인문 등 당시 어떤 영웅도 임종 상황을 이렇게까지 상세하 게 묘사하지 않았습니다. 그런데 유독 김유신만 어디서 어떻게 죽었다 고 친절하게 기록되어 있습니다. 이것은 오히려 김유신이 자택에서 죽 지 않았다는 것을 반증하는 게 아닐까요?"

"끌려와 살해되었다는 말이군."

"공식적으로 삼국통일을 이룬 김유신은 살해되면 안 됩니다. 대당전 쟁의 영웅은 천수를 누리고 평화롭게 임종을 맞이해야 합니다. 그래야 정통성이 살아납니다."

"김춘추 가문의 자손들이 김유신을 제거했다……. 그리고 서악동의 각간묘에 후하게 장사지내주었다……?"

"그렇지요. 문무왕으로서는 거추장스런 김유신을 하루빨리 제거하고 당에 공손하게 순응하는 것이 자리를 지키는 가장 안전한 길이었을 것 입니다. 그 뒤부터 김유신의 자손들은 김춘추의 자손, 즉 다시 말해서 김인문과 문무왕의 자손들한테 철저히 밀려납니다."

"무서운 일이군."

겐지의 얼굴이 서서히 상기되었다.

"『삼국유사』에는 김유신 가문의 이러한 고충이 잘 나타나 있습니다. 김유신이 죽고 106년이 지난 혜공왕 때 김유신의 혼령이 무덤에서 나와 미추왕의 혼령에게 불만을 토로하는 기록이 있습니다. 미추왕은 경주 김씨의 시조로 김춘추의 직계 조상입니다. 김유신의 혼령은 경주김씨

가 자신의 후손인 김해김씨들을 척살하는 것을 미추왕한테 따지고 있
는 것입니다."

"오!"

겐지는 탄성을 내질렀다.

"아마 김유신은 죽어서 무열왕의 반열에 들었을 것입니다. 김유신의
묘역에 세웠다는 큰 비석은 무열왕의 그것과 같은 급의 비석일 겁니다.
그리고 신라인들은 무열왕과 김유신의 봉분을 지키는 묘지기 마을까지
두게 됩니다. 바로 봉우마을이지요."

〈클라브생〉 연주는 이미 끝나 축음기 바늘이 판을 직직 긁어댔다.

그때, 밖에서 한줄기 비명소리가 들렸다.

"아아악!"

겐지가 쏜살같이 장지문을 박차고 나갔다. 밖은 얼음같이 차가운 바
람이 불었다. 유키오도 가죽장화를 발에 끼우고 겐지 뒤를 따라 달렸다.

오류헌 뒷마당에는 한 남자가 쓰러져 있었다.

"집사?"

겐지가 샤론을 일으켜 안았다. 샤론의 입에서 김이 나왔다. 얼굴이나
몸에 별다른 외상은 없었지만 어깨를 심하게 떨고 있었다. 겐지가 샤론
의 얼굴을 돌리고 정신을 차릴 수 있도록 뺨을 때렸다.

앞마당 쪽에서 민지영이 뛰어왔다.

"무슨 일인가요?"

"갑자기 소리를 지르며 쓰러져 있더군요."

지영은 겐지를 밀치다시피 뛰어들어 샤론의 어깨를 잡고 흔들었다.
치마가 젖은 땅에 꽃처럼 퍼졌다. 샤론이 천천히 눈을 떴다.

"어떻게 된 겁니까?"

"윽…… 모르겠습니다. 작은 광으로 가려고 사당 쪽으로 걸어가고 있

었는데 광 뒤에서 누가 튀어나오더니…….”

"누군지 얼굴을 봤어요?" 지영이 물었다.

"순식간에 당한 일이라. 으……, 돌멩이로 머리를 맞은 것 같습니다."

"집안으로 달아났나요?"

"저쪽으로 달아났어요."

샤론은 한 손으로 머리를 감싸며 오류헌 담장을 가리켰다. 그곳은 소나무 숲이 어우러진 구릉이었다. 그 구릉 뒤로 무덤들이 둥근 산을 이루며 이쪽을 보고 있었다. 유키오는 멀쑥이 서서 샤론을 감싸고 앉아 있는 지영의 목을 내려다보았다. 쌀쌀한 날씨에 유난히 하얗게 드러난 그녀의 목에서는 연한 김이 올라왔다.

"부인은 그쪽에서 아무도 못 보셨나요?"

"이쪽에서도 누가 도망가는 것을 보지 못했어요. 저도 안채에서 감주를 가지러 가던 중 갑작스런 비명소리를 듣고 와서…….”

겐지는 일어서서 무열왕릉 쪽으로 시선을 고정시켰다. 저곳에서 무슨 일이 일어나고 있는 게 틀림없다. 그곳은 검은 하늘 아래 어둠이 깊이 잠들어 있었다. 샤론을 부축하여 일으키던 지영이 고개를 올려다보며 겐지에게 차갑게 말했다.

"도와주지 않으시나요?"

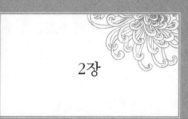

2장

제29대 태종대왕의 이름은 춘추이고 성은 김씨인데 용수(용춘)각간으로
추봉된 문흥대왕의 아들이다. 어머니는 진평대왕의 딸 천명부인이고,
비는 문명황후 문희니, 바로 유신공의 막내 누이였다.
어느 날 문희의 언니 보희가 꿈을 꾸었다.
서악에 올라가서 오줌을 누는데 경주가 오줌에 잠기는 것이었다.
이튿날 아침에 보희에게 꿈 이야기를 들은 문희는 이렇게 말하였다.
"내가 그 꿈을 사겠어요."
"무슨 물건으로 사려 하느냐?"
"비단치마를 드리면 어떤가요?"
문희가 제안하자 보희가 수락하였다.
동생이 옷깃을 벌리고 그 꿈을 받으려 하니 언니는 "어젯밤 꿈을 너에
게 준다"라고 말하였고 문희는 비단치마로 꿈의 값을 치르고 꿈의 주인
이 되었다. 그런 지 열흘이 흘렀다.
정월 오기일(보름)에 유신이 춘추공과 함께 유신의 집 앞에서 공을 찼다.
이때 유신은 일부러 춘추공의 옷을 밟아서 옷끈이 끊어지게 하고 "우리
집에 가서 옷끈을 달도록 합시다" 하매, 춘추공이 그 말을 따랐다.
유신이 보희를 보고 옷을 꿰매드리라 하니 보희는 "어찌 그런 사소한
일로 해서 가벼이 귀공자와 가까이 한단 말입니까" 하고 사양하였다.
이에 유신은 문희에게 명하였다.
춘추공은 유신의 뜻을 알고 드디어 문희와 관계를 하고 이로부터 자주
왕래하였다.
유신은 문희가 임신한 것을 알고 꾸짖었다.
"너는 부모에게 알리지도 않고 아이를 가졌으니 어인 일이냐?"
그리고 온 나라에 말을 퍼뜨려 누이를 불태워 죽인다고 하였다.

어느 날, 선덕왕이 남산에 거동한 틈을 타서 유신은 마당 가운데에 나무를 쌓아놓고 불을 질렀다. 연기가 피어나자 왕이 보고 무슨 연기냐고 물으니, 좌우에서 아뢰었다.

"유신이 누이동생을 불태워 죽이는 것인가 봅니다."

이에 왕이 그 까닭을 물으니,

"유신의 누이동생이 남편도 없이 임신을 하였습니다."

왕이 물었다.

"그게 누구의 소행인가?"

이때 춘추공은 왕을 모시고 있다가 얼굴빛이 몹시 붉게 변하였다. 왕이 춘추공을 보며 말하였다.

"네가 한 짓이로구나. 빨리 가서 구하도록 하여라."

공은 명령을 받고 말을 달려 왕명을 전하여 죽이지 못하게 하고는 문희와 혼례를 올렸다.

『삼국유사』〔기이편 1〕〈태종 춘추공〉

마애불은 꿈속에서 객과 말하고: 선도산

1

"그래서 그 괴한이 형님이라고 생각하는 건가?"

법민은 앞만 보며 걸었다. 겐지는 뒤에서 따라갔다. 산 중턱에 접어들자 흙길이 끝나고 바윗길의 가파른 오르막이 시작되었다. 여기저기에 바짝 마른 진홍색 솔잎이 수북이 쌓여 있었다.

"참견일지는 모르겠지만 그 분을 위해서라도 입원을 시키는 것이 도움이 되지 않을까?"

"그건 형수님이 반대하네."

겐지는 앞서 올라가는 법민의 반 쯤 백발이 된 뒷머리를 보며 착잡한 심정이 되었다.

언제부터일까?

신기하게도 그의 머리카락이 눈에 띄게 세고 있었다. 분명한 것은 그가 고향에 와서부터 생긴 현상이었다. 마치 흰 가루를 흩뿌려 조금씩 염색한 나염처럼 조금씩 탈색되어가는 소발(素髮)들은 상대방이 눈으로

도 느낄 수 있을 정도였다. 오사카에서 본 푸른빛이 감돌던 탐스러운 머릿결은 이제 거의 사라졌다. 분명 그의 몸이 변하고 있는 게 틀림없었다. 겐지는 법민의 건강이 염려스러웠으나 본인이 개의치 않는 것 같아 일부러 언급하지 않았다.

산길은 이제 두 사람이 겨우 걸을 수 있을 만큼 폭이 좁아졌다. 길 사이로 마른 이끼를 머금은 붉은 노송이 빽빽하게 늘어서 있었다.

"내일부터 박물관으로 출근해서 미라를 면밀히 조사해봐야겠어. 피부 샘플과 머리카락 샘플을 얻어서 일본으로 보내면 적어도 어느 때 살던 사람인지는 알아낼 수 있을 거야. 이봐, 한 대 피우고 가지."

"다 왔어. 저 바위까지만 가면 마애불이야."

겐지는 아랑곳하지 않고 자리에 털썩 주저앉아 한 대 피워 물었다. 왼쪽 낭떠러지 너머로 봉우마을이 보였다. 추수를 끝낸 텅 빈 논에서는 썩은 나락을 태우는 연기가 피어올랐다. 그 옆으로 마을을 가르면서 일곱 기의 갈색 고분들이 둥글게 품을 이루고 겨울 햇볕에 밤새 차가워진 몸을 데우고 있었다. 소우의 말처럼 큰 활 모양을 이루며 도열한 행성 같았다. 이 터는 그 옛날 신라인들에게도 포근했을 것이다. 그래서 평생 고단했던 통일의 주역들이 이곳에 터를 잡고 잠들어 있는 것인지도 모른다. 두 사람은 드디어 정상에 있는 성모사에 올랐다.

"대단하군. 고대의 신단(神壇)이 이곳에 있을 줄이야!"

빼곡한 소나무 숲이 끝나는 성모사에 오르자 겐지는 감탄을 금치 못했다. 이마에 고인 땀이 얼굴선을 타고 슬그머니 흘러내렸다. 뒷목에 자란 짙은 머리카락이 땀에 젖어 가닥가닥 엉켰다.

정상에는 8미터 정도 크기로 암각된 마애불이 시무외인(施無畏印)을 하고 있었다. 부처는 힘겨운 고행의 길을 막 마친 뒤 대문 앞에 서 있는 듯 그렇게 서 있었다. 본존불 옆 암벽에는 성모구기(聖母舊基)라는 글자가 확연하게 보였다.

"성모의 옛터라……."

겐지는 다시 부처를 올려보았다. 가까이에서 본 마애불의 발은 야단
맞으러 가는 소녀처럼 다소곳했다. 부처를 새긴 것이 아니라 성모 할머
니*를 조각한 것 같았다.

본능적으로 이곳이 신령스런 곳이란 것을 겐지는 잘 알 수 있었다.

그때 사당에서 문이 열리면서 작은 담요를 손에 만 여인이 밖으로
나왔다. 그것을 본 법민의 얼굴이 갑자기 어둡게 변했다. 법민뿐 아니라
겐지도 순식간에 시무외인의 부처를 까맣게 잊어버렸다.

여인은 한눈에 봐도 단아하고 청초했다. 눈망울이 맑고 코가 오뚝했
으며, 짧게 내린 머리가 목 근처에서 찰랑거렸다. 그녀를 본 겐지의 눈
동자는 아편을 흡입한 것처럼 마구 흔들렸다. 주지가 뒤따라 나왔다.
여인은 뒤따라온 주지에게 작별인사를 했다. 주지는 가라는 손짓을 했
다. 그녀는 길을 내려가려다가 두 사람 쪽으로 고개를 돌렸다.

짧은 머리를 한 여인은 한참 동안 법민을 노려보다 돌길을 내려갔다.

2

"자넨 귀신의 눈을 가졌군."

---

* 한 비구니 스님이 선도산에 터를 잡고 낡은 대웅전을 수리하고자 했으나 돈이
없었다. 잠시 낮잠이 들었는데 꿈속에서 구슬로 치장한 할머니가 나타났다.
"나는 선도산 성모이다. 내가 시주를 하고 싶다. 지금 이 자리를 파보면 금이 열
근 있을 것이다. 그것으로 이곳에 부처님 세 분을 모시고 53불(佛)과 육류성중
(六類聖衆), 오악(五岳)의 산신을 바위벽에 예쁘게 그리도록 하라." 놀라 깬 스님
이 성모 할머니가 시키는 대로 그 자리를 파보니 정말 황금 150냥이 나왔다. 그
리하여 그것으로 선도산 중턱에 삼존불을 모시고 그 옆에 성모 할머니를 기리
는 절을 세웠다고 한다.

노승이 겐지를 보며 뱉은 첫마디였다. 50대 후반으로 보이는 성모사 주지는 볼 시울이 넓지 않고 살비듬이 풍만했다. 작은 눈은 아래로 쳐졌고 그 가장자리에는 주름이 말려 항상 웃는 얼굴이다. 웃을 때마다 긴 코가 넙적하게 퍼졌다. 겐지는 그런 얼굴이 여자를 밝히는 상이라는 것을 알고 있었다.

"마셔라. 가을에 제산에서 딴 국화다."

국화 향이 방 안 가득 퍼지자 몸에 훈기가 돌았다. 벽 한쪽에는 붓으로 시원하게 그린 달마상 위로 메주가 걸려 있고, 방구석에는 막 바느질하다 만 핫바지가 말려 있었다.

"귀신은 선도산을 통해서 인간세상으로 나와 놀다 가곤 하지. 자네가 이곳에 와서 찌릿찌릿한 기를 느꼈다면 자네는 영이 맑은 걸세."

주지의 말에 겐지는 흠칫 놀라는 눈치다. 주지는 물 식히는 그릇에 담긴 차를 다시 주전자에 부었다. 주지의 검고 굵은 팔뚝이 승복 소매 사이로 비쳤다.

"저기 헝겊을 다오. 물이 흘렀구나. 향로 옆에 있는 떡도 몇 개 가져오고."

꽃향기가 향긋하게 퍼졌다.

"수영이 여기서 머무는가 보군요."

법민이 조용히 말했다.

"마셔라, 구절초다. 몸이 따뜻해질 거야."

주지는 법민의 말에 아무런 대답을 하지 않고 마지막 차를 비운 뒤 또다시 찻물을 끓였다. 그것은 무언의 대답이었다.

불쑥 겐지가 질문을 던졌다.

"스님은 각간묘가 누구의 묘인지 알고 계십니까?"

"거북이가 지키고 있는 구릉묘 말인가?"

"마을에는 거북이가 지키는 구릉묘가 두 개 있습니다. 각간묘는 무열왕릉 건너편의 구릉묘를 말하는 것입니다."

"당신도 그걸 파헤치러 왔는가?"

"저는 그럴만한 신분이 아닙니다."

"그분은 지금도 자정이 되면 푸른 안개를 앞세우고 부하들이랑 이곳을 다녀가신다네."

"그분이라니요?" 법민이 물었다.

"팔뚝에 굵은 쾡갑을 찬 장군이지."

"이곳에서는 각간묘를 김유신의 무덤으로 알고 있던데 혹시 그것에 관하여 내려오는 전설을 들을 수 있을까요?"

"투명한 장군은 그저 울 뿐이고 살아있는 장군은 그저 밝힐 뿐이니, 그래서 참과 거짓 중 무엇이 옳은지는 모르는 것이외다."

불승은 답했다. 선(禪)인가? 법민은 대답의 의미를 이해할 수 없었다. 하지만 겐지는 주지의 계속된 그런 대답들에 불편한 얼굴을 보였다. 아마도 성모사에서 각간묘의 정보를 얻을 수 있을 거란 기대가 컸을지도 몰랐다. 겐지가 성모사 주변을 구경하겠다며 밖으로 나가려 하자 주지는 본당 뒤 성모사당에는 들어가지 말라고 당부했다.

겐지가 나가자 주지는 물기를 가득 머금은 작은 눈으로 법민을 쳐다보았다.

"법민아!"

"네……."

"실타래는 묶은 사람이 푸는 법이다. 알겠느냐?"

겐지의 호기심 때문에 두 사람은 주변을 몇 바퀴 더 돌아본 뒤 성모사를 떠났다. 내려오면서 겐지는 내내 마음에 담아 두었던 것을 물었다.

"그 여자, 아는 사람인가?"

법민이 담배를 물었다. 겨울 공기 밖으로 뿜어내는 연기는 묘하게 적록색을 띄었다.

"나랑 결혼한 여자일세."

겐지는 하마터면 발을 헛디딜 뻔했다.

"결혼했다는 말은 한 적이 없잖은가?"

"묻지 않았으니까."

"왜 자네 집에서 본 적이 없지?"

"당연하지. 그녀는 이젠 유곡채에 살지 않으니까."

겐지의 눈썹이 살짝 올라갔다.

이 친구, 무언가 큰 비밀이 있는 게 틀림없다.

눈이 오려는지 먹구름이 산 너머로 잔뜩 몰려왔다. 산길 서쪽으로 푸드득 꿩이 날아올랐다.

촉루의 현묘한 말

1

'사나카'는 황토색 이층 목조건물로, 전형적인 일본식 술집이었다. 창틀
과 창살을 대나무로 장식하고 문 사이로는 빨간 등롱을 달아놓았다. 그
자리에는 대여섯 명의 일본인들이 각자의 상을 받은 채 앉아 있었다. 상에
는 도미를 찐 물로 지은 밥과 참치회가 올랐고, 보조 상에는 구운 마늘과
버섯구이가 차려졌다. 방 가운데에는 화로가 천장에 매달려 있었다.

'경상합동은행' 부지점장인 우유키 에이사쿠, 계림초등학교 교장 쿄
조 타쿠야, 사진관 '다나카 동양헌'을 운영하는 다나카 쏜페이, '구리하
라 골동품'의 구리하라 미즈노가 보였다. 경주박물관 고적분과 연구원
인 하세가와 료와 고지마 유키오는 말단에 앉았다. 그 외에도 '캔' 철물
점을 경영하는 다카하시 하츠키, '금촌' 선박제조사 사장 기무라 마사오,
그 회사 전무인 하타카나 카즈메도 있었다. 이들은 적산동네의 가장

---

* 촉루(觸髏): 해골

큰 부자들이다. 상석에는 겐지가 앉았다.

"저를 위해서 이런 식사를 준비하시다니 황송한데요."

"모두 이 고장에서 산업을 일으키고 있는 사람들입니다."

마사오가 손을 뻗어 간장을 따르면서 웃었다. 옆에 앉은 구리하라가 이이서 넉살을 부렸다.

"이곳은 자체가 거대한 박물관이지요. 나는 종종 조선인들을 모두 내보내고 경주 지역을 봉쇄한 뒤 모든 경지를 철저하게 조사해보면 어떨까 하고 생각한 적이 많습니다. 하하하!"

구리하라의 웃음소리는 비염이 심하게 섞였다. 그가 입을 움직일수록 짧게 다듬은 코밑수염이 희미해졌다.

"모두가 구리하라 님 같은 취미를 가지고 있지는 않습니다."

40대 후반의 삐쩍 마른 남자가 차갑게 말했다. 쿄조였다. 6개월 전 경성에서 부임한 쿄조는 젊은 나이에 예배당 시가지의 모든 교권을 잡고 있었다.

"허, 나야 유물에 사족을 못 쓰는 인간으로 낙인이 찍혔으니 그렇다 치고, 그렇게 말하는 쿄조 교장께서도 신라금불상 하나 정도는 가지고 계시지 않습니까? 하하하!"

구리하라는 힐끔거리며 화답했지만 쿄조는 날카로운 눈매를 흘길 뿐 더 이상 대꾸하지 않았다. 다카나가 겐지를 쳐다보며 눈을 치켜떴다.

"소우 관장을 만나보셨지요?"

"네, 서악동 고분과 관련된 몇 가지 지원을 요청 받았습니다."

"그는 좀 의아한 인물입니다. 우리들도 여태껏 그와 그럴듯한 얘기조차 나눠보지 못했습니다."

"그분이 사교적인 인물이 아니라고 해서 비난받을 일은 아닙니다. 정열적으로 고적 조사에 임하다 보면 친목을 도모하긴 어렵겠지요. 몇몇

124

분은 잘 아시겠지만, 여기 내 사촌 유키오가 그 밑에서 일하는 연구원입니다."

겐지는 마사오 사장과 카즈메 전무에게 유키오를 소개했다. 그들은 초면이었으나 다른 사람들은 안면이 있는지 익숙한 웃음을 지었다. 유키오는 겐지의 말을 이어 받아 소우를 두둔했다.

"관장님께서는 서악동 발굴에 모든 열정을 집중하시고 있습니다. 성격이 사람들 앞에 나서는 것을 싫어하셔서 자주 인사를 드리지 못하는 점을 이해해주십시오. 그렇지 않아도 이번 오쇼가쓰* 기념행사에는 마쓰야 경찰서장님과 함께 여러분들을 박물관으로 초대하자고 말씀드렸습니다."

"각간묘에 대해 말들이 많더군요. 미라가 나왔다지요?"

합동은행 부지점장이 입에 튀김을 넣으면서 안경 너머로 겐지에게 물었다. 좌중의 눈길이 일제히 겐지에게 쏠렸다.

"글쎄요……. 박물관에서는 경성의 지침을 기다리는 모양입니다. 석실의 토양과 출토된 미라의 연대를 증명하는 것이 바로 제 역할인데, 솔직히 말하면 꽤 불편한 일이 될 듯합니다."

겐지는 유키오와 눈을 맞추며 적당히 둘러대며 화재를 돌렸다.

"그런데 이곳의 일본인들은 주로 어떤 일에 종사합니까?"

"대부분 관청에 속한 사람들입니다. 여기 쿄조 씨처럼 교사들도 있고, 다나카 씨처럼 관광업에 종사하거나 양조소나 인쇄소를 경영하는 사람들도 있습니다. 또 골동품이나 고품을 수집하는 사람들도 있지요. 저기 구리하라 씨가 경주에서 가장 유명하십니다. 골동품이 그려진 엽서나 책까지 출판하시니까요. 아, 그리고 양복을 장만하고 싶으시면 교동에 있는

---

* 오쇼가쓰(お正月): 1월 1일부터 1월 말일까지를 가리키는 정월(1월)을 뜻하는 말로, 일본인들은 이 기간을 명절로 지낸다.

'미우라 라사'에 가시면 됩니다. 화과자나 일본 양갱을 아주 기가 막히게 만드는 곳도 있습니다."

"철물점도 있습니까?"

"바로 하츠키 씨가 철물점과 목재상을 모두 경영합니다. 이 지역에서 가장 큰 부자시죠. 경주뿐 아니라 부산이나 대구에서도 일본인은 대부분 상공업으로 자리 잡고 있지요."

한 손에 접시를 든 채 신나게 쏟아내는 구리하라의 말이 끝나자 철물점과 목재상을 경영한다던 다카하시 하츠키가 점잖게 겐지에게 인사했다.

"경성에 가실 계획은?"

쿄조가 물었다.

"당연히 가야지요. 경성뿐 아니라 개성도 놀 거리가 많다고 하더군요."

겐지의 말에 쿄조는 무겁게 생각에 잠긴 얼굴이다. 모인 사람들도 서로의 얼굴을 바라보며 겐지의 말이 무척 의아스럽다는 표정을 지었다. 유키오와 겐지는 그들이 자신들에게 무엇을 기대하는지 잘 알고 있었다. 겐지는 좌중을 훑어보았다.

"혹시라도 고지마 장군의 덕을 얻으려 한다면 당신들은 조선에 있지 말고 동경으로 가보셔야 합니다." 부드러우나 힐책이 섞인 투였다.

그들은 그 말이 끝나자 서로 눈치를 보며 앉아 있었다. 쿄조만이 침울하게 술을 들이켰다.

"대신 여러분을 위해 사미센*이나 한번 타볼게요. 유키오, 그 뒤에 있는 사미센 가져와!"

사쿠하치** 음률이 흐르기 시작하자 빙수를 담은 그릇에 얼음이 달그

---

* 일본의 현악기
** 사쿠하치(尺八): 일본 승려들이 부르는 피리 음악

락 내려앉았다. 작고 좋은 음률이다. 겐지의 구슬픈 사미센 연주는 그렇게 10분 동안 계속되었다.

연주가 끝났지만 사람들은 여전히 미동조차 하지 않았다. 그것은 그의 음률이 아름다워서가 아닌 것 같았다. 분명 그들은 겐지에게 중요한 것을 기대하고 있었고 겐지는 그들의 중요한 것을 무시했다.

구리하라가 얼른 썰렁한 분위기를 걷어냈다.

"자, 자. 일과 관련된 얘긴 천천히 하고 일단 모두 건배합시다. 아무튼 경주에 정말 잘 오셨습니다, 겐지 님. 드시지요, 이곳에서 빚은 사케는 니가타 지방의 쌀로 만든 거라 맛이 좋을 겁니다."

구리하라는 호리병을 들고 겐지 앞으로 가서 술을 한 잔 따랐다. 그리고 겐지가 앉은 방석 밑으로 붉은 비단을 밀어넣었다.

2

비 비린내는 산 아래에서부터 역겹게 올라왔다.

"이곳입니다."

박영래가 가리키는 곳에 시커먼 재가 곳곳에 남아 있었다.

성시원이 산 중턱에서 전망을 내려다보았다. 흩뿌리는 비를 머금은 안개 너머로 멀리 태백준령의 맥이 보이고 나무다리가 길게 놓인 형산 강이 서악리에서 포항 쪽으로 돌아 흐르고 있었다. 형산강 건너 멀리 남쪽으로 남산이 보였다.

"그럼 그 불꽃은 성모사에서 오른 것이 아니군?"

"네, 이곳은 성모사에서 대략 50미터 정도 아래 지점입니다."

두 사람이 서 있는 곳은 성모산 정상으로 오르는 마지막 길목에 접한 야트막한 터이다. 거기에는 누군가 하룻밤을 야영한 것처럼 지름 1미터 정도의 너비에 검은 흙이 모여 있었다.

점점 빗방울이 굵어졌다. 성시원이 하늘을 올려다보았다. 하늘은 온통 뿌옇게 구름이 가득했다. 납처럼 떨어지는 빗줄기 사이로 성모사의 마애불이 보였다.

몇 달 전부터 경주 곳곳에서 푸른 옷을 입은 귀신들이 출몰하고 남산과 토함산에서 커다란 도깨비불을 보았다는 소문이 돌았다. 그것은 한두 사람이 전하는 말이 아니었다. 경주의 외곽지에 사는 사람들의 증언은 모두 비슷했다.

'마을 사람들이 귀신이 춤추며 노는 것을 보았다는 곳이 바로 이곳이란 말이지?'

땅을 훑던 성시원이 고개를 갸우뚱거렸다. 성시원이 발로 땅을 헤치자 검은 흙이 가죽신발에 덕지덕지 들러붙었다. 땅은 어느 정도까지 쑥쑥 잘 들어갔지만 그 이상은 파이지 않았다.

"감은사 석탑 아래, 이견대, 남산 정상, 형산의 왕룡사 중턱, 이렇게 네 곳에서도 비슷한 현상이 있었습니다. 신기한 것은 지난달에 종묘 위 인왕산에도 불꽃이 피어올랐다고 합니다."

"이것과 같은 현상인가?"

성시원이 억새를 꺾어 씹으면서 물었다.

"네, 목격한 사람들의 증언이 비슷합니다. 파란색 불꽃이 확 타오르다 작아지고 다시 확 오르기를 반복하다가 사라졌다고 합니다. 귀신들이 노는 모습도 목격되었고."

박영래가 카메라에 떨어진 물기를 훔치며 대답했다.

"귀신? 너 자꾸 귀신, 귀신 할래? 귀신이 어딨어?"

성시원이 눈을 부라리며 소리쳤다. 성시원의 걸걸한 목소리에 박영래는 어깨를 움찔하더니 얼른 뒤로 한 발짝 물러났다. 성시원은 한동안 곰곰이 생각에 빠졌다가 다시 시선을 산 밑으로 돌렸다.

"비가 오는데도 검은 흙과 재가 많이 퍼져나가는군."

검은 흙은 이곳 토양이 아니었다. 바람이 방향을 바꾸자 빗줄기가 휘휘 몰아쳤다. 재 냄새가 비 비린내에 섞여 올라왔다.

"그건 그렇고 왜 하필 이곳이었을꼬? 성모사가 바로 위에 있는데? 영래야, 감은사 금당 밑에서도 검은 재가 나왔다고 했지?"

"네."

성시원은 무언가 골똘히 생각하면서 뒷짐을 지고 발로 땅을 꼭꼭 밟았다.

"성모사 주지는 이 사실을 알고 있나?"

"모르는 것 같습니다. 그런데……."

"뭐?"

"이건 좀 다른 얘긴데, 목조 문무인상이 사라졌다고 합니다."

"목조 문무인상?"

"네, 10년 전까지 삼거리 앞 묘지의 사당에 있던 회나무 조각상이요. 그 걸 성모사에 옮겨 모시고 있었는데 엿새 전에 도난당했다고 합니다."

"엿새 전이면……."

"그날도 불꽃이 일어났지요."

"성모사로 올라가보자."

3

205호 소독실은 견딜 수 없을 만큼 눅눅했다.

겐지는 소우 몰래 이동용 난로를 들여와 불을 지폈다. 난로에 불이 붙으면서 어느 정도 습기가 제거되는 듯했다. 이 미라는 바짝 마른 상태가 아니기 때문에 오히려 많은 습기는 피부를 해칠 수가 있었다.

겐지는 탁자를 내려다보았다. 미라는 신선도가 떨어진 것인지 저번보다 붉은 기가 다소 가신 듯했다. 그러나 이마는 오히려 살아 있는 인간보다는 더 두툼했고 주름 한 점 없이 판판했다. 오랜 시간 수분이 빠진 공간에 지방이 팽창되어 저렇게 주름이 없어진 것 같았다. 눈과 누선 사이에 붙은 투명한 막만이 미라가 잠든 지 오랜 시간이 흘렀음을 말해주었다.

겐지는 들고 있던 파일첩을 폈다.

파일첩에는 두개골을 정면에서 찍은 사진과 측면에서 찍은 사진이 하나 끼여 있었다. 임신의 난* 때 학살당한 무사들의 집단 무덤에서 발견된 두개골 사진이다. 그는 그 사진과 앞에 놓인 미라를 찬찬히 비교했다. 이 미라는 현대인보다 주관골근과 소근이 더 발달되어 있다. 두 근육은 턱을 강하게 다물 때 작용하는 근육이다. 치아가 건강했다는 증거이며 신념이 강했다는 뜻이기도 하다. 눈 밑 음즐궁이 꺼져 거뭇한 힘줄이 보였는데, 관상학적으로 매우 사납고 전투적인 사람들에게 나타나는 특징이다.

겐지는 장갑을 꼈다. 먼저 앞 뒤 좌우 네 방향에서 사진을 찍고 근육의 상태를 하나하나 기입했다. 가장 건강해 보이는 모발을 샘플로 채취해서 여섯 개의 시약통에 나눠넣었다. 그중 두 개는 일본으로 보내고 하나는 자신이 보관할 생각이었다. 핀셋을 집어 엉켜 있는 구레나룻을 하나씩 폈다. 미세한 손놀림에는 떨림이 없었다. 모발의 변색을 막기

---

* 672년 일본의 대해인 왕자가 천지천황을 쿠데타로 제거하고 천무천황으로 등극한 사건

위해 핀셋에 시약을 자주 묻혔다.

그는 관골의 수염과 구분되는 측두 구레나룻에서 모발을 몇 가닥 뽑았다. 피부는 생각보다 더 탄력적이어서 털을 뽑을 때 근육 주위가 따라 들렸다. 그리고 뽑힌 자국에서 약하게나마 지성 수분이 감돌았다.

'이거 완벽한 밀랍 상태군.'

겐지는 생각보다 훨씬 더 촉촉한 피부를 보며 긴장했다. 한참을 핀셋과 펜을 번갈아 잡으며 바삐 손을 놀렸다.

'어?'

그런데 이상하게도 핀셋에 붙은 이물질이 좀처럼 시약에 씻기지 않았다. 그것은 피부 조각도 아니고 공중에 떠다니는 부유물도 아니었다. 작은 각질 같았다. 아마 다른 물체에서 묻은 모양이었다. 그 얇은 조각은 미라의 입술에도 붙어 있었다.

'그새 곰팡이가 핀 건가?'

그는 핀셋에 묻은 조각을 떼어버리고 미라의 입술에 붙은 각질을 조심조심 긁기 시작했다. 겐지의 능숙한 손놀림은 수술실에서도 유명했지만 이번만은 손이 심하게 떨리는 것을 어찌할 수 없었다. 자칫하면 날카로운 해부용 핀셋이 미라의 입술을 찌를 수 있기 때문이었다. 각질인지 곰팡이성 세균인지 모를 조각을 모두 긁어내고 거즈에 희석한 알코올을 묻혀 하악골의 입 둘레근을 조심스럽게 씻어냈다.

그때였다.

갑자기 미라가 천천히 입을 벌렸다.

'헉!'

놀란 겐지가 윗몸을 벌떡 일으켰다. 미라는 무언가를 물고 있는 듯 단단하고 불룩했던 윗입술과 아랫입술이 달싹이더니 천천히 입을 벌렸다. 법민이 보았다던 것이 이것인가? 그러나 겐지는 그 움직임이 무엇인지 금방 파악했다. 알코올 때문에 입 둘레근이 이완되어 입술이 벌어진 것이었다. 알코올이 피부로 스며들기 시작하자 입술이 더 크게 벌어졌다.

그리고 겐지가 미라의 입 안에서 무언가를 끄집어냈다.

4

주지는 동방*을 걸치고 있었다. 둔덕에서 겉갈이를 하다 왔는지 어깨에 비껴 멘 큰 벌낫이 빗물에 번쩍였다.

"본당 뒤편의 성모님 사당에 있던 것이었소."

"일주일 전에 없어진 걸 왜 이제야 신고하셨습니까?"

성시원이 물었다.

"짚이는 데가 있었소."

"짚이는 데라니요?"

"되가져간 것이라 생각했지." 주지가 너털거렸다.

"누가요? 봉우마을 사람들 말인가요?"

"그렇소. 그 목상들이 절에 안치되기 전에는 삼거리 봉우당의 묘지 앞에 있었소."

"그건 압니다. 그런데 마을 사람들이 그것을 왜 훔쳐갑니까?"

"흠! 훔쳐간 게 아니더군. 구장노인은 목상이 사라진 것도 모르고 있더군요."

"마을사람들의 짓이 아니라는 겁니까?"

"그런 것 같소. 몇 달 전부터 구장과 마을 사람들이 성모사에 찾아와

---

* 승려가 입는 방한복

목상을 다시 마을 앞 신당으로 돌려달라고 요구했소. 장승이 서낭나무까지 움직였을 때였지요. 아마도 일본인들이 마을에 들어오고 자꾸 흉흉한 일들이 벌어지니까 목상에게라도 의지하고 싶었나 보오. 뭐, 그것들이 마을 안에 있으면 좀 안심이 되었겠지. 그러나 이미 절로 모신 목상들을 다시 내가면 마을에 더 좋지 않은 일이 일어날 거라고 말했더니 풀이 죽어 돌아갔소."

이 말에 성시원의 입 끝이 치켜 올라갔다.

"이 산 중턱에서 며칠 동안 불꽃이 보였다고 하던데요, 혹시 보셨습니까?"

"모르는 일이외다."

늙은 주지는 차갑게 대답했다.

성시원과 박영래는 암자를 나와 산을 내려갔다. 둘은 다시 검은 흙이 있던 자리까지 왔다.

"그 중한테서는 들을 만한 얘기가 별로 없군. 혹시 주지가 불을 지르고 목상을 없앤 건 아닐까?"

"에이, 설마요. 그렇게 할 이유가 없잖아요. 불은 경주뿐만 아니라 경성에도 올랐다는데."

박영래는 손사래를 쳤다.

"경성?"

"네, 종묘의 인왕산에서도 불꽃이 보여 사람들이 의아하게 생각했다는 기사가 났었죠."

성시원이 쪼그리고 앉아 검은 장갑을 낀 손으로 땅을 천천히 쓸었다. 작은 눈알을 이리저리 바삐 굴리며 땅을 훑었다. 성시원이 땅을 더 헤집자 젖은 흙 사이로 타버린 지푸라기가 나왔다. 그것은 흩날린 검은 재와는 확연히 구분이 되었다. 성시원의 두 눈이 반짝였다. 벨트에 차고 있던 주머니칼로 땅을 더 깊게 팠다. 땅속에는 시커멓게 타다 만 허수아비가 묻혀 있었다. 허수하비는 빗물과 섞여 온통 검은 흙투성이로 변해버렸다. 그의 얼굴은 이미 굳어있었다.

"금고에 출장비 남은 거 있지?"

박영래가 주춤했다.

"그 기사를 쓴 사람을 만나고 와."

"경성까지 다녀오라는 말씀이신가요?"

"그리고 인왕산 쪽에서 난 불이 어떤 불이었는지 알아봐. 검은 흙이 있는지 반드시 확인해야 해."

가네샤의 웃음

1

"이게 입에서 나왔다고?"

법민은 구슬을 만지려 하지 않았다.

겐지의 손바닥에는 손수건에 쌓인 알사탕만한 황옥이 놓여 있었다. 지름이 5센티미터쯤 되어 보이고 완벽한 구의 형태라기보다 한 쪽이 살짝 볼록했다. 겉에 긁힌 자국이 나 있지만, 자토를 녹여 상형한 무늬는 빛을 잃지 않았다.

"가네샤야"*

"가네샤?"

"인도 마하슈트라 지방의 신이지."

구슬 표면에는 코끼리 머리를 한 남자가 연하게 입각되어 있었지만 형태를 완연하게 알아보긴 힘들었다. 흰 코끼리의 상아가 비약적으로

---

* 가네샤: 인도 신화에 나오는 인간의 몸에 코끼리 머리를 한 신. 재산을 관장한다.

길게 뻗어 있는 것만 선명했다.

"그것이 미라의 의지였는지 타인의 의지였는지는 알 수가 없어. 그러나 혀 밑에 이렇게 큰 구슬이 들어 있는데도 교근이 굳게 수축되어 있었다는 것은 머리의 주인이 끝까지 구슬을 물고 있었다는 말이 되지."

"아무래도 장례의식 같은데. 그냥 두지 그래."

법민은 자꾸 정돈된 형태가 드러나는 것을 꺼려하는 말투였다. 겐지든 소우든 현대인들이 고물(古物)의 원 상태를 파고드는 데 대한 불안감을 느끼고 있었다.

"물론 사후 강직이 일어나기 전에 세밀하게 세공된 구슬을 입에 넣는 것이 당시의 장례의식 같은 것일지도 모르지."

겐지가 구슬을 살짝 돌렸다. 그리고 돋보기를 법민에게 건넸다.

"잘 봐. 여기 이 부분에 글씨가 새겨져 있어."

何頭七佛黃処祕壤王甲士皐
(하두칠불황처비양왕갑사죄)

"무슨 뜻일까?"

"칠불황처(七佛黃処)라. 처(処)는 간체자군. 칠불황처에 양왕갑사(壤王甲士)를 숨겨둔 죄……이렇게만 해석될 뿐이었어."

"앞의 하두(何頭)는 뜻을 전혀 모르겠는걸. 일곱 부처의 누런 자리? 이건 이렇게 해석해야 하나?"

"밤새 고민해 보았지만 무슨 뜻인지 알 수 없었어."

겐지는 손수건으로 조심조심 구슬을 닦았다.

"그러지 말고 소우나 유키오한테 보여주는 건 어때?"

법민이 무심코 말하자 겐지는 한동안 잠자코 있다가 입을 뗐다.

"그들 손에 들어가면 더 훼손될 거야."

"그렇다고 자네가 그것을 갖고 있겠다고?"

서양식 벽난로에서는 굵은 통나무 세 개가 활활 타들어가고 있었다.

겐지는 오후 내내 오류헌에 틀어박혀 있었다. 개조한 한옥의 천장이 낮아 책상에 걸터앉은 그는 평소보다 덩치가 더 커 보였다. 법민은 타들어가는 벽난로의 장작을 보며 흔들의자에 앉아 생각에 잠겼다.

'때만 기다리면 되는 문제였는데…….'

법민은 조용히 눈을 감고 수영을 떠올렸다. 원래 자신의 혼인 상대는 그녀가 아니었다.

'내 상대는 그녀가 아니었어. 내 상대는…….'

당시 유곡채의 차남 김법민과 봉우당의 장녀 김보영은 집안 몰래 사랑을 나누고 있었다. 그러나 우유부단한 법민은 보영과의 사랑을 집안에 고하지 못했다. 총독부의 문화정치가 시작될 무렵, 유곡채의 김치록은 봉우당의 김산정에게 천년을 내려오며 쌓였던 감정을 풀고 양가의 자녀들을 서로 결혼시키자는 제안을 했다. 그것은 봉우마을 안의 특수성을 유지하고 싶은 유곡채의 욕구이기도 했다. 예로부터 이 묘지기 마을은 정부의 간섭을 받지 않은 성지였다. 하지만 총독부가 조선인을 회유하는 정책을 펴면서부터 문화재 발굴에 적극성을 띠자 유곡채는 마을의 또 다른 한 축인 봉우당과 힘을 합쳐야 자신들의 조상 묘를 지킬 수 있으리란 계산을 한 것이다. 마침 봉우당에 대한 총독부의 자금 추적이 시작되었고 김산정에게도 김치록의 정치적인 힘이 필요하던 시점이기도 했다. 법민은 두 집안이 관계를 맺기로 했으니 보영과 자신이 혼인할 것을 의심하지 않았다. 그렇게 두 사람은 때만 기다리면 되는 문제라고 생각했다.

그러나 인연이란 것은 항상 의지를 배반하는 모양이었다. 몸이 약했던 보영이 폐결핵 진단을 받자, 김치록은 법민의 결혼 상대를 차녀인 김수영으로 바꾼 것이다. 마을의 복달임*이 한창일 때 유곡채는 봉우당으로 납채(納采)**를 보냈고, 봉우당은 수락하는 복서(復書)***를 보내왔다. 보영도 법민 못지않게 가문에 대한 책임감과 중압감을 느꼈을 것이다. 그 후로부터 법민은 보영을 볼 수 없었다. 아니 만나지 않았다. 용기 없는 자신을 원망할까봐 두려웠다.

보영이 말수가 적고 차분한 반면, 수영은 말이나 행동에 거침이 없었다. 경성에서 고등학교를 마친 탓인지 도도하고 당찬 구석이 많았다. 신문물에도 관심이 많아 언제나 화젯거리가 풍부했다. 사람은 사람으로 잊는다고 했던가. 법민은 수영의 살가운 애교에 웃는 일이 점점 많아졌다. 지금 돌이켜보면 수영의 적극적인 행동은 보영의 부탁이었을지도 모를 일이다.

"일어나!"

겐지가 법민을 깨웠다. 이글거리는 벽난로 앞에 선 겐지는 붉게 상기되어 있었다. 책상에는 일본 소학사(小學社) 판 양장본 『삼국유사』와 원당사 판 『구당서』가 어지럽게 펼쳐져 있었다.

"끄응. 깜빡 졸았구먼."

겐지는 눈을 비비며 상체를 일으키는 법민에게 복잡한 인상을 지어 보였다.

"글쎄, 이걸 어떻게 말해야 할지……."

"왜?"

---

* 복(伏)날 고기붙이로 국을 끓여 먹는 풍속
** 남자 집에서 혼인의 허락을 얻기 위해 여자 집으로 보내는 문서
*** 납채에 대한 답장

"고대에는 장수가 전투에서 항복의 의미로 입에 구슬을 물었다네."
겐지는 아득한 눈으로 한숨을 쉬었다.

京山銜璧以投降 (경산함벽이투항)
경산(京山)은 입에 구슬을 물고 항복했다.

"『삼국유사』〈후백제 견훤〉조에 경산 지역의 군대가 구슬을 입에
물고 항복했다는 기록이 있었네. 당시 그런 풍습이 있었던 모양이야."
법민이 그 글을 읽어보니 일연은 왕건의 편지를 인용하며 견훤의 군
사들이 구슬을 입에 물고 왕건에게 항복해왔다고 기록해놓았다.
"입에 구슬을 물고 투항했다?"
"그래, 그 미라는 왕이 아니라 장수야. 항복한 장수."
"칠불황처나 하두는?"
"그건 도무지 무슨 말인지 모르겠어. 『삼국사기』『삼국유사』『동국
통감』『동경잡기』를 다 뒤져보아도 칠불황처란 말은 나오지 않아."
"하두란 말은 미라의 두부(頭部)를 두고 하는 말은 아닐까?"
겐지가 고개를 저었다.
"구슬에 '머리'라는 뜻의 글자를 새겨놓았다면 이 미라는 자신의 미래
를 미리 구슬에 새겨놓았다는 말이 되는데 가능한 일은 아니지. 운 좋게
『삼국유사』에서 구슬을 무는 행위에 대해 찾아내긴 했지만 의심이 가
는 부분이 너무 많아."
"그렇다면 그건 김유신의 머리가 아니란 소린가?"
"글쎄, 해부학적인 소견은 어느 정도 달아두었네. 두개골을 분석해보
니 적어도 임신의 난 때 아스카에서 발견된 두개골과는 상곽골의 크기
에서 차이가 나. 오히려 안와면의 크기만 보면 오닌노 난' 때 집단으로

매장한 두개골의 사진과 비슷해. 10세기 이전의 유골은 10세기 이후의 유골에 비해 안와면이 손톱 하나 정도는 더 튀어나와 있거든. 인종적으로 구분하라고 하면 북방인이나 내륙인이 아니라 남방 쪽 일본인 같아."

"소우는 신라인이라고 굳게 믿고 있지 않나?"

"그건 소우 생각일 뿐이야. 그렇게 믿고 싶은 거지. 단언하건데 이 미라는 김유신의 유골이 아니야. 미라를 봉우당에 돌려주던가 있던 자리에 다시 매장해 주고 마을을 수습하는 것이 현명하다고 생각해. 미라가 김유신이 아니라면 굳이 소우가 보관하고 있을 이유가 없잖아. 당장 소우에게 가서 분명히 말해두어야겠어. 유키오의 일지에 의하면 소우는 오늘 당직을 서네. 가세!"

유곡채를 나온 두 사람은 장승이 움직인다는 현장까지 걸어갔다. 그곳은 서악서원과도 멀지 않은 지점이었다.

"누가 이런 쓸데없는 짓을 하는 것일까?"

장승은 이제 서낭당을 지나 각간묘와 무열왕릉이 보이는 곳까지 들어섰다. 겐지는 굵은 나무기둥을 손으로 몇 번 쳤다. 랜턴에 비친 두 장승은 키가 달랐다. 투구를 쓴 장승과 달리 관모를 쓴 장승은 땅속에 더 깊이 박혀 있었다. 이 굵은 기둥을 세울 수 있는 것만도 꽤 어려운 일일 텐데 3미터 이상 땅속에 깊이 박아놓았다. 마치 땅이 쑥 잡아당긴 것 같았다.

"귀신이 한 짓이겠지. 보름 만에 저쪽 서낭당에서 또 이만큼 이동했군."

법민이 심각하게 중얼거렸다. 박물관 지하실에서 미라를 본 뒤부터

---

* 오닌노 난(應仁の亂): 15세기 교토를 중심으로 일본 무사들이 패권을 다투던 싸움

법민은 이런 일에 민감했다.

"귀신의 짓이라면 이렇게 개토가 밖에 나와 있지 않네."

"인간의 짓이라면 이렇게 깊게 박아 놓지도 못하지."

법민도 지지 않고 중얼거렸다. 겐지는 기둥을 세게 흔들어보았다. 장승은 꿈적도 하지 않았다.

"꽤 깊이 잘 박았는걸."

겐지는 흡족한 얼굴로 기둥을 몇 번 더 흔들어보았다.

"저쪽이 이전에 박혀 있던 자리인가?"

겐지가 탁탁 손을 털며 10미터쯤 뒤 서낭당을 가리켰다.

"응, 이틀 전까지만 해도 그곳에 있었어. 맨 처음 저기 500미터 앞쯤에 보이는 삼거리 서천교에 있다가 이만큼이나 움직인 거야."

"수상해. 이 장승들은 분명 도로를 따라 이동하고 있어."

겐지가 불빛을 비추며 주위를 둘러보았다. 원래 있던 자리에서 최초로 이동한 지점은 서천교에서 150미터 정도 떨어진 선도산 구릉이 끝나는 곳이었다. 겐지와 법민은 최초로 이동한 자리로 걸어갔다. 서천교 너머 저 멀리 경주 시가지의 불빛이 보였다.

"우리가 조선에 오기 전부터 이 장승이 움직이고 있었단 말이지?"

"그렇지. 미라가 발견된 때부터, 대충 15일 간격으로."

그들은 100미터쯤 더 앞으로 걸어갔다.

"여기가 처음 이동한 자리군."

겐지가 땅을 발로 헤쳤다. 흙으로 메운 곳에는 서리가 쌓여 있었다. 그곳은 서천교에서 남서쪽으로 휘어져 유곡채의 담장과 직선으로 잇는 위치였다. 거기서부터 산업도로를 타고 5미터 간격으로 점점 마을 어귀로 이동해온 것이다.

"저기 보이는 유곡채 뒷산이 선도산이지?"

"그렇지. 오류헌 담장 위로 청죽 숲이 있는 기슭이야. 저 자락은 절벽이라서 경사가 가팔라. 저기를 넘으면 봉우당의 가족묘가 있는 버려진 땅이 나오고 그 터를 지나면 건천으로 넘어가게 되지. 또 지금 자네가 바라보는 곳에서 다시 동쪽으로 90도를 틀면 십이지 신상 호석이 있는 '언덕의 봉분' 쪽이야."

"음침하군, 장승이 움직인다는 것이 사실이라면."

때마침 주변에서 웅웅거리는 소리가 들렸다.

"이 소리가 귀신이 운다는 소린가?"

겐지가 주위를 돌아보며 중얼거렸다.

"새벽에 더 심하다네. 마을 사람들 말로는 어제도 이 소리에 나와 보니 흰 말 네 마리가 이 근처를 뛰어다니다가 공중으로 사라졌다더군."

"그런 얘기는 누가 해주던가?"

겐지가 빙그레 웃으며 물었다.

"샤론이랑 고용인들이 얘기하는 걸 들었네. 사랑채에 있으면 마당에서 쑥덕이는 소리를 웬만큼 들을 수 있지."

그들은 박물관으로 걸음을 옮겼다.

2

"어디서 그런 말을 들었소?"

소우는 손수건으로 코를 팽 풀었다.

"그냥 어떤 책을 읽다가 보았습니다."

겐지가 웃으며 대답했다.

"내가 아는 그 어떤 책에도 그런 문장은 없소."

소우도 칠불황처란 말을 들어보지 못했다고 한다. 겐지는 마치 의지할 것이라도 찾듯 책들이 빽빽하게 들어찬 소우의 책장을 이리저리 훑었다. 둥근 안경알 너머로 소우의 가는 눈매가 살짝 드러났다. 매끈한 이마에서 풍기는 냉정함은 전날보다 날이 더 서 있었다.

"무례하게 이 시간까지 찾아오다니……. 당신들, 대체 뭘 알고 싶은 거요?"

한참 동안 주위를 살피던 겐지는 소우에게 미소를 지었다.

"보고서는 우편으로 발송했습니다."

"보고서?"

"미라의 입속에서 알사탕만한 구슬을 발견했습니다."

"구슬이 나왔다고?"

소우의 눈이 커졌다. 겐지가 두 손바닥을 소우에게 내보였다. 그러자 소우의 얼굴이 점점 일그러졌다. 그도 이제 사태를 짐작했다.

"당신 마음대로 미라를 건드리다니, 당장 내게 가져오시오."

"그 미라를 봉우당에 돌려주신다고 약속하면 드리지요."

겐지도 정색을 하며 그의 말을 받았다. 소우의 낯빛이 심상치 않았다. 겐지가 거래를 하려는 것에 무척 당황한 것 같았다.

"굉장히 오래된 황옥석 구슬이었습니다. 거기에 관장님이 알고 싶어 하는 미라의 신분에 대한 정보가 담겨 있더군요. 박물관에서 필요로 하는 것은 미라가 아니라 그 구슬인 것 같더군요"

"그건 당신이 판단할 문제가 아니야."

소우는 분노를 누르며 차분하게 말했다.

"그 미라가 정말 7세기 유신공의 머리가 아니라면 관장님은 그냥 그 구슬로도 충분할 겁니다."

"뭐라?"

"기대가 담긴 예측은 때로는 진실보다 더 그럴듯하게 맞아 떨어지는 법입니다. 그 미라는 김유신의 머리가 아닙니다. 다시 마을 사람들에게 돌려주십시오."

격분한 소우가 자리에서 벌떡 일어섰다.

때르르릉— 전화가 울렸다.

소우는 벽에 걸린 시계를 보았다. 시침이 새벽 한 시를 막 넘겼다. 그는 분한 듯 겐지를 노려보다가 수화기를 들었다. 애초에 보고받을 전화를 기다리고 있었던 모양이었다.

겐지는 그 사이 관장실을 천천히 훑었다. 무심히 보는 것이 아니라 무엇을 찾는 것 같았다. 법민도 방 안을 훑어보았다. 저번에 왔을 때와 크게 달라진 것이 없었다. 관장실 벽 한 면에 유화로 그린 큰 그림이 걸려 있을 뿐이다. 술탄에게 조롱하는 편지를 보내는 코자크 인들을 묘사한 그림으로, 원본과 같은 크기로 붓질의 거친 표현까지 흉내 낸 일리야 레핀의 모작이다. 레핀은 제정 러시아의 사회 모순을 아주 잔인할 만큼 사실적이고 극적으로 묘사한 저항 화가였다.

소화의 국가주의 이념에 빠진 소우가 이런 그림을 좋아한다는 것이 의외였다. 지난번에 왔을 때는 이 그림을 보지 못했다. 조선총독부 박물관에 조선의 수묵화나 일본의 불상이 아닌 러시아 사회주의 그림이 걸려 있으니 어울리지 않았다.

'겐지도 저 그림을 보고 있는 건가?'라고 법민은 생각했다.

그때 전화 너머로 흐르는 상대방의 이야기를 듣고 있던 소우가 갑자기 소리를 질렀다.

"홍륜사 가람 터는 경주공예실수학교에서 800미터 남쪽이야. 아도의 기록에는 경좌와 갑자 방향의 좌우로 신라십성(十聖)을 모신 금당이 있다고 했어! 봉황대 방향이 아니라 오릉 구역과 마주 봐야 한다고. 오늘까지 터를 확보하고 빗금을 쳐놔! 오후에 뭘 했기에 여태 일하나? 서둘러 끝내!"

소우의 책상에 경주시 지적도와 '천경림 흥륜사(天鏡林 興輪寺)'라고 적힌 지적도가 펼쳐져 있는 것을 보니 그는 이 시간까지 신라의 옛 흥륜사 부지를 찾고 있었던 것 같았다. 씩씩거리며 전화를 끊은 소우가 다시 겐지에게 시선을 돌렸다.

"다시 지껄여보시오. 아까 뭐라고 했소?"

하지만 겐지는 더 이상 미소 짓고 있지 않았다. 소우는 쉭쉭 바람소리를 내며 고개를 삐딱하게 꺾었다. 그리고 손가락을 뻗어 겐지의 가슴을 콕콕 찔렀다.

"자네는 지금 뭔가 크게 잘못 생각하고 있는 것 같군. 내가 승인한 자네의 역할은 각간묘의 토질조사였지 발굴품을 빼돌리는 것이 아니라구. 누가 자네더러 각간묘의 출토품을 훼손하고 시료를 채취하라 했나?"

달싹이는 그의 입술은 마치 가네샤가 웃는 것 같았다. 겐지는 충격을 받았는지 멍하니 소우를 쳐다보았다.

"자네 같은 일반인한테 보여준 내가 규정을 어긴 거지. 내일 사람이 찾아갈 거요. 그 편으로 구슬을 보내."

겐지는 아무 대꾸도 하지 않고 있었다.

단지 이렇게 중얼거릴 뿐이었다.

"아도라……."

3

법민과 겐지가 돌아가자 소우는 치밀어 오르는 화를 삼키며 열쇠꾸러미를 꽉 움켜쥐었다.

"애송이놈! 감히 누구 앞에서!"

소우는 손전등을 비추며 지하실로 내려갔다. 토악질이 나오려고 했다. 겐지는 자신에게 보고도 하지 않은 채 구슬을 발견한 후 빼돌렸다. 오만하고 버릇없는 그 녀석의 버릇을 언젠가 고쳐주리라 다짐했다. 이번엔 그렇게 보냈지만 다음에는 가만두지 않을 것이다. 그가 온 목적이 무엇인가? 본토에서도 자신은 고지마 장군 앞에서 당당했다. 태평양 연안에서 자란 젊은 학자의 기백을 고지마 다다시도 인정했다. 그런데 겐지란 놈이? 내가 모를 줄 알고? 운 좋게 이곳에 와서 저렇게 활보하는 이유를 분명히 알고 있다.

205호 소독실 문을 열자 역겨운 습기가 훅 끼쳤다. 소우는 천장에서 치직거리는 전등 소리가 신경에 거슬렸다. 전등불이 들어왔다 나가기를 반복했다.

그는 흰 장갑을 꼈다. 그리고 조심스럽게 냉동기를 꺼냈다. 가능한 한 이것을 다른 곳으로 옮겨야 했다.

하두는 아두다

1

"마침 잘 왔네."

법민이 오류헌으로 들어섰을 때 겐지는 책상에 앉아 뭔가 골똘히 생각에 잠겨 있었다. 아침 햇살이 쏟아지는 책상 위로 재떨이에서 넘친 담배꽁초가 찻잔 받침대까지 수북이 쌓여 있었다.

"또 밤을 샌 건가?"

겐지는 밤새 자란 수염을 긁으며 책으로 다시 눈을 돌리며 말했다.

"하두는 아두일세."

"아두?"

"하두(何頭)는 신라의 향찰이네. 아두를 한자로 쓰면 阿頭(아두)이지. 아(阿) 자가 교란되어 하(何)로 쓰인 거야."

"그렇다면……."

"아두는 아도(阿道)라고도 한다네. 아도가 신라에 불교를 전한 고구려인이란 건 알고 있지? 아도화상. 그의 다른 이름이 바로 아두야. 『삼국유사』에서는 묵호자(墨胡子)로 표기된 인물."

"오—!"

법민이 탄성을 질렀다.

"소우가 힌트를 주었네. 어제 현장에서 걸려온 전화 기억나나? 소우는 아도가 세운 흥륜사의 금당 방향을 언급했지. 난 그때 하두가 아두가 아닐까란 생각이 들었어. 신라는 한자의 음을 차용한 향찰을 썼으니까."

"그럼 칠불황처는 무슨 말인가?"

"『삼국유사』〈아도기라(阿道基羅)〉* 조에 해답이 나와 있어."

겐지는 『삼국유사』를 펼쳤다.

(아도의 어머니가 말하기를)

3,000여 달이 되면 계림(鷄林)에서 성왕(聖王)이 나서 불교를 크게 일으킬 것이다. 그 나라 서울 안에 일곱 곳의 절터가 있으니,

하나는 금교(金橋) 동쪽의 천경림(天鏡林)이요,

둘은 삼천(三川)의 갈래요,

셋은 용궁(龍宮)의 남쪽이요,

넷은 용궁(龍宮)의 북쪽이요,

다섯은 사천(沙川)의 끝이요,

여섯은 신유림(神遊林)이요,

일곱은 서청전이다.

이것은 모두 전불(前佛) 때의 절터이니 불법이 앞으로 길이 전해질 곳이다. 너는 그곳으로 가서 대교(大敎)를 전파하면 응당 네가 이 땅 불교의 개조(開祖)가 될 것이다.

"칠불은 일곱 절을 말하는 것 같아. '칠불처'란 말은 일곱 부처가 아니

---

* 『삼국유사』[흥법편] 셋째 장. "아도가 신라 불교의 초석을 다진다"라는 제목으로 신라에 불교가 전래된 과정을 기술했다.

라 일곱 개의 절이란 말이지."

겐지는 차분하게, 그러나 빠르게 설명했다.

"신라인에게 서라벌은 원래 석가 이전의 시대에 부처가 살았던 땅이라고 여기는 곳이었네. 이 칠처가람지(七處伽藍址)는 전불시대(前佛時代)의 부처가 강론한 일곱 개의 신성한 절이야."

"아도의 칠불이란……."

"그래, 아도 편에 나오는 일곱 절을 말하는 것이었어. 총독부에서도 아도가 정한 칠처가람을 조사했더군."

겐지는 옆에 있던 『신라사적지표 조사보고서』 2집을 집어 들고 종잇장으로 갈무리한 페이지를 폈다.

"총독부가 1928년에 극동시보사에 위탁해 발행한 책이야. 이 책에 따르면 아도기라의 첫 번째 절인 '금교 동쪽 친경림'은 바로 흥륜사를 지칭하는 말이야. 요즘 소우가 시내에서 터를 닦고 있는 곳이지. 두 번째 절인 '삼천의 갈래'는 영흥사를 말하고 세 번째 '용궁의 남쪽'은 월성의 남쪽인데 그건 바로 황룡사야. '용궁의 북쪽'은 분황사, '사천의 끝'은 영묘사, '신유림'은 천왕사, '서청전'은 담엄사를 말한다고 적혀있어."

"황처(黃処)라는 말은?"

"일곱 절 중에서 세 번째 절인 '용궁의 남쪽', 즉 황룡사를 지칭하는 말이야."

"황룡사(皇龍寺)? 구슬에 적힌 황은 누를 황(黃)이야. 뜻이 다르지 않나?"

법민이 책을 들여다보며 물었다.

"『삼국유사』 [탑상편]에 기록된 황룡사의 전설에는 분명 황룡이 솟아올랐다고 나오긴 해. 그 당시 용이 솟아올랐다면 그 자리는 분명 늪이야. 기록에도 황룡사는 예전에 연못을 메우고 만든 절이라고 나온다네. 흐르지 않고 고인 연못이라면 탁한 연못, 다시 말해 황처(黃処)라 부를 수 있지."

"그렇다면 나머지 문장은?"

"祕壤王甲士辠(비양왕갑사죄)는 '군사를 숨겨놓았다는 말 같은데 이 문장 중 양왕갑사(壤王甲士)는 무슨 말인지 도무지 모르겠어. 아무래도 유키오한테 물어봐야 할 것 같아."

"그 미라는 뭔가를 숨긴 죄로 잡혔던 거군."

"일단 칠처가람이 어디인지 확인해봐야 해."

겐지는 창으로 들어오는 햇살이 부신지 눈을 비비며 일어섰다.

2

"소록도에서 보내온 것입니까?"

유키오는 올라오는 욕지기를 억지로 참았다. 지름 20센티미터 크기의 실험용 유리병은 모두 네 개였다. 모두 보존액에 절어 하얗게 표백된 남자의 머리가 들어 있었다.

"죄수들이지. 실험된 것들이야. 막 잘린 샘플이 있으면 보내달라고 했는데 죄다 보존액에 짓무른 것뿐이니……."

유리병 속에는 허연 부유물이 둥둥 떠다녔다. 각질이 불어 떨어져 나온 것이었다. 맨 왼쪽 항아리에 든 머리는 입을 벌리고 있었다. 마치 물속에서 숨을 참는 듯했다. 소우는 유리병을 손으로 톡톡 치고 시선을 유키오에게 돌렸다.

"계속해봐. 참수된 왕이 두 명뿐인가?"

"네, 백제의 개로왕과 성왕입니다."

"개로왕이야 시신도 못 찾았다고 했으니 됐고, 성왕은?"

"그는 매복된 신라군에게 사로잡혀 신라 진영에서 참수당했는데 그의 머리는 적지의 관청 계단 밑에 묻었다는 기록이 있습니다."

"음……. 그때 재위에 있던 신라왕은 누구지?"

"진흥왕입니다."

"진흥왕? 그의 무덤도 선도산에 있지 않나?"

유키오는 턱을 이리저리 휘저었다.

"각간묘의 미라가 성왕이라고 단정하기에는 시기가 맞지 않습니다. 성왕이 참수된 것은 554년으로 무열왕릉이 만들어진 때보다 훨씬 앞선 시기입니다. 그리고 또 다른 문제는 발견된 미라는 너무 늙었다는 겁니다. 성왕은 30대 젊은 나이에 죽었습니다."

"그 미라는 기록에 있는 인물임이 분명할 거야."

"기록된 인물이 아닐 수도 있습니다."

유키오의 목소리에는 소우의 추측을 멈추게 하려는 의지가 배어 있었다. 소우는 유키오의 얼굴을 보았다. 잘생겼으나 눈 흰자에 핏기가 많다. 매번 느끼는 거지만 유키오와는 친구가 될 수 없을 것 같았다. 그는 자신에게 있어 절대적인 도움을 주는 조수로 지난 5년 동안 실과 바늘처럼 손발을 맞춰왔지만 어딘가 모르게 이질감을 느꼈다.

카와이 소우는 그 동안 자신이 세운 가설을 모두 찾아내 입증해 보였다. 최근 그는 13년 동안 논쟁이 되어온 흥륜사의 위치도 밝혀냈다. 소우는 한번 세운 가설은 모조리 검증해 냈다. 그래서 사람들이 혼자 사는 수달이라고 부를지도 모른다. 그런 소우도 유키오의 의견만은 함부로 무시할 수 없었다.

"그래, 자네 말이 맞네. 모든 가능성을 조사해보는 것뿐일세."

유키오는 이마에 흐르는 땀을 닦았다.

"우리의 가설대로 각간묘는 김유신의 봉분이 분명합니다. 그의 최후가 기록에 있는 것처럼 편안했다고 생각하지 않습니다. 저는 거기에 초점을 맞추고 경성과 대구, 부산에 사람을 보내 고서점가를 모두 뒤지겠습니다. 등록되지 않은 고문서를 모조리 걷어 분석한다면 아마 좋은 결과를 얻을 수 있을 겁니다. 관장님께선 총독부에 그동안 모아둔 비밀문서를 공개해달라고 요청하십시오. 이를 각간묘의 발굴과 동시에 진행하는 것이 좋겠습니다."

"내가 조선총독부 자료관에 있는 고서 240여 권을 열람할 수 있도록 조치해놓겠네. 어떤가, 자네가 올라가볼 텐가? 그들이 이곳까지 자료를 보내주진 않을 테니까."

"고지마 겐지 씨한테 열람토록 지시하십시오."

그 말에 소우는 불편한 인상을 썼다.

"겐지란 사람, 얼마나 자주 만나나?"

갑작스런 질문에 유키오는 잠시 멍하니 소우를 쳐다보았다.

3

보름달이 남중했다.

박물관 직원들이 빗금을 치고 터를 닦던 봉황대 옆 흥륜사 옛터에서 불이 올랐다. 진흥왕이 왕위를 내놓고 주지가 되었다는 신라 최초의 가람지다. 흥륜사의 구덩이에서는 검은 기름이 부글부글 끓고 있었다. 매(煤)다!

같은 시각, 경주에는 여섯 개의 구덩이에서 여섯 개의 불꽃이 동시에 일었다.

서천 강둑 건너 잡풀이 무성한 공터는 왕비의 사찰인 고대 영흥사

자리였다. 모량천과 인천의 강줄기가 합쳐지는 것이 보이는 곳이다. 우물로 쓰던 구덩이에는 시뻘건 숯이 가득했다. 바람을 타고 불꽃이 사방으로 튀었다. 마치 강가에 모여드는 반딧불 같았다. 탄(炭)이다!

월성 동남쪽 바짝 마른 농경지 사이로 보이는 큰 찰주석에도 불이 올랐다. 용궁의 남쪽 자리에 있다던 황룡사의 옛터. 거기서는 짐승을 태우는 매스꺼운 훈취(燻臭)가 바람을 타고 사방으로 퍼졌다. 회(灰)다!

황룡사 옛터와 마주 보는 논자리에도 크고 네모난 석탑이 우뚝 솟아 있었다. 용궁의 북쪽이라던 분황사 자리이다. 비록 천수대비(千手大悲)의 그림은 사라졌지만 관음의 의지가 녹아 있는 곳이라 겨울에도 땅에서 김이 나오는 곳이다. 이곳은 당간지주 사이에서 불이 올랐다. 불은 탁탁 소리와 함께 두 돌기둥 사이에서 빠르게 솟았다가 이내 사라졌다. 염(焰)이다!

오릉 북쪽의 금성로에는 마을의 외양간 뒤쪽 자리에서 불이 올랐다. 외양간 흙벽에는 고대 영묘사의 장륙삼존을 받치던 석축을 기대어놓았다. 외양간을 기준으로 동서남북 네 방향에 네 개의 철통을 두고 그 안에 숯이 담겨 있었다. 소들이 울었고 사방이 사막처럼 더웠다. 열(熱)이다!

낭산 남동쪽 구릉 밑에는 여러 초석이 밭 사이에 흩어져 있었다. 이곳이 바로 월명이 피리를 불었다는 신유림이다. 산 아래 넓은 밭으로 변한 그 터는 이제는 고사리와 잡초만 우거진 땅이다. 이곳은 금당 자리에 석탄이 쏟아졌다. 석탄은 열기를 머금고 검붉게 땅을 익혔다. 숙(熟)이다!

혁거세는 시해된 왕이다. 아직도 시신을 단독으로 묻지 못했다. 박혁거세의 능 남쪽에는 담엄사가 있었다. 그 절은 늘 곁에서 그를 위로해주었다. 널브러진 석축과 당간지주만 우뚝 서 있는 담엄사 터에는 황룡사와 마찬가지로 개를 태웠다. 매(煤)다!

보름달은 일곱 개의 절터에서 오른 뜸(氽)을 보며 기울어갔다. 수막새 같이 미끄러운 둥근 달은 바르르 진동했다. 이내 비를 잔뜩 먹은 구름이 몰려와 달을 가려버렸다.

4

이튿날 아침 일찍 겐지와 법민은 황룡사 터로 가보았다. 너른 들판에는 아직도 많은 초석들이 박혀 있었다. 우뚝 솟은 당간지주 옆으로 아주 넓은 찰주석이 보였다. 이 찰주석은 신라 3대 보물 중 하나인 9층 목탑을 받치던 중심축이었다. 찰주석은 장정 네 명이 팔을 둘러도 모자랄 만큼 거대했다. 찰주석 위에는 커다란 개 세 마리가 검게 탄 채로 시커먼 진물을 흘리고 있었다. 모서리에는 타다 만 내장이 눌어붙어 있었다. 정제되지 않은 기름을 붓고 태운 것 같았다.

인부들이 찰주석에 올라 불탄 개의 시체를 삽으로 긁어냈다. 밤새 얼어붙은 탓에 굳어버린 시체는 잘 떨어지지 않았다.

"개 비린내가 살을 파고드는구나!"

언제 왔는지 성모사 주지가 서 있었다. 주지는 아무렇지도 않게 일본 연구원들이 모서리가 깨진 찰주석을 조사하는 모습을 바라보았다.

"어젯밤 또 불꽃이 일었습니까?" 법민이 물었다.

"이곳뿐 아니라 부처님의 일곱 성지에 모두 불이 올랐단다."

입가까지 목도리를 두른 주지는 손이 시린지 흑장삼에 두 손을 집어 넣었다. 겐지가 노승에게 다가갔다.

"왜 개를 태웠을까요?"

"귀신들은 복숭아와 개고기를 싫어하지."

주지는 찰주석에서 눈을 떼지 않았다. 그리고 혼자 중얼거렸다.

"홍무왕의 저주라면 홍무왕의 영정을 찾아야겠지."

'홍무왕의 영정?

무슨 뜻일까? 겐지는 주지를 쳐다보았다. 찰주석을 바라보는 주지의 깊은 눈동자는 흔들림이 없었다. 쳐다보는 겐지의 눈동자도 흔들리지 않았다.

"스님, 홍무왕의 영정이 아직도 존재하나요?"

주지는 잠자코 있었다. 겐지가 조르듯 다시 물었다.

"어디에서 찾을 수 있습니까?"

"외중악(外中岳)*이 숨겨놓은 만(卍)의 비처에서 『홍무기적』을 찾으라고 했지."

"『홍무기적』?"

노승의 자글거리는 주름이 햇살에 진하게 패였다. 턱을 움직일 때마다 더욱 선명했다. 마치 태양광선이 얼굴 이곳저곳에 질서 없이 만들어내는 문양 같았다.

"그게 책인가요?"

그러나 노승은 더 이상 대답하지 않았다.

마침 현장을 지휘하던 유키오가 천천히 이쪽으로 다가왔다. 심각한 표정을 짓던 겐지가 다시 표정을 바꾸며 찰주석을 손으로 가리켰다.

"어이, 유키오. 저건 무슨 주술적 행위 같은데?"

"글쎄요."

유키오의 입에서 거친 입김이 나왔다.

"불이 난 절터에 인부들을 모두 배치했나?"

"조선인 인부들이 미신 때문에 움직이려 하지 않아서 일본인 노역자들에게만 일을 시키고 있습니다."

---

* 팔공산

"유키오, 혹시 『흥무기적』이라는 책을 들어봤나?"

유키오는 알듯 모를 듯 고개를 저었다.

"그렇다면 양왕(壤王)이 무슨 말인지 아나?"

"……."

"아니, 아니 그것보다 내가 그 칠처가람 터의 사진을 전부 찍어두고 싶은데……."

겐지가 상기된 표정으로 주변을 두리번거렸다. 주지에게 『흥무기적』 이란 소리를 들었을 때부터 몹시 수선스럽다.

"겐지 님!"

유키오가 대답 대신 겐지를 불렀다.

겐지가 고개를 들었다.

"이곳에 계시면 안 됩니다."

유키오는 무척 난감한 얼굴이었다.

"무슨 말인가?"

"소우 관장님이 겐지 님의 출입을 금했습니다. 박물관과 고적 현장 어디에도 겐지 님을 들이지 말라고 명령했습니다."

겐지는 멍하니 유키오의 눈을 들여다보았다. 유키오의 얼굴도 몹시 굳어 있었다. 분명 그런 소식을 전하는 자신도 입장이 난처하다는 표정 이었으나 그의 눈동자는 뭔가 일이 꼬였다는 짜증이 더 역력했다.

"음, 알겠네."

유키오가 돌아서는 겐지에게 무슨 말을 하려했지만 겐지는 손사래를 치며 법민에게 가자는 신호를 보냈다.

'엇? 스님?'

법민이 인기척을 잃었을 때 성모사 주지는 이미 남산 기슭 논두렁을 넘고 있었다.

사의 찬미

1

택시에서 내린 겐지는 합동은행 건물이 들어선 블록을 돌아 낮은 목조 상가건물들이 줄지어 있는 좁은 골목에 들어섰다. 인적이 드문 좁은 길이었지만 두꺼운 고소데*를 입은 일본인들이 간혹 보였다. 예배당 거리에는 고서점이 세 곳 있었다. 가장 유명한 곳이 구리하라의 고서점이지만 그곳은 일부러 들리지 않았다.

겐지는 '현문정'이라는 나무간판 아래에서 걸음을 멈추고 코트 주머니에서 종이를 꺼냈다. 주소를 확인한 뒤 낡은 미닫이문을 열었다.

열 평 정도 되는 서점에는 사람이 서 있을 공간이 없을 만큼 책들이 들어 차 있었다. 시야를 높이니 천장에 합판을 덧대어 이중다락을 만들고 그곳까지 책을 쌓아놓았다. 겐지는 쌓아 놓은 책들이 무너지지 않도록 조심스럽게 움직이며 꽂혀 있는 책들을 찬찬히 살폈다. 대부분 조선

*고소데(小袖): 일본식 전통 옷

후기의 문집들이었다. 나머지는 일본에서 수입되어 번역된 철학서나 소설들로 채워져 있었다. 그러나 일본에서도 구하기 힘든 책도 있었다. 『국가 강학령』*을 찾아낸 것은 뜻밖의 수확이었다.

주인인 듯한 남자가 다가왔다.

"『홍무기적』이라는 책을 찾고 있는데요."

"왜 찾으시오?"

"오, 주인장께서는 그 책을 아십니까?"

겐지가 의아해하며 주인에게 물었다. 그러나 주인은 대답하지 않고 다시 물었다.

"그 책을 왜 찾소?"

그는 옅은 눈썹을 치켜 올리며 뚫어지게 겐지를 쳐다봤다. 유난히 불룩 나온 배 때문에 키가 더 작아 보였다.

"동경에 있는 친구에게 보내주려고 합니다."

겐지는 거짓말로 둘러댔다. 대답을 들은 주인은 그제야 저쪽 어딘가에 있겠지, 라는 눈빛으로 사다리를 가져왔다. 손님이 예약한 책이나 희귀한 책들은 모두 천장의 이중다락에 올려놓는다고 했다.

'그 책이 시내 서점가에 돌아다닌다구?'

겐지는 주인이 다락을 뒤적이는 것을 보며 두근거렸다. 모른다. 아마 필사본이나 집합본이 돌아다닐 가능성도 있을 것이다. 겐지는 은근히 흥분되었다. 키 작은 남자는 한참 동안 다락 위를 더듬거리더니 힘들게 사다리를 내려왔다.

"없나보군."

이런, 허무했다.

그는 집어든 『조선금석문총람』 하권과 『국가 강학령』을 계산하고 서

* 독일의 사상책

점을 나왔다. 하늘을 보니 황사가 온 것처럼 주위가 뿌옇다. 눈이라도 올 모양이다. 겐지는 갱지에 싼 책을 겨드랑이에 끼운 채 적산가옥동네가 있는 사거리 블록으로 발길을 옮겼다.

1910년부터 조선의 모든 도서는 통감부가 수거해서 관리해 왔다.

조일합방 때 취조국은 조선 최초의 근대 도서관에 소장된 서적 100만 권을 확보했다. 통감부의 편제가 총독부로 개편되면서 취조국은 참사관실로 바뀌었는데, 이때 규장각의 도서를 비롯해 전국에 산재한 서적 16만 권을 깡그리 몰수했다. 지침을 받은 각 도의 경무부장들은 개인의 집에 남아 있는 서적뿐만 아니라 비문, 사적, 상량문, 판목, 편액, 경문의 기록까지 분류표를 만들고 일일이 목록을 작성해서 수거했다. 1910년부터 향교, 서원 등을 급습하여 불사른 서적만 해도 20만 권에 달했다. 송시열의 문집 판본인 『송자대전』의 원판도 이때 소각되었다. 하지만 아직도 남아 있는 서적은 많이 있었다.

1927년부터 총독부는 대구에서 경주를 거쳐 포항으로 이어지는 지방 철로와 부산에서 울산을 거쳐 경주로 이어지는 국철을 하나로 합치는 공사를 진행해왔다. 그것은 경성에서 출발한 물류가 부산항을 통해 일본으로 흐르도록 계획된 선(線)이었다. 총독부는 경주의 각 구역을 신시가지 중심으로 다시 나누고 새로 놓을 철로를 기준으로 인근 마을과 마을을 통합하려 했다. 그러는 과정에서 지형이 바뀌고 산맥이 끊겨 2000년 동안 경주를 구성하던 영역이 달라져버렸다. 대대로 양반들이 살던 교동 일대는 석축 선을 따라 고립되었고 낭산은 길이 막혀 황폐해졌다. 건천의 금척고분은 도로 사역으로 이미 두 개의 고분이 분리되어버렸고, 무열왕릉과 각간묘 사이 구릉도 두 봉분을 끊는 길이 새로 날 예정이었다.

자연히 모든 도로는 예배당 거리로 통하게 되었고, 이런 행정정책 때문에 급속도로 인구가 몰려든 예배당 거리에는 상점뿐만 아니라 경찰서와 주재소가 늘어섰다. 특히 예배당 거리 가장 중심에 있는 두 블록은 교토를 그대로 옮겨놓은 듯 일본식 목조 기와집이 나란히 들어서 '경주 적산가옥동네'라고 불렸다. 그곳에서 3백 명 가량의 일본인들이 조선인들보다 더 조선인처럼 살고 있었다.

겐지는 검은 나무 기와집 앞에서 다시 주소가 적힌 종이를 꺼냈다. 이 서점은 간판이 없었다. 일본인이 운영한다는 서점인데, 다나카처럼 고서적을 취급하기보다는 주로 번역서와 잡지를 판다고 알려진 가게였다. 한번 치면 떨어진 것 같은 자물쇠가 너덜거리는 나무문을 밀고 들어가자 내부는 동굴처럼 어두컴컴했다. 가운데에 자리한 큰 선반에는 종이묶음들이 잔뜩 올려져 있었다. 폐품들이다. 잘못 왔군. 입구에 들어선 겐지는 후회했다. 이곳은 폐품과 종이들을 취급하는 고물상 같았다. 등을 돌려 나가려는데 누가 뒤에서 부른다.

"들어왔으면 찾는 물건이나 물어보고 가슈."

고개를 돌린 겐지는 깜짝 놀랐다. 구석에 앉아 있는 사내는 키 작고 불친절하던 '현문정' 주인이 아닌가.

"아니, 이곳도 당신이 운영합니까?"

"흠, 운영하다니?"

"당신은 현문정 주인이 아니오?"

"난 누구에게도 내가 그 서점의 주인이라고 말한 적이 없소."

겐지는 턱을 들고 무서운 눈으로 사내를 노려보았다.

"누구요, 당신?"

"반갑습니다. 고지마 겐지 씨."

성시원은 시베리아의 침엽수처럼 굵은 팔뚝을 내밀며 겐지에게 악수를 청했다.

2

새벽이 한참 지났고 서서히 해가 밝아오고 있었다. 겨울이어서인지 아직은 거리가 어두웠다. 그래도 여전히 술을 찾는 이는 많았다. 세일러복을 입은 여자와 녹색 타이를 맨 모던보이가 문간에 들어섰다가 자리가 없음을 확인하고 도로 나갔다. 술집에는 트럼펫 소리가 구슬프게 흘렀다. 겐지는 휘청거리며 술잔을 털어 넣었다.

두 사람은 이날 온종일 시내를 돌아다녔지만 『홍무기적』은 찾을 수 없었다. 겐지는 성시원이 지저분한 불독처럼 이리저리 침을 묻히고 다닐 타입이란 것을 잘 알고 있었지만 그가 마음에 들었다. 겐지는 성시원을 이 술집으로 데리고 와서 그에게 자신이 경주에 와서 벌어진 상황과 그 책을 찾는 이유를 모두 털어 놓았다.

"고작 그겁니까?"

담배연기 사이로 성시원이 취한 눈으로 겐지를 가만히 바라봤다. 성시원은 이미 혀가 돌아갔지만 그래도 입 안에 남아있는 잡채를 씹는 턱의 움직임은 여전히 민첩했다.

"이 땅에 온 외국인들은 모두 목적이 있소. 당신처럼 그냥 놀러온 사람은 없다는 말이오. 전쟁을 피해 왔다고? 으핫하하하. 일본에도 유곽채와 같은 가문이 있나보군."

그 웃음은 돼지편육을 젓갈에 찍을 때까지 그치지 않았다. 겐지는 조용히 성시원의 웃음이 그치기를 기다렸다.

"혹시 프로메테우스 이야기를 압니까?"

겨우 웃음을 삭힌 성시원은 겐지의 물음에 고개를 들었다.

"그리스 신화에 나오는 신?"

"그 프로메테우스 같다는 생각이 듭니다."

"누가, 당신이?"

겐지가 고개를 끄덕였다. 그리고 소주를 채워 한입에 털어넣었다.

"프로메테우스는 제우스의 미래를 말해주지 않아서 노여움을 삽니다. 그 내용들은 아이스킬로스의 희곡에 나오지요."

"그런데요?"

"인간들은 제우스가 아닌 프로메테우스를 아버지로 여깁니다. 왜냐하면 그는 자신이 가지고 있는 신의 힘을 바른 쪽으로 옮기기 위해 노력했기 때문이죠. 제우스는 전지전능한 힘을 부당하게 사용하는 권력이자 정의가 뜻대로 서지 않는 현실을 상징한다면 프로메테우스는 그 힘을 정당하게 사용하려는 권력을 말합니다. 나 또한 제우스한테 맞서고 싶은 사람입니다."

"허, 당신이 프로메테우스라고?"

성시원은 눈을 가늘게 떴다.

"그렇다면 당신은 총독부에 맞설 수 있소?"

"일본이 아니라 그 어떤 제우스한테도 맞서야 한다면 그럴 수 있습니다."

겐지가 당연하다는 듯 작게 말했다.

기자는 낮게 으르렁거렸다.

"건방지군."

"뭐요?"

"건방지다고!"

"그게 무슨 말입니까?"

"그렇다면 당신도 또한 프로메테우스와 같은 신이란 말이잖소?"

갑작스런 성시원의 되물음에 겐지는 저도 모르게 모골이 송연해졌다.

"나의 참뜻은 프로메테우스처럼 운명에 맞서고 싶다는 것뿐입니다."

"그래도 프로메테우스가 인간은 아니지 않소?"

이 사내, 보통이 아니다. 술기운에 탄력을 잃고 저렇게 늘어졌지만 한마디 한마디가 촘촘한 날줄처럼 날카로웠다.

"아마 당신은 내가 조선인이 아니라서 더욱 그런 말을 하는 것일 겁니다."

"당신이 조선인이 아니기 때문이 아니고 당신한테 권력이 나오기 때문에 그러는 것이오. 프로메테우스가 인간한테 도움을 주었을지언정 결국 신 아닙니까? 당신도 결국 인간 위에서 인간을 돕고 싶은 존재일 뿐이지 않소?"

겐지는 대답할 수 없었다. 조선독립에 관한 물러설 수 없는 논쟁은 언제나 겐지가 더 많은 설명을 해야 했다. 재떨이에 걸쳐둔 담배는 이미 필터까지 타고 있었다.

"당신, 일본에서도 굉장한 귀족일 것 같은데?"

성시원이 노려보자 겐지는 자신의 과거를 털어 놓았다.

"어릴 때는 황족들만 다니는 학습원에 다녔습니다. 아버지의 강압으로 사관학교에 진학했지만 형이 죽자 그만두었습니다. 그 시절에는 한 발짝 걷는 것도 의미가 없으면 하기 싫더군요. 그래서 택한 곳이 조선입니다. 동경에서 건너와 경성제대에 들어간 때가 1926년이었지요. 학교는 한 번도 가지 않았습니다. 낮에는 지하다방에서, 밤에는 서양음악을 연일 틀어주는 술집에서 매일 여자들과 뒹굴었죠. 경성의 안락함은 지금도 그립습니다. 한 1년을 그렇게 조선 여자들과 질펀한 생활을 하다 보니 그 뒤로 일본 여자는 거들떠보기도 싫어지더군요. 세상에는 부조리가 있어야만 한다는 것을 이제는 잘 알고 있습니다."

겐지가 가정사를 얘기하자 성시원도 한풀 누그러졌다.

고복수의 판이 다 돌아가자 윤심덕의 〈사의 찬미〉가 흘러나오기 시작했다.

"노래가 좋군요."

이제 겐지의 얼굴도 꽤 붉게 변했다.

"근래 유행하는 최고 인기곡이지요."

"누가 불렀습니까?" 남은 술을 비운 겐지가 물었다.

"윤심덕입니다. 7년 전 시모노세키에서 부산항으로 돌아오던 중 쓰시마 앞바다에 몸을 던졌소."

"왜요?"

"애인과 함께 투신했는데 이유는 둘만이 알겠지요. 이 레코드는 그때 경성뿐 아니라 일본에서도 상당히 인기리에 발매되었어요."

"많은 조선인들이 시대를 잘못 만나 불행하게 살고 있다는 생각이 듭니다." 윤심덕의 판이 겉돌다 다시 음을 냈다.

슬슬 날이 밝아오려 했다. 실내에 고여 있던 어둠이 점점 사라지고 있었다. 탁자도 등도 몇 시간 전과는 다른 색을 머금고 있었다. 술집에는 겐지와 성시원만 남았다. 세상에는 오직 이날만 있는 듯이 시끄럽게 마시던 사람들도 모두 사라졌다. 머리 꼭대기까지 취한 성시원은 눈을 비비며 잃어버린 초점을 맞추려 애썼다. 겐지도 피곤이 밀려왔다.

하지만 성시원은 자리에서 일어날 기미가 없었다. 그는 혀가 꼬인 소리로 한마디 했다.

"그래, 『홍무기적』을 찾아서 어쩌려고 하오?"

"전설로만 전해지는 『홍무기적』에는 김유신의 영정이 있다고 합니다. 돌려받지 못한 미라 대신 그 영정을 가지고 제사를 지내면 그나마 마을에 위안이 되겠지요. 또 소우가 가지고 있는 미라와 교환할 좋은 카드가 될 수 있습니다."

"그 미라와 영정을 대조해 보려는 건 아니고?"

순간, 겐지는 정신이 번쩍 들었다.

'그래, 그 방법이 있었구나!'

그 영정만 있으면 미라가 김유신인지 아닌지 알 수 있다. 그는 성시원을 뚫어지게 쳐다보았다. 술에 절어 눈을 감고 상체를 흔들고 있는 이 사내가 만만치 않았다. 성시원은 각간묘에서 나온 미라가 김유신의 봉분을 밝혀내는 증거가 될 수 있음을 이미 알고 있었다. 그는 여전히 눈을 감은 채 삐뚤삐뚤 말했다

"당신이 각간묘의 비밀을 밝히고 싶다면『홍무기적』보다『삼국유사』부터 공부하시오."

"『삼국유사』?"

"신라의 모든 비밀들은 그 책 안에 있습니다."

원숭이탈을 쓴 남자

1

소우는 서악서원에서 김우조를 만났다.

이틀 전, 서원 발굴에 부정적으로 간섭하던 봉우당이 먼저 자신에게 전갈을 보내자 소우는 그 이유를 곧바로 알아차렸다. 각간묘 앞에서 발견된 석관이 모든 전세를 역전시킨 것이다. 이제 입장이 달라졌다. 그 미라가 자신의 손에 있는 한 아쉬울 것이 없었다.

소우 입장에서도 지지부진한 서원 발굴을 빨리 마무리하기 위해서는 서원의 배향권을 가지고 있는 봉우당의 협조가 필요했다. 공사가 반년이나 난항을 겪은 이유도 봉우당 측이 민심을 반대로 움직였기 때문이다.

서악서원의 앞마당은 인부들이 걷어낸 검은색 흙이 곳곳에 쌓여 있었다. 소우는 그것을 물끄러미 쳐다보기만 했다.

"돌려놓으시오."

김우조의 목소리는 단호했다.

"무엇을요?"

밖에서 굴삭기의 시동소리가 들렸다.

"……."

"아, 그 미라 말씀이시군요?"

소우는 그제야 생각난 척하며 몸을 일으켰다.

"무례합니다. 이런 식이면 대화를 할 수 없습니다."

"뭐, 귀당의 체백이라면 당연히 돌려드려야겠지요."

김우조는 눈을 질끈 감았다.

"당신도 각간묘가 흥무대왕의 묘라고 확신하고 있잖소?"

"오, 그 짐작은 불편하군요. 나는 아직 그 미라가 유신공의 두부(頭部)라고 발표한 적이 없습니다. 김 선생 가문의 신체(神體)인지는 좀 더 조사를 해야겠더군요. 조사가 끝날 때까지는 그쪽도 나라 유물을 함부로 소유하려 해서는 안 되지요."

그는 우조가 아무런 카드도 가지고 있지 않다는 것을 잘 알고 있었다. 소우는 왼손으로 오른쪽 어깨에 앉은 먼지를 툭툭 털어냈다. 그러다 능청스럽게 눈을 삐쭉거리며 김우조의 이마를 아래위로 훑었다.

"이참에 김 선생께서 도와주시고 우리 함께 각간묘를 발굴해보는 것은 어떨까요?"

푸석거리는 먼지가 일며 굴삭기가 서원의 동남쪽 담장을 허물었다. 비석이 발견된 장소에서 김인문의 봉분으로 추정되는 자리까지 공간을 확보하려면 무열왕릉과 각간묘 방향으로 꺾인 담장은 모두 제거되어야 했다.

"……대원군 때도 철폐되지 않고 보전된 서원이오."

김우조는 넋이 나간 사람처럼 고개를 떨어뜨렸다.

소우는 이런 분위기라면 협상은 이미 끝났다고 생각했다.

"그만 일어나시지요. 더 이야기해봤자 드릴 말씀이 없군요."

"절대로 가만있지 않겠소!"

김우조가 눈을 부릅떴다.

"어허, 이거 날 협박하는 겁니까? 당신이 그럴 처지가 아닐 텐데요. 조심해야 할 사람은 이쪽이 아니라 오히려 그쪽이오. 관여할 바는 아니지만 당신 부친의 채권이 어디에서 어디로 흘러들어 가는지 총독부에서 예의 주시하고 있소."

김우조는 상기된 얼굴로 소우를 쳐다보았다. 내뿜는 콧김이 고르지 못했다.

"들판 이곳저곳에 함부로 널린 유물들이 얼마나 많소? 당신들은 그것들이 무엇인지도 모른 채 살아오지 않았소?"

소우는 장갑을 벗어 탁자를 세게 탁탁 쳤다. 그리고 귀찮다는 얼굴로 고개를 돌려 인부들이 삽으로 흙을 퍼내는 모습을 지켜보았다. 일본인들은 앞마당을 벌써 반 이상이나 헤쳐 흙을 들어내고 있었다.

"이번 주까지 돌려주시오. 그렇지 않으면 안 좋은 일이 생길 거요. 분명히, 분명히 경고했소."

김우조의 짧은 머리칼이 올올이 섰다.

2

여인이 이불을 들추고 조용히 일어났다. 늙은 유모가 사발그릇을 옆에 두고 그녀의 등을 두드리기 시작했다. 방이 넓은 것에 비해 가구는 없고 간결했다. 한쪽에 있는 8폭 병풍과 작은 화로가 전부였다.

"수영이는 어디 갔어요?"

말이 미처 끝나지도 않았는데 여인의 입에서 피가 주르륵 흘렀다. 유모는 서둘러 수건으로 턱을 따라 흐르는 피를 닦으며 그녀의 입을 막았다. 여인이 다시 수영을 찾았다. 입에 또 피가 고였다. 여인은 몇 번을 더 컥컥거리다 사발에 왈칵 피를 쏟았다.

"몇 시쯤 되었어요?"

"자정이 넘었습니다. 누우세요, 아씨."

"수영이는?"

"성모사에 있습니다. 사흘 전에 올라갔어요."

"오라버니는?"

"이제 그만 말씀 마세요."

유모는 방문을 열고 나가 대야에 더운물을 담아왔다. 그리고 두툼한 손으로 여인의 머리를 받쳐서 미라같이 메마른 여인을 일으키더니 수건으로 이마부터 목과 가슴까지 깨끗이 닦아주었다. 더운물이 금세 피로 물들었다.

"그 아이는 너무 잔약하고, 오빠는 너무 이악해서 저래요."

"알았으니 가만히 계세요." 유모가 말을 막았다.

보영이가 피를 토한 지도 벌써 3년이 넘었다. 30대 초반으로 상당한 미인이었으나 이젠 그 나이를 가늠하기 어려울 만큼 눈이 꺼지고 주름이 많아졌다. 얼굴빛이 검었고 울대뼈가 유난히 두드러져 더욱 가냘프게 보였다. 유모는 보영의 하의를 벗기고 개짐*을 갈았다.

"내 몸은 안으로 밖으로 그저 피만 쏟아내는구려. 쓸모없는 이 달거리는 그만 멈춰도 좋을 것을……."

"아씨, 제발 그만 좀!"

유모가 나무라는 투로 말했다.

---

* 생리대

"그래요, 이제 곧 피가 다 빠져나갈 거예요. 시간이 얼마 남지 않았어요. 필요한 피 외에는 어서어서 몸 밖으로 나가는 것이 좋아요."

보영은 넋 나간 듯 천장을 보며 중얼거렸다.

바람이 미세기문을 흔들며 한기를 실어왔다. 반쯤 먹다 만 죽 위에 엷은 막이 생겼다. 유모가 다시 나갔다 들어왔다. 얼마쯤 있으니 방이 훈훈해지며 알 수 없는 누런 기운이 감돌았다. 방바닥 곳곳에서 스멀스멀 올라오기 시작한 그 기운은 병풍을 타고 보영이 누운 곳으로 넘실거리더니 이불로 올라가 급기야 온몸을 감쌌다. 아무도 모르게 퍼지는 기운. 그것들은 마치 생명을 가진 듯 꿈틀거렸다. 보영의 몸은 이제 은은한 황금빛으로 빛나고 있었다.

"가르랑."

가래 끓는 소리가 나더니 갑자기 보영이 미세한 경련을 일으켰다. 그녀를 감싼 기운이 뱀처럼 스멀거리다 순식간에 콧속으로 들어가버렸다. 이윽고 보영의 가슴이 서서히 부풀어 올랐다. 상체가 복어처럼 부풀다가 급기야 늑골이 부러지는 소리가 났다.

"아…… 아씨?" 유모는 놀라서 눈이 휘둥그레졌다.

보영의 몸이 공중에 떠 있었다.

땀에 젖어 뭉친 머리카락과 두 팔과 다리는 아래로 축 늘어지고, 몸통은 허공에서 둥실거렸다.

3

서원에서 출발한 소우의 차는 목적지 없이 경주의 벌판을 달리다 포항만으로 들어섰다. 그는 바닷바람이라도 쐬고 싶었던 것인지 한동안 그곳에서 담배를 피우며 검게 저문 하늘을 바라보고 있었다. 어쩌면 남은 시간을 허비하려는 것인지도 몰랐다.

붉은 노을이 모두 사라질 즈음 소우의 차는 다시 경주 시가지로 들어가 '욕심 많은 바보'가 있는 4층 건물의 뒷골목으로 들어섰다. 4층 건물의 입구에는 '安'(안)이라는 일본식 깃발이 걸려 있었다. 여관 앞 골목에는 돌아다니는 사람이 없었다. 사람들은 모두 맞은편 술집 '욕심 많은 바보' 앞길로만 다녔다.

차에서 내린 소우는 목조건물로 된 허름한 2층짜리 여관으로 들어갔다. 2층으로 올라가는 나무계단은 발을 디딜 때마다 끽끽 울어댔다. 소우는 복도의 맨 끝 방으로 곧장 향했다. 그 방은 소우가 1년 내내 예약해 둔 곳이었다. 문살이 많고 얇은 후스마*를 천천히 열자 세 개의 창에서 들어오는 달빛 때문에 바닥의 군데군데가 낮처럼 환했다.

정면의 어둠속에는 한 사내가 의자에 앉아 있었다.

"각간묘의 귀신만큼이나 때를 잘 지키시는군요."

사내가 등지고 있는 벽에는 원숭이탈이 걸려 있었다. 구름이 다시 걷히자 창문에서 달빛이 쏟아졌다. 사내의 얼굴에도 밝은 빛이 쏟아졌다. 그의 오른쪽 볼에 길게 얽은 칼자국이 달빛에 선명했다.

"봉우당을 만나고 오는 길이오. 그들은 매번 그런 식이오. 난 이제부터 봉우당을 무시하겠소."

소우가 말했다.

"그건 당신도 알고 있었지 않소?"

그의 말에 소우는 대답대신 담배를 꺼내 물었다.

"어허, 담배를 피우지 마시오. 난 결막염을 앓고 있습니다."

소우는 막 불을 붙이려던 담배를 버리고 주머니에서 손수건을 꺼내

---

* 후스마(ふすま): 맹장지를 바른 일본식 문으로, 방과 방을 나누는 역할을 한다.

손을 닦으며 말했다.

"귀신들이 성모사 아래에서 작업하는 것을 목격한 사람이 있소이다."

"증거를 잘 모아두십시오. 저쪽편이 모르게 해야 합니다."

사내의 말에 소우의 언성이 높아졌다.

"저쪽 편? 이것 보시오. 처음부터 난 누구의 편도 아니라고 분명히 말했소. 한 번 더 말하지만 난 양심에 따라 행동할 뿐이오."

"잘 알고 있습니다."

"그래, 오늘 보자고 한 이유는 뭐요?"

"박물관으로 사진 몇 장을 보냈습니다."

"사진?"

"곧 도착할 겁니다. 묘지기 마을의 귀신은 반드시 실체가 있어야 합니다. 당신은 그 귀신을 반드시 확인하시오."

소우는 말없이 사내를 바라봤다. 달빛에 서린 오뚝한 코는 예전보다 좀 가늘어 보였다. 어둠에 눈이 익자 사내의 창백한 얼굴이 어렴풋이 보였다.

"언제까지 이런 식으로 행동할 겁니까? 집안을 돌보시오. 혈육의 씨앗이라도 이젠 당신 핏줄이오."

소우가 달래듯 중얼거렸지만 사내는 그 말을 무시했다.

"귀신은 반드시 제 발로 당신을 찾아갈 겁니다. 그때까진 각간묘를 건드리지 마세요."

4

─우당탕탕.

오류헌의 살문이 부서졌다. 겐지가 마루에서 마당으로 굴러 떨어졌다. 복면을 한 남자는 겐지를 넘고 마당으로 뛰어내렸다. 그의 옷자락이 무시무시한 바람을 일으켰다. 겐지는 몸을 일으키며 본능적으로 섬돌로 시선을 돌렸다. 사내가 몸을 돌리며 왼발로 섬돌을 밟았다. 그는 중문으로 달아나고 있었다.

　"거기 서!"

　겐지가 손바닥에 묻은 흙을 털어내며 뛰어올랐다. 사내가 겐지의 발을 거는 바람에 겐지는 기둥에 등을 부딪쳐 꼬꾸라졌다. 그사이 사내는 중문으로 달아났다. 발 딛는 소리가 들리지 않았다. 겨우 몸을 일으키던 겐지는 도로 주저앉았다. 충격 때문에 허리가 꺾였다. 소리를 지르고 싶었으나 숨이 막혀 소리가 나오지 않았다.

　마침 사당에 있는 창고에서 법민이 달려왔다.

　"무슨 소린가?"

　겐지가 헐떡거리며 중문을 가리켰다. 법민이 중문으로 달려가자 샤론이 중문에서 뛰어들어왔다.

　"무슨 일입니까요?"

　"방금 그쪽으로 달아나는 사람을 못 봤나?"

　법민이 물었다.

　"아무도 못 봤습니다."

　"이런!"

　법민과 샤론이 중문 너머 사랑채 마당까지 가보았지만 검은 그림자는 사라지고 없었다.

　"벌써 두 번째군."

　겐지가 허리를 잡고 몸을 일으키며 쉰 목소리로 말했다. 통증이 심한 듯 얼굴을 몹시 찡그렸다.

"오류헌에 갑자기 불이 나갔다 다시 들어왔는데 서재의 커튼 뒤에 누군가가 숨어있는 게 아니겠는가. 일단은 모른 척 주시하고 있었는데 순간 방심하는 사이 공격당했네."

"혹시 구슬을?"

"빼앗겼어."

겐지가 절뚝거리며 오류헌 마루에 올라섰다. 법민과 샤론이 겐지를 부축했다. 마루는 군데군데 지저분한 발자국이 찍혀 있었고 거실 입구에 둔 양주장은 쓰러져 있었다. 격투가 치열했음을 보여주는 현장이었다. 겐지는 찢어진 셔츠를 벗으며 말했다.

"이 가옥의 구조를 잘 알고 있는 자야."

법민은 모른 척했다.

겐지가 기다렸다는 듯 법민을 노려보았다.

"이봐, 모른 척 말게."

"……무슨 소린가?"

"지금 당장 화실로 가보세."

겐지는 정색을 하고 말했다. 그의 이마에 난 상처가 벌겋게 부어올랐다.

"이것 봐, 형은 도둑이 아닐세!"

"가세!"

화실 앞에는 지영이 서 있었다. 그녀는 어깨에 두툼한 크림색 숄을 걸치고 있었다.

"무슨 일인가요?"

겐지는 거칠게 지영을 밀어내고 화실 손잡이를 돌렸다. 그러나 묵직한 철문은 자물쇠로 잠겨 있었다. 지영이 놀라며 겐지를 가로막았다. 법민도 다가와 지영 뒤에 섰다.

"무슨 짓이에요? 안에 사람이 있어요."

"이 건물의 열쇠는 어디 있습니까?"

겐지가 노려보자 지영은 당혹스러운 듯 법민을 쳐다보았다. 야밤에 일어난 소란이 이해되지 않는다는 표정이다.

"열쇠는 어디 있습니까?"

겐지는 그답지 않게 몹시 흥분해 있었다. 별수 없이 법민은 지영을 바라보며 조용히 말했다.

"형수님, 열쇠는 어디에 있어요?"

"안채에 있어요."

"이 문은 왜 밖에서 잠가놨습니까?" 겐지가 물었다.

"항상 밖에서 잠급니다. 저녁에는 발작이 심하니까요."

"오늘은 언제 잠그셨습니까?"

곁에 섰던 샤론이 나섰다.

"한 시간 전부터 잠가놨습니다. 큰서방님께서는 지금 약을 드시고 주무시고 계십니다."

"약?"

"제가 약을 드렸습니다!"

지영이 단호하게 말했다.

"허, 그렇다면 이 문은 저녁 내내 잠겨 있었단 말인가?"

겐지는 허탈한 심정으로 허공을 보았다.

법민도 두 눈을 감았다.

웅웅거리는 소리가 담장 너머 각간묘에서 간헐적으로 들려왔다.

첫 번째 살인

1

법당은 바깥보다 오히려 더 추웠다.

주존불(主尊佛)이 정좌한 닫집* 기둥에는 세 마리의 용과 세 마리의 봉황이 휘감겨 있었다. 그것은 마치 회전목마처럼 부처의 머리 위에서 기계적으로 춤을 추는 것 같았다.

성모사 법당에는 단청이 없었다. 아니 색이 삭았다고 해야 옳았다. 겨울 색을 띤 나무기둥의 벌어진 틈 사이로 거미들이 알을 깠다. 처음에는 금색이었을 부처의 몸도 빛을 잃어버린 채 시커먼 시멘트 빛을 띠었다. 귀퉁이 벽면에 붙은 빛바랜 감로도(甘露圖)만이 낡은 절에 위엄을 실어주었다.

황동 촛대 뒤에 지권인**을 하고 정좌한 주존불은 비로자나였다. 왼

---

* 법당 안 불상의 머리 위에 집처럼 만든 지붕
** 비로자나불의 수인: 부처를 상징하는 오른손으로 중생을 상징하는 왼손의 검지를 감싸는 결인(結印)의 형태이다. 이는 부처와 중생은 다르지 않다는 의미이다.

쪽에는 노사나불이, 오른쪽에는 석가모니불이 안치되어 있었다. 이 삼불 앞 제단에는 원래 돌로 된 13나한이 있었으나 15년 전쯤 총독부 관리가 모두 수거해갔다고 한다. 법당 안 천장에서부터 내려오는 찬 공기의 싸늘한 기운은 향냄새마저 가릴 정도였다.

법당 안에는 한 여인이 두 손을 담요 속에 넣은 채 진언을 외우고 있었다. 허리를 곧추세우고 앉아 있는 자태는 갈대처럼 가냘팠지만 대나무처럼 꼿꼿했다. 겐지는 양가죽으로 덧댄 장갑을 코트에 찔러 넣고 모자를 조용히 벗은 뒤 자리에 앉았다.

겐지는 움직임을 멈추고 한참 동안 가만히 있었다. 그는 차분한 눈빛으로 여인의 얼굴을 군데군데 살폈다. 힘 있게 몇 가닥씩 모인 속눈썹은 눈 두덩이의 혈액이 도는 대로 미세하게 한들거렸다. 오뚝한 콧날은 작은 아침햇살을 받아 빛났고, 뼈가 보일만치 투명한 이마는 빨갛게 튼 볼 살 때문에 더 하얗게 보였다. 그 여인은 김수영이었다. 겐지는 크게 한 번 숨을 쉬었다.

수영은 그의 움직임에 아무런 반응을 하지 않았다.

'저는 유곡채에 머무르고 있습니다.'

겐지는 마음으로 그녀에게 말을 건넸다.

하지만 수영의 옹알거림은 흐트러짐이 없었다.

'김법민 군과 함께 일본에서 돌아왔습니다.'

수영은 머릿결 하나도 흔들리지 않았다. 탐스런 입술은 손만 대도 빨갛게 터질 것 같았다.

'아모르 티 비에타 디 논 아마르(Amor ti vieta di non amar).'*

---

* 조르다노의 오페라 『페도라』 1막에 나오는 아리아로, '사랑은 너로 하여금 사랑하지 않음을 금하는 것'이라는 뜻이다. 이 아리아를 〈Amor ti vieta di non amar〉 또는 〈Amor ti vieta〉라고도 한다.

겐지는 어느덧 바로 옆까지 다가가 있었다.

산들바람이 불 듯 겐지의 숨소리가 수영의 귓불에 닿았다. 법당 안의 차가운 공기가 감히 그들에게 들러붙지 못하고 주변으로 밀려났다. 그녀는 이만큼 가까이 다가와 있다는 것을 알고 있을까?

'처음 본 순간 당신이 페도라라는 것을 알았습니다.'

그 순간, 주문을 멈췄다.

겐지는 아랑곳하지 않았다.

'그대의 사랑은 이미 사랑하지 않는 것······.'

수영이 눈을 감은 채 턱을 들었다. 목이 무척 길다. 겐지도 눈을 감았다. 햇살 냄새인지 살 냄새인지 모를 따뜻하고 포근한 냄새가 났다. 멀리서 오래된 나무 냄새도 났다.

'페도라는 자신의 약혼자를 죽인 원수에게 복수를 합니다.'

밖에서는 샛바람이 방향을 바꾼 것인지 법당 밖 풍경이 마구 울렸다.

'그러나 자신의 약혼자가 먼저 그 원수의 아내와 불륜을 저질렀다는 것을 알게 되지요. 어때요, 당신이라면?'

두 사람은 한참을 눈을 감고 마주했다. 삼불만이 조용히 그들을 내려다보고 있었다.

'그리고 가엾은 페도라는 그와 사랑에 빠집니다.'

겐지가 점점 그녀에게 다가가고 수영도 그 말을 다 듣는 것 같았다. 그녀는 움직일 수 없는 힘에 이끌리며 점점 입술을 벌렸다.

'페도라의 사랑이 바뀐 겁니다. 처절하게 상황이 바뀐 것이지요.'

겐지는 입술을 동그랗게 말아 휘파람을 불 듯 나직이 중얼거렸다. 그리고 그의 입술에서 조용히 흘러나오는 감미로운 허밍, 〈아모르 티 비에타(Amor ti vieta)〉다. 혀 아래에서 잠시 머물다 나오는 향긋하게 삭은 그의 입 냄새는 바람을 타고 그녀의 후각세포들을 바르르 떨게 했다.

가늘고 매력적인 겐지의 입술이 반짝였다. 드디어 겐지의 입술이 그녀의 입술에 닿으려 할 때 수영이 눈을 떴다.

그리고 아주 반듯하게 말했다.

"다가오지 마세요. 당신의 행동은 금세 탄로 나요."

목소리는 낮고 강했다.

허물어진 겐지의 입술이 잠시 바르르 떨렸으나 이내 미소로 바뀌었다. 두 사람은 조용히 서로 멀어졌다.

"실례했습니다. 마드모아젤."

겐지는 서둘러 코트와 장갑을 든 채 문을 열고 밖으로 나갔다. 그가 앉았던 자리의 온기는 문틈으로 들어온 바람에 금세 식어버렸다.

수영은 마치 꿈이라도 꾼 듯 세살문을 계속 쳐다보았다.

2

겐지는 다시 뛰다시피 산길을 올라갔다. 손목시계를 보니 10시 40분을 막 넘어서고 있었다.

'젠장, 어떻게 그 중요한 걸 빠뜨릴 수가……'

겐지는 허둥거리던 자신이 참 한심했다. 간신히 코트와 장갑을 챙기긴 했는데, 형의 유품인 비단 주머니를 잊었다. 그 속에는 원래 형의 유서가 들어 있었다. 유서는 태웠지만 그 주머니는 신물처럼 가지고 다녔다.

'내가 그녀에게 무슨 짓을 한 거지?'

급기야 얼굴까지 화끈거렸다. 막상 수영을 보자 온몸이 굳어버렸던 것이다. 담요를 덮고 꼿꼿이 앉아 있던 수영의 모습은 아름다웠다. 수영 앞에서 무슨 말을 어떻게 했는지 기억나지 않았다. 오로지 오페라를 들먹였다는 것밖에는……

겐지는 법당 안으로 들어갔다.

주머니도 여인도 없었다. 그저 수영이 덮고 있던 담요만이 곱게 개켜져 문풍지에 스미는 햇살을 받고 있었다.

천장에 조각된 목조 사천왕의 갑옷은 뒤러의 판화처럼 현란했다.

3

"마님, 준비 다 됐습니다."

지영은 시계를 봤다. 벌써 오후 4시. 성민이 진혜원에 도착할 때면 이미 한참 어두워 질 것이다. 대구에 있는 진혜원은 원래 미국인 선교사가 지은 가톨릭 병원이었지만 합방 후 군병원으로 쓰다가 민간에게 인수된 지 10년이 되는, 한강 이남에서 가장 큰 종합병원이었다.

"마님께서는 안 가세요?"

지영은 듣는 둥 마는 둥 봉투를 건넸다.

"퇴원하실 때까지 편하게 볼일도 좀 보시고, 차도 수리하고 오세요. 단초 치레거리*도 좀 사다 주시고."

"뭘 덧두리**를 이렇게 많이 주십니까?"

"봉투 안에 신 박사님께 드리는 편지가 있으니 꼭 전해주세요."

"걱정 마십시오."

술값을 두둑이 받아 기분이 좋아진 샤론이 싱글거렸다. 지영은 샤론의 바람 새는 경성 사투리가 협잡꾼 같아 듣기 싫었다.

---

* 액세서리
** 정해진 돈 외의 보너스

지영과 샤론은 사랑채로 걸어갔다. 사랑채 앞마당에는 5기통 엔진을 장착한 트락시옹 아방이 미끈한 유선형을 뽐내며 서 있었다. 작년에 경성에서 들여온 이 검은색 시트로앵은 새로운 프레스 기술을 써서 보닛이 분리되지 않고 차체가 하나로 이어지는 모노코크 식으로 제작되었다. 조선에는 열다섯 대밖에 없는 것으로, 조선총독도 이 차를 타고 다녔다. 샤론이 차 문을 열어주자 단초가 커다란 가죽가방 세 개를 실었다. 샤론은 차에 올라 시동을 걸었다.

"서방님 뫼시고 오너라."

샤론이 운전석에서 뒤를 돌아보며 단초에게 말했다.

"아니, 내가 가볼게."

지영이 팔짱을 끼고 화실 쪽으로 걸어갔다. 사랑채에서 왼쪽으로 난 통문을 나가 굵은 고목을 지나면 별당채 화실이다.

지영이 화실 문을 밀었지만 열리지 않았다. 다시 힘껏 밀었다. 안에서 잠근 모양이다.

"고집 부리지 마셔요."

대답이 없었다.

굳게 닫힌 철문은 자줏빛 페인트칠이 벗겨져 군데군데 녹이 슬었다. 녹 냄새와 물감 냄새, 방 안 냄새가 고스란히 코끝을 스쳤다.

"저번처럼 또 문을 떼어내게 만드실 거예요?"

지영은 몇 분 동안 차분하게 기다렸다.

찰칵.

안에서 문이 열리는 소리가 났다. 어둠 속에서 영국산 선글라스를 낀 성민이 걸어 나왔다. 혼자 발작을 삭이고 나왔는지 숨결이 고르지 못했다. 지영을 보는 야릇한 눈동자는 약 때문인지 살짝 풀려 있었다. 지영은 그 모습을 보자 성민이 또 안쓰러웠다. 그의 흰 셔츠에서 땀인지 물감인지 모를 시큼한 냄새가 풍겼다. 성민은 지영이 들고 있던 바깥열쇠를 뺏어 자물통을 채우고 다시 지영에게 돌려주었다.

"나 없는 동안 화실에 들어가지 마시오."

성민의 목소리는 차분했고, 발음은 또렷했다.

4

법민이 고용인 두 명과 함께 다섯 자 크기의 완자무늬 피나무 교자상을 직접 들고 왔다. 상에는 특별히 싱싱한 도미회와 닭가슴살을 넣어 끓인 미역국과 조개탕이 올랐다. 평소에는 잘 하지 않는 콩찹쌀전, 떡갈비찜, 명란젓, 호박죽, 잡채, 구절판도 있었다. 지영은 조그만 소반에 신선로와 보쌈김치, 법주를 따로 들고 들어왔다.

누워있던 겐지가 발딱 일어나 축음기를 끄고 방석을 치웠다.

"벌써 저녁상인가?"

"자네 생일이라고 형수님이 직접 준비한 걸세."

"횟감은 도련님이 감포까지 가서 골라 오신 거예요."

겐지와 법민은 상을 가운데 두고 나란히 수저를 들었다. 신선로 끓는 냄새와 법주의 향이 방 안에 감돌았다.

지영이 나가자 겐지가 말을 꺼냈다.

"봉우당이 나흘 뒤 동짓날에 각간묘 제사를 올릴 예정이라더군."

"음, 그동안 제를 소홀히 여긴 탓도 있겠지만 좋지 않은 일이 생기고 있으니 올해는 더 민감하겠지."

법민은 술을 한입에 털어넣었다. 방이 더운지 얼근히 취기가 돌았다. 목구멍은 차갑고 얼굴은 화끈거리고 속은 불편했다. 겐지가 웃으며 법

182

민의 얼굴색을 살폈다. 꼭 물건을 감춰둔 어린아이 같은 눈빛이다.

"낮에 선도산 정상에 다녀왔네."

"거긴 뭣 하러?"

"자네 부인을 만나러 갔었지."

순간 법민이 미간을 찡그렸다. 겐지는 장난기 흐르는 눈빛으로 고개를 비스듬히 숙여 법민의 얼굴을 살폈다.

"자네 부인을 만났어."

법민은 그제야 겐지를 똑바로 쳐다보았다.

"뭐지?"

"뭐가?"

"왜 그녀를 만날 생각을 한 거지?"

"모르겠어. 나도 이런 기분은 오랜만이라서."

겐지가 술잔을 비우고 입맛을 다셨다.

"이런 기분?"

법민은 혼란스러웠다. 겐지는 비장과 췌장 사이에 확고하게 자리 잡은 암덩어리처럼 이질적이면서 자연스러운 표정을 지었다. 이 친구, 친구 부인인 걸 알면서도 수영에게 특별한 감정을 느끼고 있었단 말인가. 법민은 갑자기 욱하고 화가 치밀었다.

"이봐, 낙천적인 것도 분수가 있어. 집안이 아내 때문에 발칵 뒤집혔는데 자네가 아내한테 마음을 품다니?"

겐지는 항상 그랬다. 좋게 보면 감정에 충실한 낭만주의자이지만 다르게 말하면 다른 사람은 생각하지 않고 제멋대로인 이기주의자였다. 오사카에서도 그랬다. 그는 자신이 만난 모든 여자들의 주소를 기록해두는 습관이 있었다. 한번은 겐지가 자신에게 급히 수첩을 맡기고 가버렸는데 곧 겐지와 사랑을 나누던 포병장교의 부인이 법민의 방으로 들이닥쳤다. 그녀는 법민에게 그 수첩을 보여달라며 몇 시간이나 설랑이를 한 뒤에야 포기하고 돌아갔다. 겐지는 얼마 지나지 않아 그녀와 헤어지고 또 다른 여자를 만났다. 법민은 겐지의 여성편력이 가정사에서 비롯된 것임을 잘 알고 있었다. 그는 애정 결핍자이며 섹스 중독자였다. 케이크를 먹던 아기가 노리개를 보자 포크를 던지고 노리개를 만지듯 그는 그렇게 쉽고 단순하게 여자들을 만났다.

"어, 자네가 그렇게 심각하게 나올 줄 몰랐네."

"심각할 줄 몰랐다니……. 내가 처가에서 아내 때문에 얼마나 곤욕을 치렀는데. 날 우습게 아는 건가, 아니면 조선 사람을 우습게 보는 건가?"

술기운 탓인지 법민의 어깨가 크게 들썩였다. 천지가 진동해도 침착함을 잃지 않을 것 같은 법민이 흥분하기 시작했다.

"이런 신선로가 다 식었군. 다시 데워야겠는걸……."

겐지는 아무렇지도 않은 듯 딴소리를 해댔다.

그날 밤, 법민은 오래 앉아 있지 않았다. 기분이 몹시 상한 것 같았다. 겐지는 축음기를 틀고 병풍에 기댔다. 축음기에서는 〈운 벨 디, 베드리모(Un bel di, Vedrimo)〉*의 중반 부분이 흘러나왔다. 그런데 귀가 이상했다. 어디선가 작게 웅얼거리는 소리가 들렸다. 오른쪽 귀에 들리는 것은 뚜렷한 제럴딘 파러**의 음색이었다. 하지만 왼쪽 귀에서 들리는 것은 누군가가 주술을 외는 소리였다. 염불을 외는 것 같기도 하고, 모르는 나라 말로 지껄이는 것 같기도 했다. 사람의 소리가 아닌 것만은 분명했다. 왼쪽 귀에서 들리는 소리는 점점 커지더니 결국 아리아만큼 커졌다.

축음기는 쉴 새 없이 계속 돌아갔다. 겐지는 숨쉬기가 힘들고 가슴이

---

* 푸치니의 「나비부인」 중 테마
** Geraldine Farrar: 1882~1967, 미국 출신의 소프라노

184

아팠다. 그는 두 손으로 가슴을 감싸며 여우털 카펫에 모로 쓰러졌다. 파라의 소프라노는 극에 달해 최고조로 나아갔다. 주문소리도 파라의 고음에 뒤질세라 점점 크게 울렸다. 오른쪽 귀는 따가웠고 왼쪽 귀는 먹먹했다. 겐지는 무릎을 꿇고 엎드려 카펫에 이마를 박았다.

정신이 아득해졌다.

그때, 뒤에서 누군가가 머리채를 홱 잡아챘다. 그의 고개가 뒤로 젖혀져 천장이 시야에 들어왔다. 겐지는 정신을 잃을 뻔했다. 엄청난 살기를 띤 노인이 겐지의 머리채를 움켜잡은 채 그를 내려다보고 있는 것이다.

아—

박물관 지하실에서 본 바로 그 얼굴.

이마와 볼에 대춧빛 기운이 서리고 수염이 한 올 한 올 날카롭게 서 있는 것이 다를 뿐 지하실에서 본 그 미라가 틀림없었다.

머리채를 붙잡힌 겐지는 옴짝달싹하지 못했다. 도저히 노인과 눈을 맞출 수가 없었다. 노인은 검은색 낡은 포(袍)를 입고 있었다. 꽉 잡은 손은 겐지의 어떤 허튼 움직임도 허용하지 않았다. 겐지는 비명을 지르고 싶었지만 목소리가 나오지 않았다. 노인은 겐지의 이마를 바닥에 한번 처박았다가 당겼다. 엄청난 힘이다.

"헉!"

천장이 다시 시야에 들어오면서 겐지는 자신의 눈을 의심했다. 이번에는 웬 노파가 자신을 내려다보고 있는 것이 아닌가. 노인의 얼굴이 노파로 바뀌었던 것이다. 노파의 입술이 점점 빨개지더니 눈초리가 매섭게 올라갔다. 노파가 귓가에 대고 작은 목소리로 말했다.

"여기 왜 왔노?"

"으, 으……. 어."

목이 꺾인 겐지는 말을 할 수가 없었다.

"내 모를 줄 알고?"

"내 모를 줄 알고?"

"내 모를 줄 알고?"

노파는 눈이 점점 동그래지며 가래 끓는 목소리로 말했다. 그 노여움
이 머리카락을 움켜쥔 손을 타고 겐지에게 고스란히 전해졌다. 축음기
의 아리아가 천장을 찢을 듯 최고조에 달했다.

노파는 무서운 힘으로 겐지의 이마를 바닥에 찧었다가 도로 홱 잡아
당겼다. 이번에는 류타가 내려다보고 있었다. 마치 교토의 교육원에서
본 전시용 인형처럼 창백한 류타는 환자복을 입고 있었다.

"돌아가라. 이곳은 위험하다."

류타의 목소리는 기계음처럼 차갑고 건조했다. 그는 몇 차례 같은
말을 되풀이했다. 겐지는 자신도 모르게 눈물이 나왔다.

'형……'

순간 겐지는 다시 바닥에 이마를 찧었다. 카펫의 부드러운 여우털이
이마에 쓸렸다. 류타는 겐지의 머리채를 다시 잡아당기지 않았다. 겐지
는 고개를 들었다. 류타는 온 데 간 데 없었다.

겐지는 문갑에 비스듬히 세워둔 거울로 기어갔다.

"허, 헉!"

겐지는 거울을 보고 다시 기겁했다.

거울 속에 비친 얼굴은 205호의 미라, 바로 그 노인의 얼굴이었기 때
문이다. 거울 속 노인은 겐지의 표정대로 두려움에 떨며 동그랗게 눈을
뜨고 있었다. 노인의 이마에서도 심장 박동에 맞추어 가는 피가 쭉쭉
뿜어 나왔다. 흰 수염도 붉게 변하고 부릅뜬 눈도 피범벅으로 변해갔다.

"으아아악!"

축음기가 직직거렸다.

"꿈이었구나."

겐지는 뒷머리가 아팠다. 혼자 축음기를 틀어놓고 병풍에 기대어 잠든 게 생각났다. 와이셔츠가 땀에 흥건히 젖어 등에 붙었다. 시계를 보니 11시 5분이 지났다. 축음기 쪽으로 기어가서 바늘을 내려놓고 물을 한 사발 벌컥벌컥 들이켰다. 차가운 물이 목구멍으로 흘러 들어가자 비로소 안심이 되었다. 그는 코트를 걸치고 담배를 입에 문 채 마루로 나갔다.

'흠, 정말 귀신이 도는 것일까?

겨울 공기가 콧속을 시원하게 뚫어주었다. 하늘을 올려다보니 달무리가 흐렸다. 류타의 얼굴이 아른거렸다. 겐지는 철제 라이터를 만지다가 손바닥을 보았다. 손바닥에 고운 가루가 묻어 있었다. 그는 담배를 입에 물고 가루를 탁탁 털어냈다. 땀이 식자 등에서 오싹한 한기가 느껴졌다.

그가 섬돌을 디디고 일어섰을 때, 뒷마당에서 급한 발자국소리가 들렸다.

'누구지?

겐지는 슬금슬금 소리가 나는 뒷마당으로 돌아갔다. 아무도 없다. 중문으로 고개를 돌리자 그쪽으로 웬 그림자가 보였다.

그림자는 오류헌 뒤뜰에서 중문을 넘어서려 했다. 뒤뜰에는 사당과 낡은 창고 외에는 선도산 기슭으로 이어지는 담벼락뿐이다. 그림자는 중문 앞에서 잠시 멈칫거렸다. 겐지는 얼른 기둥에 몸을 숨기고 담배를 껐다. 그림자가 두리번거리다 오류헌 마루 쪽으로 고개를 돌렸다. 겐지의 방에 아직 불이 켜져 있는지 확인하는 것 같았다. 그때 석등의 불빛에 그림자의 얼굴이 비쳤다.

머리가 하얗게 샌 김법민이었다.

그는 사당이 있는 쪽을 한참 동안 보다가 서둘러 중문을 나갔다.

5

박 보살은 새벽 일찍 선도산에 올랐다.

어젯밤부터 뼈마디가 칼로 긁는 듯 아프더니 급기야 새벽에는 더 누워 있기가 힘들었다. 성모사에서 아침 공양주를 맡은 지 석 달 남짓, 올해가 지나면 일흔에 들어서는 나이지만 부처님 공양을 준비하는 것이 업을 지우도록 그녀가 할 수 있는 마지막 일이었다. 끌려간 외동아들의 소식이 끊긴 지도 올겨울이 지나면 1년이 된다. 관청에 기록된 아들의 마지막 근무지는 연해주였다. 헌병주재소에 몇 번이고 청원서를 넣어보았지만 답변이 없었다. 아들의 생사는 이제 부처님만이 아신다.

박 보살은 컴컴한 새벽에 혼자 산을 오르는 것이 익숙했다. 서쪽 하늘에 뜬 계명성(啓明星)이 막 사라지려 했다.

"금성님이 깐닥깐닥 하시네. 비가 올라 카는가?"

박 보살은 자작나무 작대기를 짚으며 자갈길을 한 걸음 한 걸음 천천히 내디뎠다. 절에 오르니 멀리 토함산에서 넘어오는 아침노을이 환하게 성모사를 비춰주었다. 밤새 이슬이 법당 고목 사이에 맺혀 나무기둥에서 차갑고 눅눅한 기운이 올라왔다. 털목도리를 풀고 제단으로 다가가 향을 피운 뒤 방석을 가지런히 펴고는 중앙에 자리를 잡았다.

"에구구, 서릿바람에 부처님이 얼매나 추우셨을꼬?"

그녀는 절을 하기에 앞서 쪼그리고 앉아 주머니에서 덧버선을 꺼내 발에 꿰었다. 그런데 이상하게도 손이 끈적거렸다. 박 보살은 발바닥과 복숭아뼈 바깥쪽을 이리저리 살펴보았다.

"에구머니나!"

방석 주위로 붉은 피가 흥건했다.

박 보살은 급히 일어나려다 중심을 잡지 못하고 줄떡 미끄러졌다. 다시 일어나려 하다가 걸쭉한 피에 미끄러져 그대로 자빠지고 말았다.

"아, 아……."

그녀가 팔을 이리저리 휘젓자 옆에 개어놓은 방석이 무너졌다. 늙은 이는 혼이 빠진 채 허둥지둥 밖으로 기어 나갔다. 찬 공기를 업은 쇠바람이 쏴 하고 비로자나불이 내려다보고 있는 법당으로 밀려들었다.

바닥에 방석이 있고, 그 위로 잘린 김수영의 머리가 놓여 있었다.

3장

제27대 선덕왕의 이름은 덕만(德萬)이고 시호는 선덕여대왕이다. 성은 김씨이고 아버지는 진평왕이다. 정관* 6년, 임진(壬辰)에 즉위하여 나라를 다스린 지 16년 동안 미리 안 일이 세 가지 있었다.

첫째는 당나라 태종이 붉은빛, 자줏빛, 흰빛, 세 가지 빛깔로 그린 모란 꽃 그림과 그 꽃씨 석 되를 보내오니 왕이 그림을 보고 말하였다.

"이 꽃은 정녕 향기가 없을 것이다."

과연, 명을 받들어 뜰에 씨를 심었더니 그 꽃이 피었다가 질 때까지 그 말이 틀리지 아니하였다.

둘째는 영묘사 옥문지(玉門池)에 겨울인데도 뭇 개구리들이 많이 모여들어 사나흘 동안 울어댔다. 나라 사람들이 이것을 괴상히 여기어 왕에게 물으니, 왕이 서둘러 각간(角干) 알천, 필탄 등에게 정병 2천 명을 뽑아 속히 서쪽 교외로 가서 여근곡을 찾으면 반드시 적병이 숨어 있을 것이니 그들을 습격하여 죽이라고 명하였다.

두 각간이 명을 받고 각각 군사 1천 명씩 데리고 서쪽 교외로 나가 물었더니 부산(富山) 아래 과연 여근곡이라는 지명이 있고 백제 군사 5백 명이 그곳에 숨어 있으므로 한꺼번에 잡아 죽였다.

셋째는 왕이 아무 병도 없을 때 여러 신하들에게 일렀다.

"과인이 아무 해 아무 날에 죽을 것이니, 과인을 도리천 가운데 장사 지내어라."

신하들이 그곳이 어디인지 몰라 물었다.

"낭산(狼山)의 남쪽이다."

과연 그해 그날에 이르러 왕이 죽었다.

---

* 당나라 태종의 연호. 정관 6년(임진년)은 서기 632년이다.

신하들이 낭산의 남쪽에 왕을 장사 지냈다. 그로부터 10년이 지난 뒤 문무대왕이 사천왕사를 여왕의 무덤 아래 세웠다. 불경에 의하면 사천 왕천 위에 도리천이 있다고 하였으니 그제야 선덕여왕의 신령스러움을 알게 되었다.

『삼국유사』〔기이편 1〕〈선덕여왕지기삼사〉

순사부장 후즈키

1

"목 상태는 깨끗해?"

"네, 아주 정교합니다. 피가 흐르지 않도록 잘린 단면에 아교를 발랐습니다. 현장에 도착했을 때에는 아교가 채 마르지 않아서 가장자리가 떠 있었는데, 거기서 피가 많이 흘러나왔습니다."

"절에 아교가 있나?"

"네, 탱화를 채색하거나 법고를 고칠 때 사용하는 아교가 있다고 합니다."

"몸통은?"

"발견되지 않았습니다. 그래서 오전에 순사 스물다섯 명을 추가로 파견했습니다. 오후부터 선도산 일대를 훑을 예정입니다."

끝이 말린 콧수염을 기른 뚱뚱한 마쓰야 서장이 서류에 급히 서명을 했다. 몇 가닥 남지 않은 윗머리에 비해 뒷머리에는 엄청난 머리숱이 올올히 살아 있었다. 체질 탓인지 이마에는 늘 땀이 번들거렸다. 서장은 상자에 손을 넣어 양갱을 하나 집어먹었다.

그는 의자에 깊숙이 몸을 파묻고 창밖을 내다보았다. 담장 너머로 야마쿠치(山口) 병동이 보였다. 이 병원을 지나 시바타 여관을 돌아서 네거리 아래쪽 철길을 따라가면 바로 공사 중인 경주 역사가 나온다.

"요즘 그쪽 동네가 꽤 소란스럽다지?"

서장은 오른손 손등을 긁으며 물었다.

"두 달 전쯤 고분 앞에서 미라가 발견되어 화제가 된 마을입니다."

서장이 자리에서 일어났다. 후즈키가 서장의 팔을 부축하려 했지만 서장은 뿌리쳤다.

"피해자를 마지막으로 본 사람은?"

"유곡채에 묵고 있는 일본인이 성모사에서 김수영과 얘기하는 것을 보았다는 사람이 있습니다."

"일본인?"

"……"

"오사카에서 온 고지마 장군의 아들 말이군. 그가 이 고장에 왔다는 건 이미 보고를 받았네."

서장은 겐지를 기억해내고는 천천히 양갱을 씹었다.

"피해자에 관한 자료와 용의선상에 오른 사람들의 서류를 모두 가져 오게."

후즈키가 나가지 않고 머뭇거렸다.

"뭔가?"

"퍼진 소문은 그 미라 때문에 마을에 재앙이 도는 거라고……."

마쓰야 서장은 다시 의자에 앉아 수염 끝을 잡고 배배 꼬았다. 후즈키 는 잠시 망설이다 말을 마저 이었다.

"그 미라가 나온 봉분을 대대로 관리해온 집이 바로 죽은 김수영의 집안인데, 마을 사람들은 그 집안이 저주를 받아 김수영이 죽은 거라고 합니다."

"그래서?"

"그래서 총독부가 서악서원을 발굴하는 데 원한을 품은 자가 저지른 살인이 아닌가 하는 생각이 듭니다."

"주지부터 조사해봐. 사체가 유기되었다는 것은 범행동기가 있다는 증거야. 오전과 오후, 두 번씩 보고하게. 사체를 찾을 병력은 두 배로 늘려 그 마을도 조사하고."

서장이 혀로 잇몸 구석구석에 박힌 양갱 찌꺼기를 훑으며 말했다.

후즈키가 즉시 경례를 붙이고 돌아섰다.

"어이, 후즈키!"

서장이 그를 불러 세웠다.

"조심하게. 요즘 조선인들이 경찰에 대한 적대감을 숨기지 않아. 특히 일본 경찰한테는 더할 걸세. 될 수 있으면 부딪치지 말도록!"

법민과 겐지가 선도산 정상에 도착한 시간은 오후 네 시가 지난 무렵이었다. 정상에는 검은 제복을 입고 허리에 곤봉을 찬 일본 순사들이 10열 횡대로 다섯 줄씩 도열해 있었다. 법민은 넋이 빠진 사람처럼 눈빛이 멍했다.

"김법민 씨?"

후즈키가 등 뒤에서 나타났다.

"경주서 경부보 후즈키 야스나리입니다."

후즈키는 법민과 겐지를 산신각 앞 양지바른 곳으로 데려갔다. 산신각은 흙벽에 시멘트를 덕지덕지 바르고 합판지붕을 얹어 비닐을 덧씌워 놓았다.

"여기에서는 담배를 피울 수 있습니다."

후즈키가 담배를 꺼내며 말했다. 그는 여느 일본 형사들처럼 권총집을 허리에 보이도록 찬다거나 콧수염을 길게 기른다거나 하지 않았다. 검은 안경도 끼지 않았고 모자도 쓰지 않았다. 그저 흰색 셔츠에 감색 겉옷을 걸치고 허름한 바지를 받쳐 입었을 뿐이다.

"날카로운 칼이나 톱으로 자른 것 같습니다." 후즈키는 느긋하게 담배를 빨았다.

법민은 무너지듯 그 자리에 주저앉아 흐느끼다 정신을 차리고 암자로 가려 했다.

"당장 스님을 뵈어야겠습니다."

후즈키가 아주 길고 가는 손으로 법민의 가슴을 막았다.

"어허…… 잠깐만요. 주지스님은 우리가 참고인 신분으로 불렀습니다. 현장은 아무도 볼 수 없습니다."

두 사람은 법민을 일으켰다. 후즈키는 흐느적거리는 법민을 겐지에게 이어주고는 겐지를 쳐다보았다.

"동자승의 말로는 겐지 님이 어제 이곳을 다녀갔다던데……."

마치 질문을 하기 위해 두 사람을 부른 것 같았다. 겐지는 잠시 이맛살을 찌푸렸으나 아무렇지도 않게 후즈키의 눈을 보았다.

"내 소개를 좀 했습니다."

"그게 몇 시쯤이었나요?"

"산 중턱까지 내려갔을 때 10시 30분쯤 되었더군요."

"오, 시간을 정확하게 기억하시는군요."

후즈키가 공손하게 물었다.

"법당에 뭘 둔 채 내려왔습니다. 그것이 없어진 걸 알았을 때 시계를 보았습니다."

"그게 무엇입니까?"

"죽은 형의 유품입니다."

"유품?"

젠지가 후즈키의 의심스런 눈빛을 애초에 막으려는 듯 손바닥을 펴보이며 단호하게 말했다.

"이보시오 경부. 내가 다시 법당에 갔을 때 김수영 씨는 그 자리에 없었습니다."

후즈키도 별 뜻이 아니었다는 표정을 지으며 담배를 끄고 주머니에서 무언가를 꺼냈다.

"혹시 유품이라는 것이 이것입니까?"

순간 젠지의 얼굴이 붉게 변했다. 형사가 꺼낸 것은 붉은 비단주머니였다. 붉은색 비단을 두 번 기우고 福(복) 무늬를 새긴 주머니에는 봉황형태로 엮은 황금색 굵은 끈이 달려 있었다. 작은 편지나 서류가 들어갈만한 크기였다. 젠지의 눈썹이 미세하게 떨렸다. 후즈키는 그것을 놓치지 않았다. 그는 주머니를 젠지에게 내밀었다.

"어디서 찾으셨습니까?"

젠지가 주머니를 받으며 물었다.

"법당에 있었습니다. 그런데 원래 빈 주머니였나요?"

"네, 형이 유서를 넣어두었던 주머니입니다. 유서는 태워버렸습니다."

"오호, 그렇군요. 뭐 어제는 마음이 급해서 젠지 님의 눈에 제대로 들어오지 않았나 보지요."

후즈키는 별일 아니라는 듯 손을 내저었다. 그런 후 수염을 긁으며 멀리 하늘을 쳐다봤다. 이 사건을 어떻게 해결할지 난감한 얼굴이다. 하지만 그 주머니에 대해서도 의심이 남아 있는 눈초리였다. 젠지는 은근히 얼굴이 달아올랐다. 아무리 찾아도 없었는데, 어디에 있었을까? 경부의 빈정거리는 눈을 보자 설명할 수 없는 수치심이 올라왔다.

"이것 참."

그때 겐지의 머릿속에서 뭔가가 스쳐지나갔다. 가위에 눌렸던 어젯밤. 조선땅의 귀신을 만나던 그 밤, 살인은 일어났다. 그리고 마당에서 두리번거리던 법민을 보았다. 법민은 그 시간에 어디를 다녀온 것인가? 겐지는 법민의 동선을 생각해보았다. 법민은 오류헌 앞마당 끝에 있는 광에서 사랑채로 가고 있었다. 만약 선도산에서 내려와 담장을 넘어 오류헌 마당으로 들어온 거라면?

"겐지 님?"

후즈키가 부르는 소리에 겐지는 퍼뜩 정신이 들었다. 후즈키가 조용히 법민과 겐지의 등을 두드리며 내려가는 쪽으로 방향을 잡아주었다. 법민이 돌아가지 않으려 몸에 힘을 주었으나 후즈키가 조용히 그를 이끌었다. 두 사람은 별수 없이 내려가야 했다.

"참, 잠시만요."

겐지가 등을 돌리고 후즈키를 보았다.

"형님의 유품을 항상 지니고 다닙니까?"

"저한테는 부적과 같은 물건입니다."

"그렇군요. 조심해서 내려가십시오."

2

"살인이 일어나던 밤 뒤뜰에서 무얼하고 있었나?"

산 중턱을 내려오면서 먼저 말을 꺼낸 것은 겐지였다.

법민은 잠시 아무 말 없이 겐지를 뚫어지게 쳐다보았다.

"그렇다면 자네가 성모사에 간 목적부터 말하게."

사실 겐지가 뭘 했는지 궁금하기는 법민도 마찬가지였다. 겐지는 그날 성모사에서 수영을 만났다고 했다. 그녀를 마지막으로 만난 사람은 겐지다. 분명 그가 자신에게 말하지 않은 일이 있다. 그날 저녁 겐지의 장화에는 진흙이 잔뜩 묻어 있었다.

법민의 역공에 겐지는 당황했다.

"자네부터 말해봐."

"목소리가 떨리는군, 겐지."

법민의 목소리는 점점 비아냥조다. 방금 전까지도 몸을 가누지 못하던 조선인의 모습이 아니다. 두 사람 사이에 팽팽한 긴장감이 감돌았다. 한동안 침묵이 흘렀다.

침묵을 끝낸 쪽은 법민이었다.

"집 주위를 몇 바퀴 돌았네. 구슬을 도난당했고, 또 그전에 샤론이 당한 일도 있고 해서……."

"혹시 음식에 약을 탔나?"

"탔었네."

겐지는 담담하게 말하는 법민의 말에 적잖이 놀랐다. 그날 밤 손바닥에 묻었던 가루가 바로 법민이 흘린 수면제였던 것이다. 잠잘 시간도 아닌데 말할 수 없는 졸음이 밀려왔던 이유가 이제 확실해졌다.

"보름달은 항상 나를 두렵게 했네. 나는 이 집에서 일어나는 불상사가 너무 두려워. 그걸 자네에게 보이고 싶지 않았네."

법민은 고개를 떨어뜨리다가 다시 목에 힘을 주었다.

"이제 자네 차례야."

오늘부터일까? 아니면 예전부터일까? 언제부터인지 둘 사이에 생긴 의심은 눈처럼 쌓여가고 있었다. 겐지는 일단 법민과 더 이상 멀어져서는 안 된다고 생각했다. 먼저 의심을 한 것은 분명 자신이었다.

"의심해서 미안하네, 법민."

"말해!"

그러나 법민은 의외로 단호했다.

"자네가 짐작하는 대로네."

"내 아내에게 흑심이 있었나?"

"흑심이라기보다는…… 그래, 그렇다고 고백하지."

법민은 쉽게 수긍하지 않았다.

"그렇다면 정황상 자네를 만난 다음 아내가 죽었어. 그날 성모사에서 내려온 뒤 저녁까지 자네의 행적을 아는 사람은 아무도 없네."

겐지는 한숨을 쉬었다.

"꼭 듣고 싶다면, 좋아. 오후에 구리하라가 나를 초대했었어. 성모사에서 내려와 그의 가게로 가보니 쿄조 교장과 일본 상인이 몇 명 더 있었네. 구리하라는 우리 아버지한테 무척 잘 보이고 싶었던지 내게 당초문병 연질백자 한 점과 백자각배*를 건네더군. 그 사람 수월관음도 몇 점도 꺼냈어. 그런 자리인지 모르고 간 것이지만 그것들을 보니 기분이 그다지 좋지 않았네. 모두 도굴된 물건들이었거든. 알겠나? 굳이 그런 걸 자네에게 얘기하고 싶지 않았어."

겐지의 눈동자는 흔들림 없이 법민을 똑바로 쳐다보았다.

"구리하라 지하창고에는 희귀한 보물이 경주박물관보다 더 많을 거야."

불도깨비처럼 달아오르던 법민의 얼굴에서 서서히 흥분이 가시고 있었다. 겐지는 입가에 쓸쓸한 웃음을 띠며 법민의 등을 두드렸다.

"자, 서로 비긴 걸로 하세. 자네와 이러는 게 싫어. 오사카에서는 언제

---

* 백자각배: 소뿔 모양의 뿔잔

우리가 이렇게 다툰 적이 있었던가? 자넨 안정이 필요해. 먼저 내려가게. 난 유키오에게 들러 『홍무기적』에 대해 몇 가지 알아볼게 있어."

3

대구에서 돌아온 차가 차고로 들어섰다. 습기를 머금은 땅에서 한기가 올라왔다. 지영은 살짝 치마를 들고 걸었다. 가느다란 종아리를 곱게 싸고 있는 에나멜 구두 위로 검은색 발목양말이 드러났다. 사랑채 뜰에는 단초가 쟁반을 들고 서 있었다. 지영은 쟁반에 씌운 보를 열어보며 물었다.

"식사를 물리신 게로구나?"

단초는 고개를 크게 끄덕였다.

"집에 오시자마자 바로 작업실로 가신 거야?"

단초는 입을 크게 벌리고 우물거렸다. 짧은 혀가 어금니에서 입술로 꼬여 돌았다. 이 아이는 태어날 때부터 말을 하지 못했다.

"병원에서부터 줄곧 혼미하셨다고?"

지영이 쟁반을 받자 단초는 요란하게 손짓을 해댔다.

"음식을 들이지 말라고?"

"작업실에 아무도 들어오지 말고."

"열쇠도 두고 나왔다고?"

그녀는 단초의 말을 모두 알아들었다. 한참 동안 장황하게 설명하던 단초의 혀가 느리게 꼬였다.

"알았다."

그러자 단초는 성민의 몸에서 냄새가 많이 난다며 코를 막는 시늉을 했다.

"주사를 맞고 나면 한동안 씻을 수 없잖아. 나중에 내가 닦아드리마."

지영은 쟁반을 도로 단초에게 건네주고 방향을 틀어 오류헌 마당으로 들어갔다. 이틀 뒤 있을 봉우당 제사에 청죽 몇 단을 보낼 생각이었다. 청죽 밭은 사당 뒤 담장에서 선도산 기슭까지 군집을 이루고 펼쳐져 있었다. 오류헌의 청죽은 댓줄기가 굵지 않고 하늘거리는 갈대 같아서 고래로부터 이 고장의 신물로 사용되었다. 산신제가 끝나면 동네사람들이 앞 다투어 가지와 잎을 꺾어가곤 했는데, 제가 끝난 청죽은 가축을 지키는 효험이 있다는 믿음 때문이었다. 인근 감포 연안의 마을에서도 용왕제를 지낼 때마다 이 청죽을 얻어갔다. 대나무 숲은 묘지의 능선이 돌아가는 바람길을 타고 고택으로 청량한 숨을 내뱉어주고 있었다.

유곡채 사람들은 오늘 아침에 들려온 충격적인 소식에 대해 별다른 반응을 하지 않고 있었다. 지영은 대나무를 고르며 수영을 생각했다.

봉우당은 대문에 '기중(忌中)'을 붙였다가 반나절 만에 떼었다.

김우조는 사당에서 살인사건이 일어났다는 소리를 들었다. 금줄을 치고 들어앉은 지 3일 째 되는 날이었다. 그는 곡기를 끊고 면벽기도 중이었다. 제를 주관하는 제관은 원래 신성한 곳에서 어떤 접촉도 끊고 지내야 한다. 귀신이 활동을 시작한다는 저녁 10시와 새벽 4시마다 싹을 틔운 현미와 인삼, 오가피로 목욕을 하고 옷을 새로 갈아입었다. 금줄 너머로 들이는 것은 매일 갈아입을 옷과 목욕물뿐이었다. 그는 목욕할 때를 제외한 나머지 모든 시간에는 삼매에 빠져들었다.

김산정은 수영이 죽은 날 실신하여 김해의 종가에서 보내준 차로 대구의 한 종합병원으로 옮겨졌다. 봉우당은 일꾼 스무 명을 풀어 선도산을 뒤졌다. 그러나 그들은 경찰의 수색 반경선을 해치기만 할 뿐이었다.

후즈키는 일꾼들이 선도산에 접근하는 것을 금지시켰다.

향교에서 보내준 지침에는 제사 기간에 초상이 났을 때 제와 장례를 같이 치러도 무방하다고 했으나 김우조는 일단 초상을 미루기로 했다. 제를 앞두고 시신을 만져 다른 부정을 불러오고 싶지 않았다. 무엇보다 온전한 시신을 수습하지도 못한 채 상을 치르고 싶지 않았다.

김우조의 머릿속엔 온통 수영 생각뿐이었다. 늦가을에 각간묘가 열렸다. 천 년을 안면하던 조상의 시신이 일본인들의 손에 넘어갔다. 그걸 지켜내지 못했다. 그래서 그 아이의 명을 대신 받아 가셨는가?

도대체 어디서부터 잘못된 것인가? 조선국권회복단에 자금을 지원하기로 결심했던 때부터일까?

봉우당은 대대로 정치적인 영달을 위해 살아오지 않았다. 물론 집안이 기울었다고 해야 할 소임을 소홀히 했던 것은 죄다. 하지만 어찌 가락왕의 핏줄이 가락왕의 저주로 참담해져야 하는가? 천 년을 한 치도 어긋남이 없었거늘 고작 그 몇 년간의 설만* 때문에 집안이 망해간다는 것은 억울하다. 땅에서 치솟는 한기가 그의 골반을 점점 경직시켰다. 턱 관절이 틀어지고 혀가 말렸다.

"주경신불급문,** 정녕 그것이었던가."

김우조는 어금니 세 개를 뱉은 뒤 정신을 잃었다.

4

푸른 청죽들이 맑은 소리를 내며 운다.

---

* 설만(褻慢): 소홀히 함
** 주경신 불급문(走竟晨 不及門): 새벽이 지나도록 달려도 문에도 미치지 못한다는 뜻으로, 헛되게 노력함을 일컫는 말.

지영은 2년 전 바로 이 자리에서 수영과 처음 인사를 나누었다. 경성에서 고등교육을 마치고 내려온 수영은 눈빛이 매우 총명하고 반짝거렸다. 단정한 얼굴에 아담한 코와 입술은 마치 엽서에 나오는 서양 인형 같았다.

"제 거예요?"

수영이 종이상자를 열자, 검은색 벨벳에 곱게 싸인 사브리나 드레스가 나왔다. 농담이 매력적인 갈색 패브릭 소재에 큰 갈색 단추가 목 뒤에서 허리까지 촘촘히 박혀 있고 허리 부분이 잘록한 드레스였다.

지영이 웃으면서 수영을 긴 장식거울 앞으로 끌고 갔다. 수영이 입고 있던 옷을 벗자 속살이 드러났다. 고운 어깨선, 볼록한 가슴선, 잘록하게 내려오는 허리선은 여자가 봐도 아름다웠다. 지영이 수영에게 옷을 입혀 주었다.

"꼭 맞아요. 그런데 형님 것과 같은 옷이네요?"

"일부러 내 것과 같은 걸로 주문했어. 활동하기도 편하고, 자네와 잘 어울릴 것 같아서."

지영은 원목상자 하나를 더 내밀었다. 뚜껑을 열자 오르골 연주가 흘러나왔다.

"와! 양과자네요."

"명치옥에서 보내온 거야."

두 사람은 양과자를 입에 넣으며 마주 보고 웃었다.

"에구, 내 정신 좀 봐."

지영은 얼른 치마를 접어 가랑이 사이로 넣고 쭈그려 앉았다. 싱싱한 것만 골라내 청죽 네 단을 만들어 담벼락에 뉘어 놓고 돌덤벙에 고인 빗물로 낫을 씻었다. 물은 마셔도 될 만큼 깨끗했다.

집 안은 조용했다. 성모사에 올라갔던 법민은 돌아왔으나 오류헌 손님은 돌아오지 않았다. 김천댁은 건천에 선 장에 갔고 다른 고용인들은 과메기를 사러 나갔다.

지영은 치마를 걷어 올리고 고인 빗물로 아랫도리를 씻었다. 온몸에 으스스 소름이 돋았지만 입술을 꼭 깨물었다. 시린 주먹을 꼭 쥐자 얼음장 같은 물이 뚝뚝 떨어졌다. 갑자기 물에 개어놓은 도토리가루가 걱정되었다. 오후 해가 이미 금오봉으로 기울기 시작했다. 앙금을 내리려면 서둘러 중불에서 저어야 하는데⋯⋯. 해가 지기 전에 청죽을 보내야 할 텐데⋯⋯.

허벅지에서 흘러내린 물이 종아리를 타고 양말을 적셨다. 지영은 망설이다가 조용히 창고 안으로 들어갔다.

공민왕의 그림

1

땀이 눈으로 들어가자 쓰리고 따가웠다. 겐지는 조심스럽게 아래를 내려다보며 발끝으로 절벽 면을 몇 번 더 찍어 팠다. 거친 화강암 사이에 낀 흙이 떨어지며 겨우 틈이 생겼다. 장화 끝으로 바닥을 딛고 온몸을 실었다. 발을 뗀 자리에서 우르르 자갈이 떨어져 내렸다.

겐지는 지금 팔공산 비로봉 암벽에서 서글픈 바람을 맞으며 개미처럼 붙어 있었다. 마른침이 넘어가지 않았다. 고개를 들어 위를 보았다. 지금부터 장비 없이는 무리다. 가슴에 비껴 맨 밧줄을 그냥 절벽 아래로 던져버렸다.

비스듬히 박힌 바위를 오르자 이번엔 수직으로 깎아지른 암벽이 나타났다. 흙먼지 이는 절벽 주변으로 군데군데 황백나무에서 시큼한 냄새가 풍겼고, 암릉에 고여 있는 흙구덩이마다 소나무가 끝도 없이 뻗어 있었다.

'시간을 두고 다른 길을 찾아봤어야 했나?'

206

유키오의 말만 믿고 급하게 절벽을 탄 것 같아 후회가 일었다. 해가 이렇게 빨리 떨어질 줄 미처 몰랐다. 이 절벽은 사람의 길이 아니다. 바람과 새들의 길이다. 겐지는 자꾸 몽롱해졌다. 암벽 이곳저곳에 말라 비틀어진 산수유 가지가 이리저리 꼬여 있었다. 석양이 지는 하늘 위로 검은 개구리매가 날았다.

2

"이것입니다."

구리하라가 내민 책은 표지가 없었다. 겉에 드러난 종이는 부식되어 만지면 마른 잎처럼 부서졌고, 본문 사이사이 검은 쥐똥이 고약처럼 말라붙어 낱장이 잘 떨어지지 않았다. 자세히 보니, 표지뿐 아니라 본문도 반 이상이 뜯겨 나간 것 같았다.

"이건 개인의 일기 같군요."

"네, 저는 판단할 수가 없어서⋯⋯. 그저 가치나 알아봐주세요."

"아무래도 다른 책들을 합본해서 묶은 것 같은데⋯⋯."

유키오가 시선은 책에 그대로 둔 채 말했다.

"지나가던 고물상을 세우고 이것저것 뒤져보니 쓸 만한 고서가 몇 점 나옵디다. 이규보의 산문집과 이만유* 상(像)이 수록된 화첩모사본도 있었소. 그런데 이 책은 도무지⋯⋯."

"음, 군데군데 칠언시도 보이고⋯⋯."

"언제 쓴 글일까요?"

구리하라가 물었다.

---

* 조선 후기의 문신

"조선 초기 서적 같은데요."

"잠깐만요, 유키오 씨. 그렇다면 여기, 이 부분을 좀 봐주십시오."

구리하라가 보여준 부분은 글씨체가 달랐다. 유키오는 찢어진 글씨를 추론하여 그곳을 읽어 내려갔다.

산성에서 봉화가 올랐다. 주위에서는 짐을 미리 옮겨야 한다고 상소하였다.

왕은 대덕(大德)*을 찾았다.

[…]

바람이 차니 왕이 기침이 심하시다. 오라. 오라. 오라. 슬프다. 대왕께서 달을 보며 우시었다. 아무도 말리는 이가 없었다.

좌우로 부처님께 빌게 하였다. 더 이상 산성을 쌓을 만한 돌이 없다. 위쪽으로 올라가면 산세가 깊고 청량사를 넘지 못할 것이니 부처님의 가피를 얻을 수 있다고 하였다. 장군들은 문경이 무너지면 공산으로 가야 한다고 하였다.

(…하략…)

"항전일기군요."

유키오가 흥미로운 표정을 지었다.

"그런 것 같습니다. **'상을 모시고 청량산에서 쓰다'**라고 적혀 있는 걸 보니 내시의 일기인 것 같은데……."

이미 구리하라도 어느 정도 내용을 분석한 것 같았다.

갑자기 유키오의 얼굴빛이 변했다. 그는 문장을 찬찬히 뜯어봤다. 구리하라는 유키오가 자세히 볼 수 있도록 전등을 좀 더 밝게 비추었다. 유키오가 집중한 부분은 마지막 일기였다.

---

* 고승을 지칭하는 말

청량사에 머무르는 동안 적은 이미 개경을 넘었다.

대왕께서는 반(飯)을 들기 전 북당에서 무량수불께 제를 올렸다.

(…2쪽 정도 떨어져 나감…)

"나는 꿈을 꾸면 징조가 보이는데 그제 밤에 태조왕께서 나오시어 슬픈 얼굴을 하시다가 사라지시더니, 어제는 가락의 대군장(大軍將)께서 나오시어 나를 꾸짖으셨다."

대왕께서 먹과 벼루를 들게 하고 손수 군장(軍將)의 상(像)을 그리시었다.

"내가 손수 군장께 호국기도를 하려 한다. 음력 7월, 환을 당해 서벌 군장의 능을 우리가 알 길이 없고 공산은 군장의 터전이니 그곳에 이 그림과 불상을 모시고 □□□□□□□ 삼백 일 동안 촛불이 꺼지지 않도록 하라."

대왕께서 불상 세 개와 군장의 일기를 기록한 책 여섯 권, □□□□□□ □ 군장의 어진을 함께 공산으로 보내시었다. 비로봉 밑 칠암(七岩) 절벽에 □□□□을 세우고 그것을 모시었다.

(…하략…)

지정(至正) 21년, 불노(佛奴)가 기술하다

"지정* 21년이면 1361년인데, 그해는 홍건적이 두 번째로 침입한 해입니다. 그런데 불노? 그렇다면…… 아아."

유키오는 몸을 부르르 떨었다.

"구리하라 씨. 이것은 불노의 문장이오. 불노는 공민왕 때 염도첨의를 지낸 염제신의 또 다른 이름입니다. 염제신의 왕은 공민왕이 분명합

---

* '지정'은 원나라의 마지막 황제 순제의 연호이다. 고려 후기는 원나라(몽고)의 영향 아래에 있었으므로 연호도 원의 연호를 사용했다. 이때의 고려왕은 공민왕이다.

니다. 군장의 상을 그리다? 그렇지, 공민왕은 누구보다 그림을 잘 그렸어요. 1926년에 총독부 기록원에 등록된 녹포를 입은 염제신의 초상도 바로 공민왕이 그린 그림이에요. 이 책은 홍건적의 침입 때 작성한 염제신의 일기를 후대에 누군가가 필사한 것이 분명합니다."

"그렇다면 필사한 시점은 고려 때가 아닐는지요?"

구리하라는 이 서책이 고려시대의 것이기를 바랐다. 그래야 되팔 때 가치가 나갈 것이기 때문이다.

"그것까지 확인할 수는 없습니다. 지금까지 파악된 불노의 문장은 모두 조선시대 때 필사된 겁니다."

구리하라가 초롱초롱한 눈빛으로 유키오의 눈치를 봤다.

"아⋯⋯, 아."

유키오가 복잡한 표정을 띠고 신음소리를 냈다.

"괜찮으십니까?"

"공산이면 경상도 팔공산입니다. 공산으로 피난을 가는 장면이군요. 홍건적이 침입했을 때 공민왕이 문경까지 내려가 산성을 쌓고 몽진을 했다는 기록이 있습니다. 아마 문경이 함락된다면 다음 피난처로 예정된 곳이 경상도 팔공산이었을 겁니다."

"그럼 군장(軍將)이란 김유신을⋯⋯?"

구리하라가 끼어들자 유키오가 가만히 있으라는 손짓을 했다.

"그렇군. 호국기도를 하며 김유신한테 무운을 빌었군."

유키오의 눈이 빛났다.

구리하라도 뭔가 깨달았는지 느물거리던 인상이 굳어졌다.

"서라벌에 있을 군장의 능을 알 길이 없다⋯⋯."

유키오가 계속 중얼거렸다. 머릿속에서 무언가 뽑아내려는 듯 힘겹게 눈썹을 찌푸린다.

"서벌 군장의 능을 알 길이 없다……. 이 말은 김유신의 능이 어디에 있는지 공민왕 시대에도 몰랐다는 뜻이 됩니다. **공산은 군장의 터전이라**……. 분명 팔공산을 두고 하는 말 같습니다. 그런데 비로봉 밑일곱 암벽에 뭔가를 세우고 거기에 불상과 어진을 두었다고 하는데, 이 부분만 찢겨 나갔네요. 도대체 무엇을 세웠다는 말인지……."

"보통 위패나 어진은 사당에 모시는 것이 일반적이지 않습니까?"

"그것보다 구리하라 씨, 이 책을 저한테 넘기세요."

"다시 돌려만 주신다면 가치를 측정해주실 분이 조선에서 유키오 씨 말고 누가 또 있겠습니까."

구리하라가 음흉하게 웃었다.

3

'이건 산이 스스로 숨겨둔 곳이라고 할 수밖에 없군.'

산 밑에서 망원경으로 신선암과 구암 사이의 별 모양으로 갈라진 틈을 찾아낸 것은 아직 해가 지지 않았을 때였다. 그것은 정상으로부터 80미터 정도 아래에 있었다.

처음에는 암벽에 어른거린 그 틈이 노을 때문에 생긴 그림자인 줄 알았다. 하지만 비로봉에서 가장 가까운 서봉에 올라 확인해본 결과 동굴이었다. 그 동굴은 다섯 가지로 틈이 뻗어있어 마치 신이 잘 드는 칼로 절벽에 별 문장을 새겨놓은 것처럼 보였다. 일본 황실의 문장 같기도 했다.

'비로봉 바로 밑 절벽에 구리하라의 고서에 기록된 곳이 실제로 존재하다니.'

칼바람이 사납게 몸부림치며 허공을 할퀴었다. 겐지는 잠시 숨을 돌리고 아래를 보았다. 800미터쯤 올라온 것 같았다. 바위틈으로 들어가기 위해 위쪽에 보이는 천장석 틈으로 손을 뻗었다. 두 다리가 허공에 떠 있는 상태로 얼마간 숨을 쉬었다.

—후, 후.

숨이 차오르더니 정신이 몽롱해졌다. 손을 놓아버릴까. 짊어진 배낭과 비껴 멘 가죽가방의 무게 때문에 몸이 더 무거웠다.

겐지는 마지막이라는 생각으로 두 팔에 힘을 주고 몸을 끌어올렸다. 가슴께가 천장석 상부까지 닿자 다시 하늘이 보였다. 눈앞에 수리부엉이가 둥지를 틀 만한 공간이 있었다.

'다 왔다!'

겐지는 그 틈으로 몸을 들이밀었다. 그대로 배낭과 가방을 벗어 던져버리고 헉헉 숨을 몰아쉬었다. 한참을 그렇게 누워 있었다. 어느새 땀이 식으며 한기가 느껴졌다. 이 공간은 여섯 시간 전 서봉에서 확인한 다섯 개의 틈 가운데 동쪽으로 가장 길게 갈라진 줄기의 끝 지점이었다. 이제 경사면을 따라 비스듬히 난관을 기어올라가면 각 틈이 하나로 모이는 지점이 나올 것이다.

랜턴을 입에 문 채 몸을 최대한 안쪽으로 붙이고 경사면을 따라 기었다. 휘휘 부는 바람 소리가 귀청을 때렸다. 얼마를 기어갔을까. 점점 천장이 높아지고 바위틈 경사가 거칠어지더니 드디어 동굴에 다다랐다. 천 년을 숨어 있던 비처. 절벽에 움푹 파인 굴이다.

'이 굴이 1,500년 전 김유신이 수련했던 장소라면……?'

그곳은 굴이라기보다는 공간이라고 해야 옳았다. 신이 경산벌에서 큰 바위를 집어들고 비로봉을 향해 던진다면 이런 흔적이 생길 수도 있으리라. 천장은 일어서도 될 만큼 높았다. 멀리서 본 동굴은 신세계가 펼쳐질 것 같았건만 실제로는 깊지 않았다. 겐지는 침을 삼키며 천장과 모서리 이곳저곳을 랜턴으로 비춰보았다. 바닥 면적은 두 걸음을 넘지 않았다. 겐지는 주머니에서 줄자를 꺼내 바닥을 쟀다. 길이가 4.2미터 정도 되었다. 침낭이 있다면 두 사람 정도는 누울 수 있는 공간이다.

화강암 바닥을 비춰보던 겐지는 지름 7센티미터 정도의 둥근 홈을 발견했다. 쪼그리고 앉아 홈을 손으로 쓸어보았다. 직사각형 홈이었다. 한 걸음 옆에도 역시 홈이 있었다. 바닥에는 모두 똑같은 홈이 네 개 있었다. 그것은 경주 벌판의 여느 석조물에 파인 홈과 동일했다. 분명히 기석이나 나무기둥을 세웠거나 쇠사슬을 걸 수 있도록 고리를 박은 흔적이다.

'그렇다면 적어도 인간이 알고 있는 자리다!'

갈라진 천장에서 물이 똑똑 떨어졌다. 물은 바닥을 적시고 바위틈으로 스며들었다. 동굴 천장에서 떨어지는 물을 손으로 받아 혀를 대어봤다. 비릿하고 밍밍한 마그네슘 맛이 났다.

'센물이야. 식수로 사용할 수 있겠군. 이런 자리라면 혼자 수련하기에 적당하겠어.'

고정대를 세우고 절벽에 암자를 수직으로 박아 수련할 만한 공간을 마련했다면? 그랬다면 암자 바닥의 반은 허공에 떠 있게 된다. 겐지는 감탄했다. 그나마 좌선은 가능하겠지만 보통 사람은 이런 무시무시한 공간에서는 단 하루도 버티지 못할 것이다.

조선은 기록의 나라이다. 이런 수행처가 있었다면 어딘가에 분명 기록이 남아 있었을 것이다. 그러나 중국과 조선의 모든 책을 섭렵한 천재 유키오도 이 동굴에 대해서는 말해준 적이 없었다.

동굴 입구에서 동쪽으로 뻗은 세 시 방향의 틈에는 소나무 한 그루가 절벽 밖으로 자라고 있었다. 그곳에 발을 디디고 암벽을 타면 절벽 위쪽으로 올라갈 수 있을 것 같았다.

'마음만 먹으면 이쪽을 통해 외부로 나갈 수 있겠어.'

하늘은 칠흑같이 검었다.

겐지는 여기서 밤을 지새울 엄두가 나지 않았다. 이곳을 발견한 것만 도 큰 성과이다. 그는 랜턴을 허리춤에 단단히 끼우고 암벽을 탈 준비를 했다. 랜턴 빛이 그의 마음처럼 불안하게 동굴 안을 이리저리 비췄다. 그는 세 시 방향으로 난 틈으로 두 손을 짚으며 상체를 디밀었다.

그때였다.

안쪽 어귀에서 뭔가가 반짝였다. 초록빛이 나는 길쭉한 돌이었다. 비 표석이다. 거친 표면에는 흰 글자가 희미하게 새겨져 있었다. 표면을 몇 번 닦아내고 나니 글자를 읽을 수 있었다.

壬申年駕洛神眞奉安居祖寺 (임신년가락신진봉안거조사)
임신년, 가락신의 어진을 거조사에 봉안하다.

"오!"

겐지는 기쁨인지 짜증인지 모를 소리를 냈다.

4

겐지가 비로봉 서쪽 정상에 도달했을 때는 새벽 1시를 넘긴 시간이었 다. 꽤 많은 짐을 준비하고 떠난 그가 정상에서 지닌 물건이라고는 침낭 이 든 거죽대기 배낭 하나가 전부였다. 가파른 절벽을 어떻게 기어올랐 는지 생각도 나지 않았다. 여덟 시간 동안 바람이 춤을 추는 절벽을 오로지 손끝만 의지한 채 생사를 넘나들었다. 하루 사이 10년은 더 늙은 것 같았다. 야마나시 현의 오무로*에서 조난당했을 때도 오늘처럼 두렵지 않았었다.

'변산에 불사방(不思房)**이 있다는 얘긴 들었지만 동쪽 공산에 더 엄청난 것이 있을 줄이야.'

구리하라가 유키오에게 보여준 연대기에 따르면 임신년은 공양왕 4년(1392년)이다. 누군가 절벽에 봉안해둔 공민왕의 신물(神物)을 거조사로 옮기며 비표를 심어놓은 것이다. 하늘이 숨겨둔 신물을 다시 옮겨야 했던 이유가 있었을 것이다.

수리부엉이가 죽은 쥐를 물고 낮게 활공하다 작고 흰 달무리를 지나 검푸른 하늘 속으로 날아갔다. 겐지는 본능적으로 서쪽으로 내려갔다. 비표에 적힌 거조사를 찾아야 했다.

자작나무 숲을 빠져나가니 물이 마른 완만한 계곡길이 보였다. 나침반이 없어 방향을 알 수 없었지만 팔공산 남면을 따라 이어지는 계곡이다. 앞에 보이는 저 능선만 넘으면 영천과 경산이 접하는 벌판이 나올 것이다.

얼마쯤 걸었을까. 기슭 사이로 화전민이 살다 버린 것 같은 움막이 보였다. 사람이 하나 들어앉을 만한 공간이다. 겐지는 긴장이 풀린 탓인지 밀려드는 피로감에 눈앞이 흐릿했다. 잠시라도 쉬다 가고 싶었다. 움막은 텅 비어 있었다. 담배를 입에 물었다. 그러나 뒷주머니에 넣어둔 라이터가 잡히지 않았다.

'망할. 오늘 이래저래 정신이 없군.'

그는 물고 있던 담배를 구겨서 버렸다. 빨리 이 산을 벗어나야 했다. 자꾸 시야가 몽롱해졌다.

---

* 후지 산 줄기의 봉우리
** 불사방(不思房): 진표율사가 수행하던 암벽 수행처

겐지는 해가 넘어간 곳으로 방향을 틀었다.

여기서부터는 확연하게 V자형 계곡의 내리막길이 나왔다. 땅비수리와 자작나무가 우거진 숲이 끝나고 능선과 능선이 만나는 계곡의 경사면은 억새밭이었다. 그런데 저 앞이 이상했다. 어둠 속에서 하얀 물체들이 희미하게 움직이는 것이 아닌가. 서둘러 억새를 헤치고 아래로 내려갔다. 협곡은 이제 한 사람도 지나기 힘들 만큼 폭이 좁았다.

그때 믿을 수 없는 광경을 보았다. 전방에 열 명 남짓한 사람들이 좁은 내리막길을 막고 일렬로 서 있는 것이 아닌가. 그들은 막대 허수아비처럼 오도카니 서서 제각기 다른 방향을 보고 있었다. 더 정확하게 말하자면 뻣뻣하게 몸을 좌우로 흔들면서 뭔가를 먹고 있었다.

'뭐 하는 사람들이지?'

가까이 가보니 그들은 의외로 키가 컸다. 그러나 겐지가 눈앞으로 다가가도 기척을 느끼지 못했다. 그저 흔들흔들 입속으로 뭔가를 한 움큼씩 쑤셔넣었다. 마른 조 알이었다. 그때 바람이 불고 억새가 울었다. 석창포 뿌리 같은 거친 그들의 손가락 사이로 조 알이 우수수 날렸다.

몸에 걸친 누더기가 억새와 함께 바람 흐르는 대로 밀리고 쏠리는 모습은 마치 고대 무희의 춤사위 같았다. 조선 사람은 저 옷을 포(袍)라 부르던가. 그 포는 굉장히 낡았고 그 속에는 무쇠철갑이 둘러져 있었다. 옷깃을 골반까지 길게 접고 그 위에 허리띠를 둘렀다.

"이 길을 따라 내려가면 민가가 나옵니까?"

겐지가 묻자 그들이 일제히 고개를 들었다.

순간 겐지는 마른 입술을 꿀꺽 삼켰다.

'맙소사, 눈이 없다!'

이마까지 눌러쓴 모자 밑으로 보이는 검은 눈은 모두 구멍이 뚫린 것처럼 진했다. 제일 앞에 선 남자가 말없이 일행의 맨 뒤쪽을 가리켰다. 길을 따라 죽 내려가라고 하는 것 같았다. 그러나 겐지는 발을 뗄 수가 없었다. 길이 좁았기 때문에 그들이 자리를 내주지 않으면 지나갈 수 없었다. 골이 깊게 파여 있는데다 억새 때문에 바닥을 가늠할 수도 없었다.

겐지는 그들을 뚫고 내려가기로 결심했다.

첫 번째 사내를 지났다. 부딪히지 않도록 조심하다 보니 중심을 잡기 힘들었지만 무엇보다 뒷골이 서걱거리는 느낌에 걸음이 무거웠다. 아주 높은 얼음산을 지나는 것 같았다. 두 번째 사람을 지났다. 여자였다. 첫 번째 사내보다 더 차가운 살기가 느껴졌다. 그렇게 열네 명이나 되는 사람들을 하나하나 힘겹게 지나고 난 뒤 행렬 맨 끝에 이르렀다.

서둘러 이들에게서 멀어지고 싶었다. 안주머니에 손을 넣어 비표석이 안전한지 확인하고는 돌아보지 않고 곧장 계곡을 내려갔다. 갈수록 키 높은 억새가 길을 막았고, 어딘가 깊은 곳으로 빨려 들어가는 것만 같았다.

'그들이 갈 수 없는 길을 알려줬구나.'

겐지는 직감적으로 깨달았다.

왔던 길을 다시 돌아갈 엄두는 나지 않았다. 어쩔 수 없다. 이 자리에서 꼼짝 않고 날이 밝기를 기다리는 수밖에. 더 돌아다니다가는 제 풀에 쓰러질 것 같았다. 그는 억새를 젖혀 터를 만들고 앉았다. 그런 후 배낭에서 얇은 모포를 꺼냈다.

"그곳에 눕지 마시오!"

어디선가 목소리가 들렸다.

겐지는 깜짝 놀라 사방을 두리번거렸다. 열 걸음쯤 떨어진 곳에서 웬 스님이 눈에 띄었다. 그는 나이가 꽤 지긋해 보였고 수염이 없었다. 목에는 수십 겹 염주를 감았고 노란 가사를 둘렀다. 이 차림새는 조선 불승의 복장이 아니었다. 겐지는 왠지 저 스님도 사람이 아닌 것만 같았다.

"여기서 잠들면 살아서 나가지 못하오."

"날이 밝기를 기다리려 했습니다."

"이곳은 1,500년 동안 날이 밝지 않는 곳이오."

노승이 침착하게 다가왔다.

"일본인이오?"

"스님은 누구십니까?"

"묻는 말에 대답부터 하시오."

겐지가 그렇다며 고개를 끄덕이자, 노승이 작은 염주를 던졌다.

"이것을 쥐고 주변을 다시 보시오."

겐지는 깜짝 놀랐다. 억새 주변에는 온통 썩은 시체와 무구들이 가득했다. 부러진 깃발과 칼이 곳곳에 박혀 있고, 시체는 발 디딜 틈 없이 계곡을 덮고 있었다. 바위지붕 위에도, 억새 사이에도, 물이 말라 고인 골짜기에도 온통 시체였다. 달빛에 비친 주검들은 황홀한 그림 같았다.

"명활산에서 죽은 일본 무사들이오. 내가 신라땅에서 이곳까지 옮겨왔지. 그런데 당신은 어느 길로 들어왔소?"

"노덕(老德)께서는 일본 사람이신가요?"

"난 당신에게 어느 길로 왔냐고 물었소."

그의 호통에 밤공기가 잠시 일렁이는 것을 느꼈다. 이곳은 현세가 아니다. 산이 숨겨둔 다른 차원의 공간임에 틀림없다. 겐지는 이 지옥에서 의지할 수 있는 존재는 오로지 노승뿐이란 것을 직감했다. 그는 정신을 똑바로 차리고 노승의 얼굴만 바라보려 노력했다.

"공산의 거조사로 가려다 길을 잃었습니다."

"어디서부터 출발했소?"

"비로봉 정상에서부터 혼자 내려왔습니다. 산 중턱쯤에서 일렬로 선

채 밥을 먹고 있던 사람들을 만났습니다. 그들이 알려준 대로 길을 내려왔습니다."

"그 사람들이 말을 하던가?"

"없었습니다. 그저 손짓으로만 이쪽을 가리켰습니다."

노승은 골똘히 생각하다 겐지를 봤다.

"지박령들을 본 게로군."

"군인들입니까?"

"군인도 있고 그렇지 않은 이들도 있소."

"그럼 노덕께서 이들을 천도하고 계시는 건가요?"

겐지는 널브러진 시체들을 돌아보며 물었다.

노승은 겐지의 물음에 대답하지 않고 계곡 중턱쯤 검은 하늘과 맞닿아 있는 능선을 가리켰다.

"저쪽에 전각이 보이오?"

그곳에 기와지붕을 인 작은 전각이 보였다.

"전각에 들어가서 인시(寅時)*가 넘을 때까지 나오지 마시오. 절대 문을 열면 안 되오."

겐지는 서둘러 계곡 아래로 내려가 바위를 넘고 다시 언덕으로 뛰어올라갔다. 전각은 멀리서 봤을 때보다 더 작았다. 신우궁(晨隅宮)이라는 편액이 보였다. 쩍쩍 갈라진 나무기둥과 깨진 기와를 보니 오래된 건물이었다. 문을 열자 사람 하나 들어앉을 만한 공간에 작은 제단이 있고 벽면에는 영정이 걸려 있었다. 겐지는 문을 닫았다.

'조사당인가, 산신각인가? 이런 산속에 홀로 선 전각이라니?'

영정을 가만히 봤다.

"세상에!"

---

* 오전 03시에서 05시 사이

노란 가사를 두르고 팔걸이의자에 정좌해서 오른쪽을 바라보는 영정 속 얼굴은 조금 전까지 이야기를 나눈 바로 그 노승이었다. 화폭의 윗부분에는 **赤山圓仁法師像**(적산 원인법사 상)이라고 쓰여 있었다.

"그 노덕은 바로 엔닌 스님*이었구나."

겐지는 모골이 송연함을 느끼며 향 앞에서 무작정 절을 올렸다. 엔닌이 자신을 구한 것이다.

얼마쯤 시간이 흘렀을까. 문틈으로 새어 들어오던 검푸른 기운이 사라지고 날이 밝아오기 시작했다. 밤새 한기가 들었는지 몸이 떨렸다. 겐지는 조용히 문을 열었다.

그가 있는 곳은 거조사 앞마당이었다.

---

* 엔닌(圓仁, 794-864): 일본의 유명한 고승으로 838년 당나라에서 유학하여 『입당구법 순례행기(入唐求法巡禮行記)』를 남겼다.

단서

1

"말을 못하나?"

후즈키가 고개를 돌리며 물었다. 난감해진 가네모토는 방문을 흘끔
거렸다. 무릎을 꿇은 단초는 눈을 깜빡거리며 바닥만 내려다봤다.

"가네모토, 가서 안주인 모시고 와."

후즈키가 들고 있던 수첩을 탁 하고 접었다.

후즈키는 이틀 동안 봉우당 사람들의 알리바이를 집중적으로 확보했
다. 김우조의 행적은 확실했다. 그는 세 시간마다 옷을 갈아입고 하루에
한 번씩 목욕을 하고 이틀에 한 번 천 배를 하고 있었다. 그를 수발하는
고용인이 교대로 사당을 지켰다. 그에게 신이 오르기라도 한다면 사당
을 벗어날 수 있기 때문이다.

문이 열리고 가네모토와 민지영이 들어서자 단초가 벌떡 일어섰다.
지영은 놀란 단초를 안아주고 같이 앉았다.

"죄송합니다."

후즈키가 킁킁거리며 말했다.

"아니오. 한 번에 조사를 끝내면 시간도 절약되니 좋겠지요."

지영의 딱 붙는 진회색 상의가 잘록한 허리와 풍만한 가슴을 돋보이게 했다.

"저 아이하고 어떻게 의사소통을 하시죠?"

"입모양을 보고 알아듣습니다."

"좋습니다. 시작하죠."

후즈키는 입을 닫고 가만히 지영을 쳐다보았다. 민지영은 잠시 머뭇거리더니 곧 그의 의도를 알아채고 입을 열었다.

"제 행적이 궁금하신 거군요? 그날 있었던 일을 다 기억하지는 못하는데……."

"기억나는 대로만 말씀해주십시오."

"안채에서 편지를 쓰고 단초와 함께 짐을 꾸렸습니다. 마침 남편이 병원 가는 날이라……."

"……그러니까 살인이 일어나던 당일 이 집에 김성민 씨가 있었단 얘기군요." 후즈키가 연필로 수첩을 긁으며 중얼거렸다.

지영은 단번에 그의 저의를 알아차렸다.

"제 남편을 범인으로 생각하는 건가요?"

입술을 꼭 깨물고 쳐다보는 지영의 눈빛이 형형했다.

후즈키는 자신이 실수했다고 생각했지만 어쩔 수 없었다. 그는 손수건으로 이마를 닦으며 솔직하게 말했다.

"음, 단정하긴 아직 이르지만……, 주목하고 있는 것은 사실입니다. 뭐 질문이 민감하시겠지만 사실관계만 명확하다면 아무런 문제가 없습니다. 자, 계속 하시죠. 집사 말로는 3시가 조금 지난 시간에 부인께서 부군을 부축하고 화실로 들어가는 것을 봤다고 하던데요?"

그 말을 듣자 지영은 복잡한 표정을 띠더니 한동안 입을 열지 않았다. 수첩을 보던 후즈키가 고개를 들고 대답을 듣겠다는 표정을 짓자 결심한 듯 천천히 입을 뗐다.

"병원으로 떠나기 한 시간 전쯤 마당을 배회하고 계시기에 화실로 모시고 들어가 침대에 눕혀드렸습니다."

"원래 그렇게 보살핍니까?"

"그분은 결막염과 백내장을 앓고 있어 햇볕을 쪼이면 안 되거든요. 발작의 우려도 있고 해서."

"발작?"

"남편에게는 발작증세가 있습니다."

"그런 증세가 자주 일어납니까?"

"한 달에 한 번 꼴로 일어납니다."

"화실은 부인만 출입하십니까?"

"단초도 들어갈 수 있습니다. 그러나 남편이 안에서 열어주지 않으면 우린 들어갈 수 없습니다."

"그럼 안팎 모두 잠금장치가 있다는 말이군요?"

"네, 안에서도 잠글 수 있습니다."

후즈키는 수첩에다 줄을 긋고 다시 무언가를 적었다.

"그날 부군을 눕히고 나오실 때 문을 잠갔나요?"

"잠갔습니다."

"부인께서는 나가실 때 꼬박꼬박 문을 잠그시나 보죠?"

"그렇습니다. 남편이 발작을 하면 예측하지 못하는 행동을 하기 때문입니다."

"예측하지 못하는 행동이라면?"

지영은 말꼬리를 물고 늘어지는 후즈키를 차갑게 노려보았다. 애초

223

부터 그가 듣고 싶은 내용은 따로 있었던 것이다.

"자해나 방화, 혹은 실종되는 일이 있습니다."

지영은 또박또박 날카롭게 대답했다.

"열쇠는 부인 말고 다른 사람도 가지고 있습니까?"

그러자 단초가 치마 허리춤에 매단 작은 철제 필통을 꺼내 후즈키 앞으로 흔들었다. 필통에는 코바늘 두 개가 들어 있었다.

"물론 단초도 가지고 있습니다. 보통 저 필통에 넣고 다니죠. 어제 병원에 다녀오신 뒤 단초더러 열쇠를 화실에 두고 가라고 했답니다. 그래서 지금 저 필통에는 열쇠가 없습니다."

"저 아이도 그 열쇠를 사용하나요?"

"사용한다는 게 무슨……?"

"아, 화실을 나올 때 문을 잠그냐는 질문입니다."

단초는 지영의 등 뒤에서 후즈키를 보며 손을 크게 흔들면서 우우거렸다. 가네모토가 그런 단초의 입모양을 흉내 내며 우스꽝스럽게 자신의 입을 말았다.

"그날 12시와 2시, 두 번 그 방에 들어갔는데 두 번 다 문을 잠갔다고 하네요."

후즈키는 이 말에 확신을 얻은 듯 수첩에 줄을 그었다. 아마도 성민의 알리바이를 확인한 것 같았다.

"좋아, 넌 나와서 뭘 했니?"

후즈키가 고개를 앞으로 숙이며 단초에게 물었다.

"2시까지 혼자서 그걸 만들고 있었나 봐요."

지영이 대신 답했다.

"그거라니요?"

"삼봉술을 땋아요. 남편을 보필하는 게 이 아이의 주된 일이니 그 외

시간은 틈만 나면 삼봉술을 닦습니다. 보기와 달리 손재주가 좋은 애예
요."

지영의 말에 후즈키는 고개를 끄덕였다.

"그리고 안채로 들어가 병원에 가져갈 짐을 꾸렸답니다."

"그럼 2시에 단초가 부군께 감식초를 드렸고, 3시에 부인께서 마당에
서 배회하는 부군을 안으로 모셔 약을 먹였고, 4시에 다시 부군을 불러
차에 태웠군요?"

"네."

"혹시 겐지란 분이 몇 시에 귀가했는지 아십니까?"

"오류헌 손님은 7시경에 들어오신 것 같습니다만……."

후즈키는 수첩을 접고 감사를 표했다. 지영은 단초의 손을 잡고 일어
섰다. 후즈키와 가네모토도 같이 일어났다. 지영의 큰 가슴에 달린 브로
치가 유난히 반짝였다. 옆에서 꿀꺽 하고 가네모토가 침 삼키는 소리가
들렸다.

"아, 참. 부인?"

후즈키가 방문을 여는 지영을 불러 세웠다.

"혹시 그날 김수영 씨를 보신 적이 있습니까?"

"동서가 집을 나간 이후 한 번도 본 적이 없습니다."

후즈키는 대답을 다 듣더니 잇몸을 드러내며 웃었다.

2

겐지는 자신이 산속을 헤매다가 버려진 움막에서 여태껏 잠이 들었
다는 것을 깨달았다. 그가 밤에 버려진 움막이라고 보았던 것은 바로

거조사 오른편 뒤뜰에 있는 산신각이었다. 향로 앞에 걸려 있는 영정은 엔닌이 아니라 흰 호랑이를 안은 백발노인이 앉아 있었다.

겐지는 거조사 앞마당으로 걸어 나와 주위를 둘러보았다. 산에서 경산평야로 나가는 바깥길목이다. 젖가슴 같은 다섯 개의 봉우리가 알을 품듯 땅을 감싸고 야트막한 평지를 만들었는데 이 공간에 영산전이 홀로 서 있었다. 이 단일건물은 길이 30미터 정도로 고려시대의 것이었다. 정면은 가운데 출입문을 기준으로 양쪽의 맞물림이 대등했다. 단청 없이 나뭇결이 그대로 드러난 처마는 다포형식을 취했다.

새벽 햇살이 마당에 홀로 서 있는 삼층석탑의 이끼를 비추었다.

'석가는 보이는 것을 믿지 말라 하였던가?'

밤새 차원이 다른 세계를 지나온 겐지로서는 수정처럼 반짝이는 석탑의 돌이끼마저 감격스러웠다.

겐지가 문을 열고 안으로 들어가자 놀랍도록 신비로운 광경이 눈앞에 펼쳐졌다. 백일이 지난 갓난아기만 한 크기의 나한상 수백 개가 법당을 빼곡히 메우고 있는 것이다. 석가가 제자들을 불러 모아 설법하는 초전법륜의 현장을 그대로 꾸몄다. 나한상들은 정확히 526개였다.

'이곳에 공민왕의 그림이 숨겨져 있단 말인가?'

겐지는 본존불상 뒤로 돌아갔다. 불상 뒤에도 나한상들이 도미노같이 줄지어 있었다. 그는 오동나무 단상을 손으로 쓸어보았다. 아무리 생각해도 그림이 숨겨져 있을 만한 공간은 나한들을 받치고 있는 긴 단상밖에 없었다. 그러나 단상의 접합 부분 어디에서도 벌어진 틈을 찾을 수 없었다.

'이 많은 나한상 사이에서 어떻게 찾을 수 있을까?'

노랑턱멧새가 아침거리를 찾다가 길을 잃었는지 열린 문을 통해 법당 안으로 날아들었다.

226

―푸드득, 푸드득.

겐지는 비표석을 만지작거렸다. 왠지 모르게 의문이 꼬리에 꼬리를 물고 일어났다. 공민왕이 몽진 때 그린 그림이라면 8백 년 전 그림일 텐데 아직까지 남아 있을까? 그것도 김유신의 초상이 아닌가. 유키오가 본 구리하라의 고서적 또한 얼마나 많이 필사되고 세상에 뿌려진 것인지 모를 일이다. 이미 누군가가 그 책을 취했을지도 몰랐다. 여전히 노랑턱멧새는 나가는 문을 찾지 못하고 법당 안을 요란스럽게 날아다녔다.

겐지는 석조 나한상들 한가운데에 서서 눈을 감았다.

머릿속으로 자료들을 조합하기 시작했다. 경주, 각간묘, 미라, 황옥석, 선도산, 성모, 불꽃, 저주, 화가, 유키오, 홍무기적, 소우, 공산, 거조사……. 밤새 절벽을 타고 동굴에 올라 비표석을 찾았고, 산속을 헤매다 환각을 봤다. 천 년의 퍼즐 조각들은 제각각 실마리만 제공할 뿐 좀처럼 하나로 완성되지 않았다.

포기하자. 더 이상은 이치로 풀 수 없으리라. 천 년의 비밀을 쉽게 얻을 수야 없겠지. 고대의 문제에는 반드시 막이 존재한다. 인간의 의지만으로 해결할 수 없다.

겐지는 눈을 떴다.

법당에 고요한 아침 햇살이 비껴들었다. 시끄럽게 푸닥거리던 새도 어느새 자취를 감췄다. 그는 찬찬히 주위를 둘러보았다. 본존불 앞에 놓인 목탁이 눈에 들어왔다. 빈 절은 아니다.

'그저 아침이나 해결하고 돌아가야겠구나.'

그때였다.

가섭존자*의 머리 위에 앉은 노랑턱멧새가 들어왔다. 세상에는 인

---

* 석가의 10대 제자 중 수제자. 석가와 주고받은 염화미소 일화의 주인공이다.

간의 의지만으로 해결할 수 없는 게 있다. 가장 중요한 일들은 우연의 이끌림으로 시작되고 마무리된다. 그것은 하늘이 도와야 하는 법.

—푸드득.

열린 문틈을 찾았는지 그 새는 날개를 열고 햇살 속으로 날았다. 겐지는 정면에 놓인 가섭존자의 상을 가만히 바라보았다. 그리고 무의식적으로 그것을 뒤집었다.

가섭존자 상 바닥에 흐릿한 문장이 새겨져 있었다.

西北山金鼓震　（서북산금고진）
靈武王魂歸黃邱（영무왕혼귀황구）
□□□□□□□
宴坐石保祕錄　（연좌석보비록）

서북산에서 징과 북이 진동하니
공의 영혼은 황금벌판으로 가야 한다.
（글자가 삭아 뜻을 알 수 없음）
연좌석에 비서를 숨겨두다.

'드디어 찾았다!'
겐지는 작은 탄성을 질렀다.

3

"경찰이 왔나?"
법민이 샤론에게 물었다.
"지금 안채에 있습니다."

마침 그때 후즈키와 가네모토가 중문을 돌아나왔다.

"저번보다는 얼굴이 밝아 보이십니다. 법민 씨?"

"이제 마을을 탐문하는 것입니까?"

"산속에서 추위에 떨다보니 마을이 그립더군요."

후즈키가 능글거리는 웃음으로 맞받아 답례를 하고는 샤론에게 눈길을 돌렸다.

"좋은 차군."

그는 샤론을 보며 히죽거렸다.

샤론은 후즈키에게 곱지 않은 눈길을 보냈다. 후즈키는 샤론이 왜 자신을 경계하는지 잘 알고 있었다. 아마도 이 사내는 자신이 다른 고용인들에게 그의 고향을 물었다는 얘기를 들었을 것이다. 샤론은 유곽채의 살림을 챙기는 집사치고 지나치게 젊었고 그런 일을 하기에는 손이 너무 깨끗했다.

"정비는 얼마 만에 하나?"

"병원에 갈 때마다 합니다."

"장거리를 달리면 반드시 정비를 하는 모양이군?"

후즈키가 샤론의 등을 한 바퀴 돌더니 옆 건물을 가리켰다.

"이 건물이 화실인가요?"

그는 샤론의 자동차보다 이 건물에 더 관심이 있었다. 법민의 얼굴이 삭은 빵처럼 굳어졌다.

"그렇소만."

후즈키는 장난 끼 어린 얼굴로 웃었다.

"아아, 잘 알고 있습니다. 그 분을 귀찮게 하려는 것이 아닙니다."

그때 단초가 탕제를 올린 쟁반을 들고 잰걸음으로 걸어오고 있었다.

"아, 그렇지. 어이 자네, 저 아이를 좀 불러주게."

단초는 후즈키를 보자 바로 등을 돌리고 섰다. 법민이 오라고 손짓을 하자, 단초는 고개를 숙이고 눈치를 보며 슬금슬금 걸어오더니 법민 뒤로 숨었다.

"이 아이의 손재주가 그리 좋단 말이지?"

후즈키가 샤론을 보며 물었다.

"포목상에 내다 팔 만큼 좋습니다. 비록 말은 못하고 모자란 구석이 있지만 손재주 하나는 뛰어납니다."

"하나 구할 수 있을까?"

그 말에 단초는 목을 잔뜩 움츠리고 우어어 입을 벌렸다.

"드릴 것이 없답니다." 법민이 통역했다.

"딸애가 좋아해서 그럽니다. 그러지 말고 만들어놓은 것 있으면 하나만 팔라고 해주십시오."

"이 아이 말이 맞습니다. 만들어놓은 것이 없을 겁니다. 내가 경주시내에 가서 죄다 팔았으니까요." 샤론이 말했다.

후즈키는 실망한 듯 입맛을 다셨다. 가네모토는 지루한 얼굴로 안주머니에서 담배를 꺼내 입에 물었다. 그사이 단초가 법민에게 뭐라고 하소연했다. 어물거리는 단초의 입은 뻐끔거리는 붕어 같았다.

"자네, 실을 사다주지 않았는가?"

법민의 말에 샤론이 난처하다는 표정을 지으며 단초를 달랬다.

"에구구, 단초야, 내가 말해줬잖아. 주인은 외상을 안 해줘……. 뭘 못 들어? 내가 그때 너한테 분명히 말해줬는데."

"그게 무슨 말인가?" 법민이 물었다.

"보통 노리개를 판 돈으로 다시 실을 사오거든요. 그런데 그날 마침 포목점 주인이 대금 결제가 밀려 돈이 없다고 하더라구요. 그래서 그날 돈도 못 받았고 실도 못 샀습니다. 저도 병원 갈 시간을 맞춰야 하기에……. 저 녀석, 제가 실을 안 사왔다고 계속 투정입니다. 하긴, 요 며칠 손이 심심했을 겁니다."

그러자 단초가 머뭇거리며 법민에게 뭐라 속삭였다.

"삼봉실 얘기는 안 했다는데?"

"아닙니다요, 제가 다 말해줬어요. 저 녀석이 딴 데 정신을 판 거예요."

"자네의 입만 보고 있을 수 없었겠지. 단초야, 실은 내가 받아오라고 일러두마."

법민이 가만히 단초를 달랬다. 이에 기세가 오른 단초가 가슴을 들이대며 샤론에게 대들었다.

"설명하는데도 어찌나 차 앞대가리를 넋 놓고 보던지……. 큰서방님 병원 갈 준비도 안 하고 있기에 한마디 했더니 그제서야 탕제 올릴 시간이라면서 안채로 뛰어갔습니다. 그래서 저 녀석, 차에 코바늘이 든 필통도 두고 갔어요."

"알았네, 알았어. 경부, 들으셨다시피 따님 드릴 노리개는 구할 수 없을 것 같군요."

법민이 고개를 돌리자 후즈키의 얼굴은 돌처럼 굳어 있었다.

"자네가 돌아온 시간이 언제라고?"

"아침에도 말했잖습니까? 12시 반쯤이라고!"

"그럼 자네가 화실 앞에서 김성민 씨와 민지영 씨가 같이 있는 것을 본 시각은?"

"글쎄요."

"3시는 넘었어?"

"그런 것 같습니다."

"화실에 안주인이 들어가는 걸 봤다는 건 무슨 말이지? 다시 말해봐."

"예?"

"어디야? 차를 세우고 기다렸다던 장소가?"

흥분한 후즈키가 샤론의 팔을 잡고 앞장세웠다. 샤론은 어리둥절한 채 중문을 지나 사랑채 앞마당으로 갔다. 담장 근처에 검은색 시트로앵이 서 있었다. 담장의 그늘이 자동차 덮개까지 길게 늘어졌다.

"그날도 차를 여기에 세워둔 건가?"

그 장소에서는 법민과 단초가 서 있는 건너편 공간이 비스듬히 보였다. 그는 차로 걸어가더니 시트로앵의 뒤쪽에서 엉덩이를 쭉 빼고 허리를 낮춰 운전사의 높이에서 화실 쪽을 쳐다보았다. 열린 중문 틈 너머로 화실 건물의 모습과 안채로 넘어가는 중문이 반쯤 보였다. 그리고 가네모토가 화실 입구에 서서 담배를 입에 무는 모습이 시야에 들어왔다.

"이렇게 서 있었어?"

"뭐, 대충……."

샤론은 한심하다는 눈길로 후즈키를 보며 고개를 끄덕였다.

"차를 이렇게 세워놓았다면……. 음, 화실 입구가 보이긴 하는군."

후즈키는 자못 심각한 표정을 지었다.

"2시부터 자네가 본 것과 행적을 다시 말해봐."

"12시쯤 돌아와서 차를 닦고 있는데 단초가 와서 놀다가 2시쯤 가버리고 저는 계속 여기서 차를 닦고 있었습니다."

샤론은 중문 쪽을 가리키며 귀찮다는 듯 단숨에 내뱉었다.

"단초가 탕제를 들고 화실로 들어갔다 금방 나왔습니다. 얼마 안 있다가 외출 준비를 하신 마님이 큰서방님을 이끌고 저기 지금 작은서방님이 담배 피우고 있는 위치에 서 있다가 화실로 들어가시고……. 나는 뭐 계속 여기서 차를 닦았고……."

후즈키는 화실 입구가 보이는 중문 쪽을 다시 쳐다봤다.

"외출 준비라니?"

"네, 모자와 장갑을 착용하시고. 마님도 같이 대구로 가시려는 것 같았습니다."

"계속하게."

"한 시간쯤 기다리니 단초가 짐을 들고 왔고, 큰서방님과 마님이 오셔서…… 대구로 출발했소. 그게 끝입니다."

"자네가 대구로 출발할 때는 부인이 모자를 쓰고 있었나?"

"안 쓰신 것 같은데……."

"그러면 부인은 함께 가지 않았어?"

"네, 마님은 그냥 이곳에 계셨습니다. 예전에도 병원에 갈 때마다 소란스러웠지요. 큰서방님이 같이 가자고 했다가 또 갑자기 따라오지 말라고 변덕을 부리시니까."

후즈키는 다시 중문 틈 사이로 보이는 화실 입구를 쳐다봤다. 법민이 막 가네모토에게 담배를 얻고 있었다.

"아, 알겠네. 그 말이었군."

그의 경고

1

겐지와 법민이 박물관에 도착한 것은 진눈깨비가 날리던 저녁이었다. 소우는 실크 목도리를 두르고 관장실을 나서던 중이었다.

"마침 계셨군요."

겐지의 시원스런 목소리가 복도를 울리며 잔잔하게 퍼져나갔다.

"잠시 드릴말씀이 있습니다. 다시 들어가시죠."

당당하게 부탁하는 겐지의 말에 불쾌해진 소우는 손으로 자신의 갈색 구두를 가리키며 수염을 실룩거렸다.

"여기서, 내 직원들에게는, 나의 이 갈색구두가 지금 복도에 나와 있다는 것이 무슨 뜻인지 알고 있소?"

겐지가 고개를 갸우뚱했다.

"내가 이미 퇴근했다는 의미요. 비키시오."

"이미 운전기사를 돌려보낸걸요."

그러고 보니 방금까지도 밖에서 시끄러운 시동소리를 내던 검은색 시트로앵의 소리가 들리지 않았다. 당황한 소우가 다시 관장실로 들어가 커튼을 젖혔다. 진눈깨비가 펄펄 날리는 석등 주위로 어둠만 곱게 고여 있었다.

뒤따라 들어온 겐지가 조용히 문을 닫았다. 산양가죽으로 안감을 댄 사파리 재킷과 긴 가죽장화를 신은 겐지는 오늘따라 유난히 어깨가 넓어 보였다. 관장실 안에는 방금 석유난로를 끈 탓인지 전열선이 마지막으로 감기는 소리를 내다 멎었다.

"관장님의 갈색구두가 다시 관장실 안으로 들어왔군요."

"건방진…… 비켜! 난 경찰서장의 오쇼가쓰 행사에 참석하기로 했어."

그는 욕을 해대며 무시하듯 겐지 옆으로 지나려 했다.

"오쇼가쓰는 월말까지 내내 하니까 다음에 제가 한번 모시겠습니다. 마쓰야 서장의 파티는 오늘 말고도 몇 번 더 있을 테니까요."

겐지는 마치 자신의 집인 양 난로의 밸브를 열었다. '핏' 하는 소리와 함께 난로가 다시 돌아갔다. 그리고 손에 묻은 등유찌꺼기를 닦으며 법민에게 한 쪽 눈을 찡긋했다. 자신의 미소가 모든 것을 허용하게 만드는 마법이라고 생각하는 듯 자신감이 넘쳤다. 소우는 불쾌한 표정으로 겐지를 노려보다가 생각이 바뀐 듯 자리에 앉았다.

"밤에 사람을 보내셨더군요. 임무를 무사히 마친 연구원이 관장님께 그 황옥석을 갖다 바쳤겠죠?"

그 말에 소우가 이마를 찡그렸다.

"무슨 소리요?"

그러다 소우도 뭔가를 깨달은 눈치다.

"설마, 당신……."

"연기가 뛰어나시군요, 관장님."

"혹시, 구…… 구슬을 잃어버렸소?"

소우의 왼쪽 눈두덩이가 바르르 떨리고 입꼬리가 한쪽으로 쏠렸다. 그는 급하게 안주머니에서 손수건을 꺼내 코로 가져갔다. 손을 덮은 손수건이 부들부들 떨고 있었다.

"그…… 그걸 잃어버렸다고?"

"그래서 돌려받으러 왔습니다. 그건 이 마을 사람들에게 아주 중요한 물건입니다. 관장님께서 돌려주지 않겠다면 저는 총독부 감사부에 당신을 고발하겠습니다. 당신은 서악동 6호분 고분의 미라에서 적출된 '12면 가네샤 문양 황수정옥'을 상부에 신고하지 않았으니까요."

"뭐라?"

"마을의 저주를 종식시켜야 합니다. 그러니 돌려주십시오."

"당신도 그 저주를 믿소?"

"믿지 않습니다. 하지만 관장님은 마을 사람들이 믿는 저주를 믿어주셔야 합니다."

"내게 협박하기 위해 온 거요?"

"구슬을 돌려받으러 왔습니다."

"그것 말고 진짜 당신이 원하는 게 뭐요?"

"봉우당에 그 미라를 돌려주십시오."

그 소리에 소우가 탁자를 탁, 하고 치며 일어났다.

"잘 들으시오, 겐지. 소문이 돌든, 살인이 나든 그건 내 알 바가 아니오. 그리고 정당한 절차를 거쳐 발굴한 유물을 다시 민간인에게 돌려주는 일은 없소. 이 마을 사람들은 집단 최면에 걸린 거요. 바로 당신 같은 사람들 때문에!"

겐지가 목소리를 조금 낮췄다.

"살인사건이 일어났습니다. 어지러운 이 민심을 수습해주실 분은 관

236

장님밖에 없습니다. 발굴을 중단해주십시오."

"날 가르치려들지 말게, 겐지."

소우가 더 이상 못 듣겠다는 듯 소리를 높였다.

그러자 겐지가 자리에서 일어나더니 천천히 바닥에 허리를 꺾고 고개를 숙였다. 극진의 부탁이다. 그걸 바라보는 소우의 왼쪽 눈가가 미세하게 떨렸다. 겐지는 무릎을 꿇은 채 소우의 대답을 기다렸다.

무거운 침묵이 흐른 뒤 소우가 입을 열었다.

"이런 살인사건을 해결하라고 추밀원에서 당신을 이곳으로 보낸 게 아닌 걸로 아오만, 겐지 씨."

그 말이 끝나는 순간, 겐지가 고개를 들어 소우를 노려보았다. 바람보다 빠른 눈빛. 웬만한 충격에는 미동도 하지 않는 소우도 겐지의 그 눈빛을 본 순간 얼굴이 공포로 일그러졌다.

법민은 겐지 뒤에 서 있었기 때문에 왜 소우가 저렇게 놀라는지 알 수 없었다. 소우의 얼굴은 마치 귀신의 얼굴을 본 것처럼 꼼짝 못하고 겐지의 눈빛에 얼어가고 있었다. 법민이 조용히 겐지에게 다가가 그의 어깨에 손을 올렸다. 그러자 겐지는 법민을 올려보았다. 이미 다시 편안해진 표정이었다. 그는 아무렇지도 않게 싱긋 웃어 보였다.

'도대체 소우가 본 겐지의 표정은 무엇이었을까?'

소우도 손수건을 코로 가져가더니 이내 냉정함을 되찾았다. 사실 겐지가 경주박물관의 고적조사를 지원하기 위해 본토에서 파견된 직무가 있다는 것을 상기시킨 소우의 말은 틀린 말이 아니다.

"당신과 궁합이 잘 맞을 것이라 기대했는데, 잘못 생각한 것 같소. 당신은 나를 도우러 온 사람이 아니군."

"저는 정식으로 박물관의 요청을 받고 왔습니다."

"당신은 본토에서 파견된 것이지, 내가 부른 것이 아니오."

겐지는 소우의 이 말에 상당히 자존심이 상한 것 같았다. 분노 때문인지 명예를 지키고자 하는 귀족의 자연스러운 본능인지 겐지의 몸도 미세하게 떨리고 있었다. 손수건을 코에 한동안 대다 떼며 안정을 되찾은 소우는 차가운 미소를 띠며 법민에게 손가락질을 했다.

"미라를 돌려주라구? 좋소. 그 황옥석을 내 앞에 가지고 오면 그 미라를 돌려주겠소."

겐지와 법민은 서로의 얼굴을 쳐다보았다. 지금 소우는 가능성 없는 고집을 부리고 있었다. 아니면 정말 소우가 훔쳐가지 않았던 것일까?

"황옥석은 당신이 훔쳐갔잖습니까?"

법민이 말했다.

하지만 소우는 이제 그들의 말을 들을 의지가 없어 보였다.

"구슬을 돌려주지 못하겠다면, 둘 중 누가 내게 그 지하길을 말해주시오."

"지하길?"

"그걸 모른다면 협상은 끝이오. 두 가지만 말하겠소. 당신은 해고요. 그리고 나는 절대로 발굴품을 당신에게 넘겨줄 생각이 없소."

그들 사이에 차가운 침묵이 흘렀다.

"그만 가세."

법민이 조용히 겐지의 어깨에 손을 올렸다.

겐지의 마법은 통하지 않았다.

2

덜컹, 탕탕. 파이프관에서 열이 올라오는 소리가 났다.

가네모토는 후즈키의 책상 앞에 놓인 의자에 앉아 한가롭게 껌을 씹고 있었다.

후즈키는 '치안국 감식과'라는 파란 각도장이 찍힌 봉투를 집어들었다. 속에는 한문으로 빼곡히 적힌 일지와 흑백사진 한 장이 클립에 끼어 있었다. 시커멓게 그을린 뼛조각 사진이었다. 후즈키는 사진을 이리저리 돌려보고 뒷면도 가볍게 넘겨보았다.

그는 옆에 있던 또 다른 봉투를 집었다. 이 봉투의 겉장에는 '경성제국대학교 의과대학 해부실'이라는 직인이 찍혀 있었다. 속에서 꺼낸 소견란에는 조교수인 도미타의 자필 서명이 들어 있었다. 후즈키는 그 서류를 빼내들었다.

추추에 절단된 흔적이 있음. 제1경추신경을 확인할 수 없음.

경성대 해부실과 치안국 감식과는 하는 일이 엄연히 다르다. 경성대 해부실은 조선에서 가장 실력 있는 의사들의 조언을 들을 수 있는 반면, 치안국 감식과는 살인사건이나 상해사건의 시체를 검사하는 조선의 단 하나뿐인 기관이었다. 후즈키는 화재현장에서 발견한 뼛조각을 치안국 감식과로 보낼 때 그중 반을 조각내어 경성대 해부학과 도미타 키시쿠 교수에게도 보냈다. 도미타는 북해도 출신으로 후즈키가 동경에서 수사교육을 받을 때 알게 된 인물인데 동향인이라는 것을 알고 친해졌다. 그런 도미타 교수도 감식과와 동일한 의견서를 보내왔던 것이다.

"축추라면 목뼈 맞지?"

후즈키가 가네모토의 뒤통수에 대고 말했다. 팔짱을 낀 채 졸고 있던 가네모토는 놀라며 의자에서 등을 떼고 후즈키를 돌아보았다. 후즈키는 검시조서 두 장을 한 번 더 자세히 나누어 읽었다. 감식과에서 보내온 서류보다 도미타의 문서가 훨씬 이해하기 편했다. 그러나 아무리 읽어도 결론은 같았다.

'이게 아닐 텐데. 그렇다면……? 무언가 빠진 것이 있는데…….'

그는 파일을 덮고 의자에 등을 기댔다.

서류 내용이 영 마음에 들지 않았다. 이것대로라면 그의 생각과 전혀 다른 결론이기 때문이다. 후즈키는 다시 생각해보려 애쓰며 눈을 감았다.

탕탕.

파이프 관에서 열이 올라오는 소리가 시끄럽게 계속 났다.

3

소우는 금고의 눈금을 1과 14에 맞추고 세 번씩 왼쪽과 오른쪽으로 엇갈려 돌렸다. 바람 빠지는 소리와 동시에 금고가 열렸다. 그는 속에서 작은 편지봉투와 붉은 천을 꺼냈다. 겉봉에는 유곡채라는 글자와 함께 "제관으로부터"라고 적혀 있었다. 소우는 스탠드를 켜고 편지를 꼼꼼하게 읽어내려가다 한 문장에서 눈길을 멈췄다.

　　각간묘의 귀신이 찾아오면 불을 밝히시오.

소우는 금장으로 적문*을 직수한 붉은 천을 책상에 폈다. 안감은 흰색 비단으로, 포항바다를 포함한 경주 시가지의 지도였다. 특히 명활산과 선도산과 남산을 기점으로 경주 근교가 자세하게 표시되어 있다. 지도에는 붉은색으로 표기한 X점이 곳곳에 찍혀 있었다. 모두 불꽃이

---

* 꿩 모양의 무늬

오른 지점이다. 지도의 한쪽 귀퉁이에는 작은 붓으로 다음과 같이 흘림체로 쓰여 있었다.

지하길의 입구는 신무왕자와 성모지지의 접점

소우는 돋보기를 들고 붉은 천에 표시된 선도산 주변을 들여다보았다. 그리고 실측 25,000분의 1 지도를 펴고 다시 같은 지점을 확인했다. 70밀리미터 컴퍼스로 붉은 천에 표시된 선도산 성모사와 십이지 신상호석 사이의 길이를 재고 다시 성모사와 각간묘 귀부의 위치를 쟀다. 그런 뒤 이 세 점을 이어 삼각형을 만들고 그 삼각형의 중심점을 계산했다. 성모사에서 그 법선의 벡터 점은 정확하게 선도산의 한 줄기를 가리켰다. 그 줄기는 유곡채와 삼거리 묘지를 병풍처럼 가르는 능선이었다.

"음, 아무리 계산해도 이곳은 유곡채 뒷산인데……."

그 점을 실측지도와 대조하니 그 산줄기는 유곡채 뒷담의 청죽밭 기슭에서 성모사로 올라가는 샛길이 시작되는 곳이기도 했다.

소우는 금고에 넣어둔 6연발 구식 M10 리볼버를 허리에 찼다. 그리고 금고에 깊숙이 넣어둔 왕진가방 하나를 꺼내 조심스럽게 열어보았다. 가방 속에는 물건이 잘 보관되어 있었다.

그는 상의 안주머니에서 꺼낸 작은 약병의 내용물을 손수건에 묻힌 뒤 코에 갖다 대었다. 머리로 뻗쳐오르던 설명할 수 없는 기운이 다시 척추를 타고 종아리까지 흘러내렸다.

소우는 가방만 남겨 둔 채 붉은 지도와 유곡채의 편지를 다시 금고에 넣고 다이얼을 돌렸다.

4

"우리가 너무 심하게 대한 게 아닐까?"

유곡채에 도착한 두 사람은 오류헌 서재로 들어갔다. 밤이 깊었지만 법민은 전혀 피곤하지 않았다. 오히려 관장이 자신들 때문에 악의를 품고 마을에 불필요한 강압을 행할 것 같아 마음이 몹시 불안했다.

"건너가서 쉴 텐가?"

겐지는 아무렇지도 않은 듯 담배를 물며 물었다.

"밤을 낮처럼 돌아다녀서 그런지 잠이 안 오네."

"그렇다면 이것 좀 보겠나?"

그는 기다렸다는 듯 가방에서 책 한권을 꺼내 내보였다. 표지에는 숭선전지(崇善殿誌)라는 글씨가 보였다.

"김해김씨의 역사서야. 가락국(駕洛國)의 경전이지. 유신공이 수로왕의 직계손 아닌가? 그래서 혹시나 해서 유키오한테 김해김씨의 글을 모아둔 책이 있는가 물어보니 이 책을 알려주더군."

겐지는 책 한 면을 펼쳐서 법민에게 보여주었다.

"그리고 양왕이 누군지 알아냈어."

법민은 그가 어느새 그런 것까지 알아냈다는 것이 놀라웠다. 이미 겐지는 한 걸음 떨어져 관망하는 자신과는 달리 사뭇 진지하게 사건에 몰입하고 있었다.

"자네도 알다시피 가락국은 초대 수로왕부터 열 명의 왕을 배출하고 신라에 흡수되었지. 유신공의 할아버지인 김무력은 가락국의 마지막 왕자였어. 즉, 김유신의 증조할아버지가 가락의 마지막 왕인 구형왕이

242

지. 양왕은 그 구형왕의 다른 이름이었어."

"구형왕?"

겐지는 펜을 들고 흰 종이에 하나씩 이름을 기입했다.

"가락국 선원세계(璿源世系)에는 국왕의 이름을 달리 불렀다고 되어 있네. 차례대로 나열하면 김수로왕, 도왕, 성왕, 덕왕, 명왕, 신왕, 혜왕, 장왕, 숙왕, 양왕이라고 불렀어. 양왕은 가락의 마지막 왕인 구형왕이라는 소리야."

"그렇다면?"

"그래, 갑사라는 것은 군사를 뜻하는 말이니까 문장 전체를 해석해 보면 이런 말이 되네."

何頭七佛黃处祕壤王甲士辠 (하두칠불황처비양왕갑사죄)
아두가 지시한 일곱 절에 구형왕의 군사를 숨겨둔 죄

"즉, 그 미라는 가락 병사를 숨겨둔 죄로 죽은 거야. 이게 무슨 말인지 알겠나?"

"자네, 언제 이런 것까지……"

법민이 감탄했다.

"칠처가람이란 신라의 가장 큰 절들이었어. 충분히 군사를 숨길 만하지. 유키오의 말대로 그 반란의 주모자가 김유신일 가능성이 높아. 김유신이 가락왕의 핏줄을 대의명분으로 삼고 빼앗긴 왕조를 다시 찾으려 했던 것이라면 충분히 설명이 되지."

"그것만으로 모든 걸 단정할 수는 없네."

법민이 말했다.

"물론, 그것만으로는 단정할 수 없지."

겐지도 동의했다.

"하지만 이 미라가 신라인이든 가락인이든, 분명 모반을 꾀하다 죽었을 거라는 거야. 각간묘는 가락인의 무덤일 가능성이 높아."

"너무 앞서 가지 말게. 정확하게 말하면 그 미라는 각간묘의 주인일 수도 있지만 각간묘 조성 이전에 묻힌 가락인일 수도 있는 거야."

법민이 겐지의 말을 바로잡았다. 하지만 겐지의 의지는 단호했다. 그는 미라가 바로 각간묘의 주인이며 신라의 태대각간임을 확신하는 것 같았다.

"구슬이 도난당한 지금, 『홍무기적』을 찾는 유일한 단서는 내가 거조사에서 발견한 그 문장뿐이야. 내일이 동지지?"

법민이 한숨을 쉬었다.

"그래, 각간묘의 제가 시작되는 날이야. 그리고 보름달이 뜨는 날이지."

1932년 12월 20일의 밤이었다.

244

신라 신장의 빙의(憑依): 동짓날

1

"백 명 정도 모인 것 같군."

법민이 망토를 여미며 주위를 둘러봤다.

어제 저녁, 마을 앞 성황나무에 묶어둔 소가 사라졌다는 소문이 돌았다. 그 소는 제물로 쓰일 것이었다. 그때부터 사람들은 이 제(祭)가 순조롭지 않을 것이라고 직감했다. 구릉 밑 도로 가에는 총독부 관리 열댓 명과 경주서 형사들이 서성거렸다. 서쪽 공터에는 소우 측 인사들도 있었다. 그러나 정작 소우는 보이지 않았다.

멀리서 개 짖는 소리가 들려왔다. 겨울해가 기울자 왕들이 잠든 구릉에도 어둠이 내려앉았다. 오늘도 변함없이 아둑시니들이 내려올 것이다.

봉우당의 장정들이 천막 주위로 금줄을 치고 황토를 뿌렸다. 마을에서 지고 온 조라술은 초하룻날 아침에 건천에서 가져온 누룩과 쌀로 빚은 것인데 아직 삭지 않아 비릿했다. 술을 빚는 것은 위법이었지만 이미 벌금을 각오하고 만든 술이었다. 사람들이 제단에 제물을 진설했다. 정화수와 시루떡이 놓였고, 좌로 조기, 술, 녹두, 무, 시금치나물 등이, 우로는 돼지고기를 저며 넣어 커다랗게 만든 밥덩어리, 메 그릇, 대추 등이 올랐다. 제관을 따라 제사를 돕는 유사사령들은 노인들이었는데, 이들은 일주일 동안 육고기를 먹지 않았다.

"김우조는?"

겐지가 천막 뒤쪽을 응시하면서 법민에게 속삭였다.

"성모제를 지내고 지금쯤 내려오고 있을 걸세."

"왕릉에 지내는 제사인데 왜 산신제를 먼저 지내나?"

"경주 땅의 모든 제사는 먼저 성모님께 고해야 하네. 그들은 거기서 밥을 해먹고 저녁이 되면 내려와 각간묘에 제사를 지낼 걸세."

마을 어귀에서 인부들이 옻칠한 오동나무관을 메고 올라왔다. 관뚜껑을 멘 인부가 맨 뒤에서 따랐다. 유사사령들이 무명천으로 동여맨 관을 석곽 안으로 조용히 내렸다. 미리 짠 듯 품이 낙낙한 관은 석관에 딱 들어맞았다. 석곽 속에 석관이 있고 그 석관 속에 나무관이 들어 있는 형태가 되었다. 인부 두 명이 관 뚜껑을 이고 구덩이로 내려갔다.

"아직 소도리질 하지 말고 옆에 그냥 둬라."

나이 많은 한 사람이 아래를 보며 소리를 질렀다.

"석관이 있는데도 또 목관을 넣는 이유는 뭔가?"

"미라가 천 년 동안 차가운 석관 속에서 썩지 않고 있었으니 이제는 깨끗하고 따뜻한 목관에서 영면을 취하라는 의미가 아닐까? 깨진 석관의 뚜껑도 후손들 입장에서는 거슬렸을 테지."

그때 누가 소리쳤다.

"시(時)!"

밧줄에 묶인 돼지가 제단 앞으로 끌려왔다. 검고 큰 돼지는 다 자란 처녀의 키만큼 허리가 길었다. 검은 망건을 쓴 사령 두 명이 시퍼렇게 날이 벼린 칼을 다짜고짜 돼지목에 쑤셔 넣었다. 칼은 의외로 깊게 들어 갔다. 원래 소를 죽였어야 했다. 특별한 의식을 기대하고 있던 겐지는 그들이 단순하고 빠르게 제물을 죽이는 것에 놀랐다.

—스윽.

칼은 돼지 목에 긴 자국을 남기며 바람처럼 빠졌다. 돼지는 점점 눈이 탁해졌지만 금방 죽지 않았다. 칼날이 지나간 자리는 시커먼 틈이 벌어 졌고 그 속에서 걸쭉한 피가 배어 넘쳤다. 돼지가 자르르거릴 때마다 쿨럭쿨럭 피가 쏟아졌다. 사방에 피비린내가 진동했다. 유사사령은 소 매를 말아올리더니 조리바가지를 들고 돼지의 벌어진 틈 사이에서 피 를 펐다. 그들은 피를 세 번씩 총 아홉 번을 단지에 나누어 담았다. 그리 고 그 단지를 모시로 한 겹 말고 다시 베로 쌌다. 누런 베가 검붉은 피로 물들었다. 구덩이 안에 있던 두 남자가 관뚜껑을 반쯤 비스듬히 관에 걸쳐놓았다. 제가 끝나고 구덩이를 메울 때 망치질을 할 모양이었다.

갑자기 돌풍이 불었다.

억새가 물결치듯 일렁이고 구덩이에 쇠못을 박아 둘러놓은 천들이 덩달아 펄럭였다. 줄에서 떨어져 나간 천은 바람에 이리저리 쓸리다 다시 하늘로 솟아오르곤 했다. 그리고 멀리서 징소리가 들렸다. 겐지가 소리가 나는 쪽으로 고개를 돌리자 횃불을 든 한 무리의 사람들이 일렬 로 걸어오고 있었다.

"제관 일행이 오는군. 냉천에도 불구하고 모두 산속에 숨어 있다 내 려온 거야."

행렬 뒷줄에 선 사람들은 긴 장대로 만든 깃발을 들고 따라왔다. '홍 무대왕', '압량주 군왕', '봉상정경 평양군 개국공'이라고 쓴 한자가 보였 다. 산바람에 나부끼는 노란색과 붉은색 천들에는 청룡도를 든 도깨비 가 말을 타고 있는 그림이 그려져 있었다. 도깨비는 김유신이 분명했다.

그 도깨비들은 마치 희미한 어둠속에서 공중을 훨훨 날아 이곳으로 다가오는 것 같았다.

맨 앞줄에 김우조가 있었다. 그는 고깔을 쓰고 하얀 가죽신을 신고 두 손에는 정화수를 들었다. 그 뒤로는 청죽 한 묶음을 든 키 작은 남자가 걸어왔다. 바람 따라 흔들리는 횃불이 김우조의 얼굴에 벌겋게 서리자 그 또한 도깨비 같았다.

드디어 그들이 각간묘 앞에 섰다. 징소리가 크게 연거푸 두 번 울렸다. 누군가 김우조에게 다가가 귀엣말을 했다. 김우조는 말을 해서는 안 되는 모양인지 조용히 듣기만 했다.

도깨비 그림과 붉은 깃발을 든 사람들이 제단 뒤 각자의 자리로 가자 장내가 고요했다. 갑자기 깃발이 일제히 서쪽으로 펄럭였다. 바람이 몰려오고 있었다. 그 바람은 소나무가 휘청거릴 만큼 거세게 몰아치는데도 이상하게 차가운 기운이 없었다. 어둠이 완전히 내려앉았다.

그때 겐지의 귀에 이상한 소리가 들렸다.

─웅.

─웅.

분명 바람 소리와는 다른 소리다. 멀리서 들리는 북소리 같았다. 그러나 절대로 멀리서 나는 소리가 아니었다. 낮게 깔리는 이 기분 나쁜 소리는 깃발과 천막 사이사이로 흘러들어 주위를 얼어붙게 했다. 이에 뒤질세라 구름떼가 달을 가렸다. 온 천지가 미지의 세상으로 변했다. 사람들이 어깨를 움츠렸다. 그럴 줄 알았다는 듯 눈을 감는 사람도 있었다.

제관 김우조는 들고 있던 정화수를 제단에 올렸다. 그리고 한 걸음 뒤로 물러나 두 손을 하늘로 치켜올리고 의식을 시작했다. 붉은 소맷자락이 바람에 펄럭이면서 얼굴을 때렸다. 그는 전 세계의 그 어떤 신관과 비교해도 손색이 없었다. 이윽고 느릿느릿 춤사위를 벌이기 시작했다.

학이 날 듯 조용히 가슴으로 두 손을 모았다가 다시 하늘로 뻗기를 반복했다. 그리고 관에 두른 무명천을 슬슬 풀었다. 나이 많은 유사사령 하나가 축문을 읽기 시작했다. 김우조는 다시 천에서 손을 떼고 어깨를 덩실거렸다.

"아름답구나."

겐지는 자기도 모르게 탄성을 질렀다.

그때 법민이 겐지의 옷자락을 급하게 움켜잡았다.

"저, 저것 좀 봐……. 보이나?"

김우조의 눈이 붉게 충혈되고 있었다. 아니, 화선지에 먹이 스미듯 검은 동자가 점점 붉은색으로 바뀌고 있었다.

"오, 맙소사! 신이 내리려는 모양일세."

법민이 말했다. 겐지는 긴장하며 법민의 팔뚝을 잡았다.

유사사령은 축문을 계속 읽었다.

웅웅거리는 소리가 멈추지 않았고, 횃불이 요동쳤다.

김우조는 짐승처럼 헐떡거렸다. 그리고 비스듬히 고개를 돌려 시뻘건 눈알을 굴리며 군중들을 하나하나 노려보았다. 꼭 누구를 찾고 있는 것 같았다. 그의 구부정한 등은 헐떡거릴 때마다 오르락내리락 했다. 사람들은 그 모습을 차마 마주 보지 못하고 고개를 돌렸다. 김우조는 사람들의 발을 보다가 모자를 보다가 지팡이를 보다가 횃불을 봤다.

신라 신장(神將)의 혼령은 누군가를 찾고 있었다. 주위를 한참 동안 훑어보던 검붉은 눈동자는 겐지와 법민이 있는 곳에서 딱 멈췄다. 겐지에게 그 얼굴은 왠지 낯익었다. 저 얼굴, 저 핏기 없는 살가죽과 미간에 파인 깊은 일자 주름. 피가 고인 듯 요망하게 검붉고 탁한 눈동자. 끝이 매섭게 올라간 눈매. 쫙 벌린 입.

아아……. 그 미라의 얼굴이다.

지금 김우조의 얼굴은 꿈에서 겐지의 뒷머리를 잡아당겼던 그 미라의 모습이었다.

그때였다.

"불이야!"

모두들 법민과 겐지의 뒤쪽을 향해 고개를 돌렸다. 두 사람도 고개를 돌렸다. 그쪽에는 낮게 깔린 구름 너머로 굵고 허연 연기가 솟구치는 것이 보였다. 무열왕릉의 왼쪽 편, 초가지붕들이 모여 있는 귀퉁이에서 연기가 자욱하게 올랐다. 무섭게 하늘로 치솟는 불길은 마치 붉은 용이 하늘로 솟아오르는 것 같았다.

"유곡채에 불이 났다!"

법민이 탄성을 질렀다.

겐지는 그 와중에 다시 김우조를 봤다. 김우조는 어깨를 늘어뜨리고 고개를 숙인 채 서 있었다. 그래서 그랬나? 방금 전까지 이쪽을 응시한 것은? 빙의된 귀신이 유곡채에 저주를 뿌린 것인가?

사람들은 누구라고 할 것 없이 일제히 유곡채 쪽으로 달려갔다. 겐지와 법민도 달렸다. 오늘같이 바람이 심하게 부는 날, 자칫하면 마을이 모두 불바다가 될 것이다. 사람들이 물동이를 찾으러 각자의 집으로 향했으나 실상은 이 불길한 현장을 피하고 싶었던 것이리라. 사람들이 한꺼번에 움직이는 바람에 서로 걸리고 넘어지며 묘지는 아수라장이 되었다. 깃발이 쓰러지고 천막이 무너졌다. 병풍이 짓밟히고 제단이 넘어갔다. 횃불이 쓰러지고 바람에 펄럭이던 노랗고 붉은 천들은 소나무 가지에 걸려 엉켰다. 음식이 흙구덩이로 떨어졌다. 술통이 굴렀다.

모두의 시간이 멈추다가 다시 흘렀다.

그리고 바람이 멎었다.

떼를 이루던 구름도 천천히 흩어졌다. 웅웅거리는 소리가 점점 작아

지더니 주위는 다시 조용해졌다.

석관의 뚜껑이 덮이지도 못한 채 나무관이 그대로 드러나 있었다. 각간묘가 일본인 손에 열린 지 한 달 만에 후손이 정성들여 준비한 저 관 또한 덮이지 못했다.

모두가 빠져나간 자리에는 죽은 돼지의 사체와 함께 히죽거리고 있는 붉은 눈의 김우조만이 남아 있었다.

2

유곡채에서 화재가 발생한 지 닷새가 지났다.

장남 김성민이 쓰던 화실은 네 귀퉁이 벽만 남은 채 지붕과 실내가 모두 전소되었고, 맞은편에 있던 사랑채의 처마 일부가 폭삭 내려앉았다. 사망자는 한 명으로 경찰은 그를 김성민이라고 발표하였다. 도 경찰부 보안과 직원들이 이틀 동안 위생조사를 하였고, 경주경찰서 마쓰야 서장은 최소 인력만 남기고 경찰을 철수시켰다.

이날 제일 먼저 불길을 본 사람은 인근에 사는 아낙이었다.

오후부터 아들이 혀가 검어지고 심한 설사가 이어지다 급기야 탈수증세까지 나타나자, 아낙은 숯과 환을 얻기 위하여 유곡채로 향하였다고 한다. 대문을 열었을 때 이미 검은 연기가 자욱하게 마당을 뒤덮고, 화실 오른쪽에 쌓아놓고 말리던 장작과 화실은 이미 불길에 휩싸였더라고 말하였다. 다행히 안채의 노부인은 전날 평양으로 출발한 상태였다. 노부인은 경성에 머무르고 있던 김치록 대감과 평양에서 만나 대동강변에서 온천요양을 하며 지병을 다스린 뒤 한식날 돌아오기로 되어 있었다.

경찰과 헌병대는 잔해에서 발견된 골반뼈 일부분과 등뼈가 김성민의 것이라고 발표하였다. 마쓰야 서장은 화재가 나기 전 김성민이 약을 먹고 잠들었다는 고용인의 진술을 듣고 미처 건물에서 빠져나오지 못했을 것이라고 추정하였다. 그러나 과거 김성민이 몇 차례 방화 경력이 있어 이번에도 화실에 직접 불을 내고 그 안에 갇혀 사망했을 가능성도 버리지 아니하였다.

주필 성시원 (경주도민일보)

후즈키의 추리

1

4백 권의 장서가 꽂힌 오류헌의 서재에 사람들이 모여 있었다. 창 아래 놓인 감색 의자에는 지영이 다소곳이 앉아 있었다. 옆에 쪼그리고 앉은 단초는 카펫 바닥을 이리저리 긁으며 손자국을 만들고 지우기를 반복했다. 수선화 문양이 촘촘하게 기모(起毛)된 벨루어 카펫의 표면은 단초의 손장난에 따라 다양한 무늬가 나타났다 사라지곤 했다.

그 자리에는 특별하게 시선을 모으는 사람이 있었다. 바로 봉우당의 장녀 김보영이 등장한 것이다. 그녀는 보풀이 얇게 인 숄을 어깨에 걸치고 두꺼운 털양말을 신은 채 살집이 풍성한 유모의 허리에 기대앉아 있었다. 약에 찌든 얼굴과 바늘로 그은 듯 눈가에 잡힌 주름은 병자의 냄새를 진하게 풍겼다. 법민은 그런 보영을 보며 남몰래 한숨을 쉬었다. 아랫배에서 새순처럼 다시 올라오는 이 감정을 북받침이라 해도 좋을 것이다.

벽난로 위에 걸린 시계가 8시 45분을 지나고 있을 때 겐지가 들어섰다.

"여, 여! 기다리게 해서 죄송합니다."

순간 지영과 법민의 눈이 커졌다. 그가 입고 있는 앙고라와 캐시미어가 혼방된 바지는 바로 성민의 것이었다. 그 옷은 겐지에게 꽤 잘 어울렸다. 그는 황갈색 조끼에서 꺼낸 자주색 클럽타이를 매며 법민에게 의미심장한 웃음을 지었다.

모두 모였다는 것을 확인한 후즈키는 마른기침을 했다.

그는 우선 민지영에게 몸을 틀었다.

"혹시 부인은 청색 클로슈*를 가지고 있나요?"

"여자들은 대부분 한 개씩 가지고 있죠."

지영이 나직이 말을 받았다.

"아, 그렇겠지요. 그런데 혹시 청색은 있습니까?"

"없습니다."

지영의 대답에 후즈키는 잘 알겠다는 듯 고개를 끄덕인 뒤 곧바로 법민에게 손짓을 했다.

"괜찮다면 법민 씨가 이리로 좀 나오셔서 이 사진을 확인해 주시겠습니까?"

그는 낡은 사진 한 장을 내밀었다. 그것은 1년 전 자신이 수영과 함께 경성에 갔을 때 찍은 사진이었다. 사진속의 배경은 남산에 있는 조선신궁의 테미즈야** 앞이었다. 수영은 긴 양모 코트에 파란색 클로슈를 쓴 채 법민의 어깨에 기대어 밝게 웃고 있었다. 쏟아지는 겨울 햇살을 막기 위해 쓴 모자의 챙은 웃고 있는 그녀의 반달모양의 눈매와 높은 코를 가리지 못했다.

"여기 두 사람, 당신과 김수영 씨가 맞나요?"

---

* 여성들이 외출할 때 쓰는 챙이 내려간 모자로 1930년대에 유행했음
**테미즈야(てみずや): 일본 신사 앞에 손을 씻도록 만든 물받이 석돌

"결혼하고 바로 찍은 사진이군요."

법민이 괴로운 듯 말했다.

"그렇겠죠. 우린 이 사진을 김보영 씨에게 받았으니까요."

후즈키는 사진을 주머니에 넣고 방향을 김보영과 유모에게 틀었다.

"혹시 김수영 씨가 마지막으로 성모사에 올랐을 때 모자를 썼나요?"

"네, 아가씨는 두꺼운 모자를 챙겨 쓰고 갔습니다. 새벽예불을 시간에는 무척 추웠으니까요." 유모가 대답했다.

"어떤 모자였죠?"

이번엔 보영이 대답했다.

"클로슈였어요. 제가 짜준 겁니다."

"이 사진 속에서 수영 씨가 쓰고 있는 모자인가요?"

후즈키는 보영에게 허리를 숙이며 다시 사진을 꺼내 앞으로 들이밀었다. 보영은 청색 클로슈를 쓰고 웃는 수영을 보며 힘없이 고개를 끄덕였다. 후즈키는 그게 신호라도 되듯 가네모토에게 턱짓을 했다.

"체포해!"

모든 사람이 놀란 눈으로 뜻밖의 사태를 바라봤다. 가네모토가 의자에 앉아 있던 민지영을 카펫 바닥으로 끌어내 무릎을 꿇게 했기 때문이었다. 그 몸짓은 마치 도살할 개를 다루듯 거칠었다. 외마디 비명을 지르는 민지영의 머리가 일렁이는 수초처럼 엉클어졌다.

"무슨 짓이야!"

법민이 달려와 가네모토를 덮쳤다. 서재는 순식간에 아수라장이 되었다. 단초가 괴성을 질렀다. 마당에 있던 형사 세 명이 달려왔다. 그들은 법민을 누르고 수갑을 채웠다. 단초가 법민에게 안기려 하자 후즈키가 단초의 목을 잡았다. 모두가 순식간에 일어난 일이다.

겐지가 앞으로 나가려 하자, 후즈키가 재빠르게 명령했다.

"풀어줘! 일단 진정하자고."

가네모토가 수갑을 풀자 겐지는 법민을 데리고 뒷자리로 갔다. 지영은 형사에게 이끌려 거칠게 소파에 내동댕이쳐졌다. 들어가던 법민은 자꾸 지영을 돌아보았다. 그녀는 크게 충격을 받은 듯 넋이 나간 표정이었다.

"소란은 여기까집니다."

후즈키는 숨을 한 번 크게 고르며 방에 모인 사람들을 눈도장 찍듯 하나하나 둘러봤다.

"내 앞에서 거짓말을 한다는 것은 위험한 일입니다. 다시는 내게 거짓말을 하지 마시오. 부인."

민지영은 눈을 질끈 감았다.

이 일본경찰은 애초부터 굽실댄 것이 아니었다.

소란이 진정되자 후즈키는 빠르게 사건의 진상을 설명했다.

"그날 겐지 님과 사망자가 법당에서 만난 시간은 오전 9시에서 10시 사이였을 겁니다. 그리고 겐지 님은 곧 그 자리를 떠났습니다. 하지만 산중턱에서 뭔가를 놓고 왔다는 것을 깨닫고 다시 법당으로 갔던 시각이 오전 10시 40분입니다. 맞나요?"

"아마도……."

"그렇다면 법당에서 주머니를 찾았나요?"

"없었습니다."

"우리는 겐지 님이 11시경에 성모사에서 담배 피우는 것을 동자승이 봤다는 진술을 받아냈습니다. 그건 아마도 다시 성모사로 올라가서 주머니를 찾지 못하고 나왔을 시각일 것입니다. 어쨌든 김수영은 분명 오후까지는 살아 있었으니 겐지 님은 살인자가 아닙니다."

"내 알리바이가 증명된 것은 다행이지만 그렇다고 사망자가 오후까지 살아 있었다는 근거는 뭔가요?"

겐지가 옅은 미소를 지으며 물었다.

후즈키는 아직 거기까지 가기에는 이르다는 표정을 지으며 그 질문에 대답하지 않았다.

"집사는 오후 3시에 민지영 씨가 김성민 씨를 부축하고 화실로 들어가는 것을 봤다고 했습니다. 맞는가?"

"맞습니다."

샤론이 대답했다.

"그날 집사는 대구로 출발할 차를 사랑채 앞마당에 세워두고 대기하고 있었지요. 부인도 집사의 증언대로 그 시각에 화실 마당에서 어슬렁거리던 김성민 씨를 화실로 들어가게 했다고 진술했습니다. 햇빛이 김성민 씨의 눈에 좋지 않았으니까요."

후즈키는 여기서 잠시 숨을 삼켰다.

"하지만 진짜로 부인이 김성민 씨를 부축해서 화실로 들어간 걸까요?"

사람들이 일제히 후즈키의 입을 주시했다.

"혹시 집사가 본 여자는 민지영이 아니라 김수영이 아니었을까요?"

2

후즈키는 지영 쪽으로 고개를 돌렸다.

"나는 부인과 대화 도중 큰 실수를 했습니다. 질문자로서 가장 기본을 지키지 못했지요. 그것은 내 입으로 먼저 부인이 남편을 화실로 부축하고 들어가는 것을 봤다는 집사의 증언을 내뱉어버린 것입니다. 부인은 머리가 좋으신 분이더군요. 아마 속으로 이렇게 생각했을 겁니다.

'집사나 경부는 동서를 나로 잘못 알고 있는 것이구나. 분명 그 시각에 동서가 이 유곡채에 있었구나'라고 말이죠. 부인은 나한테 3시에 화실 앞에 있었던 그 여자가 바로 자신이라고 거짓 진술을 했습니다. 하지만 당신은 당시 김수영 씨가 외출용 모자를 쓰고 있었다는 것을 몰랐습니다. 김성민과 함께 화실 앞에 있었던 여자는 청색 모자를 쓰고 있었으니까요. 그러나 우리는 방금 민지영 씨한테 그런 모자가 없다는 것을 확인했습니다."

모두들 입이 벌어졌다.

"성모사에서 유곡채로 내려오는 길은 또 하나가 있습니다. 바로 선도산 동쪽 절벽을 따라 이어진 길이지요. 성모사 본당 뒤에 있는 이 길을 타고 절벽을 내려오면 삼거리에 버려진 무덤으로 갈 수도 있고 또 청죽숲이 있는 기슭을 따라 오류헌이 있는 뒷마당, 즉 사당이 있는 담장까지 내려올 수도 있습니다. 그러면 사당 쪽문으로 들어오겠지요. 유곡채에서 명절 때마다 성모사로 음식을 보낼 때 고용인들이 이 길로 다닙니다. 다소 위험하지만 시간을 절약할 수 있는 지름길이기 때문이지요. 김수영 씨는 유곡채로 시집온 사람입니다. 물론 그녀도 이 길을 알고 있었을 겁니다."

모든 것을 체념한 지영은 소변이 마려운 아이 같은 표정을 지었다.

"청색 모자를 쓴 김수영 씨는 분명 유곡채에서 집사에게 목격되었습니다. 그래서 그녀가 오전 11시가 아닌, 오후 3시까지 살아 있었다는 것이고 집사의 증언으로 인해 겐지 님의 혐의는 풀립니다."

시간은 이미 정오를 훌쩍 넘기고 있었다.

"그렇다면 김수영 씨는 유곡채에 내려와서 3시까지 무엇을 하고 있었습니까?"

겐지가 물었다.

"아마도 겐지 님을 기다리고 있지 않았을까요?"

"나를?"

"분명한 것은 그녀가 겐지 님의 주머니를 돌려주기 위해 유곡채로 내려왔다는 것입니다. 혹시 모르지요, 당신을 흠모했을 수도 있고. 그건 우리가 밝혀낼 문제는 아닌 것 같고······."

겐지는 뜻밖이라는 표정으로 옆에 있는 법민을 쳐다봤다. 늘어진 백발 머리 아래로 경직된 법민의 얼굴이 홍당무처럼 붉게 변했다. 이 자리에서 가장 심정이 불편해보이는 사람은 오직 법민뿐이었다.

"김수영 씨는 겐지 님이 이곳에 머무르고 있다는 사실을 알고 있었다는 것입니다. 오류헌은 손님이 머무는 건물이니까요."

"그럼, 수영이 왜 형님을 부축해서 화실로 들어간단 말이오?"

법민이 어금니를 누르며 힘겹게 반문하자, 후즈키는 몹시 안타깝다는 인상을 지었다.

"오, 아직도 내말을 이해하지 못하는 군요. 집사가 본 것은 김수영 씨가 김성민을 부축하는 모습이 아니고 김성민이 김수영 씨를 화실로 끌고 들어가는 장면이었습니다."

3

"사람의 뇌는 시각적으로 판단한 사실보다 기억에 익숙한 것만을 인식하려는 경향이 있습니다. 집사는 김성민이 김수영의 목을 졸라 화실로 끌고 가는 장면을 민지영 씨가 김성민 씨를 부축하는 것으로 착각하고 있었던 겁니다. 당연하지요. 김수영 씨는 그날 민지영 씨와 같은 옷을 입고 있었으니까요. 또 유곡채에 김수영 씨가 나타날 줄 누가 알았겠습니까? 두 남녀는 서로 엉켜 있다가 빠르게 건물 안으로 사라졌을 테고, 집사의 뇌는 그 장면을 평소에 보던 일상으로 인식해버린 것입니다. 저 친구는 이틀 전에도 같은 자리에서 담배를 피우던 가네모토 형사를 김법민 씨로 잘못 보더군요."

벽난로 시계에서 1시를 알리는 종소리가 났다.

지영은 여전히 고개를 떨어뜨리고 바닥만 보았다. 손수건을 쥔 두 손을 가지런히 허벅지에 둔 채. 한참 후 어디선가 한숨 소리가 들렸다. 보영이 고개를 숙이자 유모가 그녀를 안았다.

"그리고 중요한 것은 그날 김성민이 대구로 떠나기 전까지 화실문은 전혀 잠겨있지 않았다는 사실입니다. 이날 김성민은 아침부터 발작증세가 있었습니다. 부인의 입을 통해 단초의 진술이 이어집니다. 부인은 단초가 3시경에 화실에서 나올 때 문을 밖에서 잠갔다고 했는데 그것은 거짓 통역이었습니다. 이 아이는 그때 열쇠를 가지고 있지 않았습니다. 내 말이 맞나, 집사?"

"그…… 글쎄요. 단초는 12시에 점심 수발을 든 후 2시까지 저와 함께 차에서 놀긴 했는데……."

샤론의 목소리가 기어들어갔다.

"그렇지, 잘 기억하는군. 단초는 민지영 씨의 진술대로 제 방에서 삼봉술을 닦았던 것이 아니라 마당에서 집사를 기다리고 있었습니다. 그날은 집사가 실을 사오는 날이었기 때문이지요. 단초는 2시까지 집사 곁에서 자동차 크락숀의 문장을 어떻게 삼봉술에 적용할지를 넋 놓고 구경하다가 열쇠가 들어 있는 소중한 필통을 둔 채 화실로 가버렸습니다. 김성민의 탕재를 들여야 할 시간을 넘겼던 거지요. 그렇다면 그날 화실문은 오후 내내 밖에서 잠겨 있지 않았다는 말이 됩니다."

후즈키는 이따금씩 흥분해 있는 법민을 견제하듯 흘끔흘끔 쳐다보았다.

"살인이 가능한 시간대에 짐승이 우리에서 탈출했습니다. 환한 대낮에 미치광이가 마당으로 나왔습니다. 저쪽 멀리 마당구석에는 자신을 가두려는 큰 차가 대기 중입니다. 고개를 돌리자 중문을 넘어 오류헌 쪽에서 한 여인이 걸어오는 것이 보입니다. 아마도 오류헌에서 겐지 님을 기다리던 김수영 씨는 유곡채 화실 앞까지 걸어왔을 겁니다. 그녀는 그에게 안부를 물었을지도 모릅니다. 그러나 김성민의 눈에는 그녀가 아내로 보였습니다. 긴 드레스를 입고 언제나 자신을 가두는 아내. 외로운 얼굴을 한 채 언제나 떠나버리는 아내. 그는 정신적 발작을 일으킵니다. 그리고 순식간에 목을 조릅니다. 먼 거리에 있던 집사는 그것을 병원에 가기 싫어하는 김성민이 민지영 씨와 실랑이를 벌이다 결국 민지영 씨의 부축을 받고 화실로 들어가는 것으로 보였을 겁니다. 이 집에서는 종종 있는 일이기 때문이지요."

모두들 조용했다.

"정신착란 상태에서는 가장 가까운 사람을 증오하는 경향이 있습니다. 여기 가네모토 형사가 대구에서 가지고 온 진단서입니다. 편집성 망상장애라고 되어 있군요. 정신분열성 행동장애입니다. 망상장애는 평소에는 정상인처럼 행동하다가 규칙적인 시간, 일정한 대상에 대해서만 기이한 행동이나 변덕스러움을 보이는 발작입니다."

후즈키는 안주머니에서 서류를 꺼내 흔들었다.

"진단서를 좀 볼 수 있습니까?"

겐지가 자리에서 일어나 후즈키에게 말했다. 후즈키는 들고 있던 흰 종이를 가네모토에게 주었다.

"젤러스 딜루전(jealous delusion)이군. 시기망상장애야."

차분하게 넘어가던 시침소리가 2시를 알리는 종소리에 묻혔다.

"민지영 씨는 김성민이 병원으로 가기 전에 왜 그렇게 헐떡거리며 차에 올라탔는지 그제야 이해가 간 것입니다. 아, 남편이 죽었구나.”

후즈키는 연극배우처럼 두 손을 가슴에 품으며 안타까운 시늉을 했다.

“마음만 먹으면 민지영 씨는 언제든지 단초의 증언을 옮기던 중에 말을 바꿀 수 있지요. 같은 장소에서 단초와 민지영 씨의 증언을 함께 들은 것이 내 실수였습니다. 그녀는 남편을 살리기 위해서는 오후 내내 남편이 화실에 갇혀 있는 것으로 설정해야 했습니다. 특히 2시와 3시 이후의 알리바이를 만들어주어야 했습니다. 결국 민지영 씨의 의도대로 단초가 2시에, 부인이 3시에 김성민의 알리바이를 효과적으로 증명해주었습니다. 나는 집사의 필통에 관한 증언을 듣던 중에서야 민지영 씨가 단초의 증언을 다르게 옮겼다는 것을 깨달았습니다.”

“나머지 시신은 어디에 숨긴 것입니까?”

겐지가 물었다.

후즈키는 기다렸다는 듯 곧바로 벽난로 선반에 올려둔 수첩을 들었다. 그러고 나서야 겐지를 보며 말했다.

“참 이상한 일이지요. 경성제대 검시장에서 보내온 소견서를 보면 화재현장에서 발견된 시신에서 두개골을 발견할 수 없다고 나와 있습니다. 한번 읽어보겠습니다.”

육탈(肉脫)이 완료되었고 부분적으로 골연화가 진행되어 골절과 사후 골연화에 의한 변화에 따해 정확한 감별이 어려움. 그러나 자체 샘플과 비교해본 결과 두상연골의 조직을 발견할 수 없음.

“발작은 시간이 지나면 제정신으로 돌아옵니다. 그는 발작이 멈추자 다시 나약한 화가로 돌아왔습니다. 그러나 화실에는 수영의 시체가 널브러져 있었고 자신이 살인을 저질렀다는 것을 깨달았습니다. 이제 어떻게 해야 할까요? 그는 서둘러 시신을 숨긴 후 일단 병원으로 출발합니다. 그 후, 병원에서 돌아와 측근들의 출입을 통제하고, 단초의 열쇠를 빼앗습니다. 그리고 야밤에 시체의 목을 자른 후 절벽을 타고 성모사로 올라가 목과 그녀가 들고 있던 주머니를 법당에 두고 내려옵니다. 야마쿠치 병원에서 보내온 검출기록문을 보면 목 절단면에 아교를 발랐다고 씌어 있습니다. 아교는 물감을 굳히는 데 사용하는 미술용 재료이기도 합니다. 그때까지도 나머지 사체는 화실에 있었습니다. 김성민은 시신의 부패를 막기 위해 불도 피우지 않고 지냈지만 점점 냄새가 났을 테고, 수사가 유곡채까지 줍혀들자 화실에 불을 지르고 김수영의 몸을 태워 자신이 자살한 것으로 위장하였던 것입니다."

그 말이 끝나기 무섭게 법민이 일어났다. 백발의 머리에 붉게 충혈된 두 눈은 흥분했고 마치 먹이를 노리는 늑대처럼 벌어진 입술 아래로 이를 드러냈다. 놀란 가네모토가 민첩하게 법민 쪽으로 몸을 틀었다.

"믿을 수 없어! 당신은 보지 않은 일을 추측으로 말하고 있소."

겐지가 다가가 흥분한 법민의 어깨를 두드렸다.

"뭐, 그럴 것 없습니다. 또 다른 증거가 있으니까요."

후즈키가 다시 가네모토에게 또 다시 턱짓을 했다. 가네모토가 성큼 걸어와 주머니에서 흰 헝겊뭉치를 건넸다. 후즈키는 손바닥에 그 헝겊을 올리고 펼쳤다. 금색으로 된 굵은 끈이었다.

"겐지 님, 이 끈을 알고 계시죠?"

겐지는 무척 놀라는 얼굴이었다.

"제 주머니에 달려 있던 끈입니다."

"겐지 님이 잃어버리신 물건은 항상 우리가 찾아내는군요. 어쨌든 좋습니다."

겐지는 처음과 다르게 불편한 기색을 띠었다.

"이 끈은 겐지 님이 잃어버린 물건에서 떨어져 나온 끈입니다. 봉황의 형상을 한 이 실 꼬임은 아주 화려하군요. 우리는 이것을 단초란 아이의 방에서 발견했습니다."

단초는 불안한 얼굴로 지영의 치맛자락을 잡았다.

"이 끈은 김수영 씨가 화실로 끌려들어갈 때 떨어뜨린 것으로, 저 아이는 이것을 화실 근처에서 주웠을 것입니다. 이렇게 꼬임이 화려한 일본의 예술품을 보고 어떻게 그냥 지나치겠습니까? 이 끈이 유곡채에서 발견되었다면 분명 김수영이 가져왔다는 것 외에는 달리 설명할 방법이 없습니다."

법민이 단초에게 그 사실을 묻자 불쌍한 단초는 병원으로 떠나기 전 화실문 앞에서 주웠다고 말했다. 가져도 되는 물건이 아닌 줄은 알았지만 너무 예뻐서 가졌다고 했다. 그리고 법민에게 잘못했다고 빌었다.

지영이 두 손에 얼굴을 묻으며 울음을 터뜨렸다. 기세등등한 뱀눈의 후즈키는 말없이 수염을 꼬면서 창밖을 내다봤다.

"뼈가 완전히 삭을 만큼 불이 크게 났습니다. 아마도 김성민은 시신에 기름을 뿌리고 완소시키려 했을 것입니다. 적어도 엉덩뼈나 등뼈는 완전히 삭지 않겠지만 나머지 뼈들은 다 타야 여자의 몸이란 것을 알 수 없지요. 그건 지식인이 아니면 생각할 수 없는 치밀함입니다."

후즈키의 자부심은 이제 절정에 이르렀다.

"우리에서 탈출한 그 짐승이 아직도 우리 수사 반경 안에 있다면 이 선도산 어느 곳에선가 배회하고 있을 겁니다. 만약 건천 너머로 달아났다면 경성에 있는 총독부에 협조를 구해 수배를 띄워야 합니다. 그러나 걱정하지 마십시오. 금방 잡힙니다. 그게 내 전문이기도 하고 또⋯⋯."

후즈키의 말이 채 끝나기도 전에 백발의 머리카락을 휘날리며 김법민이 후즈키를 향해 날아올랐다.

여근곡

1

택시는 포장되지 않은 논길을 거칠게 달리고 있었다. 딱딱하게 언 자갈투성이 논길에는 아직도 아침이슬이 맺혀 있었다.

겐지는 의자 깊숙이 몸을 기댔다. 의자 밑에서는 스프링이 삐걱삐걱 소리를 냈다. 마른논 사이로 을씨년스럽게 박힌 검은 전신주가 규칙적으로 흘러갔다. 전선에 앉은 검은 까마귀떼가 삼삼오오 새로운 자리를 잡는 바람에 전신주는 수시로 괴상한 형체를 만들며 지나갔다. 법민은 어금니를 꽉 깨물었다.

바람같이 달려든 법민은 후즈키와 뒤엉켜 벽난로 잿더미로 굴렀다. 그 와중에 책장에 꽂힌 책들이 와르르 무너지면서 벽에 걸린 춘란액자를 찢었다. 가네모토와 겐지가 달려들어 흥분한 법민을 간신히 떼어냈다. 결국 법민은 겐지에게 목덜미를 잡힌 채 밖으로 끌려나와야 했다. 그러나 흥분한 그는 좀처럼 얌전해지지 않았고 겐지가 뒤에서 부둥켜 안고 경추를 몇 번이고 누른 뒤에야 겨우 안정을 되찾았다.

"고작 그 끈 하나로…….."

택시는 계속 덜컹거리며 논길을 달렸다.

"아니야. 후즈키는 단초의 진술을 받아냈어. 경부는 베테랑이야."

겐지가 법민의 말을 덮었다. 그러나 그의 기분이 어떤 것인지 이해할 만 했다. 의지했던 형의 광기에 충격이 컸을 것이다. 형 류타가 자살할 때 자신도 얼마나 큰 충격을 받았던가.

"자네 형은 지금 가장 유력한 피의자야. 하지만 분명한 것은 이것이 사건의 전말은 아니라는 거야. 시신의 머리만 남겨둔 성모사 살인사건 은 각간묘의 미라와 밀접한 관련이 있을 것이네. 우선 그 미라의 존재를 밝혀야 하네."

택시는 이제 작은 논길을 벗어나 이차선 콘크리트 포장도로를 달렸 다. 농경지를 지나 비포장 흙길로 접어들자 배나무를 심은 과수원이 나왔다. 배나무는 차가운 흙바닥에 뿌리를 박고 추위를 견디며 한철을 삭이고 있었다. 그 주위에는 해체된 사찰의 석물과 배례석들이 나무 사이에 널브러져 있었다. 고대에 영묘사에서 사용되고 제자리를 찾지 못한 석조물이다. 택시가 개울을 돌아 10분 정도 좁은 길을 더 거슬러 올라가자 넓은 아화천이 나왔다. 부산성(富山城)이다.

"이쯤인 것 같은데."

겐지가 차창 밖으로 고개를 내밀며 아화천과 건천 사이 넓은 들판을 내다보자 택시 운전사가 차를 세웠다.

"멀리 보이는 오봉산의 동쪽이 바로 그곳입니다."

멀리 벌판 너머로 오봉산 줄기가 시야에 들어왔다. 부드러운 능선이 좌우에서 처져 만나는 곳에 산허리가 흘러내리며 작은 협곡을 이루고 있었는데 가운데 능선 중턱에 우거진 커다란 소나무 숲은 겨울임에도 잎이 무성하게 두 겹으로 말렸다. 그것은 어김없는 여성의 성기 모양이

었다. 비탈진 능선과 거기서 우거진 나무가 만들어내는 절묘한 지형의
조화였다.

"겨울이라 저 정도지, 여름이면 완전히 여자의 그것과 다를 바 없습니
다." 운전사가 말했다.

음모가 있을 법한 둔덕은 월아산*을 거꾸로 뒤집어 세워놓은 듯이
갈라져 민망한 두덩이를 만들었고, 그 속에 잡목림이 소음순처럼 둥글
게 부풀어 완벽한 그것의 형태를 보였다. 여인과 마주 앉아 서로 발바닥
을 붙인 채 넓적다리를 크게 벌리면 볼 수 있는 여자 성기의 모양이다.

"음기가 모여 혈을 이루는 곳에는 일상적인 자연의 흐름도 멎나보군."
겐지는 넋 놓고 풍경을 감상했다.

"여근곡은 성지(聖地)입니다. 그 아래 옥문지(玉門池)는 돌을 던지거나
장대로 휘저어서는 절대로 안 되는 곳입니다. 그렇게 되면 지역의 여자
들이 바람이 납니다." 운전사가 훈계하듯 말했다.

겐지가 법민 쪽으로 고개를 돌렸다.

"경찰이 도난당한 성모사의 목상을 오늘 아침에 저기서 찾았다는군."

2

성시원은 뒷짐을 지고 이리저리 돌다가 구덩이 가에 쪼그리고 앉았
다. 허벅지가 탱탱하게 부풀어 바지가 터질 것 같았다. 이곳은 서쪽의
능선이고 샘이 솟는 자리여서 흙이 항상 젖어 있었고 빛깔도 검었다.
성시원이 젖은 흙이 묻은 손을 털며 일어났다. 그리고 박영래에게 사진
을 더 찍으라는 신호를 보냈다.

---

* 초승달 형태를 한 칼. 서유기에 나오는 사오정의 무기이기도 하다.

그때 겐지와 법민이 현장으로 올라왔다.

"히야, 머리가 눈처럼 하얗게 셌군요, 김법민 씨. 예전엔 탐스럽고 윤기나는 흑발이었는데……."

갑작스럽게 다가와 알은 체를 하는 이 키 작은 사내를 보고 법민이 놀라며 가슴을 젖혔다. 하지만 겐지는 친근한 듯 성시원의 등을 치며 말했다.

"인사하지. 이쪽은 경주도민일보의 성시원 씨."

법민은 성시원에게 눈길을 주지 않고 겐지를 쳐다봤다.

"아는 사인가?"

"일전에 예배당 거리에서 만나 도움을 받았네."

성시원이 쓰고 있던 중절모를 살짝 올리고 반짝이는 앞니를 드러내며 웃었다.

"당신이 일본으로 떠나기 전에 당신을 몇 번 보았습니다."

두 사람은 법민을 두고 앞으로 먼저 걸어갔다.

"마을 사람들이 며칠 전부터 옥문지가 누렇게 탁해지는 게 수상해서 올라와봤답니다. 땅을 덮은 흔적이 있어 파보니 이런 것이 나왔다는군요. 주민들이 상당히 흥분한 상태입니다. 여기는 아랫마을 사람들이 한 달에 한 번 제사를 지내는 신성한 곳인데 누가 이곳에 땅을 파고 칼과 목상을 묻어놓았으니 오죽하겠습니까?"

10미터 떨어진 곳에는 뒤따라 현장에 도착한 후즈키와 가네모토가 형사들의 설명을 들으며 현장을 둘러보고 있었다. 문제의 장소는 여근곡 야트막한 둔덕의 샘물이 솟는 자리였다. 그곳에는 무릎 깊이로 막 파낸 구덩이가 있었다. 그 옆에 일본 경찰이 사용하는 황색 판초가 깔려 있었고, 어른 키만 한 목상 두 개와 작은 삽 한 자루, 소를 잡는 데 쓰는 듯한 커다란 식칼 네 개가 나란히 놓여 있었다. 모두 구덩이에서 나온 것이 분명했다.

"성기 한가운데에서 칼이 나왔으니 삼신할머니가 얼마나 아팠을꼬? 이런 민망한 사건을 기사로 써야 하나, 말아야 하나."

형사들이 겐지와 법민을 의식하자 성시원은 그들이 들릴 만큼 큰소리로 허풍을 떨었다. 박영래는 연방 플래시를 터뜨렸다. 가네모토는 사진 찍는 박영래를 제지하지 않았다.

아랫마을에 산다는 노인과 두 사내가 허리를 굽혀 잡석을 솎아내면서 간혹 불안한 눈으로 경찰의 움직임을 하나하나 지켜보았다. 일본인들이 이곳을 해하지 않을까 몹시 걱정하는 표정이었다.

겐지가 펼쳐놓은 판초에 다가갔다. 식칼들은 흙이 잔뜩 묻어 있었지만 여전히 시퍼런 서슬이 가득 고여 있었다. 그는 심각한 표정으로 목상을 훑어보았다. 둥근 회나무에 안료를 바른 뒤 옻칠한 것이었는데 표면에 검은 흙이 상당 부분 말라붙어 있었다.

"관모를 쓴 걸 보니 이건 문신이고, 투구를 쓴 저쪽은 무신이겠군."

무신상은 눈과 코의 비례가 맞지 않아 무척 해학적이었다. 처진 눈썹과 웃고 있는 입매, 동전처럼 동그란 눈은 전혀 신무(神武)의 위엄이 없었고 서낭당이나 귀신집 단에나 놓일 만한 상이었다. 문신상도 더 나을 것이 없었지만 관모의 날개가 길고 턱에서 흘러내리는 검은 수염이 제법 귀한 모습으로 깎여졌다. 겐지가 무신상을 옆으로 굴려 뒤쪽을 보려 했으나 꿈쩍도 하지 않았다.

"이야, 이거 보기보다 무거운데. 필시 둘 이상은 있어야 옮겼겠는걸."

겐지가 손을 털면서 일어났다. 그리고 구덩이를 보며 고개를 갸우뚱거렸다.

"생각보다 얕게 팠군. 이 정도의 목상을 묻으려고 했다면 땅을 깊이 파야 했을 텐데."

겐지가 목상들을 살피는 사이 성시원이 법민에게 다가가 속삭였다.

"지금 경부가 뭘 찾은 것 같습니다."

법민이 그쪽으로 고개를 돌렸다. 후즈키 주위로 형사들이 모여 뭔가를 살펴보고 있었다. 겐지가 법민의 어깨를 토닥거린 뒤, 후즈키가 있는 쪽으로 걸어갔다. 성시원은 겐지의 뒷모습을 보며 법민에게 중얼거렸다.

"같은 일본인끼리는 통하는 게 있겠지요."

겐지는 후즈키와 심각하게 몇 마디 나누더니 무언가를 넘겨받아 법민 쪽으로 걸어왔다.

그것은 목걸이였다.

"이것도 함께 묻혀 있었네. 저들 말로는 이 목걸이와 칼은 비교적 깊이 묻혔고 목상은 땅에 거의 드러나게 묻혀 있었다고 하네."

법민은 관심 없다는 표정으로 목걸이를 슬쩍 쳐다보았다. 맹수의 이빨들을 엮어 만든 포수의 목걸이처럼 어른의 검지만 한 옥남근 수십 개가 가는 줄에 주렁주렁 매달려 있었다. 겐지는 너덜거리는 옥들을 하나하나 살펴보더니 고개를 갸우뚱했다.

"표면에 글씨가 새겨 있어."

성시원이 중간에서 목걸이를 낚아챘다.

"마라(魔羅)를 새겼군요. 이건 범어입니다. 말 그대로 사악한 자, 해탈을 방해하는 자를 뜻합니다. 인도 탄트라에서는 남근의 신이고 파괴를 의미하기도 하지요. 어이, 영래야. 이것도 좀 찍어라."

그때 저쪽에서 가네모토가 뛰어와 성시원을 밀치고 목걸이를 가져가 버렸다.

"지랄 맞은."

사진을 찍지 못한 성시원이 투덜거렸다.

"마라를 새긴 남근이라. 분명 주술행위 같아."

겐지가 중얼거렸다.

"그래도 성모님이 재미 좀 보셨군. 저 많은 남근을 혼자 안고 계셨으니." 성시원이 옆에서 낄낄거렸다.

"그만 좀 가주시겠소!"

법민이 드디어 성시원에게 역정을 냈다.

동시에 아래쪽에서 누군가가 고함을 질렀다. 멀리서 후즈키가 이쪽을 노려보고 있었다.

"젠장, 경부가 우리를 노려보고 있군. 난 먼저 내려가야겠소. 몇 번 기분 나쁜 소리를 해댔더니 저렇게 늙은 닭 잡아먹을 듯 눈초리가 올라가는군요. 어이, 영래야. 우린 그만 가자."

성시원은 후즈키 옆을 지날 때 마감시간이 다 되었다는 둥, 경찰서에 가서 압력을 좀 넣어야겠다는 둥 큰소리로 너스레를 떨었다. 겐지와 법민은 키 작은 성시원의 뒷모습을 의아한 듯 바라봤다.

법민이 고개를 숙이고 손에 든 쪽지를 편다.

성시원이 건넨 쪽지에는 힘찬 글씨로 "화주(火酒)집, 욕심 많은 바보, 저녁 7시"라고 적혀 있었다.

욕심 많은 바보: 성시원

1

'욕심 많은 바보'는 예배당 거리의 기와집이 즐비한 구역에서 두 블록 정도 떨어져 있었다. 여닫이문을 열고 겐지와 법민이 안으로 들어서자 매캐한 담배연기와 기름 볶는 냄새가 진동했다. 중국풍 카페를 흉내 내어 테이블마다 둥근 커튼이 둘러져 있었다. 구석자리에서 커튼을 열리고는 성시원이 고개를 삐쭉 내밀고 두 사람을 쳐다보다 다시 커튼을 닫았다. 두 사람은 천장에서 낮게 드리운 홍등을 이리저리 피하며 그쪽으로 갔다.

성시원은 잡채를 먹고 있었다. 모자를 벗고 있으니 이마가 넓고 깨끗했다.

"일찍 오셨군요."

성시원이 잡채를 오물거리며 웃었다. 입가엔 기름기가 번들거렸다. 오른손으로는 포크로 잡채를 뒤적거렸고 왼손으로는 술잔을 만지작거렸다. 자리에 앉은 겐지가 금장 담배갑에서 담배를 하나 빼자 성시원이 겐지 쪽으로 재떨이를 밀어주었다.

"뭐라도 좀 드시오. 이 집은 서양요리도 나온다오."

법민의 눈길은 성시원이 두꺼운 팔목에 두른, 데라우치란 이름이 새겨진 눈금시계에 머물렀다. 성시원은 그 눈길을 눈치 챈 듯 잇새에 긴 것을 혀로 쩍쩍거렸다.

"총독 취임식에 구경 갔다 받은 겁니다. 뭐, 시간만 잘 맞으면 되지."

그때 종업원이 커튼을 열고 탕평채, 양지머리 편육, 깐풍기를 넓은 접시에 받쳐들고 들어왔다.

"드세요. 이 집 요리는 생선찜이 최고인데, 요즘 때도 아니게 비가 자주 와서 도미나 가오리가 귀하다는군요."

"우릴 부른 이유가 뭡니까?" 법민이 말했다.

"들면서 얘기합시다."

음식을 보자 배가 고팠던 겐지는 탕평채를 앞에다 두고 혼자 퍼먹다시피 했다. 이미 배를 채운 성시원은 트림을 하며 겐지의 모습을 흐뭇하게 바라봤다. 성시원은 의자에 느긋하게 기댄 채 뭔가 좋은 정보를 줄듯 능글거리며 담배 한 개비를 꺼냈다.

"혹시 선덕여왕이 미리 알았다던 세 가지 일을 아십니까?"

법민은 어처구니없다는 얼굴로 그를 쳐다보았다. 난데없이 선덕여왕이라니…….

"여왕은 세 가지 일을 미리 알았다고 합니다."

성시원은 담배를 입에 물고 손가락으로 머리를 톡톡 두드렸다.

"첫 번째 이야기는 이렇소. 당 태종이 보낸 꽃 그림과 꽃씨를 받았는데 여왕은 그 그림을 보고 '이 꽃씨는 필시 향기가 없겠구나' 그랬다는 거요. 신하들이 이유를 묻자, 그림 속에 나비가 없으니 그 꽃은 향기를 피우지 않을 거라고 했답니다. 여자인 자신을 우롱하는 그림이라는 것을 알아차린 거지요. 두 번째 이야기는 아무 해 아무 날에 자신이 죽을 것을 알고 도리천에 장사 지내달라고 말한 것입니다. 신하들은 건강한 여왕이 난데없이 그런 말을 하니 불길했지요. 당시 신라 땅에는 도리천이라는 지명은 없었답니다. 신하들이 도리천이 어디냐고 묻자, 여왕은 낭산의 남쪽 비탈이라고만 했습니다. 낭산은 경주의 불국사 좌측에 있는 산입니다. 그날이 오자 과연 여왕이 죽더랍니다. 신하들은 낭산의 남쪽 비탈에 여왕을 장사 지냈지요. 그로부터 10년 뒤 문무왕이 즉위하여 여왕의 무덤 아래에 사천왕사를 세웠는데, 옛 불경에 '사천왕 하늘 위에 도리천이 있다'라는 말이 있으니 과연 여왕의 예언대로 된 것이지요. 어때요? 탁월하지 않습니까?"

법민이 심드렁한 표정을 지었다.

"세 번째는 이 여근곡에 관한 설화요. 겨울인데도 옥문지에서 개구리가 사흘 밤을 계속해서 울자 여왕은 여근곡에 적군이 숨어있을 터이니 남김없이 잡아 죽이라고 명했다는 겁니다. 군대가 가보니 과연 백제군이 매복해 있었소. 돌아가서 어떻게 그 사실을 알았냐고 묻자, 여왕은 이렇게 말했답니다. '팔팔한 남자 성기가 여자의 성기에 들어가면 반드시 죽어나오는 게 세상이치니, 군사들이 여자의 생식기에 들어가 앉아 있으니 이는 죽을 수밖에 없다.' 이랬다는 거요."

"그게 목상과 무슨 관계란 말이오?"

성시원이 얼굴을 펴고 입술을 한 번 핥았다.

"아직도 이해가 안 가시오? 이 사건은 고사(古事)를 따라 한 짓이란 말이오. 분명 여근곡 고사에 따라 일이 일어났어요. 이런 일은 일반적으로 일어날 사건이 아니잖소. 대낮에 이런 걸 이 깊은 골짜기, 더구나 성모님의 두덩에다 요상한 물건들을 묻었다면 분명 무슨 사연이 있을 것 아닙니까? 두 분은 요즘 성모사의 살인사건 때문에 심기가 복잡하지요? 그것도 아마 고사에서 답을 찾아야 할 겁니다."

성시원이 쩝쩝거렸다. 한참 동안 성시원의 얼굴을 쳐다보기만 하던 겐지가 드디어 입을 뗐다.

"그렇다면 고사(古事)의 유희(遊戲)군요."

"오, 고사의 유희. 아주 좋은 표현이오."

겐지의 말에 성시원이 손뼉을 치며 좋은 표현이라고 칭찬하더니 곧바로 작심한 듯 법민을 향해 눈길을 찌푸렸다. 취기가 올라 붉게 상기된 얼굴은 마치 광대처럼 신이 난 표정이었다.

"왜 일본인 행세를 하시오? 조선의 젊은이란 것이 부끄럽소?"

갑작스런 질문에 법민은 속에서 무언가가 꿈틀거렸다. 이 남자, 낮에 접근했을 때와 달랐다. 말투부터 무척 거만해졌다.

"난 사회변혁 따위는 관심 없소."

"이런, 사회변혁에 나서라고 한 말이 아닌데. 사회변혁은 당신 같은 사람이 해야 할 일이 아니오. 오히려 사회를 바꾸겠다고 설치는 사람들이야말로 금방 깨질 수 없는 벽을 만나게 되지. 현실이란 것이 학교에서 배운 대로 그리 호락하지 않다는 것을 이해하는 데 걸리는 시간은 길지 않소이다. 생각은 넘치는데 당장 이런 생각이 하늘을 향해 치솟지 않고 똥구멍 쪽으로 다 흘러버리게 되니 패닉 상태를 맛보는 거요. 당신이 배운 신지식은 절대로 당신의 정의대로 굴러가지 않는 법이오. 밤새 나무칼을 깎아 아침에 동구 밖으로 쳐들고 나가봤자 아무도 상대해주지 않는 것과 같단 말이오."

법민은 조용히 성시원의 말을 듣기만 했다.

"이 이치를 깨닫게 되면 대부분 친일을 하거나 자살을 하지. 똑똑한 만큼 빨리 깨우치는 것이니 나무랄 것은 없고, 지식인이랍시고 방구석에서 펜대나 굴리며 마누라 등골이나 빼먹으며 비루한 목숨을 연명하는 것보다는 낫지. 그 모든 것이 배웠다는 그 하나의 사실을 가지고 무언가를 해야 한다는 강박으로 나아가다 생긴 병폐요. 지금 시대는 그렇지. 못 배운 자는 바닥에서 서글프고, 배운 자는 또 그래서 중간에서 서글프고."

"나에 대해 뭘 안다고 그러시오?"

법민의 목소리가 낮게 깔렸다. 단단히 화가 나 있다는 증거다.

"내 어찌 도련님의 고귀한 사고를 이해할 수 있겠습니까? 소위 조선의 지식인이란 작자들이 모두 이율배반적인 행동을 하는 것 같아서 말이오. 그럼 하나만 더 물어봅시다. 당신은 왜 부친처럼 사회에 참여하지 않습니까?"

"아버지처럼 살기 싫소."

"그럼 독립운동을 해야겠군요." 성시원이 또 비꼬았다.

"독립운동을 할 만큼 고매하지 않소."

"어디 고매한 사람들만 독립운동을 한답디까?"

"본디 소심한 성격이라 그런 큰 뜻을 품지 못합니다."

성시원이 무릎을 탁 치며 어쩔 수 없다는 듯 고개를 저었다.

"또 그 빌어먹을 지식인 같은 태도군, 하하하!"

그새 배를 채운 겐지는 지껄이는 데에 여념이 없는 성시원의 잔에 술을 따라주었다. 지금 법민이 당하는 모욕에 아무렇지도 않다는 얼굴이었다. 오히려 더 싸워보라는 듯 보채는 것 같았다.

"고매해지고 싶소? 내가 보기에 당신은 가문의 굴레가 더 힘겨워 보이오. 당신은 부자인 것도 지식인인 것도 버리고 편하게 살고 싶을 테지. 그렇다고 입산하여 귀거래사를 읊을 수도 없고, 계곡물을 마시며 풀을 씹으면서 궁색하게 살 수도 없을 것이오. 보기와 다르게 욕정도 많을 테니까. 푸하하하하!"

법민은 폐부 어딘가를 깊숙이 찔린 느낌이었다. 그의 입에서 욕정이라는 말이 나올 때 그랬다. 마치 복잡하게 흩어놓은 증서들 중 딱 필요한 것만 찾아내서 건네는 수사관 같았다. 당황했지만 더 이상 그와 말을 섞고 싶지 않았다.

"당신의 자유롭고 싶다는 의지 또한 가식이오. 당신은 사회변혁에 대한 부담감도 없거니와 오히려 자유를 던져줘도 어떻게 할지 모르는 인간이오. 깊이 고민해보시오. 자신이 진정 원하는 것이 무엇인지. 자유란 투쟁해서 쟁취해야 편안함을 맛볼 수 있는 것이지 누가 옛다, 하고 주는 것이 아니오."

한동안 잠자코 있던 겐지가 그제야 한마디 했다.

"당신 눈에는 지식인들이 한심하게 보일 수 있겠지만 그들도 그들의 의지대로 살 권리가 있습니다. 당신 말대로라면 모든 지식인은 아무것도 하지 않는 비렁뱅이에 불과하군요. 그것은 마치 선도 아니고 악도 아닌 것을 질책하는 소리처럼 들립니다. 주장이 논리적이려면 반드시 한 쪽을 지지하는 명확한 의지가 있어야 설득력을 가집니다. 당신이 말하는 그 사회변혁론자가 누구요? 사회변혁이란 뜻을 아십니까? 사회변혁은 흐름입니다. 지식인들이 사회를 좌지우지할 수 있는 흐름은 분명 존재합니다. 그러나 지식인들이 자신들이 추구하는 사회를 바꿔보려는 행동은 그것이 철학적 이상에서 나왔든 실존적 투쟁에서 나왔든 간에, 또 그 방법이 비폭력적이든 폭력적이든 간에 순수하게 받아들여야 합니다. 유럽에서 유행한 혁명론적 변혁사상도 매우 유토피아적이고, 모험적으로 보이는 면이 많았소. 하지만 성공했소. 지식인들을 믿지 않으면서 그들이 반드시 어느 역할을 해야만 사회가 바뀐다는 말은 허황된 논리 같군요. 당신은 그럼 어떤 존재입니까? 당신도 조선인이잖소."

술기운에 얼굴이 불콰해진 성시원은 입술을 핥으며 겐지를 보았다.

"당신도 미스터리요. 전혀 일본 사람 같지 않소. 그런 생각을 가졌다면 본토에서도 무시당하며 살았겠군."

겐지는 아무 말도 하지 않았다.

"나약한 군상들뿐인 이 나라에 그런 부류의 인간이 두 명 더 추가되었군. 하하하하!"

성시원이 몸을 뒤로 젖히며 한껏 웃었다. 웃음소리가 점점 더 커졌다. 결국 그는 의자와 함께 나동그라졌다. 쾅 하는 큰 소리가 나자 법민과 겐지가 놀라 벌떡 일어섰다.

"아, 괜찮소."

탁자를 잡고 겨우 일어난 성시원은 술을 깨려는 듯 고개를 좌우로 흔들었다. 법민은 더 이상 이 자리에 있고 싶지 않았다.

"그만 일어나겠습니다."

그 말에 성시원이 실내가 떠나가라 욕을 해 댔다.

"내 얘기가 이제 듣기 싫은가 보군. 이것 봐, 당신이 무슨 햄릿이라도 되는가? 용기가 없다면 그렇게 우울한 표정일랑 짓지도 마시오. 용기가 있다면 돌아가서 친일파가 되든가, 공달*이 돼버려! 쳇, 그 정신을 가지고 어디 수양산에 들어갈 수나 있겠소이까? 어떻소? 당신 옆에 있는 일본인의 술잔에 독을 타보는 건? 못하겠소? 그건 나라를 위해 할 만한 일이 아닌가? 으하하하!"

참지 못한 법민이 성시원의 멱살을 잡고 벽으로 밀었다.

우당탕 소리가 나며 성시원이 다시 뒤로 넘어갔다. 그는 줄행랑을 치듯 바닥을 엉금엉금 기어 커튼 밖으로 나가려했다. 엉덩이가 오리 엉덩이처럼 부풀어 올랐다. 여러 사람의 시선이 이쪽으로 쏠렸다. 종업원이 달려왔으나 성시원은 그를 돌려보내고 다시 커튼 안으로 들어왔

---

* 공달(公達): 은나라 재상 숙제(叔齊)의 자. 백이숙제의 고사로 유명함.

다. 그런데 희한하게도 그의 얼굴이 더 이상 붉지가 않다.

"혹시 택시를 타고 왔소?"

그가 눈썹을 치켜올리며 겐지에게 물었다.

"……?"

"당신들 미행당하고 있는 것 같습니다. 초저녁부터 건너편 테이블에 후즈키의 부하가 앉아 있더군요."

성시원은 커튼을 살짝 열어 밖을 보았다.

"오늘은 여기까지만 합시다. 더 오래 있어봐야 좋을 게 없겠소."

그의 눈빛이 루비처럼 반짝거렸다.

가섭불의 연좌석

1

"형사에게 미행시키고 있다면 후즈키가 본격적으로 우리를 의심하기 시작한 거야."

유곡채로 돌아온 두 사람은 곧장 오류헌으로 들었다. 책상에는 호두나무로 만든 성민의 파이프가 놓여 있었다. 파이프는 영국산으로 오류헌에 머무는 손님을 위해 특별히 비치한 것이다. 겐지는 코트도 벗지 않은 채 파이프를 만지작거리며 생각에 잠겼다.

"서랍에 향 좋은 쌈지가 있을 거네."

법민이 파이프를 권했으나 겐지는 손을 저으며 상의에서 말아놓은 잎담배를 꺼내 물었다.

"확신하건데 『홍무기적』은 경주 땅에 있어. 거조사에서 발견한 문장 중 '영혼이 황금벌판으로 가야 한다'는 구절은 분명 경주벌판을 말하는 거야. 일본의 고 기록에도 경주를 황금의 땅이라고 불렀어. 지세를 보니 공산의 기운은 서라벌과 이어져 있더군. 엔닌 조사도 그 혼령들이 명활산에서 죽은 일본인이라고 했지. 그래서 그들은 신라의 비서를 공산에 숨겨두려 했던 것 같아."

"밀교 집단의 짓일까?"

"글쎄……."

"가섭불 바닥에 비서의 위치를 새겨두다니. 기가 막히는군."

겐지가 잠시 뭔가를 골몰히 생각하더니 갑자기 물고 있던 담배를 버리더니 자리에서 벌떡 일어났다. 그리고 법민의 두 팔을 꽉 움켜잡았다. 마치 고래를 만난 포경선의 조타수 같은 얼굴이었다.

"아, 가섭불……. 어디서 들어본 말인데. 어디서 들은 말일까?"

정신 나간 사람처럼 중얼거리더니 안락의자에 앉아 있는 법민을 지나 책장 앞으로 갔다. 꽂혀 있는 책들을 빠르게 훑어내리다 『삼국유사』를 뽑아들었다. 그리고 시선이 어느 한곳에서 멈췄다.

"아, 바로 이거였어. 가섭불*의 연좌석**!"

겐지가 펼친 곳은 『삼국유사』〈가섭불의 연좌석〉 조였다.

옥룡집(玉龍集)과 자장전(慈藏傳), 그리고 여러 문인들의 전기(傳記)에서 모두들 다음과 같이 말하였다.
"신라 월성(月城) 동쪽 용궁(龍宮)의 남쪽에 **가섭불(迦葉佛)의 연좌석**이 있으니, 전불(前佛) 때의 절터이다. 지금 황룡사 터가 일곱 사찰 가운데 하나이다."
『국사(國史)』를 살펴보면, 진흥왕 즉위 14년, 개국(開國)*** 3년 계유

---

* 부처의 이름. 석가모니 부처가 오기 이전 시대를 가리키는 전불 시대의 부처 가운데 여섯 번째 부처다. 석가모니는 일곱 번째 부처이다. 석가모니 이전에 이 가섭 부처가 신라의 수도에서 강론을 펼쳤다고 하며, 그때 앉은 의자가 황룡사 자리에 있었다던 연좌석이다.
** 좌선할 때 앉는 돌 의자
*** 신라 진흥왕이 사용한 연호. 개국 3년, 계유년은 서기 553년이다.

2월에 월성 동쪽에 신궁(新宮)을 지었는데, 여기에서 황룡이 나타났다. 그래서 왕이 이것을 기이하게 여겨, 신궁을 (절로) 고치어 황룡사라 하였다.

연좌석은 불전(佛殿) 뒤쪽에 있었다.

내가 전에 한 번 본 적이 있는데, 돌 높이는 5~6척이나 되었지만 둘레는 고작 세 발밖에 되지 아니하였다. 우뚝하게 서 있는데 위는 평평하였다. 진흥왕이 절을 창건한 이후 두 번이나 화재가 나서 돌이 갈라진 곳이 있다. 그래서 사찰의 스님이 여기에 쇠를 붙여 돌을 보호하였다.

(…하략…)

"거조사에 있던 가섭존자 상 바닥의 글귀에는 황금벌판 연좌석에 비서가 있다고 했지?"

"그렇게 적혀 있었지."

"가섭불의 연좌석은 황룡사에 있었어. 구슬의 문장에 나오는 황처(黃処)!"

"연좌석이라?"

"일연 스님이 직접 확인까지 했다는 돌 의자 말이야!"

법민은 겐지가 큰 것을 발견했음을 직감했다.

"성시원의 말대로야. 모든 것이 『삼국유사』를 바탕으로 돌아가고 있었어."

2

시트로앵은 발굴 중인 황룡사 터에 다다랐다.

비행장 몇 개를 채워도 남을 이 광활한 공터는 바람만이 휘돌고 있고, 폐사지의 초석들도 묵묵히 겨울바람을 견디며 엎드려 있었다. 과거 황룡이 올랐다는 지점에도 남산의 달빛이 쏟아내리고 있었다. 불꽃이 오르며 개가 타 죽었다는 찰주석에는 여전히 시커먼 재가 굳어 있었다.

겐지는 시선을 들고 서쪽을 확인했다. 벌판 너머로 큰 소나무가 우거져 있는 언덕 같은 섬이 보였다. 월성이다. 반달모양을 한 월성은 흙을 넓게 다져 지면보다 높게 쌓은 토성으로, 신라의 궁터였다.

"이 넓은 곳에서 연좌석을 어떻게 찾지?"

"우리가 쉽게 찾을 수 있는 거라면 박물관 직원들이 벌써 찾았겠지."

겐지는 손목에 찬 시계를 풀어 달이 기우는 방향과 월성의 방향, 또 선도산이 있는 방향을 측정했다. 그런 후 찰주석에서 서쪽으로 대여섯 걸음을 나가더니 부동자세로 뒤를 돌았다. 적막하게 서 있는 반월성의 굽은 기슭이 시야에 들어왔다.

"가세. 이곳은 황룡사지가 아니야."

"뭐라고?"

"일연은 가섭불의 연좌석이 월성의 동쪽, 용궁의 남쪽에 있다고 기록했어. 황룡사 본당 안에 있는 불전 뒤에서 땅에 박혀 끝부분만 겨우 드러난 연좌석을 직접 봤다고 했지. 그런데 이 자리는 월성의 북동쪽이야. 이곳이 황룡사 자리라면 삼국사기에 기술된 '용궁의 남쪽'은 설명할 길이 없어. 이 자리는 황룡사지가 아니라 용궁이 있던 자리야. 고대 황룡사가 있던 진짜 자리는 더 남쪽이어야 해."

겐지는 안주머니에서 작은 책 한 권을 꺼냈다. 유키오가 준 불국사 창건기가 적힌 불국사기(佛國寺記)였다.

"여기 보면 분황사는 용궁의 북쪽에 있고, 황룡사는 용궁의 남쪽에 있다고 했어. 황룡사는 동아시아 최대의 절이고, 분황사 또한 황룡사 못지않은 거대 사찰이었어. 지금 소우의 연구원들이 터를 잡은 이 지점은 분황사탑과 지척이야. 만일 이곳이 황룡사라면 분황사 경내와 반경이 겹쳐. 두 개의 큰 절이 나란히 붙어 있을 리 없지. 이곳은 분명 월성과 이어진 궁터야. 용궁(龍宮)은 왕궁(王宮)을 말하는 단어야. 임금의 얼굴을 용안(龍顔)이라 부르는 것과 같지. 소우와 박물과 직원들은 지금 큰 착각을 하고 있네. 저쪽으로 가보세."

차에 올라 시동을 거는 겐지를 보며 법민이 물었다.

"그럼 저 찰주석과 돌기단은 황룡사의 잔해가 아니란 얘긴가?"

"저건 월성 용궁지의 잔해일 거야. 한동안 오류헌에서 내가 한 일이라고는 『삼국유사』를 읽고 또 읽은 거였네. 이젠 외우다시피 했지. 『삼국유사』〈혁거세왕〉조에 보면 황룡사 남쪽에 미탄사가 있고 미탄사 남쪽에 최치원의 집이 있다고 했어. 그럼 황룡사는 미탄사 자리의 북쪽에 있어야 해. 지금 저 자리는 미탄사지의 북쪽도 아닐 뿐더러 용궁지의 남쪽이라는 설명에도 해당되지 않아. 소우는 측량상 큰 실수를 하고 있는 것이 분명하네."

겐지는 큰 미루나무가 서 있는 마을 길가에 차를 세웠다. 그곳은 연구원들이 터를 잡은 구역에서 500미터를 더 내려간 저수지*의 남쪽 방향이었다.

"아무래도 이 근방 같아. 이 근방에서 금당** 자리가 될 만한 곳을 찾아야 하는데……."

겐지는 무척 서두르는 모습이었다.

"초가집이 다닥다닥 붙어 있어 찾을 수 없겠어. 자네 말이 맞는다면 이 집들이 황룡사의 초석을 깔고 앉아 있다는 말인데."

법민이 이맛살을 찌푸렸다.

---

* 반월성 북동쪽에 있는 연못. 보통 안압지라 부른다. 신라왕궁의 동궁인 임해전(臨海殿)이 있던 곳이다.
** 고대 사찰에서 주불로 석가모니와 두 협시불을 모시는 전각. 조선시대부터는 대웅전이라 일컫는다.

겐지가 집 사이로 솟은 야트막한 봉황대 위로 뛰어올라갔다. 사람들은 봉황대라 부르지만 이 언덕도 왕릉이다. 법민도 따라 올랐다. 봉황대에 오르니 그 일대가 한눈에 보였다. 달빛을 받으며 흙담과 초가지붕, 너와지붕들이 다닥다닥 붙어 있었다.

"아!"

그제야 법민도 무언가를 깨닫고 탄성을 질렀다.

"집들이 각형의 군집을 이룬 것이 보이나? 잘 봐. 금당과 강당지*의 초석대로 집들이 모여 있네. 황룡사라면 강당지만 해도 기둥을 받치던 초석이 60개는 넘었을 걸세."

과연 그랬다. 얼핏 보면 골목이 보이지 않을 정도로 지붕이 붙어 있지만 초가의 배열이 나름대로 반듯한 질서를 유지하고 있었다. 사람들은 버려진 동아시아 최대의 사찰을 받치던 초석들 위로 민가를 올리고 흙담을 쌓고 길을 내어 개미처럼 모여 살고 있었던 것이다.

봉황대를 내려간 겐지는 자동차 뒷좌석에 둔 랜턴을 찾아들고 골목쪽으로 뛰어갔다. 밝은 달빛이 그의 발목에 그림자를 드리웠다. 골목길로 들어서자 어느 집에서 묶어 놓은 개가 짖었다. 그가 멈춘 곳은 마을 공터에 파놓은 우물이었다.

"언제 팠을까?"

뒤따라온 법민이 물었다.

"황룡사가 불타 없어진 것이 1238년이니 그동안 무슨 일이 없었으려고. 이곳은 용이 솟아오른 곳이니 당연히 물이 있던 자리야. 우물이 있어도 좋을 자리지. 나라도 우물을 팠을 거네."

겐지가 하늘을 올려다보다가 남산과 월성의 방향을 시계로 쟀다.

"정확해. 바로 이 자리가 금당이 있던 터야. 저기 쓰러져가는 너와집

───────────────

* 사찰의 법회를 열던 건물의 자리

두 채가 보이지? 저기는 황룡사 목탑이 있던 자리야. 일연은 연좌석이 대부분 땅속에 묻혀 있었다고 했지."

겐지가 랜턴으로 둥글게 둘러놓은 우물의 초석을 비추었다. 우물은 지름 30센티미터 정도의 굵은 돌멩이들로 쌓아올렸다. 맨 밑단은 이탈리아 빵덩어리같이 완만한 각을 이루었다. 겐지는 맨 아랫단의 돌을 유심히 살폈다. 그중 몇 개의 돌에서 청동이 녹아내린 자국이 보였다. 겐지가 손으로 돌의 표면을 마구 비벼 흙을 긁어냈다. 달빛에 드러난 그 녹들은 밝은 청록을 띠고 있었다.

"연좌석은 이미 깨졌네."

겐지가 바람 빠지는 소리를 내며 말했다.

3

작년부터 일본에서 엄청난 인원의 광부와 도굴꾼이 조선으로 넘어왔다. 전문적 지식을 갖춘 일부를 제외하고 도굴꾼은 대부분 일용직 부랑자였다. 조선에 거주하는 일본인 수집자들은 주로 이들 도굴꾼에게 장물을 넘겨받아 오사카나 동경으로 가는 배편에 실어보냈다. 구리하라 같은 경주의 골동상도 전문도굴꾼 수십 명을 거느렸다.

조선총독부는 유물을 반출하는 행위에 대해 단속하겠다고 공식적으로 천명했다. 실제로 거기에 반하는 일본인 도굴꾼과 부랑자를 처리하기도 했다. 그러나 골동상들은 법으로 다스렸지만 일본인 학자들 사이에서 이루어지는 유물 반출은 눈을 감았다.

총독부 수석연구원인 가쓰라기 스에하루는 무장사 터에 있던 아미타 여래조상 비의 귀부와 이수를 떼어내 총독부로 보냈다. 동경대 지질학과 교수인 아유카미 후사노신은 조선으로 온천여행을 왔다가 사천왕사의 벽유도판신장상을 가져갔다. 동경대 미술대학장 모로시가 나가오는 녹유사 천왕전의 기와들을 수거해갔으며, 평양박물관장 고이즈미 아기오는 경주 남산에서 출토되어 등록번호가 매겨진 유적의 반 이상을 보유했다. 그 석조물들을 시정 5주년 기념 공진회 때 경복궁 세자궁 터에 옮겨 전시하기도 했다. 교토대 쓰네기치 교수는 밀반출했던 삼릉계사지 유물 260점을 총독부의 요청으로 다시 경성으로 보내기도 했다. 그러나 총독부로 들어간 이 문화재는 다시 경주로 돌아오지 않았다.

4

"자네 거기서 뭘 하는가?"

옷장 문을 닫던 샤론이 놀라 고개를 돌렸다.

"……."

"지금 거기서 뭘 하고 있는지 물었네."

겐지가 엄한 눈매로 다시 말했다.

"아, 저……. 큰서방님의 옷이 제대로 정돈되어 있는지……. 제가……."

몹시 당황한 샤론이 말을 더듬거렸다.

"그걸 왜 자네가 하는가?"

"이 방은 손님이 오실 때를 대비해서 이것저것 비치하고……."

"그런데 그걸 왜 자네가 확인하냐고?"

"아…… 오류헌에 비치된 큰서방님 물품은 늘 제가 챙겨왔고, 또 없어지면 제가 사다 놓아야 하기 때문에……."

겐지는 고개를 갸웃거리며 샤론의 눈동자를 들여다보았다. 좁은 흰자에 작은 점이 있었고 가는 핏발들이 충혈 되어 있었다. 겐지는 그가 집안 이곳저곳을 돌아다니는 것이 영 마음에 들지 않았다.

"나가게. 그리고 내가 이곳에 묵는 동안에는 함부로 들어오지 말게."

샤론은 대답 대신 머리를 조아리고 서둘러 등을 돌렸다.

"어이쿠!"

샤론이 서재로 들어서던 법민과 어깨를 탁 부딪쳤다.

"앞을 보고 다니게."

법민이 놀라며 샤론을 보았다. 얼굴이 홍당무같이 달아오른 샤론은 꾸벅 인사를 하고 재빨리 나가버렸다.

"안 그래도 기다리고 있었네."

겐지가 내민 것은 엽서 크기의 액자였다. 얼룩을 털어낸 듯 캔버스에는 손자국이 듬성듬성 찍혀 있었다. 그림은 푸른색 유화물감을 사용한, 화분에서 줄기가 두 갈래 가지로 뻗은 그림이었다. 화분 속에는 붉은 물감으로 M자가 쓰여 있었다. 하지만 그 화분이라는 것이 조금 이상했다. 둥글고 긴 원통형태가 아니라 길쭉한 타원이었다. 꼭 삼엽충을 두 겹으로 겹쳐 그린 것 같았다. 거친 붓질이 지나간 캔버스 아래에는 분명 성민의 사인이 있었다.

"어디서 찾았나?"

"서재 책장 위에 있더군. 자네 형님의 서명이 맞지?"

"그렇군."

화재가 나면서 형의 그림은 남김없이 전소되었다. 경성의 대학에 형이 그린 그림이 몇 점 있다는 말을 들었으나, 어디에 있는지 또 찾을 수 있는지 알아보지는 않았다. 그런데 형의 그림이 오류헌 책장에 있었다니……. 법민은 반갑기도 하고 슬프기도 했다. 질서 없이 뻗어 있는 거친 붓질에서 그의 고뇌와 슬픔이 묻어났다.

"형수님이 기뻐하실 거야."

법민은 그림을 싸기 위해 보자기를 찾았다.

"이 그림, 무슨 뜻일까?"

성민은 병을 얻고부터 추상화에 유독 집착했다. 그의 그림은 모두 뜻 모를 선들이 얽히고 얽힌 조합된 이미지였다. 법민이 보기에 이 그림도 그런 그림 중 하나였다.

"그런데 이 M자는 뭐지?"

"글쎄, 내가 어찌 알겠나."

"선이 많이 거칠군."

"눈병 때문일 거야."

겐지는 그 말에 살짝 인상을 찡그렸다.

성모절

1

동지로부터 105일이 지났다.

아까시나무들이 껍질을 틔워 씨알을 키웠다. 민둥산에 감돌던 잿빛
도 옅어져 푸르게 변했다. 한결 밝아진 선도산은 봄을 열어갈 준비를
하고 있었다.

성모사에서는 미뤄왔던 본당의 단청 칠을 새로 했다.

동지로부터 105일째 되는 날 치르는 성모절에는 사슴뿔로 된 호각과
바라*와 징이 울린다. 이 날은 성모의 강림을 기리는 사람들이 탈을
쓰고 밤새도록 노는 날이었다.

봉우마을 사람들은 떡과 금박 종이로 돈을 만들어 성모의 제단에 바
쳤다. 승려 지혜가 성모에게 빌린 황금 열 근을 대신 갚는다는 의미에서
였다. 또 질 좋은 달걀도 함께 공양했다. 성모가 낳은 혁거세가 알에서

---

* 바라는 파루(罷漏)에서 파생된 말이다. 인도에서 유래된 타악기로 불교의 무용
  인 바라춤을 출 때 이것을 사용한다.

태어났기 때문이다.

이날은 성모에게 자식을 빌기 위해 아기를 낳지 못하는 여인들이 많이 모여들었다. 고대에는 이런 여인들이 이곳에서 뭇 남정네와 사통을 벌이기도 했다. 그것은 신라 사회에서 허용한 시스템이었다. 이 축제에서 아내가 아이를 배면 남편은 씨앗의 근원을 묻지 않았다.

술도 허용되었다. 성모사는 부처의 터이기 이전에 성모의 터였다. 사람들은 줄을 잡고 징을 치고 탑을 돌며 서로의 얼굴을 모른 채 즐겼다. 탈을 벗지도 않았고 서로의 얼굴을 보지도 않았다. 부처도 탈을 쓰고 무리 사이에 섞여 놀기 때문에 감히 부처를 보아서는 안 된다는 의미이기도 했다.

올해 성모절에 주지는 수영의 혼을 빌기 위한 천도제를 준비했다. 원숭이탈을 쓴 법민은 술 두 동을 지고 성모사에 올랐다. 수백 개의 등으로 밤하늘을 밝힌 성모사가 평소보다 작아 보였다. 아담한 경내에는 많은 사람들이 탈을 쓰고 돌아다녔다. 여우 탈, 조랭이 탈, 각시탈, 범탈, 용왕 탈 등 온갖 탈을 쓰고 불공을 드렸다. 각간묘 제사가 양반들의 축제라면 이 성모절은 백성들의 축제였다. 법고 소리가 울리자 사람들은 탑돌이를 했다. 법민은 사람들을 헤치고 본당 뒤 성모사당으로 향했다. 바위 절벽의 그림자 속에 반쯤 숨은 사당은 유난히 작았다. 그 앞에는 붉은 금줄이 쳐 있었다.

"돌아가라!"

큰 밀짚승모*를 눌러쓴 주지가 법민을 보며 말했다. 주지는 두꺼운 갈색 가사를 두르고 있었다.

"아침까지는 누구도 이 성모사당에 들어올 수 없다. 본당에 가서 사람들과 함께 있거라. 자시부터 천도제를 올릴 것이다. 기다리는 동안

---

* 승려가 쓰는 모자

291

탑을 돌며 죄도 벗겨내고."

"스님."

"돌아가라. 나는 오늘 말을 해서는 안 된다."

법민은 오늘따라 주지의 목소리가 이상하게 느껴졌다. 분명 존경하고 따르는 분이 틀림없건만 알 수 없는 어색함이 밀려왔다. 주지가 가사의 소매를 접고 뒷자락을 움켜잡으며 사당으로 들어가려 했다.

"그 연좌석을 찾았습니다."

"……."

주지가 멈춰 섰다.

"전설대로 황룡사지에 묻혀 있더냐?"

"이미 파괴된 상태였습니다. 연좌석은 그곳 우물을 파는 데 사용한 것 같습니다. 그리고 황룡사의 자리도 지금 소우가 발굴하고 있는 곳에서 남쪽으로 800미터 더 아래에 있었습니다."

그때 하늘에서 한 줄기의 오로라가 어리면서 지나갔다. 성모사가 온통 자줏빛으로 물들었다. 성모님이 내려오시는 모양이다. 주지가 하늘을 올려다봤다. 승모 아래로 드리운 그림자 사이로 주지의 큰 코가 드러났다. 그 그늘은 실룩거리는 주지의 굵은 목을 탑탑하게 감쌌다. 그는 고개를 돌려 무섭게 법민을 노려봤다.

"가섭불의 향내는 손짓보다 더 강하다는 것을 알아야 한다."

법민은 주지의 말이 어렵기만 했다.

"그 책이 아직 네 손에 나타나지 않았다면 홍무왕의 모습을 아직 드러낼 때가 아닌가 보지. 이제 그만 돌아가라."

쏟아내리는 달빛에 윤기나는 법민의 머릿결은 더욱 하얗다.

법민은 산을 내려오면서 내내 기분이 찜찜했다. 무언가 잘못되고 있는 느낌이었다. 도대체 무엇일까?

그의 무의식이 자꾸 그것을 이야기하고 있었지만 의식은 그걸 깨닫지 못했다.

2

겐지는 절벽 길을 따라 성모사에 올랐다. 등에서 김이 올랐다. 본당에서 축문을 외우는 소리가 이곳까지 들렸다. 성모당은 자물쇠가 걸려 있지 않았다. 한참을 망설이다 손을 뻗어 설주를 잡았다. 달빛이 성모당 문간에 어리었다. 살문의 삼면에는 두꺼운 천을 덧대어놓았다. 그것이 문틈으로 새는 바람은 잘 막아내었으나, 문을 열기에는 불편을 주었다. 힘주어 빗살문을 잡아당겼다.

─끼이익.

안은 어두웠다. 정면에는 환원단이 보였다. 임금을 모신 제단이다. 신라시조 혁거세의 생모인 성모님은 본래 황제의 공주였다고 전한다. 성모사 주지는 그 황제가 '단군조선의 끝왕'이라고 했다. 오늘은 성모님의 천도일이면서 황제가 등극한 날이기도 했다. 제단에는 큰 떡시루가 있고, 향완에 담긴 편향*에서 진한 나무냄새가 풍겼다. 천장에 늘어진 긴 줄에는 놋으로 만든 수많은 고리가 걸려 있었다.

불단 앞에는 청두건을 쓴 주지가 앉아 있었다. 그는 깊은 삼매에 빠져 있었다. 결가부좌한 주지의 뒷등에 시퍼런 어둠이 서렸다. 성모절에는 새벽별이 뜰 때까지 성모사당에서 주(呪)가 끊이지 않아야 했다. 정면의 벽에는 성모의 영정이 보였다. 어둠 속 흐릿한 그림에는 피부가 하얀 여인이 소나무 밑에 앉아 저고리 아래로 젖가슴을 드러내고 있다. 그녀

---

* 편향(片香): 향나무를 깎아 만든 향

의 오른쪽에는 호랑이, 왼쪽에는 흰 뱀이 똬리를 틀었다.

'지보칸논[慈母觀音]인가?'

겐지가 그림을 자세히 보기 위해 주지 옆으로 다가갔다. 주지는 겐지의 기척을 느끼지 못했다.

"세상에……"

그림을 본 겐지는 그대로 바닥에 쓰러졌다. 뒷머리를 찧는 소리가 크게 났다. 쓰러진 겐지의 몸이 점점 굳어갔다.

탁, 탁, 탁.

탁탁, 턱 부딪는 소리가 나더니 곧 멈췄다. 그러나 그의 혀가 말려갔다. 전신성 복합 부분발작이 일어나고 있었다. 하지만 삼매에 빠진 주지는 여전히 고개를 들지 않았다.

얼마쯤 지났을까.

한 줄기 차가운 바람이 사당 안에서 낮게 일었다. 바닥의 차가운 기운을 느끼자 겐지가 눈을 떴다. 그는 허리를 세우더니 제단을 노려봤다.

'저 노파……. 꿈에서 본 노파야.'

다리에 힘이 들어가지 않았다. 허공으로 휘휘 손을 저으며 겨우 제단 앞까지 다가갔다. 움직일 때마다 나무 냄새가 코를 찔렀다. 비틀거리며 제단과 영정이 걸린 공간 사이에 이르자 조심스럽게 허리를 숙여 바닥을 어루만졌다. 벽에 걸린 성모가 자신을 고통스럽게 노려보고 있음을 느꼈다. 손으로 바닥을 더듬었다. 그러자 작은 홈이 느껴졌다. 손가락 두 마디가 들어갈 만한 홈. 그것을 잡아당기자 바닥에서 뚜껑이 올라왔다.

뚜껑이 열린 바닥 아래에는 붉은 비단으로 싼 물건이 있었다. 비단을 풀자 푸른 표지의 책이 나왔다. 어둠 속에서도 『흥무기적(興武記蹟)』이라는 글자를 분명히 읽을 수 있었다.

삼매에 빠진 주지는 검은 그림자를 드리우고 겐지를 바라보고 있었다. 제단을 돌아 그에게 다가갔다. 겐지가 가만히 노승의 어깨를 짚혔다. 어깨가 부드럽게 열렸다. 동시에 그의 머리가 생각지 않은 방향으로 꺾였다. 겐지의 손에 따뜻한 액체가 듬뿍 묻었다.

겐지가 놀라며 그를 잡자 머리를 덮고 있던 청두건이 흘러내렸다. 살펴보니 노승의 왼쪽 쇄골 근육이 벌어져 있었다. 그곳에 꽂혀 있는 칼은 경부근막을 지나 오른쪽 쇄골에 박혀 있었다. 칼자국이 벌어질 때마다 그 사이에서 검붉은 피가 왈칵 올라왔다. 달빛을 받은 검은 액체는 기름처럼 탁했다.

겐지는 외마디 비명을 지르며 뒤로 넘어갔다. 성모가 그 광경을 보고 있었다. 성모의 눈이 점점 붉게 변했다. 성모는 벽에서 빠져나오기 위해 안간힘을 썼다. 겐지는 주춤거리며 일어섰다. 엉덩이와 종아리에서 따뜻한 것이 흘러내렸다. 바지춤을 봤다. 바지는 이미 시뻘겋게 젖어 있었다. 그는 들고 있던 책을 던져버리고 자신의 배를 만졌다. 피에 젖은 척척한 셔츠에서 피비린내가 풍겼다.

오! 맙소사.

성모가 벽을 뜯고 나오고 있었다.

"—으아악."

겐지가 벌떡 자리에서 일어났다. 숨을 골랐다. 머리카락이 비를 맞은 것처럼 흠뻑 젖어 있었다. 손을 뻗어 머리맡에 둔 냉수를 벌컥벌컥 들이켰다. 청명한 햇살이 창호지문 사이를 비집고 방 안에 빛을 던지고 있었고 밖에서는 때까치가 깍깍거렸다.

정신을 차린 뒤에도 한동안 일어날 생각을 하지 못했다. 여전히 무시무시한 성모가 자신의 목을 물어뜯을 것만 같았다. 겨우 몸을 추스르고 서재로 나가자 가네모토가 의자에 앉아 있었다.

"일어나셨군요."

책상에 엉덩이를 걸친 채 책을 뒤적거리던 후즈키가 겐지를 쳐다보며 웃었다.

"온통 역사서뿐이군요."

겐지가 부스스한 머리를 쓸어올렸다.

"홍무기적?·이건 또 무슨 책입니까?"

붉은 천을 넘기며 후즈키가 히죽거린다.

"그대로 두시오."

겐지의 말에 후즈키는 관심 없다는 듯 책을 제자리에 놓고 겐지에게 다가왔다.

"어젯밤, 성모사 주지가 죽었습니다."

그 말을 들은 겐지는 다리에 힘이 풀리며 소파에 주저앉고 말았다.

3

장승은 무열왕릉의 석물까지 다가와 있었다.

이제 그것은 깊숙하게 박혀 있지 않았다. 서로 다른 방향으로 비스듬히 각이 지고, 꼭대기에는 말라 틀어진 까마귀 시체가 사슬에 묶여 털을 날리고 있었다. 가끔씩 늙은 여자들이 닭 피와 방울을 가지고 나와 결계를 치곤 했다. 사람들은 이제 각간묘의 귀신이 김성민이라고 확신했다. 김성민이 살인을 저지른다는 소문이 꼬리를 물고 퍼져 있었다.

후즈키가 유곡채를 몇 번 다녀갔고, 위생과에서 조사원이 나와 잔해에서 몇 가지 물건을 수거해갔다. 법민은 경주서로 불려가 성모절에 주지와 나눈 대화에 대해 몇 가지를 진술했다. 겐지는 일주일에 두 번 정도 일본인들과 술을 걸치고 새벽에 들어오는 것 외에는 줄곧 오류헌에 틀어박혀 책만 읽었다. 가끔 일본에서 그에게 편지가 날아왔다. 또 그가 경성으로 편지를 보내기도 했다. 어떤 때는 소포가 배달되었는데 대부분 책이나 논문, 서류뭉치를 싼 봉투였다.

오류헌 서재의 벽시계가 자정을 넘겼다.

탁자 위에는 청주 한 병과 술잔, 서책을 감았던 붉은색 벨벳천이 놓여 있었다. 서책의 겉표지는 쪽빛이었다. 세밀한 능화판 문양이 찍혀 있고 『홍무기적』이라고 적힌 종이 제첨(題簽)이 가운데에 붙어 있었다. 누런 얼룩이 안장에 진하게 서린 아주 낡은 책이다. 겉표지를 넘기자 청색 내지(內紙)가 나왔다. 종이의 무늬와 천의 재질, 낱장이 엮인 정성으로 보아 귀한 책 같았다.

겐지가 안주머니에서 편지를 꺼내 법민에게 건넸다.

"유키오가 동봉한 편지라네."

금번 성모당에서 발견된 이 책은 고려 때 지은 초본이 맞습니다. 서책에 수없이 언급된 군장(軍將)이라는 칭호는 신라. 태대각간 김유신을 말합니다. 간략하게 설명하자면, 이 책은 45면으로 된, 공민왕의 몽진일기 중 제3권에 해당합니다. 전체 내용이 모두 가락왕조의 일대기와 그들의 행장을 흠모하는 내용입니다. 이 서책은 행장록이며 공민왕의 원기(願記)가 적혀 있기에 이것이 몽진일기 중 한 권임을 알 수 있습니다.

지금까지 공민왕의 몽진일기가 존재했다는 글은 조선 초기 지각(漬角)이라는 승려가 지은 연안문답록(宴安問答錄)에 잠서 기술되어 있지만 실제로 이렇게 발견되기는 처음입니다. 책이 전체 몇 권인지 그건 잘 모르겠습니다.

축지 32면 넷째 줄을 보시면 김유신은 태종무열왕지지 동쪽 앞에 안장했다는 내용이 분명하게 나옵니다. 이로써 서악리 각간묘의 논란에 종지부를 찍을 수 있을 것 같습니다.

따로 사본을 한 부 만들어 보관하시고 원본은 경주박물관 소우 관장에게 전달해주시기 바랍니다.

소화 8년. 고지마 유키오

"이 책을 유키오가 찾다니. 유감인걸."

법민은 주지의 살가운 정을 생각하니 우울했다. 그토록 찾고자 애썼던 비서가 바로 성모사 성모당 안에 있었을 줄이야. (겐지의 말을 빌리자면 경성의 학자들도 그 책의 존재를 알고 있었다. 그러나 그들은 그동안 주지의 고집으로 성모당에 들어갈 수 없었다고 한다. 유키오는 경찰의 현장 조사 때 성모당을 조사할 수 있었고 거기서 그 비서를 발견했다고 했다.)

첫 장부터 칠 구의 시가 있었다.

"공민왕이 지은 시군."

법민이 다음 장을 넘기자 그 장부터는 자신의 능력으로는 읽을 수 없는 내용이었다. 빼곡히 적힌 한문 가운데 간혹 보이는 날짜와 군단의 수, 지명 정도만 간신히 이해했다.

"놀라지 말게. 우리한테 중요한 것은 여기에 있다네."

겐지는 그렇게 운을 뗀 뒤 조심스럽게 편지에 적힌 대로 32면을 펼쳤다.

아아, 슬프도다! 온 왕경에 바람이 스산하게 불고 나라가 병들었다. 생각건대……
□□□□□□□□(내용이 지워짐)
공의 기개와 용맹은 천기를 물려받았고 재능과 도량은 넓고 깊었다.
비록 더할 나위 없는 최상의 공을 세우며 전장에서 싸웠지만 불운하기가 이를 데 없어 마침내 20만 군을 데리고 청양으로 망명하였으나 1년 만에 왕경으로 돌아와서 □□□□□□□□□□□(글이 훼손되어 읽을 수 없음)

문무 13년 여름에 50일간의 장례를 마친 뒤 철산지에 유택을 정하였으나 신민과 군이 반대하였다. □□□□□

태를 모신 곳에 사당을 지어 대신 목상을 모시게 하고 제를 올리도록 하였다. □□□□□

능을 태종왕지에 모시고 김해대왕으로 추존하다. □□□□□□□□

흥덕왕 8년 태종왕지에서 범이 나타나 군장의 능에서 열흘 동안 울다 사라졌다.

왕이 그의 공을 치하하며 흥무대왕으로 추숭하다.

경명왕, 흥호대왕(興虎大王)으로 봉함.

"유키오가 말한 게 이 문장이야."

행장의 내용은 전반적으로 기존의 기록과 차이가 없었다. 그러나 이 책에는 『삼국유사』와 달리 김유신이 망명했다는 내용과 태종왕지에 김유신의 유택을 정했다는 내용이 있었다.

"각간묘는 김유신의 무덤이 맞았어."

"그럼, 언덕의 십이지 신상 호석 봉분도 잘못 알려진 거로군. 조정은 그동안 엉뚱한 무덤에다 제사를 지내온 꼴이 됐어."

법민도 흥분했다. 그는 박물관에서 자신에게 빈정대던 소우의 얼굴이 떠올랐다. 자신감에 차 있던 그 사악한 입술은 이 책을 보면 어떤 말을 내뱉을까?

"소우가 이 책을 보게 되면 어떤 얼굴을 할지 궁금한걸."

겐지는 아무런 대답을 하지 않았다. 그는 골몰히 책의 외형을 관찰 중이었다.

"자네, 점점 이 비극을 즐기는 것 같네."

법민이 한마디 하자, 겐지가 그제야 말을 받았다.

"성시원이 했던 말 아직도 기억하고 있나?"

"뭐?"

"그는 고사의 예를 찾아보라고 했지. 어쩌면 모든 대답은 현장이 아니라 책 속에 있는지도 몰라."

법민은 생각에 빠졌다. 귀신이 돈다. 마을에 귀신이 도는 것이 사실일까? 현실이다. 꿈이 아니다. 서서히 머리가 복잡해진다.

그동안 앉아있던 겐지가 돋보기를 놓고 쿵쿵거리며 서재를 나갔다. 얼마 뒤 그의 손에는 낡은 양초와 작은 칼이 들려 있었다. 그가 비단표지의 모서리에 조심스럽게 양초를 칠했다. 그러더니 그 모서리를 등불 가까이에 가져갔다. 양초는 끈적끈적한 백색의 아교가 되어 모서리 곳곳에 스며들었다. 아교가 마르자 겐지는 칼로 모서리를 조심스럽게 뜯었다. 천이 터지는 소리가 났다.

겐지를 물끄러미 바라보던 법민은 창가로 걸어갔다. 서리가 맺힌 유리창 너머로 별똥별이 떨어졌다.

찬찬히 생각해 보자. 그 묘가 진짜 김유신의 무덤이라니.

그게 드러났을 때 무엇보다 통쾌했다. 왜 그랬을까? 집안에 대한 복수심일까?

각간묘를 버리는 묘지기들은 각간묘의 저주를 받는다. 천 년 전 변방의 왕족은 그 말 한마디를 던지고 주류가 묻힌 성지에 드러누워 세월을 보내고 있었다. 그 주인공이 다시 깨어났다. 그리고 무서운 전설이 맞아가고 있다. 나 때문일까? 내가 돌아온 뒤부터 기다렸다는 듯이 이상한 일이 일어났다. 미라가 발견되고 스님과 수영이 살해되고 형이 사라졌다. 오사카에서 돌아온 이후부터 자신의 머리카락이 눈처럼 세었다. 마치 귀신의 모습처럼 말이다. 사람들의 말대로 김해김씨의 저주가 우리 가문에 내리는 것일지도 모른다. 나는 저주가 붙은 인간인가?

법민은 시간이 흐를수록 자신 때문에 이런 일이 일어나는 것만 같았다. 모든 것을 묻고 떠났던 오사카의 해풍이 그리웠다.

법민이 정신을 차렸다.

겐지가 계속 법민을 부르고 있었다.

"이것 좀 보라고!"

그는 한 손에 이상한 종이를 들고 있었다.

"뭔가, 그게?"

"『홍무기적』 겉지 안쪽에 이런 것이 있었어."

그것은 초상화였다.

두 사람은 초상화 속 얼굴을 보며 한동안 말을 잇지 못했다.

초상화 속 남자는 각간묘의 미라였다.

4

"이 시간에 꼭 찾아가야겠어?"

법민이 걱정스런 눈빛으로 겐지에게 열쇠를 건넸다.

"당장 원문 전체를 해석해달라고 할 거야. 첫 장을 감고 있던 비단 속에 군장의 초상화가 숨겨져 있을 줄은 유키오도 몰랐을 거네."

"그는 사본을 만든 뒤 관장한테 넘기라고 했잖아."

"상관없어. 관장은 이 원본을 감추거나 빼돌리지 않을 테니까. 관장한테 내 주장이 틀렸다고 고백한 다음 발굴계획을 취소시켜야 해. 이 그림만 있으면 관장도 마을의 봉분들을 해체할 이유가 없지."

겐지가 시동을 걸었다. 전조등을 켜자 시야가 밝아지며 미루나무 가로길이 훤히 보였다.

"공민왕의 그림이 맞겠지?"

"아마도."

그림 속 인물은 연잎색 법령을 입고 표범가죽이 깔린 교의자에 앉아 있었다. 날카로운 턱선과 분명한 인중, 세밀한 턱수염과 살짝 치켜올라간 카이저수염은 미라의 생김새와 정확히 일치했다. 누런 금관에 당초무늬의 단령 깃은 화려했다. 녹포에는 아무런 문양이 없었다. 몸서리가 날 만큼 날선 눈매와 회흑색 동공도 고스란히 표현되어 있었다. 윤곽선을 옅은 회색으로 처리한 주름과 자연스럽고 세심하게 표현한 옅은 선염을 보면 감탄이 절로 나왔다.

"알려진 대로 공민왕은 사실화의 천재군. 필선이 과장되지 않고 실물과 똑같아."

운전대를 잡은 겐지가 이를 딱딱거리며 몸을 부르르 떨었다.

"사실 이 사람을 꿈속에서 본 적이 있어. 지하실에서 미라를 본 그날이야. 고백하자면 난 꼼짝도 할 수 없었어. 너무도 무서웠다네. 지금 내 머릿속에는 온통 이 사람의 원혼을 풀어야 한다는 생각뿐이야."

미라가 눈뜬 모습을 본 법민도 겐지와 같은 생각이었다.

달이 뜨지 않은 컴컴한 밤이다.

형산강 강변길을 따라 들판 쪽으로 난 흙길을 십여 분쯤 달리자 경주박물관 부지가 나왔다. 차가 입구로 들어서자 멀리 야트막한 언덕 위로 기와를 얹은 본관과 시멘트로 지은 별관이 보였다. 건물 입구에는 전조등을 밝힌 자동차가 두 대 서 있었다.

"경찰차 아냐?"

계단 앞에는 순사모를 쓴 일본 경찰 두 명이 코트를 두르고 동동거리며 서 있었다. 법민과 겐지가 탄 차가 미끄러지듯 들어서자 한 명이 다가와 문을 열어주었다. 두 사람은 서둘러 건물 안으로 들어갔다. 홀에 들어서자 커다란 고려금동불상 옆에 미야자키 형사가 서 있었다. 미야자키는 가볍게 목례를 한 뒤 들어가라는 시늉을 했다.

관장실에는 후즈키가 서 있었다. 가네모토는 소우의 책상과 서랍을 이리저리 살피고 있었다. 소파에는 박물관 직원인 듯한 사내 두 명이 앉아 있었다.

"오호, 어쩐 일이십니까?"

후즈키가 놀란 눈을 하며 수염을 만졌다. 옆에 서 있던 가네모토도 눈이 동그래졌다.

"소우 관장을 만나러 왔습니다만."

"이 시간에요?"

후즈키가 의아한 듯 고개를 갸우뚱했다.

"그런데 경부, 무슨 일이 생긴 겁니까?"

겐지가 급하게 물었다. 겁에 질린 연구원들은 손을 모으고 다시 고개를 숙였다. 후즈키가 고개를 삐딱하게 젖히고 되받아쳤다.

"왜 무슨 일이 생겼다고 생각하시죠?"

"무슨 일인지 말하시오. 경부!"

겐지가 버럭 소리를 질렀다.

후즈키는 코를 킁킁거리며 예의 그 째진 눈으로 겐지가 들고 있는 보자기를 흘끔 보다가 소파를 가리키며 일단 자리에 앉으라는 시늉을 했다.

"마사오 씨, 다시 설명해주겠소?"

후즈키는 연구원 중 한 사람을 돌아보며 말했다.

마사오는 부들부들 떨었다. 그는 작은 키에 눈가가 거뭇거뭇한 20대 후반의 사내로 경성의 총독부 지질학부처에서 경주박물관으로 파견된 연구촉탁이었다.

"관장님이 행방불명되셨습니다."

소우가 행방불명되다니. 또 무슨 일이 일어나고 있는 것인가? 겐지도 같은 생각을 하는 듯 표정이 복잡했다.

후즈키는 서장의 오쇼가쓰 행사가 있던 날, 두 사람이 박물관에서 관장을 만난 시점과 박물관을 떠난 시간을 집중적으로 캐물었다. 그 이후에도 또 만난 적이 있는지도 추궁했다.

"저기, 이거……."

서랍을 힘겹게 딴 가네모토가 메모 한 장을 꺼내 후즈키에게 넘겼다.

겐지는 처음으로 가네모토의 목소리를 들었다. 목소리는 예상 밖으로 가늘고 작았다. 지렁이가 하품을 한다면 그런 소리가 났을 것이다. 분위기가 자못 심각했지만 겐지는 참지 못하고 피식 웃고 말았다.

후즈키가 그 메모를 받아 읽더니 겐지를 보았다.

"한번 보시겠습니까?"

겐지가 메모를 낚아챘다.

> 다시 그곳에서 만납시다. 중요한 사안이 있습니다. 조만간 시간을 잡아 통보
> 해주시길 희망합니다.
>
> 제관

"봉우당의 메시지 같은데요. 각간묘의 제사 문제로 소우와 협상이 필요했을 테니까."

가네모토는 메모 외에도 편지 묶음과 사진 묶음, 지도, 각도기, 줄자, 담뱃갑 등을 잔뜩 끄집어냈다. 후즈키는 그것들을 이리저리 훑어보다 검은색 표지가 달린 작은 공책이 나오자 집어들었다. 공책에는 박물관 운영표와 사적지에 대한 발굴내용이 기록되어 있었다. 가네모토가 흰 자루에 그것들을 모조리 쓸어담았다. 앉아 있는 마사오가 유난히 식은 땀을 흘렸다. 후즈키는 그것을 놓치지 않았다.

"시…… 실은…… 냉동기에 보관하던 미라도 도난당했습니다."

겁에 질린 마사오는 후즈키에게 털어놓고 말았다.

"언제?"

겐지가 물었다.

"오늘 냉동기 상태를 점검하러 갔다가 알았습니다."

"그전에는 언제 점검했습니까?"

"처음에는 연구원이 하루에 두 번씩 점검했지만 한 달 전부터는 관장님만이 점검했습니다."

그때 마사오 옆에 있던 연구원이 팔꿈치로 마사오를 찔렀다. 마사오의 얼굴은 점점 흙빛으로 변했다. 후즈키가 조용히 다가가 마사오에게 담배를 물려주었다. 마사오는 급하게 담배를 몇 모금 빤 뒤 입을 열었다.

"사실 수장고에 보관하던 왕관과 불상, 구옥제품 90점도 같이 없어졌습니다."

"뭐?"

"모두 금관총에서 나온 유물입니다."

그 말이 끝나기 무섭게 가네모토가 수장고로 내려갔다.

"목록이 적힌 서류는 없소?"

"딱지만 붙여 큰 항목대로 보관하고 있습니다."

법민은 기가 찼다. 남의 나라 유물을 닥치는 대로 긁어모으더니 겨우 딱지만 붙여 수장고에 쌓아두기만 했다고?

수장고에 갔던 가네모토가 들어와 보고했다.

"205호 냉동기의 자물쇠가 부서졌기에 다른 창고도 확인해봤습니다. 수장고의 황금과 주옥만 따로 보관하던 곳에서 비취백옥 창고와 금동불상을 보관한 함이 비어 있습니다."

"젠장. 그런 보물이 언제 없어졌는지도 모를 만큼 허술하게 관리했소?"

후즈키가 역정을 내며 담배를 물었다. 송곳처럼 날카로운 눈매 때문에 누구도 그에게 말을 걸지 않았다.

"이젠 현장을 봐도 소용없겠지."

겐지도 한숨을 쉬며 소파에 털썩 주저앉아 담배를 물었다.

정황을 살펴보니 박물관 수장고에 보관된 황금과 주옥류가 도난당한 시점은 소우가 사라진 때와 비슷했다. 그러나 마사오는 그 세 사건 모두 정확하게 언제 일어난 것인지 알지 못했다. 그러니 미라의 도난과 소우의 실종과 보물이 사라진 때를 모두 동일한 시점으로 보기는 힘들었다.

그때 문이 열리며 소독실로 내려갔던 미야자키가 후즈키에게 뭔가를 건네고 나갔다. 후즈키는 그것을 뚫어지게 보더니 주머니에 넣었다. 그리고 수화기를 집어 들었다. 한참을 누군가와 얘기하던 후즈키는 이윽고 전화를 끊고 겐지와 법민에게 고개를 돌렸다.

"당신들이 박물관으로 갔을 때 관장이 막 퇴근하려던 참이었다고요?"

"네, 퇴근길이었습니다."

겐지가 담배연기를 뿜으며 말했다.

"관장은 서장님의 오쇼가쓰 행사에 참석하러 가는 길이라고 했단 말이지요?"

"네."

법민이 후즈키의 눈을 바라보며 대꾸했다.

"음……. 그렇다면 정말 이상하군요. 서장님은 그날 오쇼가쓰 행사를 열지 않았다는데요."

방 안에는 담배연기가 자욱했다.

드디어 성시원이 말하다

1

사흘 내내 비가 왔고, 그 뒤부터 날씨가 연일 포근했다.

겐지는 오류헌에서 책만 읽었다. 사라진 소우의 소식은 몇 주째 들리지 않았다. 경찰들은 반으로 나뉘어 성민의 흔적과 소우의 행방을 찾아다녔다. 가끔씩 가네모토가 유곡채로 와서 뭔가를 묻고 갔다.

무열왕릉 귀부까지 이동한 장승들은 더 이상 마을쪽으로 움직이지 않았다. 사람들은 장승들의 뿌리에 장돌로 겹겹이 돌탑을 쌓고 제단까지 만들어 빌었다. 노파들이 걸어놓은 지저분한 오색 천과 짚새기들은 바람에 흩날리며 이상한 냄새를 피워댔다. 멀리서 보이는 그런 장승의 모습은 마치 긴 가발을 쓰고 있는 것처럼 보였다. 이제 무열왕릉 앞에는 거북 석물보다 장승이 더 영험한 신묘를 가지게 되었다.

지난번 서재에서 후즈키에게 살인은닉죄로 연행되었던 지영은 곧바로 풀려났다. 후즈키는 그 사건 때문에 서장에게 크게 질책당했다. 서장은 유곡채의 종부를 그런 식으로 다루는 것을 크게 불편해했다. 후즈키는 지영에게 자신이 범한 무례를 정중히 사과했다.

유곡채는 성민의 혐의를 일정 부분 인정했다. 경주서는 유곡채의 부탁으로 성민을 공개수배하지 않았다. 경성 사택에 머무르는 김치록은 서신을 보내 성민이 시신으로 발견되든 살아서 체포되든 그 신병을 경주서에 넘긴다는 데 동의했다. 유곡채는 고용살이들에게 품삯을 넉넉히 주어 모두 제 집으로 돌려보냈다. 사람이 줄어든 유곡채는 절간처럼 휑했다. 새벽마다 곱게 비질한 마당만이 사람이 살고 있다는 것을 말해주었다.

조선총독부는 서악서원의 발굴을 잠정적으로 중단한다고 발표했다. 그리고 소우가 추진했던 각간묘가 김유신의 무덤임을 밝혀내는 논쟁에 관해서도 더 이상 언급하지 말라고 학계에 경고했다. 그들은 사실상 소우를 포기했다. 여전히 유키오와 겐지는 성모사에서 발견한『홍무기적』을 경성에 보고하지 않았다.

각간묘의 현장은 매립되고 소우 관장의 실종이 해결될 때까지 대리인이 올 것이라는 소문이 돌았다. 서악서원에 상주했던 유키오와 연구원들은 경주박물관으로 복귀했고 서원은 안동의 유생 한 명이 내려와 관리하기로 했다.

많은 사람들이 이 조치를 반겼다. 그러나 그 명령은 한정된 시점을 내포하고 있었다. 그 한정된 시점은 소우가 다시 나타나는 시점에서 해제될 것이 분명했다.

각간묘는 제를 지내다 만 채로 방치되고 있었다. 하관하여 내린 목관은 뚜껑이 덮인 채 석관 속에서 바람을 맞고 있었다. 깨진 석관 뚜껑도 함부로 박혀 있었다. 시신을 위로하지도 못하고 그저 쓸모없는 오동나무관이 새로 들어갔을 뿐이다.

며칠 뒤 총독부의 견장을 단 인부들이 나타나 그 구덩이를 메웠다.

바람에 너덜거리던 천도 깨끗이 치워졌다. 열리면서 인부를 두 명이나 죽였던 그 구덩이는, 메워지면서 한 명도 데려가지 않았다.

인부들은 그 자리에 큰 팻말을 박았다.

(전) 김인문 묘의 내부 위치
조선총독부의 허락 없이 누구도 발굴할 수 없음.

조선총독부 고적분과장 구로히타 켄지로

2

"놀랍더군요."

성시원이 가방에서 붉은색 보자기에 싼 『흥무기적』을 넘겨주며 말했다.

"일단 이것으로 각간묘가 김유신의 묘라는 것을 증명할 수 있으니 서둘러 학계에 보고하는 것이 어떨까 생각 중입니다. 그게 혼란을 막는 제일 빠른 길입니다."

겐지는 술잔을 들이키며 말했다. 성시원도 동의하는 표정을 지으며 고개를 끄덕였다. 겐지는 성시원에게 다짐을 받았다.

"만약 그렇게 된다면 그 이후에 신문에 게재하십시오. 총독부가 반대해도 얼마든지 그림의 복사본을 드리겠습니다. 그러나 그것은 소우의 행방이 밝혀진 뒤에나 가능한 일입니다. 또 서원은 계속 발굴하는 것이 좋습니다. 김인문의 무덤 자리를 찾는 것도 의미가 있고 무엇보다 그래야만 총독부도 위신이 서겠지요. 봉우마을도 최소한의 양보는 해야 각간묘나 무열왕릉을 보호할 수 있습니다."

"그렇겠지요. 당신 같은 일본인이 있으니 일본이 망하지 않나 보군요. 소수 조선인들이 일본인을 친구로 두는 이유를 알겠습니다."

성시원은 한동안 물끄러미 겐지를 보다가 결심한 듯 안주머니에서 신문조각을 꺼내 탁자 위에 올려놓으며 입을 열었다.

"총독부에 지인이 있거든 이것 좀 조사해주시오."

〈경성일보〉일본판 9월 1일자 사회면이었다. 성시원이 붉은 펜으로 표시한 사설란은 총독부가 전국에 토지측량대와 관측대를 세우고 10년간 전국에 측량되지 않는 토지에 대한 조사를 실시한다는 기사였다. 계룡산, 삼각산 백운대, 인왕산, 속리산 문장대, 경주 안태봉산, 경북 팔공산 등 일정한 높이가 되는 산 정상에 측량장비를 상시 보관해두는 시설을 설치한다는 내용과 사업 시행일자도 쓰여 있었다.

겐지가 내용을 모두 읽자 성시원이 기다렸다는 듯이 말했다.

"조선의 산은 거의 측량이 되어 있지 않습니다."

"측량사업이라……."

"총독부에서도 뭐, 좋은 취지로 시행하는 내용입니다만 그 내용이 좀 이상합니다. 보통 지형을 측정할 때는 삼각측량을 사용하는데, 삼각측량에는 조표가 필요하지요. 기사의 내용을 그대로 보자면 산 정상에 조표를 세우기 위해 쇠침봉과 그 침봉을 보관하는 장소를 세운다는 겁니다."

"측량을 위해서 산이든 벌판이든 조표는 있어야 하는 것 아닌가요?"

겐지는 성시원의 말을 알아들을 수 없다는 듯 고개를 갸우뚱했다.

"그건 그렇지요. 하지만 측량조표를 위해 표석 주위에 박는 쇠침은 형태가 원형으로 박힙니다. 즉, 보조적인 역할만 할 뿐이지요. 보관할 시설을 만들 만큼 장비가 많이 필요할까요? 또 왜 명산만 골라서 측량하는 것일까요?"

성시원이 가방을 열고 두툼한 책을 꺼내 겐지 앞으로 밀었다. 표지에는『조선유물고적명승 천연기념물 보존사례지침』이라고 적혀 있었다.

"일본법을 모방해서 만든 책인데 겉으로 보기에는 조선의 유적과 유물을 연구하는 방향을 기술했으나 면면히 들여다보면 조선의 고적을 합리적으로 밀반출할 수 있게 만든 칙령입니다. 그러나 내가 지금 말하려는 것은 그게 아니고……. 여기, 이것을 보시오."

성시원이 책을 몇 장 넘기자 사진이 나왔다. 큰 무덤 앞에 사람이 서 있는 사진이다. '개성의 동구릉'이라는 제목으로『조선고적도보』에서 발췌한 사진이라는 설명이 붙어 있었다.

"이 사람은 조선총독부 학무과 연구감이오. 그런데 이 사람이 서 있는 바닥을 보면……. 이거요, 이게 뭐로 보이시오?"

성시원이 군화를 신은 연구감의 발밑을 가리켰다. 그는 봉분의 상석 옆에 서 있었는데 그가 서 있는 바닥에는 길쭉한 막대기 서너 개가 풀숲 사이에 누워 있었다.

"사진이 흐려서 잘 안 보이는데……."

겐지가 중얼거렸다.

"여기에 뭔가 박아놓은 것이 안 보입니까? 그럼 이것도 보시오."

성시원이 책을 몇 장 더 넘겼다. '서남토구 자산록 태왕릉'이라고 설명된 사진은 넓은 벌판에서 열린 구도로 찍은 석총 태왕릉의 전경이었다.

"이곳에는 완전히 울타리를 쳐놨습니다."

이 사진에는 언덕이라고 불러도 좋을 만큼 큰 봉분 꼭대기에 마치 울타리를 세워놓은 듯 열 개 이상의 작대기들이 둥글게 박혀 있었다.

"이런, 흉하군요."

이번에는 겐지도 이해가 간다는 표정을 지었다.

"언뜻 보기에도 이것은 고적조사에 필요한 기구가 아닙니다. 측량에 필요한 장비도 아니지요. 이런 사진이 버젓이 책에 실려 나도는데도 아무도 의아하게 생각지 않아요. 고적연구 서적에 게시된 조선 유적 사진을 하나하나 모아봤는데 모두 이런 수상한 흔적이 있었습니다."

성시원이 책장을 좀 더 뒤로 넘겼다. 사진은 돌과 흙으로 얽은 커다란 수로왕의 능이었다. 잡초가 꽤 자란 모습인데, 돌로 깎은 비석 하단 쪽에는 과연 형체를 알 수 없는 굵은 기둥이 살짝 보였다.

"……여기 비석 쪽, 땅에 박힌 게 보이지요? 이건 길이가 길어 뚜렷하게 알 수 있습니다. 하단 아래에 구멍을 판 뒤 긴 관을 넣어 그 속에 시멘트를 부은 것입니다."

성시원은 작정하듯 한지에 쌓인 사진 두 장도 겐지에게 건넸다. 한 장은 한 사찰의 석대 밑에 깊게 박힌 굵은 쇠침을 세 인부가 파내는 사진이었고, 또 한 장은 사대부의 것으로 보이는 조선 중기의 무덤 앞에서 한 인부가 길이 1미터 남짓 되는 검은 쇠침을 들고 있는 사진이었다.

"첫 번째는 인왕산 목멱 신사에서 찾아낸 말뚝 사진입니다. 국사당 앞마당에서도 이런 쇠말뚝이 나왔습니다. 신관이 서대문경찰서에 신고했지만 묵살당했다고 합니다. 두 번째 사진은 원주 법천사 아래에 있는 무덤입니다. 이 지역은 총독부에서 나온 측량조사단이 다녀간 현장에서 얼마 떨어지지 않은 곳입니다."

"총독부가 지시한 것인가요?"

겐지가 사진을 차례로 넘겨보며 물었다.

"관에서도 시멘트나 쇠침이 발견되는 사실을 알고 있다는 말이고, 이는 분명 총독부에서 하달된 것이지요."

"믿을 수 없군."

겐지가 사진을 내려놓으며 중얼거렸다.

성시원은 겐지 앞으로 얼굴을 들이댔다. 낮은 코가 전등빛에 번들거렸다. 그래서 넓은 이마가 더욱 튀어나와 보였다.

"여근곡에서 나온 식칼이 바로 이것과 같은 것입니다. 경주에서만 해도 형산과 여근곡, 남산, 그리고 고대의 칠처가람 터라고 추정되는 일곱 자리, 이렇게 열 군데에서 이런 흔적이 나왔습니다. 남산과 형산에는 아예 뜸을 들인 것 같았습니다. 흙이 검게 타서 주변이 온통 잿더미였지요. 불을 지르는 뜸은 시멘트나 쇳물을 붓는 것만큼이나 혈맥을 상하게 합니다. 총독부는 비밀리에 풍수훼손사업을 하고 있는 것으로 보입니다."

"총독부에서 자금을 투자해서 그런 구식 이론을 정책화하다니……."

겐지가 심각한 얼굴로 턱을 긁으며 말했다.

"구식 이론? 당신은 풍수를 구식 이론으로 생각하고 있습니까?"

"물론 저도 풍수이론은 어느 정도 신빙성이 있다고 믿습니다."

"또 하나 알아낸 중요한 정보가 있소. 실제로 산을 타거나 움직이는 사람들은 총독부가 아니라 일본인 부랑자들이오."

"일본인 부랑자?"

"그렇소. 그들은 일정 기간 한 지역에 머무르다 작업이 끝나면 또 다른 곳으로 이동하는 식으로 움직이는 것 같아요. 아마도 일본에서 골칫덩이들을 조선으로 데리고 와서 노역을 시키는 것 같소."

"일본에서 가난한 광부나 무직자를 조선으로 이주시켜 하급 관청일을 준다는 광고지는 오사카 거리에도 수도 없이 붙어 있었죠. 본토의 몬부쇼*에서 직접 주관합니다. 얼핏 듣기로도 조선을 신천지로 생각하고 도항한 자들의 수가 제법 된다고 하더군요. 그런 사람들이 들어와서 만약 도굴이나 지맥 훼손을 저지르고 있다면……."

"물론 그런 사람들일 것이오. 하지만 그들이 총독부 정책의 테두리에

---

* 일본 문부성(もんぶしょう). 현재의 문부과학성.

서 일사분란하게 움직이고 있으니 그건 단순한 일본인 부랑자들의 개
인사정이 아니오."

겐지는 심각하게 입술을 깨물며 고개를 끄덕였다.

"총독부가 조선땅에 철심을 박고 있는 게 사실이라면 막아야지요. 증
거만 확보한다면 경성 반체제 성향의 신문사로 보내 화젯거리로 만들
수도 있을 테고."

"그렇게만 된다면야……."

성시원이 입꼬리를 내린다.

"나도 부탁이 있습니다. 이것 하나만 좀 알아봐주십시오."

겐지가 안주머니에서 작은 메모지를 꺼내어 성시원에게 건넸다.

3

'카와이 소우가 사회주의자였던가?'

아무리 봐도 어울리지 않는 그림이다. 박물관장의 집무실에 들어선
성시원은 랜턴을 비춰 벽에 걸린 그림을 보고 있었다.

랜턴을 돌려 책상을 비췄다. 지저분한 서류와 가죽안경집과 뜯지 않
은 담뱃갑과 통행증 몇 장이 어지럽게 흩어져 있었다. 형사들이 다녀가
면 항상 이랬다. 불빛을 비춰가며 그것들을 툭툭 건드리던 성시원이
랜턴을 턱과 가슴 사이에 끼우고 긴 4단 책상 서랍을 뒤졌다. 서랍 안에
는 유물 카드가 빼곡하게 꽂혀 있었다. 마지막 단에는 현장에서 찍은
사진들이 나무상자에 분류되어 있었다. 하지만 자신이 찾으려는 것은
어디에도 없었다.

그는 조용히 커튼을 젖혔다. 뜰 앞 석등 빛이 은은하게 방 안으로

들어왔다. 조용히 소파가 있는 쪽으로 걸어갔다. 그쪽에도 작은 책장이 있었는데 아래 두 단은 여닫이였다. 서랍을 하나씩 열었다. 역시 연구보고서 나부랭이만 가득했다. 허리를 낮추어 바닥을 살폈다. 카펫을 뒤집자 딱딱한 시멘트 바닥뿐이다.

"어디에 숨겨두었지?"

그때 복도에서 소리가 났다. 성시원은 몸을 낮추며 랜턴을 껐다. 그 발걸음은 관장실을 지나가버렸다. 한참 그렇게 엎드려 있노라니 구석에서 나무상자 하나가 눈에 띄었다. 상자는 검은색이고 작은 자물쇠가 채워져 있었다.

'오호라, 이거군.'

복도 너머로 발소리가 멀어지자 상자 쪽으로 기어간 성시원은 허리에서 작은 칼을 꺼내 쇠고리를 벌렸다. 그러나 칼이 자물쇠 구멍보다 가늘어 아무리 힘을 주어도 벌릴 수가 없었다.

시계를 보았다. 시침은 새벽 3시를 향해 달려가고 있었다. 그는 서둘러 상의를 벗었다. 그리고 뒤춤에 끼워놓은 리볼버를 쥔 손을 상의로 감쌌다. 데라우치 시계의 분침이 막 46초를 지났다. 이마에서 흐르는 땀방울이 살진 볼을 따라 턱으로 미끄러졌다.

49, 50, 51······.

55초에서 침을 한 번 삼켰다. 59초가 지나고 3시가 되었을 때 사방에서 종소리가 크게 울려퍼졌다. 봉덕사에서 박물관으로 옮겨놓은 성덕대왕신종이 울리는 시간이었다. 그때 그가 방아쇠를 당겼다. 둔탁한 총소리가 장엄한 종소리에 묻혔다.

자물쇠가 떨어지자 팔에 감았던 옷을 서둘러 던지고 뚜껑을 열었다. 상자에는 작은 병 네 개와 분말을 담은 두툼한 봉투 네 개가 들어 있었다. 겉면에는 '14% 알칼로이드'라고 적혀 있었다.

'관장은 모르핀 중독자였군.'

그는 의외라는 듯 고개를 저으며 일어났다. 이 방에는 그가 찾는 것이 없었다. 스물한 번의 종소리가 그쳤다.

그런데 무언가 이 방에 어울리지 않는 것이 있었다. 문득 고개를 돌리고 벽에 걸린 그림을 봤다. 왕이 오열하는 그림. 이 러시아 화가의 그림이 아무리 생각해도 의아했다. 소우 같은 야망가가 좋아할 만한 그림이 아니다. 그는 그 그림을 한참 노려보다 랜턴을 켜고 액자의 가장자리를 살폈다. 액자의 왼쪽 모서리가 오른쪽보다 벽에 더 붙어 있었다. 그는 조심스럽게 액자의 오른쪽을 들추어보았다.

액자가 들리며 뒷벽에 동그란 황동색 금고가 나타났다.

"오호라."

서둘러 겐지가 준 쪽지를 꺼냈다. 쪽지에는 1, 14, 3이 적혀 있었다. 다이얼을 0에 맞춘 후 1과 14를 반대로 각각 세 번 돌렸다. 그러자 금고가 열렸다. 안에는 약병 몇 개와 대마 한 봉지, 리볼버 총알 한 상자, 붉은 천이 넉 장 들어 있었다. 그는 천을 하나씩 살펴보았다. 지도였다. 하나는 경주, 다른 하나는 경성시가지가 그려져 있었다. 두 장 모두 무수히 많은 붉은 점들이 찍혀 있었다. 나머지 두 장은 조선반도를 전체적으로 표기한 것이었다.

경주를 표기한 지도를 랜턴으로 비춰보았다. 서악, 서천, 형산과 남산을 기점으로 알아볼 수 없는 기호들이 표시되어 있다. 그 점들은 과거 불길이 오른 장소와 일치했다. 산업도로를 따라 무열왕릉과 각간묘 주변으로는 화살표가 이어졌다. 이 표기들은 장승이 이동한 경로가 분명했다. 유곡채 뒤편으로 늘어진 선도산의 한 지맥에 특이하게 작은 글씨가 보였다.

"지하길의 입구?"

성시원이 다시 랜턴을 들고 금고 속을 비췄다. 몇 가지 물건들이 더 들어 있었다. 그는 재빨리 채권다발과 편지 몇 장과 무거운 상자를 꺼냈다.

"맙소사. 여기 있었군!"

상자 안에는 썩지 않은 머리가 들어 있었다. 허옇게 탈색된 피부는 두개골에서 금방이라도 흘러내릴 듯했다.

"도난당한 게 아니었어."

성시원은 골몰히 생각했다. 이것이 발견될 줄은 부탁한 겐지도 예상하지 못했을 것이다. 그렇다면 이 미라를 속히 봉우당에 넘겨야 한다. 분명 봉우당의 당주는 기뻐할 것이다. 자신에게도 큰 이익이 될 것이 분명하다. 무엇보다 특종을 잡았다는 것이 기뻤다. 이 미라의 사진이 신문에 실리면 조선반도는 그야말로 아수라장이 될지도 모른다.

마음이 조급해진 성시원은 주위를 두리번거렸다. 마침 책상에 안피지*가 말려 있었다. 그는 던져둔 윗도리를 펼치고 그 위에 안피지를 폈다. 그리고 상자 속에 든 유리병을 따고 포르말린을 뿌렸다. 비단같이 얇은 종이는 액체를 흠뻑 먹었다. 침을 한 번 삼킨 뒤 조심스럽게 상자에서 미라를 꺼내 윗도리에 말아 쌌다.

겐지에게 건넬 넉 장의 비단 지도를 챙겨 넣는 것도 잊지 않았다.

4

겐지는 유키오가 보낸 편지를 한 통 받았다.

그는 편지에서 『삼국유사』의 〈혜통항룡(惠通降龍)〉 조를 읽어보라고 적어 놓았다.

---

* 안피라고 하는 산나무 껍질로 만든 종이. 아주 얇다.

혜통의 출가.

혜통은 그 씨족을 자세히 알 수 없으나 백의(白衣)로 있을 때 그의 집은 남산 서쪽 기슭인 은천동(銀川洞) 어귀에 있었다. 어느 날 혜통이 집 동쪽 시내에서 놀다가 수달 한 마리를 잡아 죽이고 그 뼈를 동산에 버렸다. 이튿날 새벽에 그 뼈가 없어졌으므로 핏자국을 따라가니 뼈는 전에 살던 굴로 되돌아가서 새끼 다섯 마리를 안고 쭈그리고 있었다. 혜통이 감탄하고 망설이다가, 마침내 속세를 버리고 중이 되어 그 이름을 혜통으로 바꾸었다.

(…하략…)

겐지는 꼼꼼히 기술된 고사를 훑어보다 몇 구절을 수첩에 적었다. 그리고 서랍을 열어 봉투를 하나 꺼냈다. 그것은 성시원이 보낸 편지였다.

범인의 심리적 반경은 봉우마을에서 3킬로미터를 넘지 않습니다.

겐지는 그 봉투들을 서랍에 넣고는 열쇠로 단단히 잠근 뒤 하던 작업을 계속했다. 책상 위에는 그가 직접 만들고 있는 경주 시가지 지도가 있었다. 군데군데에 붉은 점이 찍혀 있고 봉우마을에서 출발한 선이 장방형으로 뻗어 있었다. 그는 선도산 정상부에서 황룡사지까지 길게 붉은 선을 그었다. 그 아래 4킬로미터라고 썼다. 그리고 서천교에서 황룡사지까지 선을 긋고 3킬로미터라고 썼다. 그렇게 선도산에서 출발해서 경주 전역으로 그려나간 선이 수없이 많았다. 선도산에서 남산까지도 그었고 선도산에서 포석정까지도 그었다. 겐지는 그 선 밑에 각자의 거리를 기입했다.

문득 뭔가 생각난 겐지는 안주머니에서 수첩을 꺼내 delirium이라고 적어 넣었다.

4장

제25대 사륜왕의 시호는 진지대왕으로 성은 김씨이며 왕비는 기오공의 딸인 지도부인이다. 태건* 8년에 왕위에 올라 나라를 다스린 지 4년 만에 주색에 빠져 음란하고 정사가 어지러우므로 나라 사람들이 그를 폐위시켰다.

이보다 앞서 사량부 민가의 여인이 매우 아름다웠으므로 사람들이 도화랑이라고 불렀다. 왕이 이 소문을 듣고 그 여인을 궁중으로 불러들여 관계를 맺으려 하자 여인이 말하기를, "여자가 지켜야 하는 일은 두 지아비를 섬기지 않는 것입니다. 남편이 있는데 다른 사람에게 시집을 가는 것은 만승(萬乘)의 위엄으로도 마음대로 하지 못할 것입니다."

왕이 말하기를, "너를 죽인다면 어떻게 할 것이냐?"

여인이 대답하기를, "차라리 거리에서 죽임을 당할지언정 다른 마음을 가지는 것은 원치를 않습니다."

왕이 희롱하기를, "네 남편이 없으면 되겠느냐?"

"됩니다."

왕은 여인을 놓아 보내주었다.

이 해에 왕이 폐위되고 죽었는데 2년 뒤 도화랑의 남편도 죽었다.

열흘이 지난 밤중에 홀연히 왕이 생시와 같은 모습으로 여인의 방에 들어와 말하길, "네가 옛날에 약속한 바와 같이 이제 남편이 없으니 되겠느냐?"

여인이 쉽게 하락하지를 않고 부모에게 고하니 부모가 말하기를, "임금의 말인데 어찌 피할 수 있겠느냐." 하고 딸을 왕의 방에 들어가게 했다.

* 태건(太建)은 중국 진(陳)나라 선제의 연호로, 태건 8년은 서기 576년이다. 진은 위진남북조 시대의 나라로, 수나라에 멸망했다.

왕이 이레 동안 머물렀는데 늘 오색구름이 집을 덮고 향기가 방 안에 가득하였다. 이레 뒤 왕이 홀연히 사라졌다. 여인은 이내 태기가 있어 달이 차 곧 해산을 하려 할 때에 천지가 진동하였다.

사내아이를 낳았는데 이름을 비형이라고 하였다.

진평대왕은 그 이상한 소문을 듣고 아이를 궁중으로 데려다 길렀다. 나이가 15세가 되자 왕은 집사 벼슬을 내렸다.

비형은 밤마다 멀리 달아나 놀다 오고는 하였는데, 왕이 용사 50명을 시켜 지키게 하였으나 매번 월성을 넘고 서쪽 황천 언덕 위에 가서 귀신을 거느리고 놀았다.

군사들이 엿보니 귀신들이 여러 절에서 울리는 새벽 종소리를 듣고 각각 흩어지면 그제야 비형랑도 돌아오는 것이었다.

군사들이 이 사실을 왕께 아뢰니 왕이 비형을 불러 물었다.

"귀신을 거느리고 논다는 것이 사실이더냐?"

"그렇습니다."

"그럼 귀신의 무리를 시켜 신원사의 북쪽 개천에 다리를 놓아보도록 하여라."

비형은 칙명을 받들고 귀신들에게 돌을 다듬게 한 다음 하룻밤 사이에 큰 다리를 놓았다. 그래서 그 다리를 귀교(鬼橋: 귀신다리)라고 불렀다.

"귀신들 중에서 인간으로 출현하여 정치를 도울 만한 자가 있느냐?"

"길달이란 자가 있사온데 국정을 도울 만합니다."

"데리고 오너라."

이튿날 비형이 길달을 데리고 와서 왕께 보이니 왕이 집사 벼슬을 내렸다. 그는 충직하기가 더할 나위 없었다.

이때 각간 임종이 자식이 없었으므로 왕이 명령하여 길달을 임종의 아들로 삼게 하였다. 임종은 길달에게 명하여 흥륜사 남쪽에 문을 세우게 하자, 길달은 매일 밤 그 문루에 가서 잤으므로 그 문을 길달문이라고 하였다.

어느 날 길달이 여우로 변하여 도망을 가니 비형이 귀신의 무리를 시켜 그를 잡아 죽였다. 그러므로 그 귀신의 무리들은 비형의 이름만 듣고도 두려워하며 달아났다.

당시의 사람들이 글을 지어 말하기를,

"성제의 혼이 아들을 낳았으니

여기가 비형랑의 집이다.

날뛰는 잡귀의 무리들은

이곳에 머물지 말라."

향속에서는 이 글을 붙여 잡귀를 물리쳤다.

『삼국유사』〔기이편 1〕〈도화녀와 비형랑〉

복수초

1

국화가 진 자리에 복수초가 피었다.

오류헌 뒷마당 곁자리는 흐드러지게 피어난 복수초로 물결을 이루었다. 복수초는 불륜의 씨라고 했던가. 이것들은 이름처럼 아무도 모르게 엉큼엉큼 피어나 차가운 밤이슬을 맞고 있었다.

사위는 촘촘하게 고요에 잠겨 있었다. 동해에서 넘어온 해무(海霧)는 선도산을 적시다 한밤이 되자 오류헌 마당으로 내려앉았다. 물을 잔뜩 먹은 담묵이 찍힌 것 같은 안개다. 번식기를 놓친 칡부엉이가 달을 향해 서글프게 울었다.

사당 뒤 비틀린 담쟁이 담벼락은 이 저택의 영지를 끊어주는 마지막 선이었다. 그 담장을 넘으면 언덕처럼 선도산 기슭이 시작된다. 청죽 숲으로 뒤덮인 기슭으로는 호안수, 자작나무, 노간나무, 서양산딸나무 등도 무성하게 숲을 이루었다. 바람이 불면 그쪽에서 서양산딸나무의 갈라진 수피가 우수수 담장 안으로 흩날렸다.

갑자기 해무가 걷히고 달이 나왔다. 이단 기와를 얹은 낡은 사당과 그 옆에 굵은 통나무를 이어 만든 창고가 구름을 벗어난 달빛을 받고 있었다. 창고 안은 좁았다. 벽면에는 긴 나무선반과 걸고리를 만들어 낫이나 가래, 따비 등을 걸고, 구석에는 쓰다 남은 벽돌, 불쏘시개, 탁자 등을 쌓아두었다.

여인은 고개를 들고 참았던 신음소리를 냈다.

그녀는 항아리처럼 둥글게 등을 굽히고 무릎을 가슴까지 당겼다. 문 틈으로 새어 들어오는 달빛이 닿은 허벅지는 하얗다 못해 시퍼렇다. 그 허벅다리 사이로 사내의 머리가 박혀 있었다. 그녀의 두툼한 허벅지 에 닭살이 올랐다. 입에서는 거친 숨이 뿜어 나왔다. 사내는 물기 없는 혀로 그 허벅지를 핥았다.

찬 기운 때문에 오돌토돌해진 여인의 피부가 남자의 혀끝에 금방 부 드러워졌지만 수염자국에 이내 다시 소름이 오돌돌 돋았다. 사내는 박 힌 머리를 뺐다. 두 사람은 농밀하게 입을 포갰다.

아궁이 선반에 겉옷을 깔고 앉은 여인은 몸이 여간해서 데워지지 않 았다. 허리 뒤로 받치고 있던 두 손은 중심을 지탱하느라 바르르 떨렸 다. 남자는 여자의 두 무릎을 그의 겨드랑이 사이로 끼웠다. 최대한 서 로의 살을 비벼 온기를 나누기 위해서였다. 열린 들창으로 새어 들어온 달빛 때문에 여인의 허벅지가 더욱 크게 보였다.

딱딱딱. 떡갈나무에서 오색딱따구리가 제 짝을 부른다.

굵지도 가늘지도 않은 허리부터 시작하는 하체는 이윽고 사내를 받 아들일 준비를 했다. 다시 한 차례 키스가 이어졌다. 주고받는 머리는 움직이지 않았다. 이윽고 사내의 손이 여인의 허벅지 사이로 조용히 파고들었다. 그러자 맞대고 놀리던 여인의 혀는 움직임을 멈추고 목 깊은 곳에서 신음을 뱉어냈다. 사내의 손끝에 양탄자처럼 빡빡한 숱이 느껴졌다.

여인이 고개를 뒤로 젖혔다.

들창으로 들어온 달빛에 드러난 여인의 얼굴은 지영이었다. 사내의 둥실한 허벅지가 그녀의 아랫도리에 따뜻하게 다가왔다. 사내는 앉아 있는 지영의 가랑이에 허리를 밀어 넣고 비스듬히 섰다. 달빛에 여울진 남자의 엉덩이가 볼록 솟았다.

"하—"

사내의 턱이 아이처럼 지영의 목과 쇄골 사이로 파고들었다. 그는 그녀를 보지 않으려 했다. 그녀가 한 손을 들어 남자의 머리를 쓰다듬으려 했으나 중심을 이기지 못해 다시 아궁이 바닥을 짚으며 몸을 지탱했다.

"이제 어떡하시려고요. 어떡하시……."

지영은 말을 잇지 못하고 다시 흐느꼈다. 사내의 허리는 본격적인 리듬을 탔다. 풍만하고 살이 많은 허벅지가 그 흐름에 따라 같이 움직였다. 허공에 뜬 두 발가락은 잔뜩 오므린 채 민망하게 어둠을 찌르고 있었다.

"이제 우린……이제 우린……. 하—"

남자의 입술이 지영의 입을 막았다.

두 사람의 뜨거운 열기가 찬 공기와 얽혀 싸웠다. 어둠처럼 가득 고인 차가운 공기는 데워지면 엄습하여 내리고 다시 데워지면 차가운 것으로 덮어버렸다. 그래도 둘은 계속 열기를 뿜어냈다. 없어질 것 같지 않은 이 무거운 공기를 모두 몰아낼 심산이다. 두 몸뚱이가 서로를 향해 엇박자를 가지며 얼기설기 시룬다. 지영은 자꾸 말을 하려 했지만 고개를 숙인 남자는 그럴 때마다 허리에 힘을 줬다. 그러면 지영의 목소리는 의미 없는 신음소리가 되어버리곤 했다. 두 사람을 제외하고 창고 안의 모든 것이 흑백으로 변했다.

드디어 사내가 엉덩이를 타원형으로 만들며 깊게 조였다. 그리고 세포 속의 기포까지 모두 짜내듯 마지막을 짜냈다. 엉덩이는 피부에 밴 냄새마저 몰아낼 듯 V자로 파였다. 지영의 등도 휘어졌다. 늘씬한 척추가 할망구처럼 쪼그라들었다. 그 순간을 기다렸다는 듯이 찬 공기가 아래의 더운 것을 모두 덮어버렸다.

한동안 둘은 그렇게 안고 있었다. 여운이 스멀스멀 몸속 깊이 파고들고, 입김도 여전히 피어올랐다. 그것이 사라진 뒤에서야 두 사람은 입속에서 비릿한 봄 냄새와 시큼한 땀 냄새를 맡을 수 있었다. 사내가 지영에게서 조용히 몸을 뗐다. 그리고 바지를 올리고 아궁이에 그녀와 나란히 앉았다.

남자가 주머니에서 담배를 꺼내려는 순간, 지영이 손을 막았다.

"누가 이쪽으로 오는 것 같아요."

잠시 적막이 흘렀다. 그리고 멀리서 발소리가 들려왔다.

들창으로 들어오는 달빛은 지영만을 비추고 사내는 어둠 속에 잠겨 있었다. 사내가 몸을 움찔했다. 지영은 소리 내지 않고 조용히 치마를 주워 입고 온 신경을 창고 밖으로 집중했다.

오류헌 마당의 잘 다져진 흙바닥을 저벅저벅 내딛는 구둣발 소리는 한 치의 어긋남도 없이 이쪽을 향하고 있었다.

지영이 떨고 있는 남자의 입술을 차가운 손으로 조용히 막았다. 손에서 알싸한 밤꽃 향기가 났다.

발소리가 창고 앞에서 멈췄다.

누굴까? 지영은 제발 이 문이 열리지 않기를 바랐다.

심장이 늑골 끝에서 기도 위까지 치고 올라왔다.

—끼이익.

문이 열렸다.

어두운 창고에 순식간에 환한 달빛이 쏟아져 들어왔다. 달빛을 등지고 서 있는 남자는 겐지였다.

"법민! 그리고 민지영 씨! 어서 나오시오."

2

"자라 한 마리 구해오소."

자리에서 일어난 보영이 유모에게 말했다.

형산강은 아직도 차가웠다. 불을 들고 서 있는 유모는 안절부절못한 채 목도리에 턱을 파묻고 발을 굴렀다. 이 야심한 밤에 보영이 이곳까지 나왔다는 것을 알면 경을 칠 일이다.

보영이 자라를 강에 놓아주자 한참을 저쪽으로 헤엄쳐가더니 물속으로 들어가지 않고 이쪽을 바라봤다.

그녀는 신을 벗고 갈대가 끝나는 곳까지 들어갔다. 무릎이 잠기더니 금세 허벅지까지 강물이 닿았다. 물속 푸서리가 발에 엉켰다. 옷과 가슴 사이로 부드러운 기운이 기어 올라왔다. 자라는 물을 튀기며 보영 앞에 그대로 떠 있었다. 제 갈 길을 가지 않고 자꾸 물속으로 보영을 부르는 것 같았다. 보영이 옷을 벗었다. 속곳까지 모조리 벗은 뒤 그 자리에 꼼짝 않고 섰다. 마른 몸에 붙은 음모는 무성했다. 벗어놓은 저고리 몇 장이 강에 둥둥 떠내려갔다.

"아이고, 아가씨……."

유모가 치마를 올리고 첨벙첨벙 물가로 들어갔다. 유모는 새하얗게 질린 얼굴로 저고리를 줍느라 정신이 없었다.

보영의 눈은 이미 뒤집힌 상태였다. 수년 동안 병고에 시달린 그녀의 가슴은 벽에 사흘 걸어둔 풍선처럼 힘없이 늘어졌고 대소변을 못 본 아랫배는 부풀대로 부풀어 있었다. 가랑이 사이로 허연 김이 스멀스멀 올라왔다. 입에서도 김이 나왔다. 보영의 밥풀눈이 바르르 떨렸다. 그것을 본 유모는 자신이 먼저 기절했으면 좋겠다고 생각했다.

갑자기 물을 튀기며 자라가 물속으로 들어가버렸다.

"내 머리를 돌려주시오."

보영의 입에서 낯익은 소리가 나왔다. 바로 수영의 목소리였다.

유모는 보영의 몸에 수영이 붙었다는 것을 직감했다. 뒤를 돌아보니 열 걸음 정도 떨어진 강둑에 웬 할머니가 지팡이를 짚고 이쪽을 보고 서 있었다. 맙소사. 유모는 정신이 혼미해졌다.

"억울하오. 억울하오."

보영의 입을 빌려 수영이 중얼거렸다. 맑은 소리. 그 음색에 성모사의 바람이 실린 듯했다. 보영의 눈이 다시 뒤집히며 흰자위가 드러났다.

보영도 자신의 몸에 들어온 그것이 무엇인지 잘 알고 있었다. 가슴과 허리에서 천천히 반동이 왔다. 골반에서부터 올라오는 이 흥겨움에 물속을 걸을 수 있을 것만 같았다.

여자, 하나, 그 집안에서 윤달이 끼는 달에 태어 논다. 그 아이한테 원한 거가 들어간다. 삽 가르고 나올 때는 이미 늦었다.
흰머리 남자의 아이다.

수영의 공수*다.

허벅지에서 시커먼 피가 거미줄 날리듯 퍼져 나왔다. 보영이 고개를

---

* 무당이 처음 신을 받을 때 신으로부터 받는 예언

돌리니 기절한 유모가 물 위에 둥둥 떠 있었다. 언제 사라졌는지 노파도
흔적이 없었다.

3

보영의 병세가 호전되고 있다는 소문이 마을 곳곳에 돌았다.

오후 햇살이 늘어질 무렵, 성시원은 봉우당을 찾았다. 마당에서는 까
치 한 마리가 통통거리며 걷다 마른 흙을 파고 잡초 뿌리를 캤다.

"그렇다면 신을 받은 것입니까?"

"기사로 쓰지 마시오."

"기사로 쓰지 않겠습니다."

"그동안 무병을 앓았던 것 같소. 강가에 나가 바람을 쏘이고 난 뒤
저렇게 몸이 좋아졌소. 보영이 말로는 수영이가 나타나 도와주었다고
하오."

"그게 답니까?"

"공수를 받았소."

"무당이 되는 것입니까?"

"무당이 되는 공수가 아니라 병을 누르기 위해 내린 공수라고 했소."

"아가씨와 대화를 하고 싶습니다만."

"다음에 하시오."

성시원은 김우조의 알 수 없는 자신감에 놀랐다. 조상이 자신들을
보호해주고 있다고 확신하는 것 같았다. 답답한 노릇이다. 비루한 양반
의 모습이 바로 이것일까. 이들은 자신들이 원하는 것을 자신들의 손으
로 이루어본 적이 없었다. 그의 논리대로라면 이번에도 조상신이 나타

나 그들을 용서해준 것에 불과한 것이지 않는가! 언젠가 타지인들이 또 그들의 바지에 손을 넣는다면……. 그때도 다시 신이 용서해줄 수 있을지 의문이 들었다.

"귀당의 신물(神物)을 제가 가지고 있습니다."

그 말에 김우조는 본능적으로 눈을 부릅떴다.

"돌려드리겠습니다. 대신!"

급하게 그를 막으며 자신의 말을 채우는 성시원의 눈에서 빛이 났다.

"특종이 필요합니다."

"제대로 말하시오. 원하는 게 뭐요?"

"아가씨가 신을 받았다면 그 신물과 반응할 터, 저는 각간묘 귀신의 의지를 기사로 쓰고 싶습니다. 아가씨를 만나게 해주세요."

하지만 김우조는 성시원이 김보영이나 귀신의 의지에는 관심이 없다는 것을 잘 알고 있었다.

김우조는 성시원의 눈을 똑바로 쳐다봤다. 그리고 일본인보다 조선인이 더 무섭다는 것을 처음으로 느꼈다.

4

봄이 활짝 피어올랐다.

마을에서는 늦은 논갈이가 시작되었다. 논두렁 이곳저곳에서 연기가 피었고 겨우내 삭혀둔 두엄이 뒤집히기도 했다.

서천교 장승들은 다시 움직였다. 그것들은 이제 무열왕릉의 거북 석물을 넘어 각간묘와 무열왕릉 중간 지점에 박혀 있었다. 마을을 지키는 첨병들은 마을의 가장 안쪽까지 들어와 버렸다. 그 무렵부터, 전등불을 밝히는 집들이 늘어났다.

늘 그렇듯이 '욕심 많은 바보'는 사람들로 북적거렸다. 화로에 올린 전골 냄새가 홀을 가득 메웠다. 종업원들은 쟁반을 들고 사람들 사이를 피해 요리조리 잘도 다녔다. 서양식 바로 바꾸면서 본격적으로 맥주를 시판하겠다는 전단이 벽에 붙어 있었다.

항상 시원한 맥주를 빙고에 저장하였다가 고상하게 한 잔 접대하겠습니다. 정월 하순부터 부디 왕림하시어 〈만석지 맥주〉의 진미를 즐기시기 바랍니다. 0.5리터 10원, 0.25리터 5원.

"공수가 뭐랍디까?"

겐지는 성민의 양복을 입고 있었다. 양복이 어깨선에 맞아 맵시가 났다.

"유곡채에 여자아이가 태어난다고 했습니다. 나올 때는 귀신이 실린다고 했다는군요."

성시원이 들은 대로 대답했다.

"유곡채에 임신한 사람이 있습니까?"

"글쎄요, 민지영 외엔……."

그 말에 겐지가 의아하다는 표정을 지었다.

"그럼 민지영이 김법민의 아이를 가졌다는 말인가요?"

"네? 그게 무슨 말입니까?"

"아, 실수요. 김성민을 두고 하는 말이었소."

성시원이 반문하자 겐지는 웃으며 자신의 실언이라며 말을 흐렸다.

"글쎄요, 김보영이 김성민의 아이를 가졌다면 이미 배가 많이 불렀을 텐데……. 무엇보다도 김보영이 병이 나은 것만은 확실합니다. 봉우당

말로는 김수영의 혼령이 병을 고쳐주었다고 했습니다. 공수를 받고 무병을 무병으로 고쳤다는 말인데…….”

“강가에 서 있던 성모의 모습은 어떻다고 하던가요?”

겐지가 물었다.

“신의 모습을 함부로 표현하는 것은 큰 죄입니다. 더군다나 김보영하고 직접 대화한 것도 아니구요.”

“유곡채에서 아이가 태어난다……, 분명 민지영을 두고 하는 말이 분명한데…….”

겐지는 무척 복잡한 표정을 지었다. 만약 민지영이 임신을 했다면 그건 김성민의 아이라기보다 김법민의 아이일 확률이 높았다.

겐지는 잔에 술을 가득 따랐다. 그는 소주나 법주를 마셨지만 오늘은 차가운 오사카 사케를 주문했다.

“가네모토가 저기 앉아 있군요.”

성시원이 턱짓을 했다.

“알고 있습니다. 나를 미행하는 것이겠지요.”

겐지는 관심 없다는 표정이었다.

성시원이 포크와 술잔을 치우고 겐지 앞으로 도식이 그려진 종이를 놓았다.

“이번 일에 공통점이 있는 것을 알아냈습니다, 겐지 씨.”

“공통점?”

“후손들의 행보가 1300년 전 그들의 조상과 굉장히 닮아 있습니다. 업보라고 해도 좋을 것 같은데……. 유신 공의 후손인 봉우당 김산정 대감을 김유신의 후신이라고 둔다면 무열왕 김춘추의 후손인 김치록 대감은 김인문 장군의 후신과 같습니다.”

“후신?”

"유신 공은 국수주의자였고 무열왕은 외세에 의지했습니다. 봉우당은 독립자금을 대다 망했고 유곡채는 일본 관리들과 함께 현실 정치를 했지요. 그런데 두 집안의 관계를 도식으로 만들어보니 묘하게도 천년 전과 일치하는 것이 여럿 있더라는 거지요. 2대인 김우조와 김성민을 유신 공과 무열왕에 비교해도 이 도식이 대부분 맞아떨어집니다. 김보영과 김수영도 마찬가지입니다. 『삼국유사』에 보면 유신 공한테는 문희와 보희라는 동생이 있었습니다. 김우조는 김유신처럼 동생 중 하나를 유곡채에 시집보내야 했습니다."

"[기이 1편]에 나오는 문희와 보희의 고사를 말하는군요."

"그렇습니다. 고사(故事)에는 유신 공이 먼저 언니인 보희한테 그 자리를 제안했는데 보희가 거절하자 동생인 문희가 춘추와 합궁을 했습니다. 보영이의 자리가 되어야 할 유곡채와의 혼인이 동생 수영한테 갔으니 이것이 그냥 우연일까요? 김법민과 김보영이 서로 사랑했던 사이라는 것은 마을 사람들이 모두 다 알고 있는 사실입니다."

"교묘하게 맞아 떨어지는군요."

"김성민, 김법민 형제를 문무왕, 김인문 형제에 빗대면 이 또한 일치합니다. 문무는 동생인 김인문한테 상당한 콤플렉스를 느끼고 있었습니다. 김인문은 중국 황제에게 상당한 신임을 받고 있었으니까요. 동생은 자신의 자리를 위협할 수 있는 가장 두려운 존재였지요. 병든 김성민은 김법민한테 그런 것을 느꼈을 수 있습니다. 그 상태로 시간이 지나게 되면 유곡채 가권(家權)은 김법민한테 넘어갈 테니까요."

"법민이 유곡채 장남의 자리를 탐낸다고 보십니까?"

"글쎄요. 유곡채의 재산은 생각 외로 상당합니다. 그것을 떠나 당연히 그의 자리가 되어야 했을 신관의 위치도 이젠 김법민이 될 수밖에 없음을 모두 알고 있습니다."

겐지가 말머리를 돌렸다.

"저도 하나 알아낸 것이 있습니다. 소우 관장이 뭔가를 알고 있던 것 같습니다."

"뭔가를 알고 있다니요?"

"법민과 내가 찾아갔을 때 우리보고 뜬금없이 '지하길'을 알려달라고 하더군요. 관장은 우리가 그것을 알고 있는지 확인하는 눈치였습니다."

성시원이 순간 눈을 치켜떴다.

지하길은 소우의 비단지도에 새겨 있던 말이 아닌가? 소우가 겐지에게 그걸 물어봤다고? 그렇다면 소우도 지하길의 입구를 모르고 있었단 말인가? 성시원은 아직 지도를 베껴 놓지 못했기 때문에 소우의 집무실에서 발견한 것들을 겐지에게 털어놓지 않았다. 지도는 넘겨야 하겠지만 미라는 넘길 생각이 없었다. 그것은 나중에 풍수위해 사건의 전말을 터뜨릴 때 중요한 자료가 될 것이었다.

지하길의 입구? 도대체 그게 무슨 뜻일까? 그는 시간을 두고 그 의미를 좀 더 확인하고 싶었다. 지도를 겐지에게 보여주는 것은 그 이후에 해도 늦지 않다. 금고에서 발견한 각간묘의 미라는 그에게 말하지 않을 참이었다. 봉우당 제관과는 이미 협상이 끝났다. 겐지가 프로메테우스라 하더라도 어차피 일본인이다. 그동안 자료는 자신이 제공하고 추리는 이 일본인이 해왔다. 하지만 결과는 조선인이 쥐고 있어야 한다. 그것은 마지막 자존심 같은 것이었다.

"무슨 생각을 하십니까?"

겐지가 입 안에 술을 털어넣으며 물었다.

"아, 아닙니다. 그런데 '지하길'이 왜요?"

"혹시 지하길이라고 들어본 적이 있습니까?"

"아니오."

겐지는 고개를 끄덕였다.

성시원이 서둘러 화제를 바꿨다.

"참, 그 그림이 무슨 의미인지 이해하셨다고요?"

"그것은 꽤 심각한 내용인 것 같습니다. 처음에는 그냥 식물을 표현한 추상화인 줄 알았는데 좀 다른 점을 발견했습니다."

"다른 점이라니요?"

겐지는 대답 대신 자리에서 일어났다. 그리고 가네모토가 앉아 있는 곳으로 걸어갔다. 가네모토는 막 양미리쯤에 젓가락을 대려던 참이었다. 가네모토는 적잖이 당황했다. 겐지가 가네모토에게 뭐라고 말하자 그는 어쩔 줄 몰라 했다.

겐지가 다시 돌아왔을 때 성시원은 가네모토가 앉아 있던 자리가 비었다는 것을 깨달았다.

"그 형사, 어디로 간 겁니까?"

"보냈습니다."

겐지는 남은 술을 마저 비웠다.

"저런, 아마 후즈키한테 보고하러 갔을 겁니다."

"후즈키를 이리로 데려오라고 했습니다."

"뭐라구요?"

"그나저나 저 친구, 이제 보니 조선인이군요."

축음기에서 〈낙화유수〉가 끝나자 이어서 이애리수가 부른 〈황성옛터〉가 흘러나왔다.

황성 옛터에 밤이 되니 월색만 고요해
폐허에 서린 회포를 말하여 주노라.
아, 가엾다.

이내 몸은 그 무엇 찾으려고

끝없는 꿈의 거리를 헤매어 왔노라.

〈황성(荒城)의 적(跡)〉이라는 이름으로 작년에 발매되어 큰 인기를 얻은 노래다. 이 노래를 듣기 위해 찻집과 무도장에는 사람들이 들끓었고 유성기와 라디오의 판매량도 부쩍 늘었다고 한다.

갑자기 겐지가 피식 웃었다.

"왜 웃으시오?"

"의식은 항상 현실에 있지 않고 이런 노래나 그림 따위에만 담겨 있는 것 같아 서글퍼서 그렇습니다."

"의식이라……. 이데올로기 말이오?"

"그런 신념의 자각이 아니라 살면서 부당하거나 슬프다고 느끼는 소박한 감정의 의식을 말하는 겁니다."

"사람들이 감정을 감추고 지낸다는 말인가요?"

"지성은 인간의 불행한 특성일 뿐입니다. 인간은 문화가 발달하면서 점점 겁쟁이가 되어가는 것 같습니다. 두꺼운 분으로 화장(化粧)을 한다고나 할까요? 천문학은 미신에서, 웅변은 야심에서, 윤리는 자만심에서 생겨난 문화일 뿐이고 정작 필요할 때는 현실에서 도망가버리지요."

"……."

"쓸모없는 옛 유물 하나에 사람들이 저렇게 절절매는 것을 보면 과연 인간한테 중요한 것이 무엇인지 궁금해질 따름입니다."

"당신도 잃어버린 황옥석에 대한 집착이 있었잖소? 그건 그걸 훔쳐간 소우도 마찬가지였을 테고……."

"맞아요. 어쩌면 우리들은 사물의 본질이 중요한 것이 아니고 사물로 인해 얽힌 인간의 의지만이 가치 있다고 믿는 것인지도 모르겠습니다.

그 구슬이 내게는 쓸모없는 것이지만 친구와 친구의 가문 때문에 너무도 중요한 것이 되어버린 것처럼요. 그러고 보니 사실 나도 그 미라를 소유하고 싶은 욕심이 든 적이 있었습니다."

"그런 것에 취미가 있소?"

"아니오, 아니오. 아프리카에는 이런 말이 있지요. 한을 품고 죽은 자의 머리를 가지고 있으면 그 어떤 사람도 만날 수 있다."

"그게 무슨 뜻이오?"

"그곳 주술사들이 혼령을 불러내는 도구가 두 가지 있습니다. 하나는 아이의 손인데, 일주일 굶긴 아이에게 어미의 젖을 물게 하고 빨기 직전, 그러니까 가장 염이 강할 때 죽이는 겁니다. 그리고 그 아이의 손을 잘라 가지고 있으면 쉽게 혼령을 불러낼 수 있다고 하지요. 구미의 부두교에서도 그 손을 사용합니다."

"또 하나는?"

"억울하게 죽은 사람의 머리입니다."

"해골?"

"보통 해골의 형태가 되겠지요. 하지만 일전에 사진을 보니 미라의 형태도 꽤 있었습니다. 식인풍습이 유행했을 적에 생긴 주술법 같은데, 주로 상대 부족의 머리를 많이 취했다고 합니다. 주렁주렁 인간의 머리를 마을 앞에 매달아놓고 강함을 과시하는 정치적인 의미로도 사용했을 겁니다. 식인풍습이 사라진 요즘은 원숭이의 머리를 사용하기도 한다더군요. 하여튼 죽은 사람의 머리는 주술적으로 쓰임이 좋았나 봅니다."

"그런데 그걸 왜?"

"저도 가끔은 형이 보고 싶을 때가 있거든요."

성시원이 싱겁다는 듯 웃었다.

겐지의 추리

1

후즈키가 들어섰다.

마치 결투를 하러 온 것처럼 걸어와 의자를 빼고 앉았다.

"한잔하자고 불렀습니다."

경주서가 이곳에서 멀리 떨어진 건 아니지만, 겐지는 그가 너무 빨리 왔다는 것을 알았다. 후즈키는 모자를 벗으며 성시원을 힐끔 쳐다봤다. 이 사람, 이런 조선개랑 함께 술을 마시는 건가, 라는 얼굴이었다.

그때 문이 열리면서 형사 두 명이 두리번거리며 들어와 구석에 자리를 잡았다. 언뜻 보기에도 손님처럼 보이지 않았다. 지지리도 연기 못하는 형사들이다. 겐지는 한심하다는 듯 고개를 저었다.

성시원이 잔을 채워주었으나 후즈키는 손을 대지 않았다.

"당신의 추리가 잘못되었다는 것을 이젠 당신도 잘 알고 있지요?"

"그게 무슨 말입니까?"

겐지의 단도직입적인 질문에 후즈키의 눈매가 날카롭게 변했지만,

그는 선뜻 대답하지는 않았다. 외부에서 일어난 반응은 무조건 몸으로 받아내고 일정 시간 삭힌 후 뱉어내는 것이 형사의 본능이었다.

"일단 한잔하시오."

겐지가 술을 권했다.

"술은 마시지 않겠습니다."

"그럼 담배라도 한대 피우시지요."

"알아서 하겠습니다."

겐지는 종업원을 불러 라모네*를 주문했다. 종업원이 잔을 내오자, 그는 라모네를 스푼으로 몇 차례 저은 뒤 후즈키 앞으로 밀었다. 후즈키는 그것도 건드리지 않았다.

"당신은 나에게 물건을 전하기 위해 찾아온 김수영을 화가가 아내 민지영으로 착각해서 살해했다고 추리했습니다. 음, 그래요. 모두 맞습니다. 저도 물론 당신의 추리대로 김성민이 범인이라고 생각합니다."

후즈키가 한쪽 눈을 찡그리며 고개를 삐딱하게 기울였다. 그는 겐지가 무슨 말을 하는지 이해할 수 없었다. 그러나 다음 말을 기다리며 겐지가 입고 있는 화가의 흑색 벨벳 상의와 기타쿠라 라사 마크가 새겨진 단추, 스웨덴 미카루 시계를 차례로 훑어봤다. 텁텁한 실내 공기를 못 이긴 차가운 술병에 물방울이 맺혔다.

"내 생각과 당신의 추리가 다른 점은 단 한가집니다."

축음기에서는 바늘이 몇 번 판을 긁더니 〈나가사키에는 오늘도 비가 내린다〉가 흘렀다.

"그것은 바로 김성민이 정상이라는 겁니다."

후즈키는 입을 꼭 다문 채 그가 말을 이을 때까지 기다려 주었다. 하지만 성시원은 그의 이가 속에서 심하게 자근대고 있는 것을 알 수

---

* 레모네이드

있었다.

"모든 살인은 그가 의도한 행위입니다."

후즈키는 실눈을 뜨고 겐지의 말을 듣고 있었다.

"김성민이 정신분열성 망상장애를 앓고 있다는 진단서는 사실이었지만 그것을 설명하기에는 좀 복잡한 구석이 있었습니다. 나는 얼마 전 대구에서 진단서 원본을 받았습니다. 초기에 작성된 의사의 소견서에는 젤러스 딜루젼(jealous delusion), 즉 시기망상 장애라고 기술해놓았습니다. 하지만 치료를 시작한 지 3개월 뒤에는 딜리어리엄(delirium)이 의심된다고 적혀 있습니다."

"그게 뭡니까?"

"일반용어로는 섬망현상이라고 하지요."

"섬망현상?"

"인지에 혼란스러운 변화가 일어나는 일종의 의식장애입니다. 외형상 디멘셔(dementia, 치매)와 비슷하지요. 주위를 알아보지 못하거나 이유없이 밖으로 뛰쳐나가고 손발을 떨거나 소동을 피우기도 하고 규칙적인 강박증이 생겨 반복적인 행동을 하려는 성향도 보입니다. 김성민이 보름마다 규칙적인 발작을 일으킨 것도 다 이것 때문입니다. 그는 질환성 치매증상이었지 정신분열증상이 아닌 거지요. 자, 어쨌든 이때까지 그에게는 분명 비정상적인 정신질환이 있었습니다. 그런데 어느 샌가 다시 정상인으로 되돌아온 것입니다."

"뭐라구요? "

"이 섬망증상은 단기간에 나타나다 갑자기 사라지는 경우가 있습니다. 섬망 환자에게 간질환이나 뇌수막염, 백내장 같은 병을 치료하기 위해 만든 FKD 성분이 든 약물을 투여하면 신기하게도 섬망증상이 없어집니다. 교토대나 도쿄대 의학부 교수들한테 물어보면 나랑 같은 얘기를 할 겁니다. 그는 분명 오래전에 뇌장애가 있었다고 할지라도 어떤 이유로 인해 섬망증상이 사라졌습니다."

"그럼 김성민이 환자가 아니란 말입니까?"

성시원이 놀라 물었다.

"김성민은 원래 백내장을 앓고 있었지요. 그 백내장을 치료하기 위해 복용한 약물이 그를 다시 정상인으로 돌려놓은 겁니다."

겐지는 손가락을 까닥거리다 다른 손으로 마디 부분을 긁었다. 수시로 그 짓을 반복했다.

"지금 김성민은 아주 정상적인 사고를 가지고 살인을 하고 있습니다. 그것도 고사(古事)를 바탕으로 말이죠."

"고사?"

후즈키가 처음 듣는다는 듯 묻자 이번에는 성시원이 거들었다.

"『삼국유사』이지요."

겐지가 고개를 끄덕이며 성시원의 말을 받았다.

"알다시피 나는 유곡채에 묵고 있습니다. 그곳에는 김성민의 책이 수백 권 있습니다. 주로 문학과 미술에 관련된 책이 많습니다만 고대 삼국에 관한 일본 책과 조선 역사서를 따로 모아두었더군요. 아무래도 고서에 기록된 형태를 모방하며 살인을 하고 있는 모양입니다. 여근곡이그 대표적인 사례지요."

"여근곡에 목상을 묻은 것이 김성민의 짓이라고 보십니까?"

후즈키가 물었다.

"좀 복잡한 얘기가 될 텐데요……."

겐지는 침을 한번 삼켰다.

"칼을 묻어 여근곡의 지기(地氣)를 해하려 한 것은 도쿠다와 소우가 벌인 사업이었습니다. 하지만 여근곡에 묻은 목상은 김성민의 짓입니다. 후즈키 경부께서 칼과 목상이 각각 다른 깊이에 묻힌 것을 의심한 적이 있는데 그 이유가 바로 여기에 있습니다. 다른 사람들이 묻은 것이니 깊이가 다를 수밖에요. 진실은 그림이 말해줍니다."

"그림이라니요?"

"여근곡의 목상이 발견되고 난 뒤 김성민의 서재에서 그림 한 점을 발견했습니다. 그것은 M이라고 쓰인 화분에 두 식물이 자라고 있는 추상화였습니다. 하지만 그건 화분이 아니었습니다. 바로 큰 여자의 성기에 나무가 두 그루 자라는 모습이었습니다."

겐지는 천천히 한잔 따른 뒤 말을 이었다.

"처음에는 왜 여근곡에 목상 두 개가 묻혀 있는 것인지 이해가 가지 않았습니다. 김유신과 김춘추의 조각상이 왜 그곳에 있어야 했을까? 얼핏 보면 풍수적으로 땅의 지기를 위해하려는 행위 같지만 그런 행동은 지기를 위해하는 데 별로 도움이 되지 못합니다. 소우가 묻어놓은 칼은 효과가 있겠지만 자연스럽게 썩는 그 나무는 도움이 되지 않지요. 따라서 목각상은 소우가 저지른 짓이 아닙니다. 저는 그 그림을 보고서야 비로소 이해할 수 있었습니다. 갈겨쓴 M자는 김성민의 서명이 아니라 민지영을 가리키는 약자였으니까요."

놀란 표정을 짓고 있는 사람은 오히려 성시원이었다. 성시원이 무슨 말을 하려 하자 심각한 표정의 후즈키가 그를 제지하며 겐지에게 계속하라는 손짓을 했다.

"김법민과 민지영은 불륜을 저지르고 있었습니다. 하나의 화분에 두 식물이 뿌리를 두고 있다는 것은 다르게 생각하면 참으로 망측한 일입니다. 그들은 소위 '아나 쿄오다리*'가 된 것이지요. 여기서부터 김성민

---

* 아나 쿄오다리(穴兄弟): 구멍 형제. 같은 여자와 성관계를 맺은 남자들 사이를 속되게 이르는 말로, 우리나라에서는 흔히 구멍동서라고 부른다.

의 동기를 파악할 수 있습니다. 두 남자가 한 여자의 성기에 들어 있다는 것을 절묘하게 표현한 것이 바로 여근곡의 목상입니다. 아내와 동생한테 보내는 경고성 메시지라고나 할까요? 내 친구 법민은 그것이 자신을 겨냥하는 형의 경고란 것을 아직 모르고 있습니다."

"충격적이군요."

후즈키가 작은 신음을 뱉으며 말했다. 그 앞에 놓인 라모네 잔은 이미 비어 있었다. 그것은 공식적인 수사로는 발견할 수 없는 동기였다. 그는 한동안 당황하는 것 같았으나 곧 침착함을 되찾았다.

겐지가 술을 한 병 더 주문했다.

"김성민은 오래전부터 동생이 아내와 사랑을 나누고 있다는 사실을 알고 있었습니다. 처음에는 그 충격으로 정신질환 증세를 보였지요. 하지만 지병인 백내장을 치료하기 위해 복용한 약이 오히려 질환성 섬망 증상을 치료했습니다. 재미있는 것은 그 이후에도 그가 계속 정신병자로 행세했다는 것입니다."

"김성민이 정상인이라……."

"김성민은 두 가지 목적으로 미친 척했습니다. 하나는 동생과 아내의 불륜을 감시하기 위해서이고, 또 하나는 묘지기 가문의 신관 자리를 벗어나기 위함이었습니다. 때마침 마을에는 각간묘에서 미라가 나왔습니다. 동생과 아내한테 복수할 수 있는 좋은 기회가 찾아온 것입니다. 저주의 유지가 있는 각간묘를 외면하면 김유신의 혼령이 참지 않는다, 이 얼마나 멋진 조합입니까? 김수영의 목을 각간묘의 미라처럼 자르면 더 효과적이라 생각합니다. 김수영이 죽으면 당연히 남편인 법민이 가장 먼저 의심받을 테니까요. 동생과 아내를 파멸로 몰기 위해 동생의 아내를 죽인 김성민은 어쩌면 정말 미쳐간 것일지도 모릅니다."

여기까지 말을 마친 겐지는 후즈키의 얼굴을 살폈다.

"그런 뒤 그는 소우 앞으로 전보를 칩니다. 유곡채의 신관 자격으로 소우한테 만나자고 했을지도 모릅니다. 가네모토가 찾아낸 전보는 봉우당의 전갈이 아니라 유곡채 김성민의 메시지였습니다. 김성민도 김우조와 마찬가지로 제관의 자격이 있으니까요. 소우도 유곡채의 도움이 필요한 입장이었습니다. 서원의 발굴과 각간묘의 해체를 유곡채가 지원한다면 수월할 거라고 생각하고 김성민을 만나려 했겠지요. 그때 법민과 제가 박물관으로 찾아갔던 것입니다. 그는 무척 당황해서 유독 심하게 우리를 모욕한 뒤 돌려보냅니다. 그리고 그날 김성민한테 변을 당한 것입니다. 김성민은 별관의 미라를 훔칩니다. 그날 밤 별관으로 내려갔던 미야자키 형사가 당신한테 보고한 것은 김성민의 흔적에 관한 것이었을 겁니다."

"그렇소. 소독실에서 김성민의 손수건이 나왔습니다."

후즈키가 고백했다.

"그는 냉동기를 만지는 데 손수건을 사용했을 겁니다. 유키오도 반드시 장갑을 꼈으니까요. 미라를 훔친 김성민은 김수영의 사체를 화실에 눕히고 불을 지릅니다. 머리 없는 시체와 오래된 머리는 그렇게 하나의 시신으로 조합되어 화염 속에서 사라진 겁니다. 그리고 잔해가 발견되면 모든 사람은 자신이 죽었다고 여길 테고, 자신은 완벽하게 김유신의 귀신이 되는 것입니다."

그 말을 듣고 있던 성시원의 얼굴이 조금씩 상기되고 있었다. 그는 무언가를 골똘히 생각하고 있었다. 갑자기 홀이 시끄러워졌다. 저쪽 테이블에 있던 대여섯 명 중 한 사내가 기분 좋게 취했는지 머리에 술을 붓고 있었다. 주위 사람들이 요란하게 손뼉을 치며 웃었다. 음악이 〈술은 눈물일까 한숨이랄까〉로 바뀌자, 그 테이블에 앉은 남자들이 모두 환호성을 지르며 서로의 머리에 술을 붓고 즐거워했다.

"애초에 나는 이 사건을 자신의 아내를 사랑하고 있는 동생의 행복을 빌어주기 위해 벌인 형의 우애라고 생각했습니다. 형제는 서로를 끔찍이 아꼈으니까요. 김성민이 장애물이 되는 동생의 처를 제거하고 자신이 마을 이곳저곳을 돌아다니며 귀신 흉내를 내어서 묘지기 가문의 구습을 끊기 위해 꾸민 자살극일 것이다, 자신이 느껴온 부담감을 동생한테 지우지 않으려는 형의 숭고한 마음, 자신이 사라지면 몰래 만나던 아내와 동생은 서로 행복할 수 있을 거라 믿었을 것이다, 라구요. 나는 그 마음을 잘 이해할 수 있었습니다. 한때 내 형도 그랬거든요."

침묵이 흘렀다. 〈술은 눈물일까 한숨이랄까〉의 후렴구가 바이올린 선율을 타고 구슬프게 들렸다.

"그런데 머릿속에선 시간이 흐를수록 그것이 아니다 싶었습니다. 김성민이 죽은 뒤에도 마을에 살인마가 존재하고 있었기 때문입니다. 불꽃이 오르고, 마을에 귀신이 나타나고, 소우가 실종되고, 미라가 도난당한 것을 보면서 그들 사이에 우리가 모르는 관계가 있지 않을까 생각해봤습니다. 주요 혈에 불꽃이 오르는 것은 소우 관장의 사업입니다만 관장이 사라지고 난 뒤에도 불꽃이 오르는 현상을 어떻게 해석해야 할까요? 그렇다면 김성민이 죽지 않은 것이 됩니다. 또 사학에 밝은 김성민이 이곳저곳에 불을 지르며 귀신 역할을 하고 있다는 것밖에 설명이 안 됩니다. 그는 보름달이 뜰 때마다 특별한 살인을 계획하고 있습니다. 그 동안 자신은 그때마다 미쳐왔으니까요."

"당신은 두 사람의 불륜을 어떻게 알게 되었습니까?"

후즈키가 물었다.

"나는 왜 법민과 민지영이 오류헌 뒤뜰을 배회하는지 의심했습니다. 두 사람은 상황에 맞지 않게 그곳에 자주 출현했으니까요. 민지영은 김성민에게 약을 먹인 후 법민과 만났지요. 두 사람은 점점 노골적으로 불륜에 빠집니다. 급기야 민지영은 의사에게 편지를 보내 더 독한 약으로 지어 달라고 합니다. 여기 진혜원에서 보내온 민지영의 편지가 있습니다."

겐지는 안주머니에서 편지 네 통을 꺼내 탁자 위로 던졌다. 내용은 간략했다. 민지영은 발작이 점점 심해지니 수면효과가 더 강한 약을 처방해 달라고 써 놓았다.

"법민도 육체의 유혹에는 어쩔 수 없었나 봅니다. 섹스는 마약 같은 거지요. 아닌 줄 알면서도 끊을 수 없는 마약. 한때 나도 섹스에 중독된 적이 있었습니다. 난 그때부터 김성민이 동생과 부인에 대한 증오 때문에 저지른, 다분히 의도적인 살인이라고 생각했습니다."

"김수영은 어떻게 그 사실을 안 것일까요?"

"바로 화가……. 그가 김수영한테 알려주었을 겁니다. 법민의 마음을 안 김수영은 조용히 유곡채를 떠나기로 결심했겠지요. 아마 배신을 당한 두 사람은 서로 동질감을 느꼈을지도 모릅니다. 그랬기 때문에 김수영이 성모사에서 1년 만에 유곡채로 내려왔을 때 순순히 김성민한테 다가간 거지요."

"그럼, 화가가 소우를 없앤 동기는 뭡니까?"

후즈키가 테이블을 톡톡 치며 물었다. 그 앞에 놓인 라모네 잔은 이미 비어 있었다.

"가문이 마을을 지배하는 시절은 퇴색했습니다. 그런데 난데없이 경성에서 내려온 박물관장이 김인문의 무덤 자리를 찾는다고 다시 서악 서원을 파기 시작한 것입니다. 사람들은 점점 잊어버리고 있던 자신들의 본분을 기억하지요. 김성민은 묘지기 가문의 장남입니다. 신교육을 받은 그로서는 다시 그런 구속을 받으며 살아가기가 두려웠을 겁니다."

2

"나는 김성민의 행동반경을 조사해보았습니다."

겐지는 이렇게 운을 뗀 후 무슨 생각이 났는지 그 다음은 성시원에게 설명을 부탁했다. 한참 동안 골똘히 생각에 잠겨 있던 성시원은 겐지의 제안에 퍼뜩 정신을 차렸다. 그리고 겐지의 문맥을 기억하고 급하게 말을 이었다.

"범죄가 발생된 지역을 점을 찍어 범인의 거주지와 연결해보면, 공통적인 습성을 발견할 수 있습니다. 대다수 범죄자들은 거주지를 중심으로 반경 3킬로미터 안에서 범행을 저지른다는 것이죠. 일명 '고양이 이론'이라고도 합니다. 이 이론은 프랑스에서 나온 것인데 고양잇과 동물들에게 영역이 구분되어 있는 것은 상대의 영역에 넘어가지 않아야 한다는 불문율 때문이 아니라, 먹이를 사냥할 수 있는 딱 그만한 범위를 정하기 때문입니다. 그래서 체력과 심리적 안정을 유지할 만한 영역만 확보합니다. 거기서 발달된 추론이 바로 '심리적 경계선 이론'입니다. 연쇄살인범은 범행을 저지를 때 자신의 심리적인 안전지대를 구축합니다. 언제든 안심하고 도망갈 수 있는, 지리상 익숙하고 편안한 지역, 주로 강이나 산, 그리고 블록 등이 그 경계가 됩니다. 불꽃의 동선을 파악해본 결과 봉우마을에서 시작된 범인의 범행 반경이 어느 정도 예측되었습니다."

"그게 어디던가?"

후즈키가 심드렁하게 물었다.

겐지가 그 질문을 받았다.

"추측한 장소를 말하기 전에, 우리는 만약 카와이 소우 관장이 유기되었다면 그 장소가 어디일지 그것부터 생각해봤습니다. 땅에 묻거나 숨겨야 하는데, 시신을 숨긴다면 부패로 인해 금세 발각될 수 있습니다."

"이상한데요. 김성민의 입장에서는 소우가 발견되어야 좋은 것 아닙니까? 각간묘의 귀신이 소우를 잡아간다고 보여야 할 텐데……."

겐지가 그 질문이 나올 줄 알았다는 표정을 지었다.

"마을 사람들한테는 그게 유효할지 모르지만 미라가 도난당한 실증적 현장을 알고 있는 당신이나 우리 같은 사람들한테는 안 통하는 문제지요. 이제 그는 우리와 싸우려 하고 있습니다. 김성민은 소우를 사라지게 만드는 것이 마을 사람들한테는 귀신의 영험으로, 우리한테는 미제의 사건으로 효과가 있다고 생각했을 겁니다."

겐지는 채운 술을 한 잔 털어넣은 뒤 말을 이어갔다.

"시신을 숨길 수 없다면 땅에 묻는 것이 최선입니다. 혼자서 언 땅을 파기란 쉽지 않겠죠. 그렇다면 답은 하나입니다. 습기가 많은 땅. 우리는 그곳을 찾아보려 했습니다. 이곳 경주에는 고래로부터 강물과 홍수의 범람으로 제방공사가 많았고 지반이 무른 곳이 몇 군데 있습니다. 지금의 북천과 월성의 해자, 황룡사지, 헌덕왕릉 부근 정도가 심했습니다. 그곳은 퇴적층이 천 년 동안 쌓여 있는 곳이라 겨울에도 땅이 무릅니다. 땅을 파면 오히려 물이 나오지요. 지금은 관에서 경주의 전 지역에 도로 작업과 상수도 작업을 하고 있어 땅의 기반이 탄탄해졌지만 아직도 이들 지역은 그렇지 않습니다."

후즈키는 조용히 신음소리를 냈다. 이들의 추리는 생각보다 더 논리적이었고 정확했다.

"그중 서악 봉우마을에서 3킬로미터 반경을 그어서 심리적 경계선이 되는 거점을 확인해보니 월성 쪽 해자 부근과 황룡사지 정도였습니다.

물론 도심 시가지는 제외한 사적 터를 주시한 것입니다. 최대 거리는 귀신이 만들었다고 전해지는 귀교(鬼橋)쯤 되더군요. 그러나 귀교는 유속이 빠르고 자갈밭이라 시신을 유기할 장소가 못 돼서 제외시켰습니다."

"월성의 해자와 황룡사 터가 시신을 유기할 만큼 땅이 부드러운 지역이란 말인가요?"

후즈키는 그답지 않게 몹시 조급한 표정을 지었다.

"이번 보름날 우리가 뽑은 지역을 찾아가볼 생각입니다. 운이 좋으면 김성민을 만나겠지요. 범인은 예상 외로 범행현장에 자주 나타납니다."

겐지는 내내 긁던 오른 손가락을 둥글게 모아 입술에 대고 팡 하고 튕겼다.

후즈키가 서둘러 일어나려 했다. 당장이라도 겐지의 추리에 대한 보강조사를 펼칠 기세였다. 멀찍이 앉아 있던 형사 두 명도 동시에 일어났다. 겐지는 후즈키의 팔을 잡아 그를 도로 앉혔다.

"그래서 말인데요, 경부께 부탁드릴 일이 있습니다."

3

성시원은 활판을 조판하다 말고, 술집에서 겐지가 후즈키에게 요구한 제안을 다시 떠올렸다. 그 제안을 듣고 놀란 것은 후즈키가 아니라 오히려 자신이었다.

"그러니까 나보고 함정 기사를 내라는 것이오?"

"특별판으로 제작하면 기존에 계획된 발행호수에 차질이 생기지 않을 것입니다."

겐지가 침착하게 말했다.

"그건 공권력이 신문을 점용하는 처사입니다."

"그래서 후즈키 경부가 공증을 썼잖습니까? 후에 경찰서에서 공식적으로 해명을 발표할 것입니다."

그러나 성시원은 단호했다.

"함정수사에 신문을 이용할 수 없습니다."

"당신은 이 사건이 더 커지길 바라는 거요?"

옆에서 듣고 있던 후즈키는 무서운 얼굴로 성시원을 노려보았다. 담배연기가 가득 찬 화주집에서는 다시 〈사의 찬미〉가 흐르고 있었다.

팔뚝을 걷어 올린 성시원은 그날 나누었던 대화들을 떠올리며 나무상자에 주조해놓은 납 자모들 중 쓸 만한 것들을 골랐다.

분명 좋은 생각이긴 하다. 하지만 아무래도 이상했다. 그날 겐지의 추리에 뭔가 잘못된 것이 있었다. 김성민이 박물관에서 미라를 훔쳐 화재에 이용했다? 물론 지하 냉동고는 파손되어 도난당한 흔적이 있었고 후즈키도 현장에 냉동고를 열기 위해 사용한 김성민의 수건이 남아 있었다고 했다. 하지만 미라는 지금 자신이 가지고 있었다. 그 말은 김성민이 미라를 훔치지 않았다는 얘기가 된다. 그렇다면?

성시원은 아무래도 소우가 의심스러웠다. 그가 미라를 개인 금고로 이동시키고 지하 냉동고는 도난당한 것처럼 꾸몄을 것이다. 그자만이 그럴 수 있다. 그러나 소우가 그런 짓을 할 까닭이 뭘까? 자신의 임무가 서서히 드러나서? 그것은 아닐 것이다. 그는 총독부 사람이다. 자신과 박영래가 수집해온 풍수위해 단체의 명단에도 부두 부랑자나 사이비 학자들만 있었다. 총독부가 비호해주는 이상, 소우와 같은 관료들은 절대 수면 위로 드러나지 않는다.

그러면 도대체 소우가 왜? 성시원은 김성민의 동기는 이해가 갔지만 소우의 동기는 도무지 알 수가 없었다. 겐지는 화가를, 후즈키는 법민과 화가 둘을 의심하고 있었다. 자신도 겐지의 추리가 대부분 옳다는 것을 인정한다. 하지만 미라를 자신이 가지고 있는 이상 김성민이 미라를 훔쳐갔다는 추리만은 명백한 오류다. 따라서 화재현장에는 각간묘에서 출토된 미라가 없었던 것이 분명하다.

'일단 화재 때 남은 뼛조각을 조사해보는 수밖에 없겠군.'

문선을 마친 그는 솥뚜껑만 한 손을 이리저리 바삐 놀리며 활자들을 조판대에 능숙하게 배열했다. 그동안 예열된 윤전기에서는 웅웅 하는 소리가 났다. 성시원은 윤전기를 돌렸다. 처음에는 굳은 잉크 때문에 활자가 찍히다 말더니 곧이어 빠르게 돌아가며 활자가 빼곡한 종이를 하나 둘 뱉어냈다.

성시원은 신문 한 부를 들고 꼼꼼히 훑어보았다.

경주서의 권고로 박물관은 각간묘에서 발굴된 유물 두 점과 머리 미라를 다시 봉우마을에 돌려주기로 결정하다!!!

경주박물관 유키오 씨(사진. 34)는 유물 2점과 머리 미라를 다시 있던 자리에 묻기로 하는 데에 동의했다. 그것은 그동안 발굴품의 가치를 충분히 측정했다고 볼 수 있고 봉우마을 주민들의 심리적 파장이 더 커지는 것을 우려한 경찰의 요청을 수락한 것이기도 했다.

그러나 경찰과 박물관 측은 각간묘에서 출토된 미라가 신물(神物)이라는 마을의 정서를 감안해서 각간묘 옆 기우소에 일주일간 안치하고 대구신사에서 신관을 불러 제를 지내기로 했다. 그리고 그 기간 동안 각간묘와 무열왕릉 주변의 모든 통행을 제한한다고 밝혔다. 정확한 날짜는 미라의 안전을 위해 밝힐 수 없으나 기자가 확인한 바 이달 마지막 날이 제가끝나는 날로 파악되었다. 이렇게 기우소에서 제를 지낸 후 미라를 다시 각간묘의 구덩이에 묻는다. 이때도 역시 비공개로 진행하기로 했다. 박물관은 각간묘가 안치된 기우소를 보수할 인부를 모집했다.

이것은 경주경찰서의 큰 성과였고 향후 보강수사에 초점을 두고 살인범을 잡겠다는 의지이기도 했다.

주필 성시원 (경주도민일보)

이 정도면 겐지의 계획에 충분히 부합하다.

김우조는 열흘의 말미를 원했다. 그가 그 많은 돈을 구하기란 쉽지 않을 터이다. 현금이 입금되면 미라를 넘겨주면 된다. 그때까지 사건의 범인을 밝혀내는 것도 좋을 것 같았다. 특종이 그에게 몰려오고 있었다.

성시원은 나오는 신문을 쳐다보았다.

"살인범이 소우든 김성민이든 이것만 보면 입질할 거야."

조만간 보름달이 뜨기만 하면 계산해 놓은 반경을 따라 범인을 추적할 셈이다. 일이 잘 이루어지면 크게 한몫 잡을 수 있다. 소우의 행적도, 화가의 체포도, 미라의 공개도 모두 계산에 포함했다.

살인자는 시체를 어디에 감추는가

1

이게 다 냄새 때문이다.

손을 더듬거려 요 밑으로 넣었다. 온돌은 훈훈했다. 그러나 바닥만 겨우 그랬지 위쪽 공기는 차가웠다.

'불을 더 때라고 할까?'

법민은 돌아누웠다. 밤바람이 자꾸 얼굴을 건드렸다. 미닫이 문틈에서 스멀거리는 찬바람은 8폭 병풍 아래 적삼이불이 깔린 아랫목까지 불어왔다. 바람막이가 덜 잡힌 거야. 한옥의 느릅나무 냄새가 바람을 타고 풍겼다. 문풍지로 도배한 창으로 달빛에 어린 오동가지가 한들거렸다. 잠이 오지 않아 시계를 보니 11시.

머릿속이 복잡하다. 다 업의 법칙인가.

수영의 얼굴이 또렷이 기억나지 않았다. 내가 사랑하지 않아서일까? 목이 잘린 채 아직도 차가운 병실에 있을 수영은 강인한 여자다. 그곳에서도 야무지게 잘 견디고 있겠지.

등 뒤 문틈에서 새어 들어오는 찬바람이 방 안을 더 공허하게 휘저었다. 바람이 많이 부는가 보다. 법민은 이불을 어깨까지 올리고 잠을 청했다.

야반(夜半). 그는 좁은 길을 걷고 있었다. 길을 벗어나면 무한한 자유를 누릴 수 있을 것 같았지만 겁이 났다. 흙길 양쪽으로는 정강이까지 오는 풀이 빽빽했다. 그냥 이 길만 따라가자. 가장자리 멀리 소나무가 빽빽하게 보였다. 하나같이 굵은 백년송(百年松)이다. 그 너머는 허연 안개가 장막을 치고 있다.

인기척이 났다. 왼편 소나무 뒤에 민지영이 숨어서 자신을 보고 있었다. 그는 모른 체하고 그냥 지나쳤다. 사방으로 반딧불이들이 날아다닌다. 마치 파란 혼들 같았다.

어? 그런데 자세히 보니 소나무마다 하나씩 사람이 숨어 있다. 그들은 그가 돌아보면 숨었다가 그가 걸어가면 고개를 내밀고 자신을 쳐다보았다. 그리고 소나무 사이로 보이는 커다란 무덤들.

각간묘와 김양 묘, 무열왕릉과 늘어선 네 기의 큰 봉분.

그는 무덤 쪽으로 가고 싶지 않았다.

오른쪽에서 바스락거리는 소리가 났다. 형이다. 성민은 하얀 셔츠를 입고 소나무에 기대어 땅을 보고 있었다. 고개를 숙인 탓에 머리카락이 얼굴을 가려 눈과 코가 보이지 않았다. 형은 바지주머니에 손을 넣더니 흙을 한 줌 버렸다. 형, 이산저산 마구 헤매고 다니는 거야?

대각선 앞쪽 굵은 해양소나무 뒤에는 수영이 서 있었다. 그녀는 안쓰러운 눈길로 자신을 바라봤다. 법민은 용기가 생겨 한 발짝 길에서 벗어나 숲 쪽으로 발을 디뎠다.

아, 바닥이 있다. 다시 한 발 더 디딘다.

사각사각 수풀을 헤치고 그녀가 있는 곳까지 갔다. 상큼한 얼굴과 짧은 머리. 원망도 미움도 사랑도 괴로움도 없는 얼굴이다. 저런 얼굴이 싫었다. 감정을 숨긴 얼굴······.

두 사람 주위로 파란 불빛의 혼들이 수없이 날아다녔다.

—끼릭 끼릭 끼릭.

갑자기 태엽 감는 소리가 나며 수영의 얼굴이 돌아갔다. 그녀의 눈썹과 두 눈이 턱이 있던 자리로 규칙적으로 돌아갔다. 입술 사이로 혀가 삐져나와 이마 쪽으로 올라갔다. 입은 순식간에 짐승의 주둥이로 변했다. 목이 늘어지고 피부가 터졌다.

법민은 눈을 감았다. 그래, 표정 없는 얼굴보다 분노를 삼킨 귀(鬼)의 모습이 더 나을지도 모른다. 제사상을 못 받는 귀신, 나를 잡아먹어라.

그때다!

수영의 몸에서 머리만 튀어 오르더니 법민 쪽으로 날아왔다. 공중에서 두 번 제비돌기를 한 그녀는 순식간에 법민의 코를 깨물더니 입을 벌려 그의 입술을 막아 버렸다.

—움, 움.

법민의 시야가 점점 흐려졌다.

번쩍 눈을 떴다. 겐지가 한손으로 자신의 입을 막고 있었다. 그의 코트에서 찬 기운이 느껴졌다.

"쉿, 쉿. 무서운 꿈을 꿨나 보군."

법민은 온통 식은땀에 젖어 있었다.

"끄응. 손을 씻었길 바라네."

법민이 겐지의 손을 밀쳤다.

"일어나! 갈 데가 있어."

"몇 신가?"

"12시네. 자정이야."

2

차 안은 밖보다 더 추웠다.

"어떻게 자네가 열쇠를 가지고 있는 거야?"

"자네 자리에 랜턴이 있어. 깔고 앉지 마."

겐지가 대답 대신 주의를 주었다.

겐지는 고목이 있는 마을 삼거리 쪽으로 차를 몰았다. 그리고 각간묘
의 소나무 숲을 등지고 서천교가 있는 북동쪽으로 방향을 틀었다. 차는
가끔 자갈길을 구르며 덜컹거리다가 일정한 속도를 내면서 마을을 빠
져나갔다.

겐지는 공사 중인 경주역을 지나 두 번째 블록에서 멈췄다. 거기에서
뒷문이 열리며 한 남자가 올라탔다.

"늦었군요. 서두릅시다."

성시원이 문을 닫으며 말했다.

차는 다시 오던 길을 따라 선도산 자락으로 들어섰다. 바람이 세차게
불었지만, 하늘은 맑고 달빛은 환했다. 맑은 밤이다.

겐지는 마을 입구에서 멀지 않은 삼거리 초입에 차를 세웠다. 애초에
장승이 있던 자리다. 똑바로 서천교를 건너면 더 이상 봉우마을이 아니
다. 이곳에서 오른쪽으로 가면 각간묘를 지나가는 산업도로가 이어지
고, 그대로 직진하면 선도산과 옥녀봉 사이를 지나는 길로 접어든다.
이 삼거리 뒤쪽은 공동묘지였다.

"법민 씨, 거기 랜턴 좀 주시오."

랜턴을 받아든 성시원은 시계를 본 뒤 양복 안주머니에서 누런색 메모지 한 장과 하천이 표기된 경주 지도를 꺼냈다. 지도에는 빼곡한 글씨와 거리를 측정해 놓은 반듯한 선들이 그어져 있었다.

"대략 이렇게 나왔소."

성시원이 겐지에게 메모지를 건네주었다.

-아달나사금 7년(160년) 4월에 폭우가. 내리어 알천의 물이 넘치고 금성의 북문이 무너졌다.

-유리나사금 7년(290년) 5월에 큰물이 나서 월성의 해자가. 넘치고 물이 무너졌다.

-흘해나사금 41년(350년) 4월에 큰비가. 열흘 동안 내리어 관사옥사(官私屋舍)가 표몰하고 산이 열세 개나. 무너졌다.

-소지왕 18년(496년) 5월에 큰비가. 내리어 알천의 물이 불어나고 인가. 이백여 채가. 표류하였다.

"그런 기록이 네 군데만 있던가요?"

"더 있긴 한데 나머지는 모두 경주가 아닌 외곽지라 뺐소. 거기 적힌 알천은 지금의 북천을 말합니다. 북천은 봉우마을에서 보면 너무 멀기 때문에 해당되지 않고, 쓸모 있는 것은 당신이 말한 대로 월성 한 군데 뿐이오."

"이 정도면 충분해요. 범인은 절대로 큰 시가지를 넘지 않을 거예요. 『삼국사기』의 기록대로 월성이 마지막 선이라고 보면 되겠군요. 만약 월성이 아니라면 당신이 정한 남천의 귀교까지 찾아보도록 하지요. 부탁한 또 하나는요?"

성시원이 가방에서 봉투를 꺼내 내밀었다. 겐지는 봉투에 감긴 실을 풀고 종이를 여섯 장 가량 꺼냈다. 겐지는 맨 끝장을 넘겼다. 작년에 발굴한 고적의 연표가 보였다.

23호 터 (황룡사지)	통일신라 시대	카와이 소우	경주읍 보황동	경주고적 연구회	1932
불국사 구품 연지	삼국시대	카와이 소우	경주읍 진현동	총독부 경주박물관	1932
감산사지	삼국시대	카와이 소우	경주읍 월성	총독부 경주박물관	1932
첨성대 서편 (유물 포함층)	통일신라 시대	아리미쓰 교이치	경주읍 황남동		1932
인왕동 월성 해자	통일신라 시대	카와이 소우	경주읍 인왕동		1932
명활산성 터	삼국시대	와다나베 아키라	경주읍 보문동		1932
낭산 능지탑	삼국시대	카와이 소우/ 고지마 유키오	경주 배반동		1932

"모든 학술단체가 작년 동짓날 이후로는 고적조사를 하지 않았습니다. 그리고 조사한 고적들 중 봉우마을에서 3킬로미터 반경 안에 있는 것은 역시 월성과 황룡사 터밖에 없습니다."

성시원이 설명했다.

"그렇군. 두 곳 모두 소우 관장이 주관해서 발굴조사를 했군."

"박물관은 진행되었던 발굴을 모두 모아놓은 서류를 가지고 있지 않았습니다. 그래서 관청에 신고된 문서를 찾아봤는데 그게 가장 최근의 것이었습니다. 그 문서는 민간에서 자체적으로 발굴하는 것뿐만 아니라, 상수도 공사나 마을 정비 때 우연찮게 발견된 사적들까지도 포함되어 있기 때문에 정확성은 좀 떨어질 겁니다."

"이거면 충분해요."

"이제 곧 축시(丑時)가 됩니다. 항상 그랬듯이 김성민은 지금부터 활동할 거요."

성시원이 장갑을 끼며 말했다. 그 말에 법민의 귓불이 빨개졌다.

"이봐, 겐지. 저게 무슨 소리야? 형이 활동하다니?"

"더 늦기 전에 자네 형을 찾아야겠어."

"자네도 형이 각간묘의 귀신이라고 생각하나?"

겐지는 대답하지 않았다. 법민은 검은 심지만 남은 초처럼 허무했다. 세 사람은 사냥하러 가는 포수들처럼 뜻도 알 수 없는 서류뭉치를 보며 몇 마디 더 주고받았다.

덜덜거리는 엔진 소리 때문에 주위가 시끄러웠다. 순찰하는 보적회도 보이지 않았고 면 초소에 근무하는 경찰도 없었다. 그러고 보니 오늘이 바로 보름이었다. 길게 이어진 산 그림자와 어긋난 바둑판 같은 논이 달빛에 뚜렷이 드러났다.

이윽고 겐지가 서천교를 넘어 월성까지 난 도로로 차를 몰았다. 시가지가 있는 곳과는 세 블록 정도 떨어진 거리였다. 큰길은 거기까지였다. 겐지는 거기서 샛길을 탔다.

"겐지 씨. 마을에서 가장 가까운 월성부터 가야 하지 않겠소?"

성시원이 말했다.

"아니오. 황룡사지부터 가봅시다. 마을에서 가장 먼 외곽입니다. 그쪽부터 되돌아오면서 찾아보지요."

겐지의 말에 성시원은 고개를 갸웃했지만 곧 등받이에 몸을 기댔다. 너른 논 사이로 주춧돌들이 줄지어 서 있었다. 달빛이 내린 논은 아름다웠다.

어느덧 넓은 벌판이 나왔다. 겐지는 차를 몰아 소나무가 우거진 커다란 연못 주위를 한 바퀴 돌았다. 바퀴가 무른 땅속에 빠졌다. 안압지다.

그 너머로 '황룡사 발굴 예정 터'라는 팻말과 함께 접근을 금하는 줄이 둘러 있었다.

"실제 황룡사 자리는 이곳이 아니지만 고사에 따라 김성민이 소우의 시신을 숨겼다면 소우가 터를 닦아 놓은 이곳을 선택했을 거야."

경주의 모든 땅이 굳어 있었지만 이곳만은 그렇지 않았다. 안압지로 알려진 커다란 연못과 이어진 그 땅은 소우가 황룡사 터라고 추정하는 곳으로 온통 습했다. 일전에 겐지는 그 땅이 절터가 아니라 왕궁의 뒷자리라고 추정했었다. 땅은 과연 용궁 터라 부를 만큼 습했다. 벌판은 사질토와 미세한 자갈과 진흙 등이 섞여 있었다.

"마치 개펄 같군."

"차에서 내리면 모두 흩어져서 땅을 판 흔적이나 땅이 섞인 흔적이 있나 찾아봅시다."

겐지가 연못이 끝나는 지점에서 시동을 껐다.

그때, "앗!" 하고 성시원이 소리를 질렀다.

멀리서 불꽃이 오르고 있었다.

초석이 일렬로 늘어선 벌판에서 아주 큰 불길이 하늘로 치솟았다. 그 불꽃은 소우가 황룡사의 찰주석이라 추정하던* 기단의 돌 옆에서 타오르고 있었다. 저런 불꽃은 장작을 태우거나 기름을 부어서 일어나는 단순한 화염이 아니다. 그 옆에 시커먼 그림자가 보였다. 가늘고 날랜 그림자는 겐지 일행이 차에서 내리자 어둠 속으로 사라지는가 싶더니 다시 저쪽 초석에서 나타났다.

"잡아!"

겐지와 성시원이 그쪽으로 달리기 시작했다.

사라진 그림자는 어느새 심초석 뒤로 난 논둑에서 나타났다. 마치

---

* 사실은 용궁(왕궁)의 절 기둥을 받치던 돌이다.

불 속에서 튀어나온 양 논둑을 훌쩍 넘더니 지평선을 구르듯 서쪽으로 달렸다. 그리고 곧장 남쪽으로 방향을 틀어 연못을 지나치며 월성의 언덕을 올랐다. 법민도 퍼뜩 정신이 들었다. 벌써 저 앞에 여러 그림자들이 달려가고 있었다.

형인가? 형은 어릴 때부터 운동신경이 남달랐다. 형이라면 자신이 잡아야 한다. 그래야 형을 살릴 수 있다. 법민은 겐지가 왜 자신을 불렀는지 이해가 갔다. 그도 뒤질세라 뛰었다. 해자를 뛰어 넘고 큰 흙으로 늘어진 언덕을 올랐다. 뚱뚱한 성시원은 점점 뒤처졌다.

그림자를 따라 높은 토담이 둘린 언덕을 오르니 달빛이 쏟아지는 고지대의 평야가 나왔다. 봄마다 유채가 흐드러지게 피는 월성이다. 저 멀리 벌판 한가운데로 검은 그림자가 내달리고 있었다. 그는 몇 번이고 몸을 솟으며 땅을 찼다. 그럴 때마다 법민과의 간격이 벌어졌다. 사람치고는 너무 빨리 달렸고 노루나 개로 보기에는 키가 컸다.

체력이라면 법민도 자신 있었다. 그림자는 커다란 벌판을 비스듬히 달리며 석빙고가 있는 소나무 숲으로 사라졌다. 다시 월성을 내려가 차가 있는 안압지 쪽으로 방향을 바꾸려는 것 같았다. 법민도 석빙고를 뛰어넘고 월성의 흙 담을 내려갔다. 멀리 안압지가 보이고 그 끝에 자신이 타고 왔던 시트로앵이 서 있는 게 보였다. 안압지의 푸른 물이 달빛에 어렸다. 달그림자가 달아나는 검은 사내와 흰 머리의 법민을 따라갔다. 두 사람은 벌써 2킬로미터 이상의 거리를 쉬지 않고 달리고 있었다. 검은 사내의 속도가 점점 줄어들었다. 법민도 숨이 터질 것 같았지만 끈질기게 거리를 좁혀갔다.

역시 그는 안압지의 연못을 돌아 시트로앵을 세워둔 쪽으로 도망가고 있었다. 점점 간격이 좁아져 갔다. 이제 사내의 어깨가 법민의 시야에 또렷이 들어왔다. 갈색 염료를 들인 개버딘 외투.

법민이 팔을 뻗자 달려가던 그림자는 바람을 타듯 앞으로 몇 미터를 더 나아갔다. 달빛 아래에서 잡힐 듯 말듯 두 사람은 서로의 숨소리까지 느끼며 아슬아슬하게 차이를 벌여갔다.

'제발 형……'

법민은 허벅지에 마지막 힘을 주고 몸을 날렸다. 그림자는 뒤에서 덮치는 법민의 힘을 받자 그대로 어깨를 숙이며 앞으로 꼬꾸라졌다.

"윽!"

두 사람은 한 몸으로 엉키며 연못으로 빠졌다. 그들은 차가운 연못가의 진흙에서 거친 숨을 내뱉으며 질척댔다. 일단 그의 힘을 빼야겠다고 생각했다. 법민이 사내의 머리카락을 잡고 얼굴을 들었다. 그리고 몇 번이고 주먹으로 내리쳤다.

"으, 그만, 그만. 법민 씨. 나요."

유키오였다.

"불을 지른 게 당신?"

"무슨 소리요, 나도 놈을 추격하고 있었는데!"

헐떡이는 숨소리가 섞인 그의 말은 재대로 알아듣기 힘들 정도였다. 법민의 얼굴에 실망과 안도감이 동시에 퍼졌다.

이게 무슨 소린가? 자신은 분명 검은 사내를 따라왔었다. 그런데 유키오도 그를 추격하고 있었다니? 그러고 보니 겐지도 성시원도 보이지 않았다.

"언제부터 이곳에 있었소?"

"겐지 님의 부탁을 받고 자정부터 이 연못에서 대기하고 있었소."

그는 턱을 훔치며 침을 뱉었다.

"당신들이 차에서 내릴 때 황룡사지에서 불이 올랐고, 그놈이 우리를 인지하고 내달렸단 말이오!"

그렇다면 겐지와 성시원과 함께 범인을 추격할 때 자신은 중간에서 매복하고 있던 유키오를 범인으로 오인했다는 말이 된다.

"그렇다면 왜 혼자 이쪽으로 도망갔소?"

"짐승 같은 눈으로 날 쫓아온 게 누군데! 당신 같으면 멈출 수 있었겠소?"

그는 찬찬히 생각을 가다듬었다. 추격하는 동안 내내 법민은 그 그림자의 등만 쳐다보았다. 자신의 눈에 각인된 빠른 움직임은 분명 귀신같은 날렵함과 서글픈 사악함이 깃들어 있었다. 그는 줄곧 그 사악함을 뒤따라 왔다. 유키오, 이자가 분명 범인이다. 법민은 유키오의 멱살을 잡았다.

"당신이지? 모든 일을 저지른 게 바로 너지? 이 개자식."

그때 저쪽에 있던 시트로앵의 전조등이 깜빡이더니 시동이 걸리는 소리가 났다.

"놈이다!"

멱살이 잡힌 유키오가 그쪽을 보며 외쳤다. 시트로앵은 몇 번 시끄러운 엔진소리를 내더니 무서운 속도로 두 사람이 있는 곳으로 달려왔다. 법민과 유키오를 깔아뭉갤 심산이었다.

"위험해!"

유키오는 법민을 껴안고 안압지의 물속으로 몸을 날렸다. 시트로앵은 그들을 지나 선도산 쪽으로 순식간에 사라져 갔다.

3

뒤돌아보니 멀리 벌판에서 솟아나는 불꽃은 급속하게 사그라지고 있었다. 흠딱 젖은 법민과 유키오가 가쁜 숨을 몰아쉬며 그곳에 도착했을 때 겐지는 붉은 불빛을 받으며 멍하게 서 있었다. 둥근 구덩이에는 활성 석탄과 사염화탄소가 시뻘건 불을 머금었다.

"놈을 잡았나?"

겐지는 이글거리는 불을 응시한 채 조용히 유키오에게 물었다.

"차를 가지고 달아나버렸습니다."

"음, 그렇군……."

그의 얼굴은 슬픔으로 가득했다. 마치 모든 것을 이미 알고 있다는 얼굴이었다.

"이 자리가 어떤 자린가요?"

성시원이 물었다.

"왕궁 안의 금당 자립니다. 비로자나가 앉아 있던 혈."

겐지가 중얼거렸다.

성시원이 흙을 덮어 불을 끄려 했다. 젖은 흙을 좀 더 메우고 나서야 불길이 잡혔다. 구덩이에는 뭔가 있었다. 새카맣게 탄 책이었다. 겐지가 그 책을 들어 올리자 재로 변한 종이들이 대부분 바람에 날려 사라졌다.

"이런, 제길!"

겐지가 책을 던졌다. 그리고 하늘을 보며 호랑이가 포효하듯 소리를 질렀다. 겐지의 그런 모습을 처음 본 법민은 부르르 몸서리를 떨었다. 법민뿐만 아니라 유키오와 성시원도 그 모습에 충격을 받은 듯 아무 말이 없었다.

겐지가 저쪽으로 가버리자 성시원이 던져버린 책을 주웠다. 책은 대부분 타버렸고 겨우 껍데기만 남아 있었다.

타다 남은 표지에는 『홍무기적』이라는 먹자가 희미했다.

4

지하다방에는 사람들이 별로 없었다.

박영래는 수화기를 어깨로 받치고 카운터에 앉은 마담에게 한쪽 눈을 찡긋했다. 코밑에 작은 점이 난 마담은 입술을 삐쭉하며 박영래를 올려다보더니 다시 장부를 뒤적였다.

"글쎄요, 일본이나 미국에서 들여온 라이트뮤직은 그것 말고도 많습니다. 럭키 레코드사의 음반이 그때 얼마나 판매되었는지 정확히 알 수도 없고……."

수화기 저편에서 들려오는 약한 목소리는 더듬거렸다.

"아니, 내가 궁금한 건 그런 종류의 음반을 대량으로 구매한 곳을 묻는 거요."

마담이 큰 소리로 통화하는 박영래를 다시 노려봤다.

"경성시내에 카페와 술집이 얼마나 많은데……. 저희로서는 그걸 알아낸다는 것이……."

"거기가 도매상이니까 소매로 구입하는 가게는 모두 그쪽에서 구입할 게 아니오?"

"그건 그렇지요."

"매출장부에 물품이 들어가는 곳을 기재하지 않소?"

"네, 그게 몇 년이 지난 일이라……."

"지금 상공관리부 직원을 무시하는 게요?"

박영래는 목소리를 낮추며 상대를 위협했다.

"아, 아닙니다. 제 말은 그저……."

"그럼 미국에서 들어온 재즈나 뮤지컬 음반을 가장 많이 사가는 경성대 주변의 가게는 어디요?"

"대충 떠올리자면 '제노바'라는 데가 있긴 한데, 그곳 말고도……."

"거긴 어디 있소?"

"경성대 법문학부나 의학부 학생들한테 꽤 유명한 곳이죠."

박영래는 마담에게 연필을 빼앗아 이름을 받아적었다.

"요릿집이오?"

"요릿집은 아니고 외국 술집을 흉내 낸 곳인데 젊은이들이 모여 내내 음악만 듣는 곳입니다. 경성제대 후문 쪽에 있었어요. 그땐 꽤 소문이 나서 연희전문 학생들도 갔었죠. 그런데 선생님께서 찾으시는……."

박영래는 더 듣지 않고 전화를 끊었다. 그는 안경을 다시 걸치고 〈상공업 영업허가목록, 경성 북부편〉을 뒤적거렸다. 한자로 된 상호명과 주소가 빼곡하게 정리되어 있었다. 이 책은 성시원이 경주에서 면서기에게 포목을 주고 어렵게 구한 책이었다.

"여기 있군."

한글로 쓰인 '제노바'라는 상호는 네 곳이 있었다. 그중 요식업이라고 적힌 가게는 한 곳뿐이었다. 성시원은 교환수에게 상호명 옆에 기재된 번호를 불렀다. 교환수는 한참 조용하더니 없는 번호라며 퉁명스럽게 말했다.

"아, 씨. 그새 없어진 건가?"

박영래는 다시 수화기를 들어 같은 주소지에서 그 번호와 비슷한 앞자리 전화번호를 교환수에게 불러주었다. 마담은 종이에 뭔가를 써서 박영래 앞으로 내밀었다.

8×4

전화비는 한 통에 8푼이었다. 벌써 네 통째라는 경고다. 젠장. 경성은 이래서 야박하다고 하는 것이다. 박영래는 알았다는 듯 인상을 썼다. 전화가 연결되자 경성말을 쓰는 중년 남자가 받았다. 박영래는 짐짓 '제노바'에 전화를 건 척했다.

"제노바는 재작년에 없어졌소."

중년의 남자는 그곳이 구두점이라고 했다. 구두점은 경성제대와 멀지 않은 곳에 있었다고 한다. 그는 '제노바'를 기억했다.

"워낙 학생들이 퇴폐적으로 굴어서 구라헤이 총장이 총독부에 건의해서 영업을 정지시켰소."

"음악도 트는 곳이었나요?"

"가보지 않았으니 그건 알 수가 없소. 여자들 끼고 술 마시는 놈팡이가 가던 곳이니 음악이 나왔겠지."

"일본인들도 많이 드나들었나요?"

"조선학생들이 많았지. 일본인들은 그런 델 잘 안 가."

"혹시 그 가게를 운영한 주인의 연락처를 알 수 있을까요?"

5

경주 시가지에는 푸줏간이 두 군데 있었다. 한 곳은 전골용 쇠고기만 파는 가게로 주로 일본 술집과 고관집에 납품했다. 다른 한 곳은 영조대왕 때부터 집안 대대로 백정질하는 '구미관'으로 쇠고기나 돼지고기뿐 아니라 말고기까지 부위별로 팔았다. '구미관'은 1910년대 초부터 신식 냉동시설을 들여놓고 영천에서 잡은 쇠고기를 전량 사다 팔면서 유명해지기 시작했다. 주인인 심구현은 늘 사람들에게 우둔살 한 점이라도 더 얹어주고 팔았다. 그래서 사람들은 젊은 사내가 큰 푸줏간을 운영한 대도 얕보거나 천대하는 사람이 없었다.

성시원이 '구미관' 문을 열고 들어섰을 때 주인인 심구현은 톱으로 업진육*을 발라내고 있었다.

"오셨습니꺼?"

"곰국거리 좀 있나?"

"오늘은 뭉칫살이 좋심더."

"요즘 장사 잘되는 갑지?"

"새벽에 영천에서 두 마리 해체해가 오전에 한 마리 다 팔았지예."

성시원이 도끼를 집어들었다.

"이걸로는 뭘 하지?"

"골발(骨拔)할 때 쓰지예."

그는 그 도끼로 예냉실을 가리켰다.

"저 안에다 고기를 쟁여놓나?"

"아, 들어가지 마이소!"

성시원은 이미 문을 열고 쇠고기 반 마리가 매달린 천장을 올려다보았다.

"곰국거리는 어느 부위를 자르나?"

"와에? 백정질할라꼬예?"

심구현이 씩 웃으며 문간에 기대어 담배를 한 대 물었다. 성시원도 뒤를 돌아보며 빙그레 웃었다.

"구현아, 내……, 고기 한번 썰어보자."

심구현은 홍두깨살을 도마에 펼쳐놓았다. 번들거리는 굵은 손으로 핏빛 고깃덩이를 질겅질겅 다듬었다. 몇 번을 그렇게 도마에 치대더니

* 소갈비를 감싸고 있는 살

칼과 칼줄을 들고는 번개를 부리듯 현란하게 칼을 갈며 성시원을 힐끔 쳐다봤다. 팔뚝을 걷어붙인 성시원이 그 손놀림을 유심히 바라보고 있었다. 심구현이 칼을 내밀자 성시원은 고개를 저었다.

"칼 말고 톱 줘바라."

"톱으로 썰면 고기 망칩니더."

"톱 도!'

성시원이 슬금슬금 두꺼운 고기를 썰었다. 톱날이 잘 파고들지 않았다. 그는 어깨에 힘을 주고 눌러봤지만 고깃살이 밀려갈 뿐 날이 들어가지 않았다. 이번에는 옆에 있던 칼을 집어 썰기 시작했다. 허연 힘줄이 나오자 더 밀리기만 했다.

"주이소. 마, 그카다 아까운 고기 다 버리겠심더."

보다 못한 심구현이 노려보며 다가들었다.

"이거 잘 안 썰리네? 저기 있는 도끼 함 줘바라."

"아, 참내. 됐심더. 먹는 음식 가지고……. 백정질은 아무나 하는 줄 압니꺼?'

"거 디게 어렵네."

칼을 빼앗긴 성시원이 자신의 손목을 잡으며 중얼거렸다.

"이렇게 두꺼운 살코기는 칼날을 옆으로 세워서 손목의 반동을 이용해 엄지손가락 아랫부분에 힘을 줘야 날이 나갑니더. 기술 없이는 살점한 치도 못 썬다니카네예. 지방 뺄 때 칼 넣는 법 다르고 뼈 부러뜨릴 때 칼 잡는 법 다릅니더. 난 15년을 배워도 아직도 서툰데 갑자기 와서 뭔 고기를 썬다고……."

성시원은 코에 손바닥을 대고 비릿한 냄새를 맡았다.

일본의 사무라이가 한칼에 사람을 베었다거나 조선의 망나니가 단칼에 사람의 목을 내리쳤다는 말은 그들의 솜씨가 무척 귀신같았다는 애

기다. 고구려의 장군은 칼을 다섯 자루나 차고 다녔다지. 거참, 칼 쓰는 게 쉬운 일이 아니구먼.

"구현아, 그람 말이제. 사람 목 자르는 것도 쉽지 않겠네?"

슬픈 귀신들

1

유키오가 검거되었다. 경주경찰서가 발표한 그의 죄목은 장물 고매 죄였다. 경주박물관에서 도난당한 보물 90점은 모두 구리하라 상점에 서 발견되었다.

도난당한 금관총의 유물은 천오백 원의 현상금이 걸리었다.

경주의 유물이 경주땅을 떠난다는 소문과 함께 입이 건 사람들은 점점 일본 인들을 경계하고 무시하였다. 경찰은 도난당한 물품을 회수하기 위해 '오래 된 금은 아무리 녹여도 쓸모가 없다'라는 전단지를 각 관청에 배포하고 '묘지 에서 나온 것을 집으로 가져가면 좋지 않은 일이 생긴다'라는 유언비어까지 퍼트렸지만 소용이 없었다. 경주경찰서 후즈키 경부는 병자가 있는 집이나 귀신이 자주 나온다고 소문이 난 집, 문둥이가 있는 집을 우선적으로 탐문취조 하라고 지시하였다.

한편 경주박물관 발굴주임 고지마 유키오와 구리하라 상점의 구리하라 미즈

372

노가 검거되었다. 사건은 이랬다. 어느 날, 변소를 치던 노인이 경찰서장 관사 입구 사거리에 있는 전봇대 아래에서 흰 꾸러미를 발견하였다. 지팡이로 건드려보니 탕탕 금속음이 울렸고 그 속에서 금관, 불상, 구옥 들이 나왔다. 잃어버린 금관총 유물 중 30점이었다. 경주박물관에서 훔친 도둑이 겁을 먹고 일부를 버린 것 같았다. 마쓰이 서장은 직접 경주박물관에 그 유물을 돌려주고 그곳에 있는 유키오에게 잃어버린 유물이라는 확답을 받았다.

나머지 유물 수사는 계속 진행되었다. 그러던 중 장물조사팀에서 성과를 거두었다. 구리하라 상점의 지하창고를 조사하던 형사가 일전에 마쓰야 서장이 유키오에게 돌려준 불상을 다시 그곳에서 발견한 것이다. 형사들은 구리하라와 유키오를 잡아들였다. 구리하라는 유키오가 일부러 지하금관고의 관리를 허술하게 하여 장물아비가 유물을 가져갈 수 있게 지원한 것을 고백하였다. 구리하라는 장물취득혐의로 구속되었다. 장물아비는 근원을 알 수 없는 부랑자들이었다. 유키오는 금동불상이 계약상 꼭 넘겨야 할 물품 중 하나였기에 마쓰야 서장으로부터 돌려받은 이후 다시 장물아비에게 넘겼다고 진술하였다.

주필 성시원 (경주도민일보)

"자네 사촌의 정체가 결국 도굴범과 한패였나?"

법민이 신문을 접고 겐지를 노려봤다.

겐지는 오른손으로 왼쪽 옆구리를 움켜쥐고 인상을 썼다. 얼굴은 이루 말할 수 없을 만큼 상기되었다. 그는 무엇보다 유키오가 꾸준히 도굴 행위에 가담했다는 사실을 괴로워했다. 자신의 추리에 학문적 뒷받침을 하던 유키오가 그런 행위를 하고 있을 줄은 꿈에도 몰랐을 것이다.

겐지는 말없이 두 손으로 이마를 감싸며 신음했다.

"구리하라와 유키오가 오래전부터 장물을 사들이거나 박물관의 유물을 빼돌린 모양이더군."

겐지는 여전히 말이 없다.

"경찰이 자네를 보는 눈도 심상치 않아, 겐지."

"구리하라 그 사람, 나한테 자꾸 로비하려던 이유가 있었어. 다나카나 쿄조 교장이 구리하라 미즈노가 수상하다고 귀띔해줬을 때 한번쯤 조사했어야 했는데……."

입을 연 겐지는 거의 흐느끼다시피 했다.

법민도 겐지의 그런 모습을 보니 가슴이 아팠다. 황룡사지에서 내지르던 겐지의 포효가 자꾸 아른거렸다. 사실 겐지가 이곳에서 겪은 일은 모두 충격이었다. 법민은 그가 자신의 마을을 위해 저렇게 고민하는 것을 보며 담담한 애처로움을 느꼈다. 오사카에서나 지금이나 그에게 받은 도움에 비하면 자신은 해준 것이 별로 없었다. 흥무기적이 타버린 이후로 겐지는 수척해갔다. 그날 밤 시트로앵은 서천교 앞 삼거리에서 발견되었다.

"어쩌면 여길 정리하고 일본으로 돌아가는 게 옳은 일인지도 몰라. 자네 고향에서 벌어지는 사건들에 대해 도울 만한 게 있었으면 했지만 모두 내 자만이었어."

"그런 생각 말게. 자네가 이 고장에 있는 한 내가 지켜줄게."

법민은 처음으로 겐지를 위로할 수 있어서 다행이라고 생각했다.

2

야마구치 병원은 5층으로 된 단일 콘크리트 건물이었다.

성시원이 병원에서 세탁물을 실어 나르던 소학교 친구의 고종사촌에게 조선 돈 25원을 주고 뒷마당 철문으로 들어올 수 있었다. 이 문은 주로 병원장비, 세탁물, 폐기물들을 옮기거나 죽은 시신들을 내가는 문이었다. 미리 돈을 건네받은 경비원은 성시원이 들어온 철문으로 뒤도 돌아보지 않고 곧장 어둠 속으로 사라졌다.

건물 안으로 들어서자 어두운 시멘트 복도가 길게 이어져 있었다. 접수실과 진료실이 있는 1층은 홀 전체가 어두웠다. 홀 가운데에 넓은 계단이 보였다. 그 계단은 입원실이 있는 2층과 지하로 연결되어 있었다. 성시원은 계단을 통해 지하로 내려갔다.

시체실 문은 잠겨 있지 않았다. 물론 그것도 25원에 포함되어 있었다. 성시원은 불을 켰다. 서류를 보관하는 큰 서랍형 캐비닛과 의자가 딸린 책상이 있고 책상 옆 벽에 '냉동실'이라고 적힌 커다란 쇠문이 보였다. 그는 일단 캐비닛을 열고 파일첩을 뒤졌다. 한참 만에 '사건번호 94-5. 서악. 증1호'라고 쓰인 노란 봉투를 하나 꺼냈다. 그리고 불을 끈 뒤, 책상 위 스탠드를 켜고 빛이 새지 않도록 쓰고 있는 모자를 덮었다. 책상서랍을 뒤졌으나 열쇠를 찾을 수가 없었다.

'이 사람이……냉동고 열쇠는 잊어버린 건가?'

냉동실 쇠문은 납과 주철로 된 꽤 두꺼운 문이었다. 성시원은 잠시 우두커니 서서 쇠문을 노려보다 손잡이를 잡고 돌려보았다. 손잡이가 묵직하게 돌아가며 문이 쉽게 열렸다. 그는 벽에 걸린 우가키 총독의 사진을 떼어내 쇠문이 완전히 닫히지 않도록 고정시킨 뒤 냉동실로 들어갔다.

10평 남짓한 냉동실에서는 알코올성 방부제 냄새가 코를 찔렀다. 온도계를 보니 섭씨 2도를 가리켰다. 가운데에 긴 철제 침대가 있었다. 이곳에서 임시로 염을 해서 영안실로 옮기는 모양이었다. 그는 철제 냉동서랍의 손잡이에 붙은 라벨을 왼쪽 아래부터 차근차근 살펴보다 상단 왼쪽에서 세 번째 서랍에서 눈길이 멎었다. 덜컹, 묵직한 서랍이 열리는 소리가 생각보다 커서 잠시 손을 놓고 두 귀를 쫑긋 세웠다.

서랍 속에는 흰 무명천으로 만든 주머니가 있었다. 주머니는 핏물이 배어 군데군데 노랗게 얼룩이 졌다. 그는 그것을 침대에 내려놓았다. 돌덩이처럼 무거웠다. 주머니 끝에 묶인 실을 풀자 속에서 김수영의 머리가 나왔다.

그동안 건조된 탓인지 콜라겐이 빠져나간 얼굴은 광대뼈가 튀어나와 핼쑥했다. 그러나 아름다움은 살았을 때와 다름없었다. 젖은 머리카락은 아무렇게나 얼굴에 달라붙어 있었고 감은 두 눈에 난 속눈썹은 듬성듬성 빠져 있었다. 그는 조심스럽게 머리를 옆으로 뉘여 잘린 면을 유심히 쳐다보았다.

면은 깨끗하게 톱질을 한 듯 매끈했다. 외경동맥과 흉골근 사이로 갑상연골이 하얗게 보였다. 성시원은 절단면을 손으로 가만히 건드려 봤다. 젤리 같은 조직이 많이 묻어 있었다. 아마도 피가 흐르지 않도록 발랐다는 테레빈유인 것 같았다. 아래턱과 목의 외피는 깨끗했다. 하얗게 색이 바랬을 뿐이다.

"휴—"

그는 작은 신음소리를 냈다.

3

늦은 밤 다시 신문사로 돌아온 성시원은 계단 앞 사무실에 불이 켜진 것을 봤다.

"뭐냐?"

금고 안에 머리를 처박고 있던 박영래는 놀라며 뒤를 돌아봤다.

"뭐 하고 있었어?"

박영래는 눈앞에 보이는 불룩한 성시원의 배가 떠밀어야 할 존재처럼 크게 느껴졌다.

"이거……. 이걸 넣어두려고……."

박영래는 두툼한 100원짜리 지폐 두 다발과 누런 서류봉투를 들고 있었다.

"인마, 언제 온 거야?"

"지금 막 도착했습니다……."

박영래가 성시원에게 돈 꾸러미를 건넸다. 성시원은 봉투만 뺏어들었다. 봉투 속에서 총독부 직인이 찍힌 임명장 사본이 나왔다. 복사된 임명장은 어림잡아 30장 정도였다. 그는 빠른 손놀림으로 하나하나 임명장에 적힌 이름을 읽었다.

"어디서 가져온 거냐?"

"용산에 있는 인쇄소에서요. 총독부의 모든 위촉장, 임명장을 그곳에서 제작했습니다. 알아보니 전국에 고루 파견된 것 같구요. 그 봉투 안에 파견서류도 넣어놨습니다."

지폐다발을 두 손에 든 채 턱을 이리저리 흔들면서 박영래가 말했다. 성시원이 봉투에서 10장 분량의 임명장을 꺼냈다. 거기에는 이름과 전국 각 도의 명칭, 지리소 위치가 적혀 있고 탁지부 차관의 직인이 찍혀 있었다.

"각 도의 경시들한테 권한을 주었고, 관원이 없는 오지는 군 주사들이 맡은 것 같아요."

"음."

박영래는 턱으로 인명부를 가리켰다.

"꽤 많은 인원이 전국에 퍼졌습니다. 경상도 쪽은 대부분 이름을 확인했습니다."

"몇 명?"

"108명입니다."

"모두 땅을 보는 사람들이야?"

"학자들이 더 많습니다."

"총독부놈들, 임명장을 남발했구만."

"그리고 알아보라고 하신……."

"그래, 만나봤나?"

"대전에 살고 있었습니다."

"제노바의 주인이 확실하던가?"

"네, 주인은 그 사람을 본 적이 없다고 하던데요."

성시원의 눈이 빛났다.

"이거 알아본다고 허리가……. 한 달 동안 경성을 돌아다녔더니 허리에 통증이 생겼습니다. 저번 달 마지막 날 대전역에서는 기차에서 굴러떨어졌지, 뭡니까. 며칠 약이라도 한 재 지어먹고 최대한 안정을 취해야 하는데……."

하지만 성시원은 박영래가 유유자적 경성시내를 돌아다니며 가볼 만한 기생집은 다 다녀왔다는 것을 알고 있었다.

"사진 내놔." 성시원이 차갑게 말했다.

박영래는 성시원에게 소우의 사진을 건넸다. 성시원은 사진을 받고도 박영래의 손을 여전히 노려봤다. 박영래는 허둥대며 다시 가방을 뒤적거리더니 겐지의 사진도 넘겼다.

그래도 성시원은 여전히 박영래의 손을 노려봤다. 머쓱해진 박영래는 들고 있던 지폐다발을 서둘러 금고에 넣고 다이얼을 돌렸다.

4

겐지는 허리를 숙여 떨어진 자작나무 가지를 주었다.

그는 저쪽이 왜 나뭇가지를 부러뜨리면서 걷는지 이해가 되지 않았다. 겐지는 각간묘로 올라가는, 소나무 숲이 시작되는 구릉 어귀부터 허리를 숙이고 걸었다. 분명히 저 앞에서 누가 걸어가고 있었다. 그는 큰 노송 뒤에 쭈그리고 앉아 길가에 떨어진 자작나무를 주워 똑똑 부러뜨렸다.

각간묘와 김양 묘는 빛을 받은 무대처럼 환했다. 웅웅 소리가 들리는 숲에서 도깨비불이 스멀스멀 올라왔다. 그 불은 공기를 타고 넘실넘실 춤을 추다가 하나로 합쳐지고 다시 여러 갈래로 나뉘기를 반복하더니 이내 눈꽃처럼 수가 많아졌다. 시체에서 나오는 인(燐)이다. 어딘가에 개가 죽어 있나. 아니면, 귀신을 부르는 정령이 공기를 덥히기라도 하는가.

깨끗이 단장된 기우소 옆 우물에는 아무도 없었다. 이럴 줄 알았어. 왠지 느낌이 안 좋더라니. 오늘이 마지막 날인데 매복하는 형사들은 없었다. 후즈키는 사흘째 되는 날부터 겐지의 함정수사가 별 효과가 없다고 결론 낸 것 같았다.

그는 고개를 옆으로 빼고 내다보았다.

그 귀신은 각간묘 봉분 위에 서 있었다. 그 그림자는 푸른 안개를 배경으로 고개를 쳐들고 있었다. 키가 무척 컸다. 저것이 마을을 어수선하게 만든 군장(軍將)의 혼인가. 그는 점점 가슴을 부풀리면서 두 팔을 벌렸다. 그 장면을 보던 겐지는 소리를 지를 뻔했다. 머리가, 머리가 없다! 사내는 마치 흡혈귀에게 피가 빨리는 것처럼 온몸을 떨었다. 귀신은 냄새를 잘 맡는다고 했으니 입을 벌려서는 안 된다. 등에 끈적끈적한 송진이 묻은 것 같았다. 제길.

겐지는 그가 귀신인지 사람인지 구분할 수 없었다. 그러나 귀신은 나뭇가지를 부러뜨리며 오르지 않는다. 겐지는 결심한 듯 오른손을 뒤춤으로 가져가 물소벨트에 끼워둔 브라우닝 총을 잡았다. 류타의 총이다. 속으로 셋을 세기로 했다.

셋! 겐지가 몸을 일으켜 바람같이 대각선으로 달려가 4미터쯤 떨어진 노송 사이에 숨었다. 봤을까? 조심스럽게 봉분 쪽으로 고개를 들었다.

귀신은 사라지고 없었다.

'이런! 들켰나?'

겐지는 다시 5분 정도 몸을 숨기고 기다렸다. 인기척이 나지 않았다. 조심스럽게 자리에서 일어났다. 경계를 풀고 각간묘 봉분 앞으로 천천히 걸어갔다. 아무도 없다. 웅웅거리는 소리가 멀어져갔다. 기우소 건물은 겐지의 반대쪽에 있었다.

거북 석물이 눈을 무섭게 치켜뜨고 저쪽을 바라보고 있었다. 사라져버렸군. 정말 귀신이었을까? 그는 각간묘의 봉분 위로 올라갔다. 소나무 숲 사이로 무열왕릉이 지장보살의 이마처럼 둥실하게 보였다. 높은 지대에 있는 고택 유곡채도 시야에 들어왔다.

그때, 목에 시큼한 충격이 왔다.

겐지는 봉분 아래로 굴렀다. 다시 몸을 일으켰을 때 옆구리를 밟혔다. 겐지의 무릎이 꺾였다. 땅에 박힌 돌부리에 정강이가 찍히며 허리에 힘이 빠졌다. 고개를 들려 했으나 안면을 또 한 차례 얻어맞았다. 귀신은 권총을 어둠 저쪽으로 차버렸다. 겐지가 상대의 다리를 잡았다. 상대는 휘청거렸지만 날렵하게 중심을 잡고 겐지의 어깨를 돌로 찍었다. 승모근을 두 번 찍고 삼각근을 한 번 찍었다. 겐지의 목은 저도 모르게 찍힌 어깨 쪽으로 돌아갔다. 상대는 정확히 급소만 노렸다. 겐지가 움직이려면 뱀처럼 가차 없이 고통을 주었다. 고대신라의 호신술인가?

고통 속에서도 겐지는 팔을 풀지 않았다. 상대는 다리를 급하게 빼려 하지 않았다. 그때 푸드득거리며 수리부엉이가 날았다. 동시에 겐지는 상대의 정강이를 감고 어깨를 낮추며 왼편으로 돌았다. 그리고 두 사람은 서로 엉키며 왼쪽으로 넘어졌다. 상대의 얼굴이 드러났다.

이런, 샤론이었다.

샤론이 벌떡 일어났다. 겐지도 동시에 일어났다. 샤론은 두 손을 천천히 둥글게 돌리며 손목에 힘을 뺐다. 무슨 권법이지? 그의 눈매가 시라소니처럼 빛나고 있었다. 겐지도 주먹을 쥐고 기마자세를 취했다. 몇 분 동안 두 사람은 그렇게 시간을 보냈다.

"자네가 여기에 왜……."

말이 떨어지기가 무섭게 겐지는 안면에 충격을 받고 다시 무릎을 꿇었다. 샤론은 겐지를 올라타고 연거푸 주먹을 날렸다. 당수의 고수인 겐지도 그 속도에는 도무지 힘을 쓸 수 없었다. 너무 상황만 파악하려 했기 때문에 집중력이 떨어졌다. 맷집만으로 겨우 버티고 있을 때 샤론은 마음을 바꿨는지 기우소 쪽으로 뛰었다. 놓칠 수 없다. 우물 쪽에서 발소리가 그쳤다. 겐지는 발소리를 죽이고 어두운 기우소의 문을 조심스럽게 열었다.

—끼이익.

눈을 감았다. 어두울 때는 눈을 감는 것이 더 유리하다.

삭삭, 삭삭.

사방이 조용했다.

벨트를 풀어 손에 감았다. 그리고 한 발짝 안으로 들어서며 벨트를 채찍처럼 휘둘렀다. 허공을 가르는 무서운 소리가 났지만 인기척은 없었다. 눈을 떴다. 서서히 실내가 보였다. 네 평쯤 되는 기우소에는 돗자리가 어지럽게 널려 있었고 제단 위에는 후즈키가 둔 가짜 나무 미라가 그대로 있었다. 겐지의 함정수사는 소득이 없었다.

그때 밖에서 푸드득거리는 소리가 났다. 뛰쳐나가보니 각간묘 너머로 검은 그림자가 멀어져갔다.

그는 허벅지에 힘을 불끈 주었다.

비형랑의 집

1

샤론이 죽은 채 발견되었다.

후즈키의 전화를 받고 법민과 겐지가 달려간 곳은 무장사가 있었던 암곡동의 산 중턱에 있는 공터였다. 그곳은 보문호의 동남쪽 방향으로 포항만을 끼고 산속으로 한참을 들어가야 했다.

땅속에 파묻혀 목만 내놓고 죽어 있는 샤론을 발견한 것은 마을노인의 개였다. 노인은 두 해 동안이나 방치해둔 묵밭을 보러 가던 중 개가 숲 속 공터에서 한참을 킁킁거려 살펴보니 사람이 죽어 있더라고 진술했다.

시신을 꺼내니 두 손이 밧줄로 묶여 있을 뿐 별다른 외상은 없었다. 사인은 경부 압박에 의한 질식사. 목이 졸린 것이다. 죽은 지 만 하루가 되지 않았지만 몸에서 다량의 피가 빠져 배가 홀쭉했다. 피는 썩은 낙엽에 스며들다 못해 그 위에 선지처럼 굳어 있었다.

"이것 참, 어떻게 몸에서 피를 빼냈을까?"

의학을 전공한 두 사람도 시신의 상태를 보며 의아해했다.

법민은 가네모토의 안내를 받아 샤론의 시신을 확인하고 경성에 전보를 보냈다. 후하게 장사 지내고 샤론이 살던 집을 허물라는 짤막한 김치록의 답변이 왔다.

후즈키는 이 사건을 자신의 부서로 이관했다. 샤론의 발목을 묶은 3호짜리 밧줄이 유곡채 창고에서 보관하던 것임을 확인했기 때문이었다. 더구나 샤론이 죽은 모습은 평소 김성민이 보여주던 자살법과 같았다. 후즈키는 김성민에 대해 전국에 공개수배령을 내렸다. 법민은 비통했다. 이제 성민을 병원에 실어다 줄 사람도 사라졌다. 아니 환자가 없으니 기사도 필요 없을 일이겠지만.

유곡채는 날로 말라갔다. 기세등등하던 유곡채의 처지도 봉우당과 점점 닮아가고 있었다.

2

포항바다에서 넘어온 짙은 해무는 종종 내륙까지 스며들곤 했다. 주로 초저녁과 새벽에 밀려왔는데 사람들은 동해의 용이 서벌을 감찰하러 오는 거라고 믿었다. 이날 새벽이 그런 날이었다. 사람들은 집집마다 엉게나무 가지를 잘라 마당에 뿌리고 처용이나 비형랑의 얼굴을 대문에 붙여놓았다.

각간묘 주위도 뭉친 해무 때문에 한 치 앞이 보이지 않았다.

겐지와 성시원은 오랜만에 만났다.

"겐지 씨, 소우 관장이 경성에 얼마 동안 있었다고 했소?"

"1928년에 동경제대를 졸업하고 교토대 사학부 조수로 몇 년 있다가

1930년에 경성으로 건너왔다고 했지요. 아마 거기서 2년 정도 있다가 이곳으로 부임했을 겁니다."

"겐지 씨도 경성에서 한 해 동안 살았다고 했죠?"

"네."

"그때는 소우를 만난 적이 있었소?"

"내가 일본으로 돌아간 이후에 그가 경성으로 왔을 겁니다."

"혹시 말인데요, 소우는 제노바란 카페를 알았을까요? 아주 유명한 경성의 술집이라던데."

"제노바? 글쎄요. 처음 듣는데요."

성시원이 알겠다는 듯 고개를 끄덕였다. 그리고 가지고 온 흰 꾸러미를 겐지 앞으로 들이밀었다.

"당신 말대로 소우는 이걸 집무실에 숨겨 두었더군요."

겐지가 보자기를 풀었다. 넉 장의 붉은 비단천이 나왔다.

"예상했던 대로 총독부는 전국 각 처에 일본인 학자와 부랑자를 보내서 혈을 찾고 있었습니다. 경주 지역은 소우의 담당이었던 것 같습니다. 그는 김인문 봉분의 논란이 벌어질 시점에 풍수위해 지령을 받고 파견된 것이 분명하오."

"이 점들이 혈 자리를 표기한 거란 말이죠?"

"그렇소. 조수를 경성으로 보내 몇 가지 서류를 빼내오게 했는데 그 중 임명장이란 게 있었소. 모두 각도에 파견된 지질조사 인력들인데 수장은 모두 학자거나 지관입디다."

"조선총독부가 기어이 그런 짓을 하고 있었군."

겐지가 담담하게 중얼거렸다.

"그 임명장에 경상도 쪽 담당자는 빠져 있었소. 총독부는 민간인 중심으로 인력을 구성했기 때문에 관료인 소우는 등재하지 않은 것 같소.

그래야만 나중에라도 뒤탈이 없겠지요."

성시원은 박영래가 넘겨준 경상도 지역의 108명 인사에 대한 언급은 일부러 하지 않았다.

"소우가 지령을 수행하기보다 각간묘의 진위 여부에 더 관심을 가지게 되자 총독부가 소우를 제거한 것 같소."

성시원은 자신의 조사가 확실하다고 믿는 얼굴이었다.

"그동안 소우가 뜸을 들이고 다녔다면 그날 밤 황룡사 터에서 우리가 본 자는 김성민이 아니라 소우라는 말이 되는데……."

겐지가 복잡한 표정으로 중얼거렸다.

"그리고 이것……."

"나는 박물관 출입이 금지되어 있습니다. 혹시 모르니 계속 갖고 계십시오."

성시원이 겐지에게서 받은 관장실 열쇠를 돌려주려 하자, 겐지는 손을 막았다.

"그러지요."

성시원이 열쇠를 도로 안주머니에 넣었다.

"참! 그리고 소우가 당신에게 물어보았다던 지하길은 바로 이 지도에 기입된 글이었소."

"그렇군요. 여기 지하길의 입구라고 적혀 있군요."

겐지가 지도를 보며 고개를 끄덕였다.

"그런데 아무리 생각해도 이상한 게 있소. 이곳은 터를 가로막는 산맥이오. 아마 곁가지 설명이 빠져 있거나 장소를 잘못 기재한 게 아닌가 싶소."

"일단 이곳에서 나갑시다."

겐지가 지도를 접고 주위를 둘러보며 말했다.

"후훗! 당신도 각간묘의 귀신이 나타날까 두렵소? 마을에서 그 귀신을 믿지 않는 사람은 당신과 나뿐이라고 생각했는데……."

그렇게 말하며 성시원은 웃었다.

두 사람은 구릉을 내려와 마을로 들어섰다. 전신주 불빛 사이로 안개가 입자를 비비며 떠다녔다.

성시원이 뒤에서 물었다.

"김성민이 아니라면 그날 소우가 『홍무기적』을 태웠다는 말인가요?"

"글쎄요, 범인은 우리가 그날 밤 황룡사지에 간다는 것을 알고 있는 사람입니다. 그 책을 함부로 오류헌에 방치한 내 책임입니다. 아무도 그 책을 주시할 거라고 생각지 못했던 거죠."

"그 책의 존재를 아는 사람이 누구누굽니까?"

"성모사 주지와 우리만이 알고 있었습니다."

"당신과 나, 그리고 김법민 씨, 이렇게 세 명?"

그 말을 듣자 겐지가 갑자기 걸음을 멈췄다. 그리고 뭔가 생각난 듯 눈을 크게 뜨고 희번덕댔다.

"아! 후즈키 경부도 그 책을 봤습니다."

"뭐요?"

"잠깐, 잠시만……."

겐지는 곰곰이 생각에 잠겼다.

"하지만 후즈키의 부하들은 그날 우리가 황룡사지에 가는 것을 몰랐을 텐데……."

겐지가 중얼거렸다.

"도대체 무슨 말이오?"

"성모사 주지가 죽은 다음날 후즈키가 나를 만나러 오류헌에 왔을 때 그는 그 책을 뒤져보고 있었습니다."

겐지의 얼굴은 여전히 심각했다.

"설마요, 후즈키는 그 책이 어떤 책인지도 모를 텐데."

그럴 리가 없다는 성시원의 말에 겐지는 동의한다는 듯 고개를 끄덕였다.

"그런데 저 그림들은 무엇입니까?"

겐지는 집집마다 붙은 비형랑의 그림을 보고 물었다.

"여기 코가 큰 사람은 처용이고 저기 가시꽃이 있는 소년은 비형랑입니다."

"비형랑?"

"귀신의 아들이지요."

"왜 저 그림을 대문에 붙여놓죠?"

"귀신을 쫓는 풍습입니다."

"각간묘의 귀신?"

"글쎄요. 고대신라에는 대보름과 동짓날에 처용의 그림이나 비형랑의 그림을 대문에 붙여서 역신을 물리치는 풍습이 있었습니다. 오늘밤처럼 이렇게 안개가 끼면 동해바다의 용이 들어온다고 해서 모두들 문을 걸어 잠그지요. 특히나 요즘 같은 날에는 자신들을 지켜주는 울타리가 저것밖에 없겠지요."

말을 마친 성시원이 나지막이 홍얼거렸다.

성스러운 임금의 넋이 아들을 낳았으니
비형랑의 집이 바로 여기로세
온갖 날뛰는 귀신들이여, 이곳에 함부로 머물지 마라.

"이 고장 사람이라면 누구나 다 아는 노래입니다. 집집마다 저렇게 가시나무를 심어놓는 것도 그것 때문입니다."

그 말을 듣고 겐지가 빙긋이 웃었다.

"참! 혹시 지도를 따로 베껴놓았습니까?"

"뭐, 그런 걸 굳이 물으십니까, 헤헤. 사실, 한 부 베껴 금고에 보관해 놨습니다."

성시원이 기자 특유의 웃음을 지었다.

3

가방을 든 성시원은 옆으로 한 발짝을 뗐다.

전신주 밑에 쌓인 썩은 생선더미에서 붕붕거리던 파리 떼가 자꾸 바지에 붙었기 때문이다. 그는 심각한 얼굴로 길 건너 여관을 올려다보았다. 여관은 떡보따리를 든 짐꾼이 한 차례 들어갔을 뿐 더 이상 손님이 들지 않았다. 이 목조식 여관 건너편 블록에는 '욕심 많은 바보'가 있었다. 개발붐을 타고 명동을 흉내 내기 위해 확장한 이 골목은 경주의 인구 비율을 생각하지 않고 만든 실패작이다. 이제 이 뒷골목까지 문을 연 상점은 거의 없었다.

시계를 들여다봤다. 자시(子時)가 가까워져 갔다. 슬슬 접선해야 할 시점이란 생각이 들었다. 마치 알아들었다는 듯 건물 2층 왼쪽 끝 방에서 불이 두 번 켜졌다가 꺼졌다.

담배를 버린 그는 옷깃을 세우고 목도리로 입을 가린 채 여관으로 들어갔다.

4

"사흘 뒤면 다시 보름달이 뜨네."

"다시 형을 사냥하러 갈 셈인가?"

"추적 반경을 다시 짜야겠어. 범인은 황룡사지나 월성 토담의 해자 같은 곳에 소우의 시신을 묻지 않았을 거야. 땅이 무른 자리를 찾는다는 것은 시신을 땅속에 꼭꼭 숨겨두겠다는 의미인데 샤론이 죽은 걸 보니 범인한테는 그럴 의지가 없어."

"확인해둔 곳이 어딘가?"

"내 추리가 맞는다면 장소는 의외로 가까운 곳이야. 일단 그전에 확인해볼 것이 있어. 난 내일 아침 일찍 경성에 다녀올 생각이야."

"경성?"

"총독부에 들러 참사관실에 보관 중인 서책 몇 권과 서류를 확인하고 오겠네. 그것만 확인되면 모든 사실을 말해줄게. 그때까지 자넨 아무 일 없는 듯 지내게."

"자넨 위수지역을 벗어나면 안 돼."

"괜찮아. 지금쯤 후즈키는 내가 유키오와 공범이 아니란 걸 알았으니 그런 것들은 의미가 없을 걸세. 그들은 우리가 생각하는 것 이상으로 본토에 있는 고지마 장군을 의식하고 있다네."

겐지는 그쯤은 아무것도 아닌 듯 말했다.

"내가 할 일이 있는가?"

"내가 올 때까지 유곡채를 떠나지 말고 민지영 씨를 잘 지켜보게. 그녀가 이 고택 밖으로 나가지 않도록 해야 해."

"그건 왜?"

"자네 형을 그 장소에 나타나게 하기 위해서야. 내 생각으로는 이게 마지막 범행일 것 같아. 모든 건 민지영 씨한테 달렸어."

"형수님이 위험하단 말인가?"

"그것까지는 생각지 말고 시키는 대로만 하게. 참, 그리고 후즈키 쪽에서 샤론의 일이나 소우 관장의 일로 조사를 요청해 오면 응하게. 자네가 아는 대로만 얘기하면 돼. 샤론이 죽던 날 밤 내가 각간묘 앞에서 그를 만났다는 말도 하게. 날 찾거든 경성에 갔다고만 하고."

"그럼 그들이 자네를 불러 보강조사를 하려 할 걸세."

"괜찮아. 나는 보름날 오전에 다시 돌아올 거야. 내가 오기 전에 무슨 일이 생기지는 않겠지만 혹시라도 무슨 일이 발생하면 꼭 전화를 주게. 종로 네거리 34번지야. 교환수한테 총독 2부 자료실로 연결해달라고 해. 저녁에는 안국동 심해관에 묵을 테니 그리로 전화를 주면 되고 ……."

이틀 전 겐지는 그렇게 떠났다.

법민은 오류헌에 머물렀다. 이곳에 머무는 동안은 악몽을 꾸지 않았다. 겐지는 중요한 비밀을 알고 있는 것이 틀림없었다. 장소를 안다고? 필경 그 장소는 형을 유인하기 위한 장소일 것이다. 경성에 있는 부친도 다른 방면에서 형에 대한 수색을 진행시키고 있는 것 같았다. 부친이 보낸 전갈에는 샤론 후임자를 보낸다고 적혀 있었다.

내일이면 보름이다. 겐지는 내일 돌아올 것이다.

파이프담배를 물고 있던 법민은 독한 연기를 마실 때마다 눈이 저절로 감겼다. 책상 위에 펼쳐진 『삼국유사』에는 무언가를 분석한 겐지의 흔적이 곳곳에 남아 있었다. 겐지는 이 책을 보며 무슨 생각을 했을까? 이 소학사 판 『삼국유사』는 주석까지 실린 최신본이었다. 한자 밑에는 조선어와 일본어 해례가 달렸다. 오사카에서는 이 판본으로 일본어를 공부하는 조선학생도 여럿 있었다.

펼쳐진 장은 〈도화녀와 비형랑〉 조였다. 법민은 책을 철제 받침대에 내려놓고 책장을 넘겼다.

> 25대 사륜왕의 시호는 진지왕이고 성은 김씨이다.
> 〔…〕
> 왕이 폐위되어 죽고, 2년 뒤 도화녀의 남편도 죽었다. 열흘이 지난 어느 날 밤에 왕이 생시와 같은 모습으로 도화녀의 방에 찾아왔다.
> "지난번 약속한 바와 같이 이제 네 남편이 죽었으니 나와 잠자리를 하겠느냐?"
> 〔…〕
> 여인은 이로 인해 임신하여 달이 차 곧 해산하려 하자 천지가 진동했다. 사내아이를 낳으니 이름을 비형(鼻荊)이라 했다. 진평대왕은 이 아이가 특이하다는 말을 듣고 열다섯 살이 되자 집사벼슬을 주었다.
> <u>비형의 의미?</u>
> 〔…〕
> 하루는 길달이 여우로 둔갑해 도망치자 비형은 귀신을 시켜 붙잡아 죽였다. 이때부터 귀신들은 비형의 이름만 듣고도 무서워 도망쳤다.

진지왕은 자신의 직계조상이다. 진지왕이 여색을 좋아했다는 것은 일찍이 알고 있었다. 그런데 겐지는 비형의 이름에 밑줄을 쳐놓고 '비형의 의미?'라고 적어놓았다.

비형의 의미? 한자로는 코와 가시나무란 말인데.

법민은 본격적으로 책을 들고 살펴보기 시작했다. 군데군데 일본어로 쓰인 주석에는 겐지의 메모가 꼼꼼하게 적혀 있었다. 그러던 중 책에 끼워둔 종이가 툭 떨어졌다.

"혜통항룡?"

종이의 내용은 『삼국유사』에 실린 혜통의 전기였다. 혜통은 신라의 승려다. 우연히 강가에서 수달을 죽였지만 죽은 수달의 시체가 둥지로 돌아가 다섯 마리의 새끼를 감싸는 것을 보고 감복해서 삼장에게 가르침을 받은 인물이다. 아마도 겐지는 『삼국유사』를 분석하며 형의 행동을 찾으려 한 것 같았다. 하지만 혜통과 성민의 관계가 전혀 유추되지 않았다.

그는 『삼국유사』 뒤쪽을 더 훑었다. [탑상편]이 자연스럽게 펼쳐졌다. 겐지가 오랫동안 펼쳐놓고 보아서였을 것이다. 〈무장사와 미타전〉 조였다. 겐지는 이 장에도 꽤 많은 줄을 쳐놓았다.

> 서울에서 동북쪽으로 20리쯤 떨어진 암곡촌 북쪽에 무장사가 있는데 신라 38대 원성대왕의 아버지 명덕대왕으로 추봉된 대아간(大阿干) 효양이 숙부인 파진찬(波珍湌)을 기려 세운 절이다. ……절의 위쪽에는 아미타의 옛 전각이 있다.
> [⋯]
> 세간에서는 태종무열왕이 삼국을 통일한 뒤 병기와 투구를 골짜기 가운데 묻었으므로 무장사라 이름 지었다고 한다.
>   샤론의 죽음에 관한 단서, 샤론은 무기, 보름 전까지 반드시 확인

법민이 눈을 크게 떴다.

겐지는 샤론의 시체가 무장사 앞에서 발견된 것을 보고 이 장을 찾아본 것이 분명하다. 겐지는 분명 이것을 본 직후 무언가를 확인하러 경성으로 떠난 것이다.

법민은 겐지의 사고를 따라가려 해봤다. 무엇을 생각한 것일까? 무장

사, 샤론, 무기. 김춘추가 무기를 묻어둔 곳에 샤론이 묻혔다. 샤론이 김춘추의 무기? 샤론은 유곡채의 집사다. 뭔가 실마리가 풀릴 것 같다가도 더 이상 생각이 뻗지 않았다. 희뿌연 안개가 머릿속에 낮게 깔렸다. 샤론, 샤론, 『삼국유사』, 비형랑. 그 이상은 이해되지 않았다.

고사의 유희.

겐지는 그렇게 말한 적이 있었다. 성모사, 여근곡, 무장사, 각간묘……. 분명한 것은 지금 살인이 고사에 기록된 것처럼 일어나고 있다. 범인이 기록대로 무장사에 무기를 묻어두듯 샤론을 묻어놓은 것만은 확실했다.

법민은 다시 〈도화녀와 비형랑〉 조를 펼쳤다. 비형랑은 귀신을 볼 수 있는 사내다. 왜 하필 겐지는 비형랑의 고사를 지목했을까?

아―.

그 순간 법민은 숨이 막혔다.

진지왕은 남편이 있는 도화녀를 범했다. 도화녀는 두 남자와 관계를 가졌다. 설마 그것이 자신과 지영, 그리고 성민을 비유하고 있는 거라면? 혹시 형이 그 사실을 알고 있던 거라면?

진지왕은 성민과 법민의 직계조상이다. 그리고 『삼국유사』에서 자신들의 행위와 유사한 예가 기록된 고사는 비형랑의 고사밖에 없다. 그렇다면? 오, 맙소사!

법민은 『삼국유사』를 펼치고 겐지가 갈무리한 모든 페이지를 훑었다. 과연 겐지는 자신의 행위와 적합한 고사를 모조리 찾고 있었다. 가족관계, 삼각관계, 성장관계, 정치적 적대관계, 지명 등 관련된 주석에는 전부 메모가 있었다.

"아, 아……. 그렇다면……."

5

"달무리가 심한 게 보름치*가 올지도 몰라요. 내일 올라가셔요."

유모가 뒤따라 나오면서 다시 졸랐다. 짙은 달무리가 머무는 선도산 봉우리에 큰 삿갓구름이 걸렸다. 보영은 들은 체도 하지 않고 숄을 걸쳤다.

"그러다 감기라도 걸리시면……."

"이제 몸은 괜찮아요. 정각에 도착하려면 서둘러야 해. 아님 정말 보름치를 만날라."

보영은 벌써 처마 밑까지 나갔다.

일주일 후면 성모사에서 연등법회가 있을 예정이다. 그녀는 김우조에게 미리 가 있겠다고 했다. 김우조는 시주할 쌀과 초를 지게에 지어 장정 두 명을 따라 올려보내려 했으나 보영은 군이 혼자 가겠다고 고집을 부렸다. 그녀는 고용인들이 밤에 이 고장을 돌아다니길 꺼려 한다는 것을 잘 알고 있었다.

보영은 성모사로 가기 전에 혼자 들를 데가 있었다. 예배당 거리로 가야 한다. 그곳에서 성시원을 만나기로 했다. 그녀는 가문의 저주를 누구보다 잘 알고 있었다. 처음에는 사랑하는 남자를 버려야 하는 것으로 저주가 끝나주기를 바랐다. 이제 무병이 낫고 신을 받은 이상 자신이 해야 할 일이 있다는 것을 알고 있었다. 그녀는 입술을 잘근 깨물었다. 원한을 끊어야 한다. 그것이 수영의 원한을 풀어주는 것이기도 했다.

---

* 음력 보름에 내리는 비나 눈

6

법민의 손이 부르르 떨렸다.

비형랑의 고사는 지영에게만 해당되는 것이 아니다. 그것은 보영에게도 해당되는 말이다. 그녀는 한때 자신과 연인이었지만 병이 없었다면 형과 결혼했어야 하는 사이다. 만약 도화녀가 될 만한 사람이 지영이 아니라 보영이라면?

법민은 시계를 봤다. 시침이 11시를 막 넘어섰다. 이미 하늘은 만월이었다. 창밖으로 보이는 매화가지에서 물이 뚝뚝 떨어졌다. 벌써 밤이슬이 맺히기 시작했다. 그는 서둘러 전화기를 들었다. 전선이 타는 전파음만 돌아갈 뿐 봉우당에서는 아무도 받지 않았다. 너무 늦었을까? 다시 신호가 갔다. 끼르륵, 끼르륵.

범철이를 불러 봉우당으로 보내볼까? 그러나 확실치 않은 일에 자신의 직감만으로 소란을 피우고 싶지 않았다. 그는 조급해하지 말자고 자신을 타이르며 다시 책을 펼쳤다.

당시 사람들이 이 글을 지었다.
성스러운 임금의 넋이 아들을 낳았으니
비형랑의 집이 바로 여기로세.
온갖 날뛰는 귀신들이여. 이곳에 함부로 머물지 마라.
민가에서는 이 글귀를 붙여 귀신들을 내쫓는다.

역시 겐지가 쳐놓은 밑줄은 비형랑의 집에 머물렀다.
"비형랑의 집이라……."

경주에서는 정월 보름에 집집마다 비형랑의 그림을 붙인다. 가는 붓으로 수염이 없는 남자를 그린 그림인데 수염이 없는 대신 얼굴 주위로 표창 같은 엉게나무가시를 그려 넣는다. 그림은 마치 가시관을 쓴 예수의 얼굴과 흡사했다.

사람들은 엄나무를 엉게나무라고 불렀다. 뾰족한 가시가 있는 엄나무는 귀신을 쫓는 나무다. 오류헌 뒷마당에도 엉게나무가 있었고 봉우당의 정문을 넘으면 보이는 것이 모두 엉게나무다.

설마?

7

1층은 조용했다. 목조마루는 꽤 넓고 길었다. 목욕탕으로 들어가는 입구 옆에는 큰 대나무 족자가 걸려 있고, 주인이 앉아 있던 긴 참나무 가림대 사이로는 사람 키보다 크고 굵은 남근 돌상 두 개가 서 있었다. 실내에는 어디선가 사미센이 흐르고 있었다.

성시원은 신발을 벗지 않은 채 요란하게 삐거덕거리는 목조계단을 조심조심 빠른 걸음으로 올랐다. 2층에는 좁고 긴 나무복도와 함께 얇은 후스마*로 된 객실문이 늘어섰다. 전보에 적힌 장소는 제일 끝방이었다. 문을 열자 가구가 없고 사면이 텅 빈 공간이 보였다.

어둠 속에 사내가 앉아 있었다.

사내 뒤로 장식용 기쓰네** 탈이 걸려 있었다. 창문의 맹장지 사이로 들어오는 희미한 빛 때문에 그 탈은 굵은 명암을 받고 부풀어 보였다.

---

* 후스마(ふすま): 맹장지로 바른 방을 나누는 문
** 일본 전통극인 노(能)를 할 때 배우가 쓰는 여우탈. 땡중, 개, 상인 등 여러 가지 탈이 있다.

복도에서 시계가 1시를 쳤다.

"당신은 화가요?"

성시원이 어둠속에 있는 남자의 정체를 물었다.

다리를 꼰 사내는 물음에 대답하지 않고 천천히 손을 위로 올려 자신의 뒤에 걸린 탈을 내려 썼다. 원숭이 가면이다.

"전보를 보낸 사람이 나란 것을 어떻게 알았습니까? 이름을 적어놓지 않았는데……."

굵고 낮은 목소리가 나무 가면을 통과하면서 이중으로 들렸다.

"역시, 당신이라 짐작했소."

"과연 기자답군요."

원숭이 가면은 장갑을 낀 손으로 탁자를 두드렸다. 톡톡거리는 소리가 방 안에 나직이 울렸다. 소매 속으로 언뜻언뜻 보이는 손목에서 누런 금속빛이 번쩍거렸다.

"왜 그런 짓을 한 거요?"

"고사대로 움직였을 뿐이오."

원숭이 가면은 발 앞에 던지듯 짧게 대답했다. 말할 때마다 목젖이 오르내렸다.

"이번엔 어디서 고사의 유희를 즐길 셈이오?"

"귀신이 노는 장소."

"뭐라고?"

"경주에 귀신이 돌아다니고 있으니 그 귀신이 좋아하는 장소가 가장 적당하지 않을까 생각하는데……."

원숭이 가면의 사내가 갑자기 꼬고 있던 다리를 풀었다.

성시원이 순식간에 리볼버를 뺐다.

"움직이지 마."

그는 긴장을 풀 수 없었다. 찰칵. 리볼버의 노리쇠를 당겼다. 하지만 이 총을 사용할 생각은 없었다. 저 자가 별다른 소동을 일으키지 않고 가만히 있어주길 바랬다. 성시원은 서둘러 그를 안심시켰다.

"딴생각 마시오. 곧 봉우당의 만신이 도착할 거요."

원숭이 가면은 애초부터 그럴 의도가 없었는지 커튼을 반쯤 열어 조용히 창밖을 내다보았다. 그의 움직임은 크고 부드러웠다. 달빛이 비스듬히 방 안을 비췄다. 그 빛에 가면을 쓴 사내의 턱이 드러났다. 굵은 하관은 마치 당당한 장군을 연상시켰다. 경주의 귀신 역할을 하기에 충분했다.

"봉우당과 우리 가문의 고리를 끊어주겠다는 당신의 제안이 무척 흥미롭더군." 귀신이 말했다.

"당신이 처했던 상황이 힘들었다는 것은 충분히 이해하오. 하지만 그동안…… 당신이 무슨 짓을 한 건지 알고나 있소? 당신이 원하는 것이 이 미라라면 당신에게 우선권을 주겠소. 대신 살인은 이제 그만 멈추시오."

성시원이 넌지시 흥정을 건넸다. 그러나 사내는 말이 없었다. 비스듬히 기운 어깨는 이미 그의 의도를 안다는 태도다. 이 자는 그동안 모든 사건을 꾸민 당사자이다. 봉우당처럼 어리석지 않을 거라는 건 성시원도 이미 예상했다. 성시원은 혹시나 했던 흥정을 깨끗이 포기하기로 했다. 그리고 서둘러 공정한 척 표정을 바꾸었다.

"좋습니다. 다 정리합시다. 난 취재만 하고 빠지겠소. 각간묘의 귀신을 불러내고 죽은 사람의 영혼도 불러내봅시다. 그걸 봉우당 만신의 몸으로 확인하시오. 각간묘의 귀신이 봉우당 사람한테 한풀이하는 것을 지켜보며 당신도 원을 푸시오. 그러기 싫다면 그 귀신한테 당신 아내에 대한 저주라도 비시오. 원한을 모두 정리하고 이 미라를 다시 제자리에 둡시다. 이제 이 미친 짓을 그만 하잔 말이오. 나야 어차피 살인의 증거는 다 확보해놨으니 기사만 쓰면 되오. 법민 씨와 당신 부인의 관계는 기사로 쓰지 않겠소."

사내는 말이 없었지만 성시원의 말을 다 듣고 있는 것 같았다. 그는 다시 커튼을 열었다. 그 사이로 맑은 달빛이 쏟아져 들어왔다. 사내는 성시원을 향해 천천히 두 손바닥을 내밀고 앉으라는 시늉을 했다. 하지만 그 동작은 더 먼 곳을 가리키는 것 같았다. 성시원은 서둘러 고개를 뒤로 돌렸다.

문 앞에 김보영이 서 있었다.

저 여자가 언제 왔지? 우리 얘기를 어디서부터 듣고 있었을까?

"언제 오셨오? 일단 저쪽으로 앉으세요."

성시원이 리볼버를 잡은 손으로 구석에 놓인 의자를 가리키는 순간이었다. 사내는 팔을 뻗어 조용히 커튼을 닫았다.

방이 다시 깜깜한 어둠에 휩싸였다.

—끽.

탁자가 바닥에 밀리는 소리가 나더니, 성시원은 명치에 말할 수 없는 충격을 느끼며 쓰러졌다.

추적

1

다시 커튼이 걷히자 방 안에 홍수 같은 달빛이 쏟아졌다. 그 빛들이 고여 허옇게 드러난 다다미에는 김보영과 성시원이 쓰러져 있었다.

사내는 가면을 벗어 벽에 걸었다. 그는 허리를 숙이고 바닥에 떨어진 성시원의 리볼버를 집어들었다. 총알이 여섯 발 들어 있었다. 그는 능숙한 손놀림으로 총알을 빼내 주머니에 넣고 총을 구석으로 던졌다.

탁자 위에는 성시원이 들고 온 가방이 놓여 있었다. 조용히 가방을 열었다. 둥근 물체가 붉은 비단에 쌓여 있었다.

사내는 의식을 치르는 제관처럼 경건하게 왼쪽 무릎을 꿇고 그것을 조심스럽게 꺼냈다. 비단을 묶은 끈을 풀자 내용물은 등나무 껍질을 갈아 만든 종이로 쌓여 있었다. 종이에 밴 시큼한 포르말린 냄새가 코를 스쳤다.

종이를 풀자 사람의 머리가 나왔다. 그는 한참을 바라보았다. 그러나 그의 표정은 점점 일그러지고 있었다. 그것은 그가 원한 것이 아니었다.

분을 참지 못하는 사내의 얼굴이 쏟아져 내리는 달빛에 훤하게 드러났다. 흡혈귀 같은 송곳니에서 침이 흘렀다. 금방이라도 튀어나올 듯 부풀어 오르는 두 눈은 자신의 분노를 고스란히 안으로 삭히고 있었다. 그것은 바로 짐승의 모습이었다. 마치 돼지고기를 얻지 못하는 아둑시니의 모습이다.

시간이 흐르는 소리가 들릴 만큼 조용한 밤이 흘렀다.

이윽고 사내가 자리에서 일어났다.

그리고 기절한 보영을 어깨에 둘러매고 방을 나가버렸다. 미라를 의자에 둔 채…….

2

동해바다는 짙은 먹을 갈아놓은 듯 어둠에 젖어 있었다. 달을 잡아먹은 안개는 순식간에 걷히고 순식간에 피었다.

하세가와 료와 우유키 에이사쿠는 어두운 바다를 향해 네 번 반복해서 신호를 보냈다. 멀리 소형 LST 구축함에서 빛이 보였다. 두 사람은 주위를 두리번거리다가 다시 같은 방식으로 신호를 보냈다. 엔진을 끈 선박에서 조용히 보트가 내려왔다. 보트는 하얀 물살을 퍼뜨리며 조용히 만으로 들어왔다. 세 명이 타고 있었다. 그들은 신속하게 보트를 모래사장까지 밀어올렸다.

보트에서 내린 남자가 모래사장에 놓인 나무상자를 가리키며 물었다.

"이것이 준비된 물건입니까?"

상자는 두꺼운 못으로 단단히 밀봉되어 있었다.

"장군께 미라는 아직 싣지 않았다고 전해주시오."

"그럼 이 속에 든 것은 무엇입니까?"

"신라 흥무왕의 초상과 그 비록(秘錄)이오."

"그럼『흥무기적』?"

"그렇소. 젖지 않아야 하오."

은행장이 검지를 치켜세우며 당부를 했다. 각반을 찬 군인은 처음에는 무척 놀란 눈치였지만 이내 이마에 주름이 늘어났다.

"장군께서 기다리시는 건 비록보다……."

"그 물건은 그분께서 직접 장군께 전달할 것이오. 이것도 큰 보물이니 조심해서 다루시오."

각반을 찬 남자는 당연하다는 듯 고개를 끄덕였다.

우유키 에이사쿠가 동그란 안경을 닦으면서 연신 젖지 말도록 당부했다. 그는 이 작은 배로 물건을 싣는 것이 무척 꺼림칙한 모양이었다. 다섯 명은 낑낑거리며 두 상자를 보트에 실었다. 상자의 무게 때문에 모래가 밀렸다. 두 병사가 보트를 물에 띄웠다. 가슴팍까지 보트가 떠올랐다.

"밀고 가실 겁니까?"

료가 물었다.

"밀고 가야겠지요."

각반을 찬 사내가 대답했다.

"그 초상화는 절대 물에 젖지 않도록 해야 합니다."

은행장은 다시 한번 조심하라는 주문을 했다.

"그런데 다나카와 쿄조는 안 왔습니까?"

"그 사람들은 내달 초에 부산에서 출발할 것이오."

은행장은 상자가 걱정되는 모양인지 결국 자신도 배에 오르겠다고 했다.

"걱정 마세요. 선박이 생각보다 가깝게 대기하고 있습니다. 4시간 뒤면 오사카 항에 도착할 수 있습니다."

각반을 찬 사내는 두 사람에게 인사를 하고 어둠 속으로 보트를 밀고 사라졌다. 료와 에이사쿠는 걱정스러운 눈으로 육지 쪽을 한동안 응시했다.

"저쪽 일은 잘 진행되고 있을까? 굴을 완벽하게 없애야 할 텐데."

"쿄조 씨가 제법 많은 일을 해놓았습니다. 오늘만 더 작업하면 마무리될 겁니다."

료가 모자를 쓰면서 은행장을 안심시켰다.

"인부들은?"

"마흔 명은 전라도로 옮겼고 광부 열다섯 명은 부산항에서 대기하고 있습니다."

"유키오와 구리하라는 어쩔 수 없다 하더라도 남은 인력은 모두 한꺼번에 출국시켜야 하네."

"네, 알고 있습니다. 어제 다나카 씨 가게를 인수하겠다는 사람이 나타났다더군요. 모든 문제가 다 해결된 듯합니다. 다른 사람들이야 언제든 떠날 수 있는 신분이니……."

"그나저나 미라를 꼭 찾아야 할 텐데."

"아마 지금쯤 확보했을 겁니다."

"저 보물들이 군부에 큰 영향을 줄 걸세."

은행장은 물질을 하며 사라지는 보트를 보며 중얼거렸다. 그 옆으로 문무왕을 감고 둥글게 똬리를 튼 검은 용이 푸른빛을 내며 어둠 속에 잔뜩 웅크리고 있었다. 대왕암에서 출발한 배는 불빛을 깜빡이더니 이내 수평선 너머로 사라졌다.

3

성시원이 몸을 일으켰다. 명치에 혈이 막힌 것인지 허리를 돌릴 수 없었다. 아주 긴 창이 몸을 관통한 것 같은 충격이었다. 원숭이탈을 쓴 사내는 이미 사라지고 없었다. 그리고 김보영도 없었다. 총을 찾았지만 눈에 들어오는 것은 바닥 한구석에 굴러다니는 미라였다. 그는 미라를 집어들었다.

왜 이걸 가져가지 않았을까?

구름 뒤로 숨었던 달이 나오자 다시 환한 빛이 방 안으로 비껴들었다. 성시원은 미라를 자세히 들여다보았다.

"맙소사, 그동안 왜 이걸 몰랐을까!"

이 미라는 각간묘의 미라가 아니었다. 포르말린 냄새가 밴 사형수 미라의 피부는 금방이라도 흘러내릴 것 같았다.

성시원은 비틀거리며 여관을 뛰쳐나가 골목길을 달렸다. 모퉁이에 세워둔 인력거에 부딪쳐 인력거가 우당탕 소리를 내며 쓰러졌다.

대체 김보영을 데리고 어디로 사라진 것일까? 어디지?

사내는 귀신이 노는 곳이라 했다.

귀신이 노는 장소, 그럴 만한 곳…….

귀신을 찾아낼 수 있는 수수께끼…….

성시원은 겐지가 필요했다. 그러면 이 모든 사실을 알 수 있을 것이다. 그때 성시원은 갑자기 머릿속에서 어떤 구절이 떠올랐다.

맙소사, 거기였군!

성시원은 서둘러 요릿집으로 들어갔다. '욕심 많은 바보'에는 여전히

국 끓는 냄새와 담배연기가 자욱했다.

성시원은 주인에게 닷 푼을 던지며 전화기를 들었다.

4

법민은 자신도 모르게 신음을 뱉었다.

가시밭, 엉게가시가 있을 만한 곳, 시신이 묻혀도 금방 파헤쳐질 곳, 비형랑의 집은 바로 삼거리 묘지를 두고 하는 말이었다. 그곳은 이미 폐쇄된 곳으로 다음 달에 개간공사에 들어갈 부지였다. 묘지 입구부터 유독 가시가 돋은 두릅 엉게나무 줄기가 많아서 사람들은 그 공동묘지를 개두릅지라고도 불렀다. 두릅과 엄나무는 습한 묘지에서 많이 자란다. 삼거리 묘지는 주인 없는 봉우당의 서얼, 고용인들이 주로 묻히는 공동묘지였다. 미처 베지 못한 늙은 소나무들이 하늘을 가릴 만큼 숲이 우거진 곳으로 질퍽하고 음산한 지역이다. 그런 곳이 바로 귀신이 노는 공간이다.

갑자기 담배가 간절했다. 그는 겐지가 항상 만지작거리던 파이프를 집어들고 서랍을 열어 담배 쌈이 든 나무상자를 꺼냈다. 비단으로 옷을 입힌 상자에는 영국에서 들여온 귀한 연초가 있었다. 법민은 상자를 열었다.

"헛!"

상자 속에는 가네샤의 황옥구슬이 들어 있었다.

"도난당한 구슬이 왜 여기에?"

그때였다.

—따르르릉.

적막을 깨고 전화벨이 울렸다.

"김법민 씨? 어서 겐지 씨를 바꾸시오!"

성시원의 다급한 목소리가 들렸다.

"무슨 일이오?"

"시간이 없소. 겐지 씨를 바꾸시오!"

"겐지는 이틀 전에 경성으로 떠났습니다."

"이런…… 지금쯤 돌아왔을 거라 생각했는데."

"무슨 일입니까?"

"지금 당장 삼거리 앞으로 나와주시오. 시간이 촉박하오. 당장!"

"자, 잠깐. 혹시 봉우당 보영이와 관련이 있습니까?"

"그녀가 위험하오."

5

법민은 시트로엥을 서천교 앞에 세우고 옆자리에 있는 랜턴을 뒷주머니에 꽂아넣었다. 정강이에 찬 쿠크리*가 단단하게 붙어 있는지도 확인했다. 법민은 전조등을 삼거리 묘지의 입구 쪽으로 비춘 채 일부러 시동을 끄지 않고 내렸다.

입구는 철조망으로 막혀 있지만 누군가 철사를 끊고 들어간 흔적이 있었다. 성시원이 이미 도착한 모양이었다. 엉게가시가 울타리를 따라 누렇게 색이 빠진 참수리나무, 소나무 가지와 얼기설기 섞여 있었다. 그는 벌어진 철조망을 통해 안으로 기어들어갔다. 썩은 낙엽 때문에 입구부터 지독한 냄새가 났다. 들어가서 조심스럽게 일어났다.

---

* 쿠크리(Kukri): 네팔의 고산지대에 거주하고 있는 부족 '구르카'의 곡선 모양의 칼. 열대 지방에서는 잎을 베고 길을 내기 위해 사용한다.

이곳은…….

법민은 랜턴을 잡고 있던 손을 부르르 떨었다. 이곳은 꿈에서 보았던 그곳이다. 모든 사람들이 숨어 있던, 수영의 귀신이 자신을 원망했던, 그리고 형을 만났던 바로 그 숲이었다.

하늘이 보이지 않을 만큼 나무가 빽빽했다. 골고사리, 주걱일엽, 숟갈일엽 등의 징그러운 정글초가 수북이 쌓인 땅은 눅눅했다. 마치 계낭*의 동굴 같았다. 숲 가운데로 수증기가 피어올랐다. 그곳이 바로 땅속의 열기를 밖으로 뿜어내는 지반의 숨골이었다. 그 습기들은 바위를 덮어 온 사방에 검은 이끼를 피워댔다.

법민은 랜턴을 앞으로 비추며 조심스럽게 오솔길을 따라 걸어갔다. 어둠 속으로 봉분과 썩은 낙엽, 사람의 근육같이 뿌리를 내린 나무가 어지럽게 엉켜 있었다. 구릉 한쪽 구석에 간이발전기와 커다란 굴삭기가 보였다. 발밑을 조심해야 했다. 군데군데 파묘해서 이장한 구덩이들은 썩은 낙엽 때문에 눈으로 구분하기 힘들었다.

그때, 100미터 앞에서 불빛이 비쳤다 사라졌다. 순식간이었다. 법민은 서둘러 랜턴을 끄고 큰 바위구릉으로 몸을 낮췄다. 바위 밑에 고여 있는 썩은 물 때문에 신발이 모두 젖었다.

저쪽에서는 누군가가 땅을 파고 있었다. 안개 너머로 불빛이 또 반짝하더니 흔들렸다. 등을 나무에 걸어두려는 것 같았다. 여러 명인가 했는데 자세히 보니 한 사람이다.

그때, 뒤에서 누군가가 법민의 어깨를 잡았다.

"으헉!"

법민은 반사적으로 종아리에 끼워둔 쿠크리를 꺼내 상대의 목을 겨

---

* 중국의 수신기(搜神記)에 나오는 아이 모습의 산도깨비. 산속 이세와 속세 사이의 동굴에서 누에고치 모양으로 태어난다.

넜다.

"어, 어……. 진정하세요."

어둠 속의 사내는 두 손바닥을 보이며 주춤거렸다. 가네모토였다.

"아니, 당신이 이곳을 어떻게……."

"이 칼부터 치우세요."

법민이 칼을 내렸다.

"보기보다 꽤 날렵하시군요."

가네모토가 목을 쓸면서 웃었다. 법민은 목소리를 낮추라는 시늉을
했다. 그는 순찰을 돌다가 삼거리 서천교 앞에서 시트로엥이 서 있는
것을 보고 이곳까지 왔다고 말했다.

"당신, 총 가지고 있지요?"

법민이 가네모토에게 물었다. 가네모토는 허리춤에서 베레타 M을 꺼
내 두 손으로 감싼 뒤 법민 옆으로 몸을 낮춰 앉았다.

법민이 저쪽 불빛을 가리켰다.

"당신은 저쪽 가문비나무 군락을 돌아 반대쪽 구릉을 넘어 불빛 쪽으
로 가세요. 난 이쪽 오솔길을 따라 바로 넘어갈 테니까……. 내가 위험
할지도 모르니 무슨 일이 생기면 날 엄호해야 합니다."

법민의 말에 가네모토는 고개를 끄덕이고 뒤로 사라졌다.

법민은 조용히 앞으로 나아갔다. 더 이상은 랜턴이 필요 없었지만
무기가 될 수 있으리라 생각하고 허리에 찼다. 오솔길을 벗어나 다시
구릉으로 갔다. 저쪽은 땅을 파는 일에 열중하여 그가 다가가는 소리를
듣지 못하는 것 같았다. 굵은 물오리나무와 백송이 있는 그루터기 앞에
서 상대의 얼굴을 본 법민은 외마디 신음을 했다.

그 사람은 바로 쿄조 타쿠야 교장이었다.

그는 겉옷을 나무에 걸어두고 흰 내복만 입은 채 열심히 땅을 파고

있었다. 등에서는 허연 김이 스멀스멀 피어났다. 땅에는 흰 헝겊으로 싸놓은 길쭉한 것이 놓여있었다.

'시체? 혹시 보영이가 당한 것일까?'

법민은 쿠크리를 빼들었다. 그때 무릎을 괴고 있던 나뭇가지가 부러졌다. 쿄조가 이쪽을 보았다. 이크! 법민은 반사적으로 고개를 숙여 언덕에 등을 대고 누웠다.

한동안 적막이 흘렀다.

날 알아챘을까? 가네모토는 언제 도착하는 걸까? 또 성시원은 어디쯤 있는 걸까? 법민은 홀로 침을 삼키며 초조하게 기다렸다.

한참 후 조용히 고개를 들었다.

이미 쿄조는 사리지고 없었다. 법민이 앞으로 달려가 주위를 두리번거렸다. 오솔길의 서쪽으로 쿄조로 보이는 남자가 도망가고 있었다. 왼쪽에서 가네모토의 것일 것 같은 급한 발소리가 들렸다.

"잡아요! 저쪽이에요!"

법민이 쿄조가 달려가는 방향으로 불빛을 비췄다. 하지만 가네모토는 나타나지 않았고 쿄조는 어둠 속으로 사라져버렸다.

법민은 쿄조가 파고 있던 구덩이로 다가갔다. 덮혀있던 흰 천을 걷어내자 엄청난 쇠꼬챙이가 나왔다. 마치 기병용 기창(旗槍) 같았다. 대부분 녹슨 것인데 천막을 칠 때 세워두는 침보다 훨씬 길었다. 그는 이 쇠꼬챙이들을 급하게 땅속에 묻을 생각인 것 같았다.

그때 굴참나무 너머 왼쪽 언덕에서 발소리가 들리며 한 사내가 다급하게 외치는 소리가 났다. 소리는 메아리처럼 나무들 사이를 비껴갔다. 법민에게는 그 소리가 '멈춰'인지 '죽여'인지 확실하게 들리지 않았다. 성시원인가? 가네모토일지도 모른다. 왼쪽 오솔길에서 또 다른 그림자가 쿄조와 가네모토가 사라진 쪽으로 달려가고 있었다. 이 숲에는 확실히 누가 더 있었다. 법민은 그가 김성민이 아니길 바랐다. 법민도 달렸다. 하지만 구덩이를 조심하고 엉게가시를 피하느라 마음만큼 속도를 내지 못했다.

갑자기, 어릴 적 따먹던 말오줌나무가 시야에 들어오더니 심장이 배꼽 아래로 쳐지는 느낌과 함께 주위가 컴컴해졌다.

얼마 동안 정신을 잃었을까?

—탕, 탕.

멀리서 총 소리가 들렸다.

눈을 뜨자 낙엽 썩는 냄새가 올라왔다. 등 뒤로 야트막한 언덕이 보였다. 거기서 그는 굵은 개살구나무 뿌리에 발이 걸려 언덕 아래로 구른 것이다. 광대뼈가 아렸다. 이마를 찡그리며 얼굴에 박힌 딱딱한 것을 뗐다. 그것은 개의 썩은 어금니였다. 다행히 눈을 찔리지 않았지만 오른쪽 볼이 심하게 부풀고 있었다.

그는 절뚝거리며 선도산 북동 자락으로 걸었다. 앞에 보이는 저 능선을 넘으면 바로 오류헌 뒷마당이고, 왼쪽으로 올라가면 성모사로 가는 절벽이 시작된다.

나무 사이로 보이는 하늘은 그 순간에도 수십 번씩 색을 바꾸었다. 구름이 서서히 걷히고 보름달이 그 모습을 드러냈다.

—탕, 탕.

총소리가 또 울렸다. 언덕에서 아래를 내려 보자 암반에 드러난 기슭 어귀로 커다란 동굴이 보였다. 동굴 입구에서 한 사내가 쓰러진 사람의 등을 향해 총을 쏘고 있었다. 총알이 박힐 때마다 누워 있는 몸이 심하게 털썩거렸다. 사내는 곧바로 동굴 안으로 들어가버렸다.

법민이 절뚝거리며 다가갔다. 당한 쪽은 가네모토였다.

가네모토 등에는 총상과 함께 곡괭이날도 박혀 있다. 옆에는 다나카

쑨페이도 누워 있었다. 다나카의 옆구리도 온통 피범벅이었다. 그는 가네모토가 쏜 총을 맞고 즉사한 것 같았다. 조금 전 반대쪽 오솔길에서 쿄조를 따라 움직였던 그림자는 다나카였던 모양이다. 법민은 침착하게 가네모토의 주머니에서 베레타를 빼내들고 동굴로 들어갔다.

동굴은 내리막이었다.

걸어갈수록 경사가 급했고 천장이 낮았다. 멀리서 희미하게 발소리가 들렸다. 쿄조다. 소리의 울림으로 볼 때 자신과 비슷한 속도로 나아가고 있었다. 바닥에는 레일을 설치하기 위해 군데군데 굵은 홈을 파놓았는데 그 홈 사이로 검은 등유가 흘러내렸다.

어느 정도 내려가자 바닥은 다시 평지가 되었다. 90도로 꺾인 모퉁이를 돌자 불이 꺼진 작은 전구가 바닥에 놓여 있었다. 만져보니 따뜻했다. 방금까지 켜놓았던 게 틀림없었다. 손잡이를 돌려보자 불이 들어왔다. 전구에 연결된 전선은 저 어둠 속으로 길게 뻗어 있었다.

'동굴이 아니고 땅굴이군. 이게 어디까지 연결된 것일까?'

그는 선도산 아래에 이런 동굴이 있다는 얘길 들어본 적이 없었다. 이것은 인위적으로 만든 굴이 틀림없었다. 머릿속에서 가장 어지럽게 맴도는 것이 자신이 나아가고 있는 방향이었다. 방향이 북동쪽인지 남서쪽인지 가늠할 수 없었다. 남서쪽이라면 이 굴은 유곡채를 지나 마을 아래를 지날 것이며 북동쪽이라면 선도산 중심부를 통과하게 된다.

바닥에는 30미터 간격으로 발전기와 전구가 이어진 전선이 깔려 있었다. 그 발전기 옆에는 원통형 쇠통이 몇 개씩 적재되어 있었다. 아마도 발전기를 돌리기 위한 기름을 밀봉해둔 통 같았다. 법민은 만나는 전구마다 불을 밝혔다.

얼마쯤 갔을까? 땅을 더듬어 전구에 불을 켜자 이상한 것이 보였다. 세워둔 수십 기의 깃발이었다. 뒤주 크기의 큰 검은 상자 두 개와 큰 목관도 있었다. 뒤주 안에는 갑옷과 투구, 칼 들이 들어 있었다.

'봉우당의 무구(巫具)인가?'

이 물건들은 도굴된 것이 아니었다. 요즘 무당이 사용하는, 각뿔과 술이 많은 상모를 심은 붉은 에나멜 투구들이었다. 다른 한 상자에는 쇄자갑*과 두석린** 등의 비늘갑주들이 차곡차곡 개켜 있고 그 위로 무쇠로 된 상박갑***과 굉갑****들이 포개져 있었다. 불빛에 두석(豆錫)이 마치 플린트 선장의 보물처럼 반짝반짝 빛났다.

그리고 그곳에서 이상한 냄새가 났다. 냄새의 진원지는 썩은 목관이었다. 못이 박혀 있지 않았지만 양 끝으로 굵은 밧줄이 두껍게 감겨 있었다. 땅에 묻을 준비가 끝난 관 같았다. 관 속을 확인해볼 것인지 말 것인지 잠시 고민하던 법민은 조심스럽게 밧줄을 끊고 관을 열었다. 그러자 믿을 수 없는 일이 벌어졌다.

관 속에는 창백한 소우가 누워 있었다.

소우는 기다렸다는 듯이 힘없이 눈을 떴다.

"……자네가 올 줄 몰랐는데……."

법민이 그를 일으켜 앉혔다. 외형상 다친 데는 없어 보였다. 하지만 다리에서 지독한 냄새가 났다.

"샤론이 올 줄 알았는데……."

"그는 죽었습니다."

"그렇군. 그동안 많이 죽어나갔군."

쿨럭, 쿨럭. 그가 마른기침을 했다. 그럴 때마다 가슴이 파도처럼 넘

---

* 쇠로 만든 갑옷 두루마기
** 용린갑이라고도 한다. 천에 고기 비늘처럼 만든 동을 이어 붙여 만든 갑주
*** 어깨를 보호하는 철갑. 초기 가야, 삼국시대, 일본의 야마토 시대에 무인들이 둘렀다.
**** 정강이부터 무릎까지, 팔목에서 팔꿈치까지 보호하기 위해 두른 철갑

실거리다 탁, 탁 막혔다. 소우는 겨우 침을 삼키며 고통스러운 기침을 가라앉혔다. 소우의 고개는 법민이 어깨로 받쳤지만 자꾸 뒤로 넘어가려 했다. 그때마다 입이 벌어졌다.

"혹시 모르핀 가진 거 있소?"

"모르핀?"

"모르핀이 있으면 좋겠는데……."

소우는 법민을 똑바로 보지 못했다. 시력을 거의 잃은 것 같았다. 그는 멍하니 허공을 바라보며 알아들을 수 없는 말들을 중얼거렸다.

"그들은 더 이상 이 굴을 파지 않아. 미라가 각간묘의 주인임을 증명했거든."

"무슨 소립니까?"

제정신이 아닌 것 같았다.

"그들에게 각간묘가 중요한 이유는 마을 사람들의 의식 속에 존재하는 집단적 주술의 힘이 컸기 때문이지. 총독부는 그 무덤을 제거하고 싶어했지만 나는 그러고 싶지 않았어. 이런 봉분은 일본에서도 드물게 존재하는 희귀한 유물이거든. 흐흐흐."

그는 마르고 탁한 기침을 한차례 해댔다.

"여기서 날 데리고 나갈 생각은 마시오. 내가 이곳에 갇힌 게 언제부터인지 모르겠어. 이 두 다리는 완전히 썩었소. 허벅지에 남은 신경도 거의 죽어버렸어. 살아 있는 놈들도 가끔씩 따끔거리다 말지. 이보시오, 유곡채의 차남. 내 말 잘 들으시오. 시간이 없소. 당신은 내가 만난 유곡채의 장남과 생각이 다르지 않을 거라 믿소."

법민은 예상치 못한 소우의 말에 울컥했다.

병장기를 든 무사

1

"적어도 학자는 그래서는 안 되지. 배가 고파 남의 집에 들어갔다면 조용히 밥만 먹고 나오면 될 일이지, 불까지 지를 일은 없잖소? 하지만 그들은 그렇지 않았어. 나는 그것들을 보면서 학술은 학술로 지켜야 한다는 입장이었소. 그게 곧 당신들의 봉분을 지키는 일이었거든. 그런데 혹시 모르핀 좀 가진 거 있소?"

소우는 계속 마약을 찾았다.

"유곡채의 장남을 만났다는 게 무슨 말이오? 형은 어디에 있소?"

"당신 아버지를 처음 만난 곳은 경성이었소. 나는 첫눈에 그분을 존경했지. 그는 쓸모없이 자살이나 하는 형식적인 관료가 아니었거든. 조선은 당신 부친 같은 이가 많아야 독립이 가능하오. (소우는 생각을 정리하려는 듯 잠시 멍하니 천장을 보았다.) 김치록 대감과 김성민은 나한테 〈조선연맹〉의 남선(南鮮) 지역을 맡고 있다는 김충기라는 인물을 소개했소. 샤론이 바로 그요. 그는 당신 형을 충실히 보필했지. 어느 날 샤론이 박물관으로 와서 김성민의 전갈을 주더군. 그는 나에게 총독부가 봉우마을 고분을 훼손하려는 사업을 막아달라고 부탁했소. 대신 일본인이 그것을 학술적으로 연구하는 것에는 지원을 아끼지 않겠다는 입장을 분명히 했지. 발굴권을 이양하겠다는 제안도 했고. 단, 과정이 정당해야 한다는 조건으로 말이오. 유곡채의 제관은 총독부의 분묘 파괴 정책을 막고 싶어했소. 그래서 정치적이지 못한 나를 찾아온 것인지도 모르지. 어쨌든 나는 학자적 양심을 걸고 그들의 제안에 응했소. 불편하군. 좀 일으켜 주시오."

법민이 소우를 일으켜주었다. 그러나 그는 제대로 앉지 못했다.

"서악서원의 단독 발굴은 유곡채의 지원으로 그렇게 시작된 것이오. 당신이 조선으로 오기 전까지 그 작업은 잘 진행되고 있었소. 다시 말하지만 나는 각간묘를 건드리고 싶지 않았소. 그것은 그것 자체로 살아 있는 혼이었기 때문이오. 서악서원에서 김인문의 묘만 고증되면 각간묘나 무열왕릉은 해체되지 않고 살아남게 되지. 도쿠다 학장도 내 심정을 이해했소. 도쿠다나 나는 각간묘가 김인문의 무덤이 아니라 김유신의 무덤이라는 확신이 있었소. 그때까지도 총독부의 압력은 내 선에서 충분히 막을 수 있었는데……."

그는 한동안 고통스런 기침을 해댔다.

"난 애초부터 보적회가 그 일을 꾸밀 줄 알았소."

"보적회?"

"그들은 유물을 밀반출하여 수익을 창출하는 사람들이 아니야. 그들은 지맥의 혈을 끊는 사업을 수행하는 사람들이지."

"혈을 끊는 사업?"

"보적회는 모두 지질학과 풍수학 소양이 높은 사람들로 구성되었소. 봉우당은 거기에 대하여 할 말이 없지. 그 거친 들판에 자신들이 신물이라 여긴다는 선조의 무덤을 2년 이상이나 방치했으니. 봉우당의 각간묘를 지키려 한 것은 오히려 당신 부친이었소. 김유신의 유령이 후손들을 벌해야 했다면 당연히 봉우당이 첫 번째여야 하오. 그 즈음 미라가 출토되자 조선인들이 가질 심적 동요를 우려한 보적회는 각간묘와 무열왕릉에 대한 공작을 착수했소."

소우는 잠시 숨을 돌렸다.

"김치록 대감이 뒷돈을 대주는 〈조선연맹〉은 일제의 풍수사업을 저지하기 위해 발족한 비밀단체요. 김성민은 보적회가 총독부의 지령을 받고 조직적으로 땅에 뜸을 뜬다는 정보를 정기적으로 나한테 보내주었소. 김충기는 보적회의 활동을 감시하여 〈조선연맹〉에 정보를 보낸다고 했지. 아…… 약이 필요한데……."

"보적회의 구성원들을 모두 알고 있습니까?"

"〈조선연맹〉의 자료에 따르면 보적회를 포함하여 풍수위해를 가하러 경상도 지방에 내려온 일본인이 108명이나 된다고 했소. 나는 유키오가 보적회에 발굴정보를 제공하고 있다는 것도 짐작하고 있었소. 하지만 유키오 외에 조직원들을 파악하기란 쉽지 않았지……. 으, 유키오는 똑똑했지만 어리석은 녀석이었지."

"유키오와 또 누가 그 일에 가담했습니까?"

소우는 그 질문을 이해를 한 것인지 못한 것인지 제소리만 내뱉었다.

"그들은 강령을 두어 조선유물을 불법적으로 취해 문제를 일으키는 것을 막고 있었소. 보적회도 올바른 집단이 아니어서 행동강령에 어긋나는 사욕을 취하는 인물이 유키오 말고 몇 명 더 있었소."

"그렇다면 당신은 몰래 보적회를 견제하고 있었단 말입니까?"

"유곡채의 제관과 성모사 주지와 내가 그런 역할을 했지. 성모사 정우선사가 나한테 보적회의 비밀지도를 넘겨준 인물이오. 비단 넉 장에 조선지맥을 정교하게 표시한 지도였소. 그것을 어떻게 구했는지는 말하지 않았소. 우리는 틈만 나면 선도산에 올라가 보적회가 박아놓은 쇠침을 제거했소."

"보적회는 왜 이 굴을 파고 있는 겁니까?"

"각간묘와 무열왕릉의 혈을 끊기 위해서. 그러나 재앙이 돈다는 소문만으로 마을 사람들을 집안에 가둬놓고 무덤을 훼손하기에는 위험부담이 컸어. 그것들은 마을과 너무도 가깝게 있거든. 그래서 이렇게 땅에 굴을 파서 접근한 거요……. 그들은 내가 각간묘를 파헤치겠다고 소문을 내자 그게 겁났던 거요. 각간묘가 헐리면 자신들이 판 이 굴이 만천하에 드러나게 될 테니까."

소우의 눈이 점점 초점을 잃어갔다. 법민이 그의 머리를 흔들자 소우가 다시 정신을 차렸다.

"이상한 말을 들었지. 당신 형이 나한테 화실에 동생 아내의 시체가 있다는 말을 하더군. 그는 기품 있는 신사였소. 난 조선에서 그만큼 철학과 예술과 역사에 해박한 지식을 가진 자를 보지 못했소. 하지만 그때만은 아니었소. 그는 그녀가 왜 화실에서 죽어 있는지 기억하지 못했소. 자신이 기억하는 것은 오직 낮에 아내가 주는 약을 먹고 잠든 것뿐이라 했소. 당신이 귀국한 뒤로 그녀는 유독 잠자는 약을 많이 준다더군. 아마 병이 재발했던 것 같소."

"오, 하느님!"

법민이 울먹였다.

"그는 시신의 상처에 아교를 발라 침대 밑에 넣어두었다고 했었소. 시신에서 나는 냄새를 감추기 위해 밤에도 불을 때지 않았소. 하지만 날이 갈수록 점점 기운을 차리기 힘들어진다고 하더군. 나는 일단 그를 돌려보내고 다음날 다시 만나 논의하자고 했지."

"그 이후는?"

소우의 입에 피가 가득 고였다. 몸은 이미 엉망으로 썩어가는 듯했다. 소우는 그 피를 도로 삼켰다.

"분명 당신 아내는 그들한테 죽임을 당했을 거야. 주지와 그녀는 그들이 선도산을 돌아다니고 있는 것을 몇 차례나 목격했거든. 나도 이 사태를 어떻게 처리해야 할지 머리가 복잡했지. 일단 목 없는 시신을 방부처리해서 박물관의 지하실로 옮겨볼까 생각하던 중, 다음날 유곡채에서 불이 났고 동시에 유곡채의 장남도 사라졌소."

법민의 얼굴은 눈물로 엉켜있었다. 부은 눈과 왼쪽 광대뼈가 불빛에 번들거렸다.

"유곡채의 장남은 이미 죽었을 거요. 난 그가 죽었단 것을 직감으로 알 수 있어."

법민은 흐느끼던 것을 겨우 멈췄다.

"이곳에 올 때 쿄조를 보았소."

"그는 악마요. 아주 잔인하고 상당히 해박한……."

갑자기 소우의 동공이 커졌다. 그는 법민의 어깨 너머로 누군가를 보고 있었다. 법민이 뒤를 돌아보는 순간, 머리에 강한 충격을 받고 소우 앞으로 꼬꾸라졌다. 썩은 냄새가 피어오르는 소우의 가슴 위로 법민의 코피가 터졌다. 어렴풋이 보이는 그의 그림자는 어깨가 넓었다. 쿄조인가? 사내는 굵은 쇠갑을 찬 팔뚝으로 법민의 왼쪽 머리를 세 번 더 내리쳤다. 법민은 밀려오는 통증에 의식을 잃었다.

2

한기를 느끼며 깨어난 법민은 중심을 잡기 힘들었다. 뒷머리에 아무런 감각이 없다. 후두동맥이 터졌는지 코피가 좀처럼 멈추지 않았다. 그는 머리를 부여잡고 상체를 일으켰다. 관을 들여다본 법민은 충격을 받고 도로 주저앉아 버렸다.

소우의 머리가 잘려 있었다. 아니, 머리뿐만 아니라 몸이 다섯 군데로 토막 나 있었다. 나무관은 마치 가라앉은 배처럼 피가 고였다.

"하느님, 맙소사……."

이것은 혜통의 고사다.

『삼국유사』〈혜통항룡〉조! 혜통이 수달을 죽이고 시체를 버렸고, 이튿날 그 자리에 와보니 수달의 시체가 없었다. 핏자국을 따라가니 수달의 동굴까지 이어졌다. 동굴 속에는 죽은 수달이 새끼 다섯 마리를 안고 있었다.

카와이 소우는 수달로 불렸다. 그렇다면 다섯 토막으로 나뉜 소우도 어김없이 고사의 유래에 따라 죽은 것이다.

쿄조, 그 개자식을 잡아야 한다.

법민은 몸을 일으켰다. 안쪽으로 들어가자 공간이 넓어지며 땅굴이 두 갈래로 갈라졌다. 오른쪽 통로로 아스라이 빛이 보였다. 왼쪽 통로는 칠흑처럼 새카만 어둠이다. 발전기 전선들이 모두 오른쪽 통로로 이어지고 있었다. 갑자기 왼쪽 터널에서 바람이 새는 소리가 들렸다. 베레타의 노리쇠를 풀고 조심스럽게 그쪽으로 몸을 돌렸다. 눈 주변부가 부어올라 이제 아무것도 보이지 않았다. 조심히 손을 더듬으며 어둠 속으로 들어갔다. 지나온 터널보다 더 좁고 잔돌이 많았다. 어스름에 희뿌연 것이 보였다. 한쪽 눈을 크게 뜨고 뚫어지게 보았다. 거기에는 흰 여우털 코트를 걸친 여인이 쓰러져 있었다. 보영이었다. 보영은 두 손이 묶인 채 모로 누워 있었다. 폭이 좁고 옷감이 두꺼운 치마는 온통 흙투성이다. 법민은 보영의 맥을 짚었다. 미세하게 숨을 쉬고 있었다. 서둘러

두 손을 묶어놓은 밧줄을 풀었다. 이 줄은 유곡채의 창고에 보관하던 줄이었다.

철컥.

그때 누군가가 뒤로 다가와 바닥에 놓아둔 베레타를 집어들었다. 시큼한 땀냄새가 코끝을 스쳤다. 법민은 다시 머리를 얻어맞고 보영의 가슴팍으로 엎어졌다.

—탕, 탕.

사내는 주저 없이 법민의 등을 향해 총을 쏘았다.

베레타가 반동할 때마다 주위가 환해졌다. 동굴 안으로 쿄조의 얼굴이 번개처럼 나타났다 사라졌다. 잇몸을 드러낸 그의 얼굴은 광기에 젖은 자칼 같았다. 그리고 자리를 떠났다.

화약 냄새가 섞인 공기가 엎어진 두 사람 위로 천천히 가라앉았다.

법민은 눈을 떴다. 총을 다룰 줄 모르는가. 하긴 선생이라고 했지. 쿄조가 쏜 총알은 교묘하게도 엎어진 법민의 겨드랑이 사이에 박혔다. 그는 놀란 가슴을 추스르며 보영을 일으켰다. 그런데 이곳의 벽이 이상했다. 법민이 손으로 쓸어보았다. 시멘트 같았다. 그것은 흙벽에 반쯤 드러나 있는 회칠한 석관이었다.

'이 자리는 다시 메운 각간묘의 구덩이구나.'

그들은 벌써 이 구덩이 아래까지 굴을 파놓았던 것이다. 지난 겨울, 운전사가 밟은 땅이 내려앉은 이유도 다 이 땅굴 때문이었군. 소우는 각간묘 아래까지 굴이 뚫렸다고 했다. 한쪽 귀퉁이에는 흙에 반쯤 덮인 검은 가방이 보였다. 언젠가 소우의 집무실에서 본 왕진가방이었다. 소우도 이곳까지 왔다가 당한 것이 분명했다.

법민은 보영을 업고 다시 갈림길로 나가 마른 바닥에 눕혔다. 자신의 얼굴을 만져봤다. 얼굴 오른쪽 전체가 복어처럼 부풀어올라 있었다.

그때 오른쪽 터널에서 톱날이 도는 소리가 시끄럽게 들렸다. 그 소리는 고막을 찢을 만큼 컸다. 모터가 돌아가는 소리, 기계가 땅을 뚫는 소리, 톱날로 쇠를 깎아내는 소리였다. 아니다. 끼리릭거리는 고음의 소리, 그것은 귀신이 우는 거북한 소리였다.

아, 아!

이것은 바로 각간묘 근방에서 들렸던 그 소리가 아니던가. 귀신이 출몰할 때마다 들리던 알 수 없는 이 소리는 바로 굴삭기로 굴을 파던 소리였다. 법민은 총알을 확인했다. 두 발이 남아 있었다.

서둘러 오른쪽 동굴로 들어갔다.

주위에는 아무도 없었다. 큰 굴삭기가 있는 지점의 천장으로 사람 하나가 드나들 만한 구멍이 있었고 그곳에서 찬바람이 불어왔다. 쿄조가 천장을 뚫고 사다리를 이어 밖으로 도망간 것이 틀림없었다.

법민도 밖으로 나왔다. 짐작한 대로 무열왕릉과 거북 석물 사이의 구릉이었다. 늙고 굵은 소나무가 시야에 어지럽게 들어왔고 커다란 봉분이 산처럼 선도산을 향해 넘실거렸다. 허연 거북 석물이 보였다. 건너편에서 달빛을 받고 있는 각간묘는 묘한 푸른빛을 띠고 있었다. 이 오른쪽 터널은 무열왕릉을 관통하기 위해 뚫은 것이다.

그, 그렇다면…….

장승이 이동한 것도 설명이 된다. 삼거리에 있던 장승이 이동한 경로는 이 땅굴이 진행한 방향과 일치했다. 장승은 땅속에서 작업한 위치를 땅 위에서 확인하기 위한 표식이었다. 도로를 따라 움직인 것도 이해가 갔다. 그들이 비형랑의 집에서 각간묘까지 최단거리로 작업하지 못하고 우회해서 도로가 난 방향으로 동굴을 판 것은 민가에 미칠 소음을 줄이기 위해서였다. 땅굴이 비형랑의 집에서 남쪽으로 1킬로미터 정도 내려온 이후부터 줄곧 도로를 따라 각간묘로 진행했다는 점이 그것을 증명해준다. 스님의 말이 떠올랐다. 성모제 날 밤, 스님은 장승의 이동 방향이 지표가 될 것이라 했다. 스님은 알고 있었다. 그런데?

'아…… 그래, 그것 때문이었어.'

법민은 그날 성모사를 내려오면서 느꼈던 영문 모를 그 이상함이 무엇인지 그제야 깨달았다. 밀짚모자를 쓴 스님에게 짙은 머리카락이 있었던 것이다. 그는 성모사 주지가 아니었다.

쿄조를 잡아야 한다. 그는 유곡채 방향으로 달렸다.

담벼락과 지붕들이 보였다. 마을 사람들은 이 시간에 돌아다니지 않는다. 마을에는 불빛도 없었다. 김유신의 신장(神將)들이 마을을 돌아다닌다는 소문 때문이다. 법민은 이 마을에 오롯이 살아 있는 사람은 자신뿐인 것 같았다.

골목 담벼락 사이로 쿄조가 뛰어가는 모습이 보였다. 국밥집을 지나고 모퉁이를 돌아 사라졌다. 법민은 담벼락을 타넘고 질러가려다 포기하고 모퉁이를 돌았다.

그 순간, 그는 머리에 또다시 엄청난 충격을 받고 쓰러졌다.

겐지였다. 그는 골목을 돌아 달려오고 있었다. 겐지와 법민은 서로 두 폭 정도 튕겨 쓰러졌다.

"이보게, 법민. 괜찮은가?"

겐지가 일어나며 쓰러진 법민을 부축했다.

3

그 시각, 박영래는 다시 수화기를 들었다.

축시부터 통화를 시도했지만 심해관에서는 전화를 받지 않았다. 심해관은 경성의 고급관료들이 묵는 최고급 숙박업소였다. 이런 개인 사설기관은 종종 전화선이 끊길 때가 있었다.

구리선이 터지면서 낑낑거리는 소리가 수화기 너머로 들렸다. 교환수에게 총독부 참사관의 등록번호를 대고 연결해달라고 말했다. 교환수는 박영래의 말이 끝나기도 전에 신호를 넘겨버렸다. 하긴, 그럴 만도 하다. 시간은 벌써 3시가 넘어가고 있었다. 그가 저녁 내내 이 불친절한 교환수에게 번호를 요청한 것만 해도 스무 번은 넘었을 것이다.

박영래는 성시원의 그런 모습을 처음 보았다. 그 전보를 읽고 그토록 상기된 모습을 보이다니. 그는 축시가 될 때까지 자신이 돌아오지 않으면 겐지를 찾으라고 당부하고 떠났다.

수화기 저쪽에서 졸린 사내의 목소리가 나왔다.

"참사관실에 내방 중인 고지마 겐지 씨한테 급한 전갈이 있습니다."

"지금이 몇 신 줄 아오?"

사내는 짜증 섞인 소리로 반문했다. 두 시간 내내 낑낑거리는 구리선 소리를 듣고 있었던 박영래도 만만찮게 화가 올라왔다.

"그래, 몇 시요?"

"이 양반이, 이 시간에 그것 물어보려고 전화한 거요?"

"몇 시인 줄은 모르겠지만 이 시간에 총독부 숙직실에 전화를 걸 정도로 사정이 급하다는 것은 압니다."

그쪽에서는 박영래의 호통에 잠시 침묵하다 수화기를 책상에 놓는 소리가 났다. 한참 뒤 사내는 수화기를 들고 숨소리를 냈다.

"이름이 뭐랬소?"

"고지마 겐지. 빨리 연결해주시오."

뒤적거리는 소리와 함께 다시 침묵이 흘렀다. 이윽고 수화기 너머로 퉁명스런 목소리가 들렸다.

"그런 사람 없소."

"그런 사람 없다니? 일본 문부성에서 신원을 확인한 고지마 겐지란 인물이오. 총독부 서장고에 도서를 열람한 흔적이 있을 거요."

상대는 짜증 섞인 한숨을 쉬며 말했다.

"지금 참사관에서 발급한 방문증 수령 명단을 확인하고 있는데 그런 사람은 여기 온 적이 없소. 총독 방문증이 없으면 그 어떤 외부인도 이곳에 들어올 수 없소이다."

4

"정신 차려, 법민. 괜찮나?"

법민의 오른쪽 뺨은 눈과 볼이 분간할 수 없을 만큼 부어올랐다. 겐지가 법민의 얼굴을 두 손으로 감싸며 소리 질렀다.

"자네 얼굴이…… 맙소사!"

밤사이 법민은 머리에 너무 많은 충격을 받았다. 왼쪽 측두골에서 상상할 수 없는 통증이 몰려왔다. 귀청이 떨어질 듯 요란했던 굴삭기 소리를 들었을 때부터 본격적으로 밀려온 통증이었다. 코피가 다시 흘렀다. 이미 시신경이 마비되었는지 앞이 보이지 않았다. 땀에 젖은 법민의 흰 머리카락은 물벼락을 맞은 것 같았다. 그는 자꾸 바닥으로 쳐지려 했다.

겐지가 그를 안아 일으켰다. 그 바람에 겐지의 어깨에 법민의 침과 피가 흥건히 묻었다. 겐지의 옷에서 묘한 냄새가 났다. 법민은 여의치 않는 힘으로 겐지의 어깨에서 얼굴을 떼고 자꾸 그를 보려 했다.

그때 굉장한 파열음이 들리면서 무열왕릉이 있던 구릉 쪽에서부터 땅이 흔들렸다.

—우르르릉.

이게 무슨 소리지? 지진? 법민이 겐지의 굵은 팔을 움켜잡았다. 땅이
계속해서 흔들렸다. 소나무가 춤을 춘다. 다섯 기 큰 봉분들도 천년만년
신이 난 듯 움직였다. 무열왕릉 옆 4호 봉분이 특히 심하게 흘러내렸다.
담벼락에서 흙이 떨어지며 무너져내렸고, 소나무가 하나씩 쓰러졌다.
기우소가 뒤틀리며 내려앉았다. 일본인들이 덮어놓은 구덩이에서 흙이
튀어 올라왔다. 무열왕릉의 거북이도 흔들렸다. 소나무가 땅으로 빨려
들어갔다. 그러나 웬일인지 푸른 각간묘만은 꿈적도 하지 않았다. 지축
이 몸서리를 치듯 마을 주변을 울렸다. 마을 사람들은 아는지 모르는지
아무도 밖으로 나오지 않았다. 땅이 무너지는 소리에도 마을은 쥐 죽은
듯 어둡고 고요했다.

구름을 벗어난 보름달은 여우의 혀처럼 새빨갛게 변했다.

땅굴이 무너지고 있는 것일까? 법민은 정신을 잃지 않으려 노력했다.

전선, 발전기, 땅굴, 원통형 쇠통······.

"그······ 그렇다면."

둥근 쇠통? 기름을 넣어둔 통이 아니었나? 오, 젠장. 그것은 TNT를
담아둔 다이너마이트였구나. 전선은 발전기에 연결된 것이 아니고 폭
탄을 이어둔 것이었다. 그랬다. 이 지진은 인간이 만든 것이다. 쿄조가
그것들을 폭파시킨 것이 분명했다.

천년의 무덤이 무너진다. 그리고 저 아래에는 보영이가 누워 있었다.

아, 아······.

법민은 주저앉았다.

삼거리 쪽 산업도로가 내려앉으며 지반을 쪼갰다. 마지막 포성이 들
리고, 비틀거리던 두 사람은 겨우 중심을 잡았다. 으르렁거리던 진동이

사라지자 법민은 겐지에게 기댔다.

"아, 아. 겐지…… 겐지."

그는 겐지를 부둥켜안고 마구 울었다. 코피가 입속으로 계속 흘러들었다.

아무도 나오지 않는구나. 귀신이 무서운가? 그렇게 귀신이 무서운가? 마을 사람들이 원망스러웠다. 떨고 있는 조선인들은 그렇게 자신의 땅을 잃어가고 있었다.

겐지가 법민을 진정시키며 그와 떨어졌다. 그런데 그의 손이 무척 차가웠다. 법민은 부어오른 눈으로 힘겹게 겐지의 얼굴을 바라봤다. 그가 입고 있는 옷차림이 이상했다. 그는 팔뚝에 굉장히 굵은 꿩갑을 차고 있었다.

꿩갑. 그가 왜 장군의 복장을……?

저 팔뚝은……? 동굴에서 나를 내리친……?

도난당했다던 구슬은 겐지의 방에 있었다. 성모절에 본 스님의 얼굴. 밤마다 젖어 있던 겐지의 장화. 그는 풍수의 대가였지. 법민은 감긴 한쪽 눈으로 자꾸 겐지를 쳐다보려 애썼다.

겐지는 굳은 얼굴로 법민을 똑바로 보고 있었다.

"나도 형이 있었네, 법민."

"설마……."

그 순간, 법민의 고개가 꺾이며 입에서 시커먼 피가 쏟아져 나왔다. 겐지의 얼굴이 눈앞에서 점점 거꾸로 돌아간다.

쓰러진 법민 뒤에는 쿄조가 곡괭이를 들고 서 있었다. 자칼의 눈을 한 내복차림의 쿄조는 곡괭이를 반대쪽 손으로 바꿔 쥐며 앞으로 걸어왔다.

법민은 언젠가 겐지가 해준 말이 생각났다.

계몽기의 프랑스 얘기. 목이 잘려도 몇 초 간은 의식이 있다는 단두대 얘기.

콩코드 광장.

싱싱한 목.

눈을 깜박이는 잘린 목…….

두개골이 깨지면서 목이 부러진 법민의 시신경에는 몇 초 동안 겐지의 발과 쿄조의 발이 보였다. 성민의 구두를 신은 겐지의 발은 쿄조의 발과 함께 나란히 서 있었다.

각간묘의 비밀

1

두 시간 전.

"당신을 특수절도 및 가택침입 혐의로 체포하겠소."

수화기를 내린 성시원이 돌아서자 후즈키가 서 있었다.

"무슨 소리요?"

성시원은 말문이 막혔다.

후즈키는 다짜고짜 성시원의 안주머니에 손을 뻗어 두꺼운 지갑을 꺼냈다. 지갑을 펼치자 봉우당의 도장이 찍힌 띠가 감긴 100원짜리 조선은행권 지폐 여덟 장과 기자증이 나왔다.

"이 돈, 당신 거요?"

후즈키는 고개를 비딱하게 기울이며 성시원을 쏘아보다가 성시원의 안주머니를 다시 뒤졌다. 날카롭고 대나무 같은 후즈키의 긴 손이 가슴 이곳저곳을 빠르게 건드렸다. 얼마 못가 경부는 열쇠 하나를 끄집어냈다.

"이건 무슨 열쇠지? 신문사 열쇠인가?"

그 순간 성시원의 눈동자가 커졌다. 그 것은 소우의 집무실 열쇠였다. 후즈키는 품에서 접은 사진을 한 장 꺼내 그 열쇠와 비교했다.

"음, 박물관에서 도난당한 열쇠와 동일하군. 신고대로야."

기자는 궁지에 몰린 눈을 하며 당황해했다.

열쇠, 열쇠가 주머니에 있었지. 이 자가 그걸 어떻게 알고 있는 것인가?

"자, 잠깐. 그런데, 누가 신고를 했다구요?"

후즈키는 그 질문을 무시하고 가네모토에게 신호를 보냈다.

가네모토와 미야자키가 성시원의 팔에 수갑을 채웠다. 형사들의 억센 힘에 흐느적거리던 성시원의 얼굴에 공포가 어렸다.

그럼 원숭이 가면을 쓴 사내는?

맙소사!

그것이었구나! 바보같으니라구. 왜 이제야 그것을 알았을까?

그는 순식간에 벌어지는 사태를 정지시키려했다.

"잠깐만! 잠깐만! 열쇠를 훔친 것은 내가 아니요. 범인이 누군지 압니다. 내가 아니라 그를 체포해야 하오. 후즈키 경부, 제발 나랑 같이 봉우 마을로 갑시다. 시간이 없소. 이거 좀 놓으시오!"

성시원이 몸을 빼며 악을 썼다. 하지만 헛된 발버둥에 오히려 수갑만 더 조여들 뿐이었다.

"제발 내 말 좀 들어보시오! 이것 좀!"

요릿집 '욕심 많은 바보'에 있던 모든 사람이 일시에 동작을 멈추고 그 장면을 쳐다보았다.

"내가 귀신을 알고 있소, 귀신을 안다구요!"

형사들은 그를 끌어내리려고 하고 있었다. 성시원이 나가기를 완강히 거부하자 가네모토는 그의 팔을 심하게 틀어 올렸다. 툭하고 뼈가 부러지는 소리가 났다. 성시원의 목이 앞으로 꺾였다.

후즈키는 손으로 그의 턱을 들어 올렸다.

"그래, 귀신이 누구라고?"

성시원은 벌건 침을 흘리며 겨우 말했다.

"고지마 겐지. 그가 바로 진짜 각간묘의 귀신이오."

2

책상에 걸터앉은 가네모토가 심각한 표정으로 성시원을 쳐다보았다. 상의를 벗은 가네모토의 팔뚝은 유난히 굵었다. 후즈키가 가네모토를 밀치고 책상에 걸터앉으며 다시 물었다.

"그 여관주인은 그 방에 손님을 받지 않았다고 하고, 당신은 그 방에서 남자를 만났다고 하고……. 경주에 귀신이 있긴 있는 모양이군."

후즈키는 뱀눈을 뜨고 고개를 갸웃거렸다.

"몇 번을 말해야 합니까. 오후에 신문사에서 발송인이 제관이라고 적힌 전보를 받았소. 그 전보에 여관의 위치가 상세하게 적혀 있었습니다. 난 이제까지 그 원숭이 가면…… 아니, 그 사내가 김성민인 줄로만 알았소. 하지만 그 사내는……."

성시원은 눈을 감으며 땀을 짜냈다.

"어째서 겐지라는 거지?"

"내가 박물관 열쇠를 가지고 있다는 것을 아는 사람은 겐지뿐입니다. 겐지가 나한테 그 열쇠를 주면서 관장실에서 지도를 찾아달라고 했소."

후즈키는 성시원의 뺨을 철썩 때렸다.

"내 질문은 살인자가 왜 김성민이 아니냐고 묻는 거야."

이미 성시원은 모든 의지를 잃고 정신이 나가 있었다. 그는 겨우 침을 삼켰다.

"김수영의 머리는 칼로 벤 듯이 깨끗하게 잘렸소. 김성민은 백내장을 앓고 있소. 백내장을 앓고 있는 사람의 눈은 초점을 잡을 수 없기 때문에 색 구분이 한정적이고 사물의 각도 여러 갈래로 보입니다. 평소 그의 그림이 모두 붉거나 단색으로 발라져 있는 것이 바로 그 증거요. 그런 눈으로 어떻게 사람의 목을 반듯하게 자를 수 있겠소? 초점이 온전한 사람도 근육을 함부로 썰 수 없는데…… 살인자는 겐지요. 소우를 납치한 것도 그의 짓입니다. 고사의 유희라는 말을 사용한 사람은 겐지밖에 없소. 그것은 그가 각간묘의 마지막 저주를 마을에 심어주기 위해 세운 계획이요. 이러고 있을 시간이 없습니다. 삼거리 쪽으로 가야 합니다. 김법민이 위험해요!"

후즈키는 성시원의 울부짖음에 본능적인 기시감을 느꼈다. 그는 가네모토를 봤다. 심상치 않게 여긴 것은 가네모토도 마찬가지였다. 가네모토는 특유의 민첩한 얼굴로 모자를 집어들고 바람처럼 나갔다.

"당신의 말은 10분 안에 확인될 거야. 더러운 조선 개 같은 놈."

성시원이 고개를 흔들었다.

"혼자서는 안 돼요, 혼자서는 안 돼. 그들은 집단이오. 겐지는 혼자가 아니오. 형사들을 더 데리고 가라 하시오."

"가네모토 혼자도 충분해. 자, 이제 계속 해. 그 열쇠로 따고 들어가서 뭘 훔쳤어? 허튼소리 하면 죽어!"

성시원은 한참 동안 시계를 보다가 포기한 듯 어깨를 늘어뜨리고 말하기 시작했다.

"모든 추리가 틀렸소. 당신의 추리도, 겐지의 추리도……"

3

"그날 샤론이 자동차를 대기하면서 봤다던, 김성민을 부축하고 화실로 들어가는 여인의 모습. 집사는 민지영으로 봤고 당신은 김수영이라고 파악했던 그 장면. 여인은 김수영이 맞지만 남자는 김성민이 아니라고지마 겐지였소."

또각 또각. 시침소리가 규칙적으로 들렸다. 하지만 두 사람도 규칙적으로 숨을 몰아쉬고 있었다.

"기억하시오? 고지마 겐지가 김성민의 옷을 입고 다닌다는 것을? 민지영은 김법민과 불륜을 저지르기 위해 김성민한테 매번 독한 수면제를 먹였습니다. 그날 김성민은 약에 취해 화실에 누워 있었을 겁니다. 현실과 비현실의 경계에서 헤매고 있는 그 앞에 문이 열리며 자신의 옷을 입고 있는 남자—겐지이겠지요—가 죽은 김수영을 끌고 들어오는 것을 그가 어떻게 보았는지는 알 수 없습니다. 겐지는 아마 김수영의 시신을 화실 침대 밑에 숨겨두고 당당하게 나왔을 겁니다. 김성민은 그런 상황이 모두 자신의 발작 때문에 보여지는 환각으로 느꼈을 것입니다. 그리고 그날 밤, 겐지는 비어 있는 화실에 들어가 시체의 목을 자르고 성모사에 두었소. 나머지 시신은 불이 날 때까지 한동안 침대 밑에 놔두었을 테고……. 그 장소만큼 사람의 출입이 제한된 곳이 이 마을에 또 어디 있겠소?"

"겐지가 김수영을 죽인 이유가 뭐야?"

"비단주머니."

"뭐?"

"당신이 증거로 들먹이던 겐지의 그 주머니 속에는 지도가 있었소. 조선의 혈을 표기한 지도. 그 자는 그걸 성모사에서 잃어버렸던 것이오."

"그럼, 지도는?"

"주지가 빼낸 것 같소. 그도 그것 때문에 살해당한 거고."

"소우는?"

"소우는 미라를 잃어버리지 않았소. 각간묘의 미라는 애초에 소우가 도난당한 것처럼 꾸민 것이오."

후즈키는 위스키를 한 모금 마셨다.

"일전에 나는 소우의 집무실 벽에서 비단지도와 미라를 찾아냈소. 비단지도는 겐지한테 넘겼고, 미라는 봉우당한테 돌려주려 했습니다."

후즈키는 가만히 노려보았다.

그 눈에는 니가 순순히 미라를? 이 새끼, 그런 식으로 하면 니가 말하는 전모도 믿을 수 없어, 라고 말하고 있었다.

"아, 돌려줄 생각이었소."

성시원은 서둘러 말을 덧붙였다.

"그렇다면 봉우당의 직인이 찍힌 거금은 어디서 났어?"

"거래가 성사되면 돌려줄 생각이었습니다. 그 전보를 받자마자 곧바로 김보영에게 전보를 친 이유도 바로 그것 때문이었소. 가방 속의 미라를 유곡채의 제관과 봉우당의 만신이 보는 앞에서 인도하는 것도 좋은 모습이 아니겠소?"

"웃기지 마. 넌 봉우당이 그 미라를 사기 위해 거금을 입금하면 곧바로 그걸 김성민에게도 흥정할 생각이었지? 김성민이 더 높은 가격을 부르면 그쪽으로 넘겨 양쪽에서 돈을 받아 가로챌 생각으로 말이야."

후즈키는 성시원의 본색을 모두 꿰뚫고 있었다. 돈 냄새는 역시 형사가 잘 맞는 법이다.

"중요한 건 여관에서 날 기다린 남자는 김성민이 아니라 겐지였단 말이오. 겐지는 유독 그 미라를 탐냈소. 아마 일본으로 반출하라는 지령일 수도 있고 개인적인 욕심일 수도 있소. 그런데, 그런데……. 겐지도 속았소. 내가 여관으로 가지고 온 미라는 각간묘의 미라가 아니었으니까."

"그럼 미라가 두 개란 말인가?"

"소우가 숨긴 것이 진짜고 내가 훔친 것은 실험용으로 절여놓은 머리였소."

성시원은 그쯤에서 탁자에 놓여 있던 담배를 턱으로 가리켰다. 후즈키는 담배를 물려주었다.

"지하길, 그들은 지금 거기에 있을 거요. 겐지는 마지막 유희를 즐긴다고 했소. 소우의 행방을 알 수 없는 것에는 당신도 일부 책임이 있소. 남의 횃불에 게를 잡으려 해도 유분수지. 어느 시점부터는 당신도 겐지의 추리를 믿고 형사를 미행시켰잖소."

성시원이 후즈키 쪽으로 가슴을 들이밀며 대들었다.

"겐지가 술집으로 당신을 불러 사건의 내막을 설명한 다음날 우린 황룡사 터로 소우의 시신을 찾으러 갔었소. 시신을 묻기 쉽도록 땅이 무른 곳을 찾는다는 발상과 그 자리를 『삼국유사』의 기록에 근거하여 추론하려는 방법은 괜찮아 보였소. 고양이 이론을 제시한 장본인이 바로 나이기도 하고……. 사실 우리가 추측한 반경 안에서 시신을 숨기기 적합한 장소는 많았소. 하지만 겐지는 굳이 고대신라 때의 강이 범람했던 기록을 들먹였소. 그리고 즐길 수 있는 퍼즐을 모두 나열했지. 처음에 나는 그가 수색하려는 경로가 좀 이상하다고 생각했습니다. 그날 무슨 이유인지 그는 월성부터 가지 않았으니까. 서악에서 반경으로 3킬로미터 선을 그었을 때 서천교를 넘어 가장 가까운 지역은 월성입니다. 월성을 넘고 황룡사지로 가야 하나하나씩 조사가 가능해요. 그 반경을 뽑은 사람이 바로 나였으니까요."

흥분한 성시원은 여기까지 얘기하고 숨을 돌렸다.

"겐지가 황룡사지에 차를 세우자 약속이나 한 듯 불꽃이 올랐고 검은 사내가 나타났지요. 겐지를 제외하고 나와 김법민은 그 사내를 정신없이 쫓았습니다. 그리고 우리가 돌아왔을 때 겐지는 홍무기적을 태우고 홀연히 서 있었습니다. 망연자실한 표정을 지으며…… 그것이 그날 밤 그의 목적이었소."

"유키오란 자도 한패인가?"

"유키오? 그도 물론 겐지의 연극을 알고 있었습니다. 그날 황룡사지에서 겐지는 미리 숨어 있던 유키오에게 불을 피우게 하고, 월성 쪽으로 달아나라는 지시를 했소. 우리의 시선이 그쪽으로 돌아간 사이 겐지는 느긋하게 책을 태웠던 것입니다. 유키오와 소우, 그리고 겐지의 공통점이 있다면 목적 수행 중에 점점 다른 곳에 빠져들었다는 거요. 소우는 김인문의 무덤 진위를 파악하다가 풍수위해를 조사하는 방어자로, 겐지는 풍수 임무에서 점점 고사의 유희를 즐기는 귀신으로, 유키오는 학자에서 돈을 탐하는 밀수자로."

후즈키는 더 이상 담배를 들고 있지 않았다.

"아마 소우는 겐지의 비밀을 알고 있었던 것 같소. 내가 관장실에서 찾아낸 지도는 바로 겐지가 성모사에서 잃어버린 지도였으니까요. 누가 그것을 소우한테 넘겼는지 모르겠지만, 겐지도 자기가 잃어버린 지도를 소우가 가지고 있다는 것을 분명히 알고 있었소."

시간은 새벽 3시 20분을 지나고 있었다.

성시원은 충격이 컸던 모양인지 눈동자를 이리저리 굴리며 자신을 위로하는 어투로 혼란스럽게 말했다.

"겐지에게…… 이상한 점이 있긴 했지만……. 그래서 지도만 넘기고 미라는 겐지한테 알리지 않았어. 그건 잘했다고 생각했는데, 그렇다면 진짜 머리는 어디에 있는 거지? 아, 아……. 겐지는 프로메테우스가 아니었어."

그는 절망한 듯 침을 흘리며 흐느꼈다.

후즈키가 성시원의 뺨을 세 번이나 연거푸 때렸다.

"이것 봐, 정신 차려! 소우는 어디에 있나?"

"아…… 나 때문이야. 내가 비형랑의 고사를 알려준 거야."

"소우는 어디 있냐고!"

후즈키가 소리를 질렀다.

"소우가 죽었는지 살았는지 나도 모릅니다. 죽었다면 황룡사 터에 묻혀 있을 테고, 살아 있다면 지금 비형랑의 집에서 유희의 제물이 되어 있을 거요. 옛 고사대로라면 귀신 잡는 비형랑은 마을에 재앙을 불러오는 소우를 잡아먹어야 합니다. 비형은 경주에서 쓰는 말로 엉게가시를 말하오. 그것이 산재해 있는 곳은 삼거리 묘지 터밖에 없습니다."

"겐지의 최종 목적이 그 유희란 말인가?"

"그야말로 정말 유희를 즐긴 것이오. 하지만 유키오가 예상치 못한 이유로 당신에게 검거되자 서둘러 그 유희를 끝내려 했습니다. 각간묘에서 나온 미라가 김유신이라고 확신한 이상 힘들게 각간묘에 접근할 이유가 없지요."

"믿을 수 없어."

후즈키의 뱀눈이 처졌다.

"그는 일본 황실에서 파견한 전문 풍수꾼이오."

"말도 안 돼. 그는 사관학교 출신이고 명백한 귀족가문의 학생이야."

"사관학교 출신이라는 것도 거짓이오. 겐지는 형이 죽은 뒤 1년 동안 경성에서 지냈다고 했소. 1년 내내 놀기만 했던 한량이 1926년도에 만 장이 넘게 팔린 〈사의 찬미〉를 모른다는 것이 말이 되오? 경성제대 앞 '제노바'라는 술집은 젊은이들이 모여 독한 술을 마시고 음란하고 퇴폐적으로 놀던 곳이오. 경성대 학생들은 모두 아는 장소입니다. 당시 종로 경찰서도 주시했고, 결국 경성대 총장이 없애버린 업소요. 그 술집주인은 겐지를 모른다고 했소. 겐지도 '제노바'를 들어본 적이 없다고 했고……."

"경성에서 바로 경주로 내려올 수도 있었던 것을 왜 일본으로 돌아갔다가 들어온 거지?"

"그 배후에 군부가 있다고 생각하오. 어떤 지령을 받고 들어온 것 같은데……."

"지령이라니?"

"군부는 작년부터 중국을 공격할 준비를 하고 있소. 신라 신장의 머리는 그들이 승리하는 데 중요한 신물일 수 있어요."

"보적회도 군부의 지령을 받나?"

"더 정확하게 말하면 총독부가 군부의 지령을 받는 거요. 보적회는 새로 임명된 수장이 도착하기를 기다렸소. 여근곡에 목상을 묻고 붉은 가루를 뿌린 것, 성모사 마애불에 소나무뿌리를 심어둔 것, 형산 금계포란(金鷄抱卵) 혈과 감은사지에 뜸을 뜬 것, 낭산의 중요 혈에 발견된 쇠침봉들은 모두 보적회 일당이 한 작업이오. 밤에 경주나 경상도 곳곳에서 보이는 도깨비불은 김유신의 혼령이 아니라 그들이 올린 횃불이란 말이오. 당신과 겐지는 그 귀신을 김성민으로 몰아갔소. 당신한테 그것은 추리였지만 겐지에게는 치밀하게 계산된 의도였소. 머리 좋은 겐지는 김유신의 귀신노릇을 하면서 김성민을 미치광이 살인자로까지 만들어버렸소."

"집사의 죽음도?"

후즈키는 성시원의 말이 하나하나 이치에 맞아 떨어지고 있는 게 두려웠다.

"무장사는 무열왕이 사용하던 무기를 묻은 곳이오. 샤론을 무장사에 파묻은 것도 고사의 유회에 따른 것이오. 샤론은 김성민의 오른팔이었으니까 무기가 되겠지요."

"화가는?"

"나도 김성민은 어디에 있는지 모르겠소. 분명 유곡채 화실에서 발생한 화재의 시신이 김수영의 몸이라면 아직까지 김성민은 살아 있어야 합니다."

한참을 듣고 있던 후즈키는 담배에 불을 붙였다. 시계는 이미 4시를 넘겼다.

—따르르릉.

갑자기 전화벨이 울렸다. 두 사람 모두 검은 전화기를 바라봤다.

"받아요. 가네모토일지도 몰라요. 이런…… 이 시간에 전화한 거라면 너무 늦었는데……."

성시원이 갈라진 목소리로 다급하게 고개를 저었다.

후즈키는 시계를 보며 수화기를 들었다.

수화기 건너편에서 긴박한 보고가 들어왔다. 불안한 침묵이 책상 위로 내려앉았고 책상에 걸터앉은 후즈키는 그대로 움직이지 않았다.

성시원은 이 장면이 언젠가 어디서 꼭 한 번 일어난 것 같았다. 기시감. 그는 후즈키의 다음 행동을 예측해봤다.

담배를 떨어뜨리는 형사부장. 날카로운 뱀눈이 떨리는 모습. 빠르고 다급한 수화기 저쪽의 목소리. 미래의 일은 떠오르지 않았고 그가 움직일 때마다 적절한 기시감만 느껴질 뿐이었다. 후즈키의 얼굴은 점점 하얗게 질려갔다.

"알았어. 김법민의 시신을 수습하고 나머지 시신을 모두 찾아내. 삼거리 묘지는 봉쇄하고 비상령 발동해서 경찰병력을 당장 소집하도록. 총독 관방 토목국에도 전화해서 동굴 조사에 필요한 인력도 요청해. 각 지방 선착장에 연결해서 고지마 겐지의 출국을 금지하는 것은 내가 할 테니까."

에필로그

무당교수

1

관이 열렸다.

모든 사람이 불빛을 보며 몰려들었다.

결이 무너지고 고약한 냄새가 나던 관두껑은 힘없이 열렸다. 수현은 식초처럼 시큼하게 올라오는 습기 때문에 콧잔등을 찡그렸다.

관 속에는 시신 한 구가 반듯하게 누워 있었다. 40대 초반의 남자였다. 젖은 시신의 피부는 새카맸다. 이마와 왼쪽 눈은 탱탱하게 불어 곪고 있었지만 감고 있는 오른쪽 눈은 온전했다. 생전에 큰 상처를 가지고 있었는지 오른쪽 눈언저리에는 길게 얽은 자국이 있었다. 무엇보다 사람들을 놀라게 한 것은 정수리부터 어깨까지 산발한 젖은 머리카락이었다.

"이 자리가 악혈인가 보군. 남자의 머리카락이 매장된 이후에도 계속 자라고 있었던 것 같아."

교수의 말에 학생 몇몇이 몸을 부르르 떨었다.

"복식을 보니 고대인이 아니군요."

뒤에서 조교가 중얼거렸다.

사내는 낡은 셔츠에 검은 조끼를 입고 겉옷은 두툼한 플록코트를 걸쳤다. 썩은 물에 검게 잠색(潛色)된 천은 골체(骨體)와 달리 냉기(冷氣)가 넘쳤다. 원래 흰색이었을 셔츠는 흙 때문인지 죽음 때문인지 심하게 탈색되어 있었다.

서치라이트 불빛에 젖은 천이 번들거리는 빛을 흡수했다. 시신과 불빛 사이로 모기와 하루살이들이 죽으러 다가들었다. 노교수가 장갑을 낀 손으로 시신의 부어 있는 왼쪽 눈에서 뭔가를 조심스럽게 빼냈다.

"오래된 브라우닝 총알이군. 7밀리미터가 조금 넘는데."

노교수는 안경을 코에 걸치고 그것을 불빛에 비춰보며 말했다. 남자는 눈에 총을 맞고 사망한 것으로 보였다.

"용태(龍太)*라고 쓰여 있어."

남자가 왜 죽었는지, 왜 봉분도 없이 평지에 묻힌 것인지 알 수 없었다. W자로 누빈 장식과 작은 구멍으로 모양을 낸 전통적인 갈색 구두, 독수리가 조각된 단추는 정상적인 장례를 치르고 묻은 흔적이 아니었기에 유기된 시신일 수밖에 없었다.

수현은 의아했다. 교수도 목관을 품었던 석관은 분명 6세기 양식이라 하지 않았던가? 그런데 근대 복식을 한 시신이 고대 양식의 석관 안에 누워 있다니.

"경찰에 신고해야 할까요?"

"아니다. 보니 100년은 돼 보인다."

노교수가 짤막하게 대답했다.

---

* 龍太: 일본어로는 '류타'

사람들이 시신을 들어내고 축축한 옷을 벗겼다. 관 바닥에는 진흙과 물이 고여 있었다. 질퍽한 진흙냄새가 났다. 여학생 몇몇이 입을 가리며 자리를 떴다.

코트 주머니에서는 작은 붓이 두 개 나왔다. 그것은 화가가 작업을 끝낸 후 서명할 때 사용하는 가느다란 유화용 붓이었다. 도무지 어떻게 된 건지 추측할 수 없는 상황이다. 학생들은 그저 노교수의 손짓과 조교들의 부산한 움직임에 멍하니 넋이 나간 채 쳐다볼 뿐이었다.

이상한 기분이 든 수현은 사람들을 등지고 그 자리를 빠져나갔다. 그리고 무언가에 이끌려 천막 안으로 들어갔다. 야외용 탁자 위에는 시신이 있던 자리에서 출토된 낡은 왕진가방이 플라스틱 소쿠리에 놓여 있었다. 가죽이 삭아 너덜거렸지만 손잡이와 입구에 마름질된 쇠고정을 보니 아주 오래된 물건은 아니었다.

수현은 조심스럽게 왕진가방의 양쪽 고리를 젖혔다. 낡은 쇠틀은 제법 맑은 소리를 내며 열렸다.

—헉.

놀랍게도 가방에는 허연 머리카락이 촘촘하게 자란 사람의 머리가 들어 있었다. 치켜 올라간 수염과 단단히 다문 입은 현대인의 얼굴이 아니었다.

그때, 팍 하고 뭔가 터지는 소리가 났다. 오래된 전구가 터지는 것 같은 소리다. 그 소리와 함께 새하얀 연기가 나며 머리는 가루가 되어 폭삭 내려앉았다. 잠시 나무 타는 냄새가 살짝 났을 뿐 그 냄새마저도 순식간에 바람을 타고 날아가버렸다. 이것을 어떻게 설명해야 할까. 환상인가? 놀란 수현은 가방을 다시 들여다보았다. 해골이 삭아 내린 가죽 바닥에는 수상한 흙만 잔뜩 들어 있었다. 수현은 나쁜 짓을 한 아이처럼 서둘러 천막을 나갔다.

구덩이 속에는 뚜껑이 반쯤 날아간 석곽이 나무관을 토해내고 어둡
게 비어 있었다. 아래에서부터 올라오는 몽환의 냄새가 턱과 콧등을
자극했다. 바닥에서 연기가 피어올랐다. 연기는 아주 흐릿해서 자세
히 보아야 실체를 가늠할 수 있었다. 연기를 바라보던 수현은 몽롱해
지며 자꾸 그 자리에 눕고 싶어졌다. 저곳에 누우면 편안해질 것만 같
다. 시신이 누워 있던 검은 흙바닥이 블랙홀처럼 자신을 유혹했다.

스멀스멀하게 올라오는 흐릿한 연기는 공중에서 기이한 형상을 만들
더니 김인문 봉분 주변을 돌았다. 연기는 급기야 노란색으로 변했고
좁게 연결된 김양의 봉분 위까지 넘실거렸다. 그 모양은 마치 튼튼한
어깨를 가진 사람의 형상 같았다. 어쩌면 그저 서치라이터와 교접되어
산란된 착상일지도 모른다. 그는 얼른 카메라를 집어 연사로 그 장면을
찍었다. 서치라이트 빛만으로는 광량이 모자랐던 것인지 연기가 사라
지고 난 뒤에야 찰칵거리며 렌즈가 닫혔다.

"어이, 거기! 그쪽에서 뭐 해요? 조심해요. 아래에 구덩이가 있어요."

뒤에서 누가 외쳤다.

고개를 돌리자 천막 앞에 모인 학생들 모두가 수현을 쳐다보고 있었
다. 노교수도 자신을 물끄러미 보고 있었다.

'뭔가 비극이 있었어…….'

수현 자신도 모르게 이런 생각이 밀려왔다. 그는 다시 고개를 돌리고
봉분 위를 보았다.

검은 하늘은 아무 일도 없다는 듯 평온했다.

2

동해로부터 스며드는 붉은 기운 때문에 새벽이 깊어 갈수록 하늘은

보랏빛으로 진해졌다. 구덩이에 박힌 석관은 결국 들어내지 못했다. 시신이 입고 있던 옷을 네 개의 소쿠리에 따로 보관하는 것으로 그날의 발굴과정은 마무리되었다. 남학생 몇몇이 김인문 묘와 김양 묘에 걸쳐 놓은 천막 주위로 텐트를 치고 밤새 당번을 섰다.

노교수는 김 교수의 방에 수현이 짐을 풀도록 허락했다.

"아무래도 이병도* 박사가 1968년도에 주장한 증거는 아직까지 나타나지 않고 있습니다. 네, 네. 놀랍게도 그곳에서 100년이 안 된 남자의 시신이 나왔습니다. 그렇지요……. 전혀 다른 상황이 벌어진 겁니다. 네, 이상하게 석관은 7세기 양식인데 그 안에 들어 있는 목관은 근세의 것으로 보이는 오동나무로 되어 있습니다. 또 목관을 덮은 석관의 뚜껑도 반이 깨져 사라진 상태였습니다. 아무래도 근래에 한 번 발굴되었던 것 같아요. 시신? 아, 네……. 수습한 시신의 복식은 일제강점기 시대 그 이상은 넘지 않습니다. ……아니오, 그렇지 않습니다. 그렇다고 요즘 사람이 입고 다니는 옷도 아닙니다. 아주 복고풍인……. 네, 수거된 부장품으로는 도금된 옷장식과 유화용 붓 두 개 외에는 없습니다. 네, 네. 조사해봐야겠지만 1900년대 초에 유기된 것으로 보입니다. 충효동의 김유신 장군 묘역에는 오늘 몇 명의 만신들이 무거리를 해서 다음 주로 일정을 바꿔잡았습니다. 네? 언제요? 26일요?"

노인은 수현에게 펜을 달라고 손짓했다.

수현은 카메라가방을 열고 펜과 항상 들고 다니던 기자용 수첩을 내밀었다. 그러나 펜을 받아 든 노교수는 상대의 이야기를 한참 동안 듣기

---

* 이병도: 1896~1989. 국사학자로 서울대 교수를 지냈다. 1968년 자신의 김유신 장군의 무덤은 우리가 알고 있는 십이지 신상 호석이 있는 충효동의 무덤이 아니라 서악동 무열왕릉 고분 중 김인문의 무덤이라고 알려진 봉분이라고 주장했다.

만 했다.

"우리도 이병도 박사의 주장에 상당한 일리가 있다고 생각하고 시작한 일인데 그런 압력을 받으면 일하기가 힘들어지지요. 네, 빠른 시일 안에 밝혀질 겁니다. 이틀 전에 경주박물관에 소장된 김인문 장군의 비문도 다시 정밀조사에 들어갔습니다. 근전도 분석까지 할 겁니다. 우선, 비문에 22년 동안 중국에서 활동했다는 기록이 나와 있지 않는 점을 주목하고 있습니다. 없어진 비문은 할 수 없지만 남아 있는 비문이라도 다시 검사를 해서 한 글자라도 더 살려봐야지요. 하나 확실한 것은 지금 김인문 묘 앞에 있는 서악리 귀부의 양식은 사천왕사 터의 귀부보다 훨씬 앞선 양식이라는 겁니다. 네, 네. 김인문은 694년에 죽었고 사천왕사는 679년에 창건되었습니다. 김유신은 673년에 사망했습니다. 네, 그렇지요. 알겠습니다. 보고서를 작성하도록 하겠습니다. 물론 사진을 첨부하도록 하지요."

3

수현은 결국 어머니를 만나지 못했다.

그는 담배를 집어들었다. 숙소에서 걸어나가 좁은 골목길을 내려갔다. 한적한 밤기운이 포근했다. 무열왕릉 묘역으로 들어가는 샛길로 접어들자 자물쇠가 채워지지 않은 작은 철문이 나왔다. 아무 거리낌 없이 철문을 밀고 들어가 무열왕릉 쪽으로 걸었다. 소나무 숲이 울창하게 하늘을 가렸다.

그는 자판기 앞에서 걸음을 멈추고 비신도 없이 우스꽝스럽게 이수만을 등에 업은 무열왕릉 귀부를 말없이 쳐다보았다. 작은 정자에서 안락하게 쉬고 있는 거북 석물은 어둠 속에서 목을 빳빳하게 들고 있었다. 천막을 지키며 막걸리를 걸치는 학생들의 웃음소리가 소나무 울음 사이로 시끄럽게 섞였다.

갑자기 왕진가방이 떠올랐다. 6세기 석곽 옆에 그게 왜 있었을까? 삭아내린 머리는 환각이었나?

"나와 있었군."

고개를 돌려보니 노교수가 서 있었다. 수현은 담배를 끄려했다.

"계속 피우게."

소나무 위에서 초롱박이가 휘파람을 불었다. 노교수는 에쎄를 피워 물었다.

"자네 앞으로 남긴 메모가 있네."

노교수가 흰 종이쪽지를 건넸다.

"김 교수가 남기고 갔다는데……."

종이에는 어머니의 짤막한 메모가 적혀 있었다.

고사(古事)의 법대로 외조부의 장례를 치르고 돌아오너라.

4

"어머니가 술을 드셨다고요? 어머니는 술을 못 드시는데요."

수현이 현장에 있을 때 김 교수는 이미 숙소로 돌아왔다고 한다. 여학생들에게 소리를 지르며 4홉들이 청주 다섯 병을 사오게 하고, 술을 병째로 모두 비운 뒤 곡을 했다고 한다.

"술을 마치 물처럼 마셨다더군. 자네 모친한테 무기가 있다는 것을 자네도 알고 있지? 조상신이 오른 것 같네. 학생들 말로는 한참을 그렇게 통곡하더니 방에 쓰러져 한 시간을 잤다더군. 무슨 일인지는 모르겠지만 자네는 김 교수의 말대로 외조부의 제를 지내고 떠나도록 하게."

외할아버지의 제?

외할머니는 서울사람이다. 외할머니는 6·25 전쟁이 끝나고 어머니와 함께 서울에 터를 잡으셨다. 외할아버지는 화가였다고 한다. 그는 일제 때 고향에서 실종되었다. 그래서 어머니도 외할아버지의 얼굴을 몰랐다.

"내일 새벽에 내 방으로 오게. 관에서 발견된 세밀붓 두 자루를 줄 테니. 그것도 자네가 태우게."

그렇게 말한 후 노교수는 학생들이 있는 김인문 묘 쪽으로 내려갔다.

그때 문득 수현은 현장에서 찍어둔 연기가 궁금했다. 메고 있던 니콘의 뷰파인더를 확인했다. 광량이 남아 있던 모양인지 이미지가 찍혀 있었다. 화면을 들여다 본 수현은 온몸에 전율이 일었다.

연기는 비늘 모양의 갑주와 지팡이 크기의 칼을 들고 있는 남자의 형상을 하고 있었다. 명암대비가 선명하지 못했지만 책에서 본 포탈라 궁에서 찍혔다는 달라이 라마의 유령, 그 모습과 비슷했다. 찍힌 혼령은 머리가 없었다. 강인한 어깨에서 이어지는 허리는 유연하게 굽어내렸고 허리 밑으로는 상이 흔들려 형태를 구분할 수 없었다. 가장 선명하게 보이는 것은 오른손에 굳게 쥔 칼이었는데 손잡이 부분에는 분명하게 일곱 개의 작은 구슬이 박혀 있었다.

수현은 사진 속 이미지를 더욱 유심히 살폈다.

그것은 머리 없는 귀신이 봉분으로 들어가는 장면이었다. 그 연기는 김인문 봉분의 꼭대기로 빨려들어 가고 있었다.

[끝]

⚜ 작가의 말 ⚜

2008년 겨울,

김인문 장군의 무덤에 술을 쳤다.

봉분이 너무 커서 한 병으로는 주위를 다 돌아치지 못했다.

이들의 영혼은 아직도 남아 있을까? 내가 지금 이 자리에서 허튼 짓이라도 한다면 그들은 내게 벌을 줄까?

퇴락한 고(古) 무덤 앞에서 나는 그런 불경한 생각을 했다.

왕들이 잠들어 있는 그 터는 작은 집들이 토닥토닥 붙은 마을에 있다. 동사무소만 깨끗한 그런 낡은 마을. 간혹 순박한 할미들이 느린 걸음으로 골목을 걸을 뿐, 그곳을 찾아오는 사람은 없다.

김유신의 사당이라던 그 서원은 이제 그 누구도 칼을 들고 들어가서는 안 되는 신무(神武)의 공간이 아니라 쥐들이 터를 잡은 잊힌 결계의 공간이 되었다. 삼문에 걸어놓은 자물쇠는 오래전에 이미 걸쇠가 빠졌고 동재의 마른 기와는 흙을 먹지 못해 너덜거렸다. 서원과 담장 하나를 사이에 두고 있는 주인 떠난 어느 빈 집의 마당에는 온갖 쓰레기들이 유황 냄새를 풍기며 타고 있었다.

나는 쓸쓸히 그 담장 앞에도 술을 쳤다.

한동안 남미와 일본의 소설들을 닥치는 대로 읽었다. 그들은 참으로 기발한 상상력을 가졌다. 그 멋진 작품들의 모티브는 대부분 신화와

옛이야기들이었다. 나로서는 전혀 들어보지도 못한 자신들만의 민족적 설화를 이용해서 희한하고 기이한 작업들을 하고 있었다. 그런 이야기들을 많이 가지고 있다는 것은 그 민족이 장중한 역사를 지녔다는 증거이며 세월이 흐를수록 더 많은 이야기들을 뽑아낼 수 있다는 약속이기도 했다.

글을 쓰기로 마음먹은 이상 글감의 모티브를 어디선가에서 얻어야 했다.

이야기들을 찾으려 전국의 국립도서관을 수없이 헤맸다. 그 곳에는 학자들이 국가의 지원을 받아 전국 방방곡곡에서 채록한 이야기들이 많았지만 슬프게도 그들은 자신들의 논문이 일반인에게 알려지는 것을 원하지 않는 것 같았다. 논문들은 학문적인 언어로 꽁꽁 묶여 퀴퀴한 창고 속에 틀어박힌 아둑시니가 되어 있었다. 어쩌면 그들의 역할은 그것만으로 충분할 것이다. 하지만 나는 그 이야기들을 밖으로 빼내 함께 즐기고 싶었다.

작업을 어떻게 시작했는지 잘 기억이 나지 않는다.

꽤 긴 시간이 흘렀다. 그새 겨울을 두 번 만났고 또 겨울을 보냈다.

처음 신라국 태대각간의 시신이 우리가 알고 있는 그 자리에 누워 있지 않을지도 모른다는 말을 들었을 때, 나는 낄낄거리며 웃었다. 우리가 오만스럽게 확신하는 것들 중 잘못된 진실이 얼마나 많을까?

이 이야기의 모티브는 1968년 이병도 박사가 〈조선일보〉에 기재하면서 논란의 불씨가 되었던 김유신 묘 진위 사건이다. 당시를 살았던 사람들에게는 한동안 회자된 역사적 논란이다. 그러나 이 논란도 학자들 사이의 자존심 대결이 되어버리다 이내 사그라졌다.

그런 후 슬픈 시간이 흘렀다.

우리 이야기를 하며 놀아보자는 심정이었다. 반만년 동안 이 땅에서 풍겼던 슬프고 강인한 냄새들. 나는 그것들이 좋았다.

작게 시작했다가 감당하지 못할 만큼 크게 변해 겁이 났던 적이 있다. 글을 쓰는 내내 나침반도 없이 어두운 숲속을 걸어가는 기분이었다. 그러나 이젠 그게 무엇인지 잘 알 것 같다. 나는 한국인이기에 또 그 감당하지 못할 숲속으로 들어갈 수 있을 것이다.

책을 들고 다시 그 봉분에 가려 한다.
천 년 전에 살았던 그 한국인들께 내가 바칠 건 이 책밖에 없다.
아울러, 존재하는 김인문 장군과 김유신 장군의 후손들, 그리고 그들의 행적은 이 소설 속의 내용과는 전혀 무관함을 밝힌다.

이 책을 사랑하는 세영이에게 건넨다.

2010년 4월
경주행 열차표를 예약한 후

451

김유신의 머리일까?

초판 1쇄 발행 2010년 6월 21일
초판 2쇄 발행 2010년 8월 16일

지은이 • 차무진
펴낸이 • 양문형
편집인 • 구길원
편집장 • 탁윤희
디자인 • 장미화

펴낸곳 • 끌레마
등록번호 • 제313-2008-31호
주 소 • 서울시 마포구 성산1동 253-1번지 성산빌딩 4층
전 화 • 02-3142-2887
팩 스 • 02-3142-4006
이메일 • yhtak@clema.co.kr

ⓒ 끌레마, 2010, Printed in Seoul, Korea

ISBN 978-89-94081-06-9 (03810)

* 값은 표지에 있습니다.
* 제본이나 인쇄가 잘못된 책은 바꿔드립니다.